本书获山西师范大学学术著作出版基金资助

本书为山西师范大学课题组项目『清代经学家戏曲批评研究』成果

焦循戏剧学研究

范春义 著

凤凰出版社

图书在版编目（CIP）数据

焦循戏剧学研究 / 范春义著. -- 南京 : 凤凰出版社, 2012.12
ISBN 978-7-5506-1709-4

Ⅰ. ①焦… Ⅱ. ①范… Ⅲ. ①古代戏曲－戏剧理论－研究－中国－清代 Ⅳ. ①I207.37

中国版本图书馆CIP数据核字(2012)第317151号

书　　名	焦循戏剧学研究
著　　者	范春义
责任编辑	林日波
出版发行	凤凰出版传媒股份有限公司 凤凰出版社(原江苏古籍出版社) 发行部电话025-83223462
出版社地址	南京市中央路165号,邮编:210009
出版社网址	http://www.fhcbs.com
经　　销	凤凰出版传媒股份有限公司
照　　排	南京凯建图文制作有限公司
印　　刷	江苏凤凰扬州鑫华印刷有限公司 扬州市江阳工业园蜀岗西路9号,邮编:225008
开　　本	880×1230毫米　1/32
印　　张	9.75
字　　数	271千字
版　　次	2012年12月第1版　2012年12月第1次印刷
标准书号	ISBN 978-7-5506-1709-4
定　　价	35.00元

(本书凡印装错误可向承印厂调换,电话:0514-85868858)

目 录

序

读罢范春义的《焦循戏剧学研究》，立时想到两句打油诗："人间正道需好书，好书才见真功夫。"随着戏曲研究的深入发展，建立健全我国话语的戏曲理论体系的宏伟工程，至少已在研究领域的拓宽（诸如戏曲人类学、戏曲生态学、戏曲社会学、戏曲经济学、戏曲观众学、戏曲心理学、戏曲民俗学、戏曲宗教学、戏曲伦理学、戏曲传播学等多方面的探索，古今中外戏剧的比较贯通研究）、研究主题的纵深开掘（诸如曲话、选本、曲谱的研究，主脑、主旨、引线、本色、当行、境界、机趣、意趣、神色、收煞、腔格、气格、虚实、务头的探索）、研究方法的立体多元化（诸如宏观与微观的结合、文本与文物的结合、文献整理与文本研究的结合、田野考察与观摩演出的结合、网络传播与舞台传播的结合等等）诸方面展示出丰硕成果。而所有这些中国戏剧学研究的起点和基础，则是那些缺乏理论性系统论述而主要以资料汇编式的笔记为载体的文献。春义的《焦循戏剧学研究》正是对这方面亦即戏曲笔记研究的有所创见的成果，主要有以下几个特点。

其一，对研究对象亦即焦循戏剧笔记的总体价值和基本定位比较准确。

作为世界上最早的三大戏剧体系之一且是综合艺术的我国古代戏剧，虽然源远流长，但是较之诗歌、散文的产生要晚，戏剧笔记较之狭义的文史笔记（不包括戏剧笔记）产生要晚，这些笔记考证赖以参考的文献的产生年代也就相对较晚。宋代印刷出版后的中国典籍尽管存在种种损毁情况，但是与唐代之前的文献损毁程度已经不能相提并论，因此，在考察戏曲笔记的辑佚价值和文献保存价值时，就不能估计过高。这是在对传统观念中戏曲本身价值和作用不能估价过高的前提下的必然。古之曹丕的“经国大业”说，今之莫言的“文学大于政治”说，其实都是特定背景下的大话，都不如毛泽东的“螺丝钉”说准确。春义之所以论“焦循戏剧学背景”；考证《剧说》的版本和成书过程，辨析“点定”、“独撰”、“二次加工”三说，驳斥“压力说”；通过对《易余曲录》与《剧说》异文之比较、《曲考》与《剧说》剧目之比较，对《剧说》引用的二百多种文献缕分条理、辨析真伪、逐一考察，绝非仅是“知人论世”的必须，而是为焦循著作权正名的需要，同时也意在说明，焦循所引用的这二百余种文献，迄今绝大多数尚存，而且版本大都不止一种，这就势必修正某些研究者原先基于感觉而下的评价过高的结论。

其二，通过对焦循戏剧笔记基于特殊文化背景下提出的某些学术命题的丰富或者转换的深入研究，春义提出的一些观点可谓真知灼见，是为全书的闪光亮点。毋庸置疑，戏剧学笔记最重要的意义首先在于其资料价值。由于汇编了丰富的资料，多少能为其后的研究提供材料和线索。研究者一开始大都是从这个意义上利用这些戏剧学笔记的，但是现在学者的笔记研究还存在某种程度的偏差，亦即在研究中，对于材料本体缺乏充分的关注，包括标点、引文，缺乏深入的研究，未能对其引文和其他资料逐一核实，也就很容易导致似是而非、以讹传讹的结果，因而不能为以后的研究建构扎实的资料平台。由于对资料问题重视不够，有学者便转入戏剧学理论的探讨方面，而且大多从我国戏剧学的核心范畴入手，去探寻戏剧笔记作者在核心问题上的认识。例如去探讨语言的本色问题，抒情问题。这些问题确有研究的必要，但似乎不应该成为戏剧学研究领域的重点。理由很简单，古代戏剧笔记的作者很大一部分是业余票友，在类似问题的认识上未见得有多么高明，类似专业问题的最高明的答案应该在杰出的戏剧家、戏剧理论家那里。况且很多探讨的依据在于戏剧笔记所引用的前人的材料，一般作者往往只是表示同意而已，很少给戏剧学园地添加新的知识，实现知识的增长。所以，应该抛弃上述种种先入为主的观念，首先认真研究戏剧笔记作者基于其特殊的文化背景提出的一些学术命题。这些命题或许前人已经关注过，但是在笔记作者那里有了丰富或是转换，如果这些命题产生过重大影响那就更有价值。例如,春义对焦循《剧说》中所说“谬悠”与“求信”的出处和本意、焦循的丰富和转换、两者的对立和统一及焦循的戏曲虚实观与西方戏剧有关论述、与明清作者有关论述的比较都进行了深入探讨,分析其理论的影响以及现实意义,从而对历史剧的二分法问题,得出了自己的一些独特认识。他如关于“阴阳平衡”的词学观的问题,春义同样言之成理,持之有据,给人启迪。

其三,通过对焦循戏剧笔记中反复出现的考证、引用材料的梳理、考证、辨析,对笔记作者特别感兴趣的问题溯源疏流,阐明隆替,揭示其本质意义和现实意义,同样显示了春义严谨的治学态度和文献研究的功力。惟其在焦循戏剧笔记中这些考证引用材料反复出现,笔记作者又特别引以为趣,而且这些问题在历史上往往反复出现,甚至到现在还依然存在,因而类似问题的解决可以成为透视中国戏剧文化的重要窗口,也就是在戏剧笔记中出现的中国式戏剧学问题。诸如书中对于“讽刺”问题的考证与分析,对“一代有一代之所胜”问题的考索与辨析,都是引人注目的闪光亮点。因为类似问题都有深厚的历史文化渊源,加之中国文化的传承性并未中断,对类似问题的研究也就颇有现实意义。可以说,建立健全我国话语的戏曲理论体系的辉煌工程乃是诸多子工程、个案研究的有机结合或曰集大成,《焦循戏剧学研究》就是为这一工程添砖加瓦的一个部分。春义治学重视文献考辨,为其研究奠定了扎实的资料基础。文献是学术研究深入展开的基础,离开了文献,研究会成为无本之木。文献除了全面,还要可靠,所以尤其要辨明伪书问题。春义考证了《剧说》等的成书过程、版本差异,澄清了由此产生的某些伪话题。对引文进行了细致梳理,澄清了基于感觉而下的关于引书的一些观点。为本书和以后的相关研究,提供了重要的平台。其义理阐释也能独辟蹊径,贯穿古今,适当联系中外,能够揭示焦循独特的戏剧学贡献及其戏剧笔记中的中国式戏剧学的本源问题。由于春义对上述问题有着自觉的方法意识,所以抓问题能够抓得准确,分析也比较深入,部分解决了中国戏剧学上的一些重要问题。

不过,任何学术著作都难以做到尽善尽美。书中对焦循《花部农谭》的研究失之简略，不如对《剧说》的研究那样深入细致。焦循重视并且称道“花部”的通俗易晓的评论，在其《花部农谭》等著述中随处可见。当然，焦循是同意雅俗共赏的。他虽自幼居住在扬州郊区，喜爱观赏“花部”演出，但也听过昆曲，并肯定触动了他的情思，《雕菰集》卷五《听曲》诗云：“不惯温柔久断痴，红牙敲处亦相思。筵前多是悲歌客，只唱秋风易水辞。”而且还说昆曲有感人泪下的艺术魅力。焦循引用明人顾起元《客座赘语》说，万历之前，公侯、缙绅、富豪，凡有宴会、小集，都是演唱北曲。万历以后，则变而“尽用南唱”，在拍板、板鼓、洞箫、月琴的伴奏之下，“益为凄惨，听者殆欲堕泪”。对那些以昆曲演唱取得成功的剧作，例如梁辰鱼《浣纱记》，他曾给予高度评价。其《剧说》中引用《芳畬诗话》中的引诗云“彩毫吐艳曲，灿若春花开”，即为明证。焦循认为昆曲中也有不写“男女猥亵”的剧作，例如“《琵琶》、《杀狗》、《邯郸梦》、《一捧雪》”。他之所谓“善肖人之形容，动人之欢笑”是对“花部”特点及功能的概括，并非等同于其全部戏曲标准的论述，他对昆曲抑或雅部没有排斥。对此，春义似可以论述的更为全面和深入一些。

十年之前，春义以优异的成绩考入曲阜师范大学古代文学专业攻读硕士，笔者忝为导师。其时我严厉有加，而春义也自觉地奋发努力，使我颇觉欣慰。其硕士论文就是关于焦循的研究。毕业后，他考入南京大学古典文献专业攻读博士，文献功底益发扎实。毕业之后的工作单位山西师范大学戏曲文物研究所又是专业的单位，所以春义能完成这样一部著作。春义做事胜于言辞，勤奋黾勉，相信他定能更上层楼，为戏曲研究作出更大贡献。是书业已杀青，春义问序于我，情理难却，聊作数言以为序。

徐振贵

2012 年 11 月 8 日子夜于曲苑

从“没有理论”的戏剧学说起

——自序

对于戏剧学的研究对象，不同的学者基于不同的学术背景和目的，其界定各有千秋。如果不做偏执的理解，戏剧学研究应该包括与戏剧相关的所有内容，而不仅仅局限在学术界重点关注的戏剧史、戏剧理论、资料文献诸方面，固然三者是其中的重要内容。中国灿烂的戏剧文化肯定是在特定的理论指导下实践的结果，而在中国传统的戏剧学文献中，却恰恰“没有理论”。正如齐如山先生所说：

> 无论想研究哪一门学问，总要找点书籍，倒是找到了二十几种，无非是《燕兰小谱》、《明僮录》等等这类的书，不过这些书，不但没有讲戏剧理论的，且没有讲戏班情形的，都是讲的相公堂子。如某人为某人之徒弟，隶某部，工某角，意思是搭某一班，工唱青衣或花旦之类，也有恭维各角的诗词等等，但所有恭维的词句，都是与恭维妓女的文字一样。总而言之离戏剧太远，这些书于研究戏剧，可以说是一点用处都没有。于是又设法找到几种。如焦循（字笠堂）《剧说》之类，我未见之先，私以为焦笠堂为经学大家，他的《剧说》必非《燕兰小谱》之类，及至看到，确也有点研究的性质，但总是偏重南北曲剧本的记载，关于理论的部分，还少得（原文作“的”）很。至于《度曲须知》，陶九成论曲，燕南芝庵论曲，周挺斋论曲，赵子昂论曲，丹丘先生论曲，涵虚子论曲，《录鬼簿》等等，虽然都是专门戏剧的书，但都是研究歌唱及记录曲中的情形，绝对没有谈到戏中之动作的，就是《扬州画舫录》等类的书，也就是记载当时的情

形，然更是似是而非。[1]

而此类文献构成了传统戏剧学的主体，其主要内容见于上世纪 50 年代末 60 年代初中国戏曲研究院编的《中国古典戏曲论著集成》，其内容"有的是关于古典戏曲的编剧、制曲、歌唱和表演等方面的理论；有的是关于戏曲源流的考察；有的则是作家、演员的传记和掌故、史料方面的记载。我国一千多年来——唐、宋、元、明、清五个朝代的比较重要的戏曲理论方面的专著，目前能够搜集到的，大体都包括进去了"[2]。傅谨先生评价到："然而事实上，在这部书里，讨论国剧的曲调、声律的论著，占到了其中一大半，另外的一小半，也有相当一部分，是叙述涉及到国剧的缘起、发展和变化等不甚可靠的道听途说，更多的则是与剧作家、演员、乐师相关的趣闻、珍闻和轶事的笔记小说，或者类似的著述。"[3]解玉峰先生《百年中国戏剧学刍议》对此也有集中总结："中国古人并没有为今人传留下现成的概念范畴或理论体系，《中国古典戏曲论著集成》所收的古典戏曲'论著'与今人所谓'论著'其实有相当大的距离，《集成》所收四十八种'论著'都仅仅是今人理解前人戏剧观念、勾勒戏剧历史时可供采集的'原始资料'。"[4]2009 年，黄山书社出版俞为民、孙蓉蓉主编的《历代曲话汇编》，在资料范围上有了进一步扩展，可谓迄今为止最为完备的戏曲学资料汇编，但其内容多不出上述范围。

傅谨、解玉峰两位先生的概括非常准确，中国传统的戏剧学就是这么一类内容。问题是戏剧学的历史作为既定事实已经不能修改，那么，我们是抛开这些"事实"另起炉灶，还是就事论事，探寻适用于中国戏剧学的特定研究方法。答案很明确：二者是兼容关系而非排斥关系。就

---

① 《齐如山回忆录》，中国戏剧出版社，1998 年，页 87—88。

② 《中国古典戏曲论著集成·前记》，中国戏剧出版社，1959 年，第 1 册，页 1。

③ 《中国戏剧艺术论》，山西教育出版社，2003 年，页 327。

④ 《百年中国戏剧学刍议》，《文艺理论研究》，2006 年第 3 期，页 53。

前者而言，齐如山另起炉灶，“齐如山的诸多戏剧著作，不仅第一次较为详尽而且系统地记录了戏剧表演的基本格局，而且从中总结出许多带有普遍性的规律，揭示了中国戏剧从创作到演出一直遵循的戏剧学原理，由此中国戏剧才拥有了它的理论形态”①。这是保证戏剧学学科在现代学术体制内生存的重要条件，许多学者正在进行不懈地耕耘。

现在第二条研究路径似乎不太景气，许多学者已经转移阵地，许多重要艺术学刊物的刊文数量也不乐观，国家社科基金艺术学立项更是屈指可数。之所以会出现这种现象，一方面是由于文献资料匮乏和传统文献本身缺乏理论性，加之现代学者已经进行过较为深入的研究和阐释，再拓展的空间受到局限；另一方面就是研究观念和研究方法问题，主要表现在先用当代的戏剧学的研究对象和学科范畴作为预设，然后到传统戏剧学文献中寻找资料进行阐发证明。这保证了学科的合理性，然而其最大的弊端在于违背了从事实出发的基本学术要求，运用的是“六经注我”而非“我注六经”的办法。某种程度上可以说是在削足而适履，正如《淮南子·说林训》中所云：“夫所以养而害所养，譬犹削足而适履，杀头而便冠。”②削足而适履既然不可取，解决办法就是“就脚做鞋”，好好呵护中国戏曲学的“所养”。

从上世纪末开始，上述观念受到检讨，主张建立中国特色的戏剧学体系呼声日高。如徐振贵先生在《建立健全我国话语的戏曲理论体系》一文中指出：

> 所谓“我国话语的戏曲理论体系”中，所使用的基本概念或者说关键词，应该是古代戏剧批评的总结和升华，并与今人的革新和创造相结合，而不是西方的、欧化的或者苏化的话语的生吞活剥、照搬照用。我国古代戏曲批评中，并没有悲剧、喜剧、现实主义、浪

---

① 《中国戏剧艺术论》，页 328。

② 《淮南子集释》卷十七，中华书局，1998 年版，页 1180。

漫主义、矛盾冲突、人物形象、世界观、陌生化、间离效应等词语，这些外来观念的引入，的确产生过正与负两个方面的作用和影响。但是，如果仅仅以中国古代戏剧创作和演出的实际来阐释这些词语，或者以这些概念来评论分析中国古代戏曲，总会觉得像是梳着清朝大辫子而非要穿着西装一样。而中国古代戏剧批评中，倒是出现过诸如主脑、主旨、引线、本色、当行、境界、机趣、意趣、神色、收煞、腔格、气格、虚实等概念，这都是中国古代戏曲创作和演出实践的结晶，今人应予以全面阐释、正确解读。并在此基础上总结、升华、革新、创造。①

就中国特色而言，除了在表述上建立中国的戏剧学话语之外，另一方面是发现和解决中国戏剧学中的“中国式问题”。什么是戏剧学中的“中国式问题”？即是在中国特定文化熏陶下产生的具有中国特色的戏剧学的学术问题。其与中国文化紧密相连，与人们日常生活紧密相关，李昌集《王国维对元杂剧三点批评的当代解读——一个世纪学案的重新讨论》一文可谓是一个典型的个案研究。能够发现此类问题，首先从转换观念入手，抱一种“同情之了解”的态度，然后从事实本身入手，结合现代学术观念，进行阐发、引申，在个案研究基础上完成新的理论建构。

古代的戏剧学文献，其著述体裁以笔记为主。对于其研究，可以分为事实研究层面和理论概括层面。就事实层面而言，一是关于书籍的作者、成书、版本、引用文献研究等传统文献学的研究内容；二是关于笔记中所涉事实本身的研究。尽管学术界已经有研究者关注这些问题，但是程度远远不够，许多问题没有得到解决或是压根就没有注意到，导致一些似信非信的资料成为研究的重要证据。前者如关于徐渭《南词叙录》的真伪问题，就很值得讨论。后者如在《琵琶记》研究中，关于朱

① 《建立健全我国话语的戏曲理论体系》，《光明日报》，2005 年 6 月 24 日。

元璋推崇《琵琶记》并将其分发给诸王的记载被广为引用。此则材料除了见诸《闲居集·张小山小令后序》外，在官方文献以及诸王的记述中均未发现相关记载，其真实性不能不令人怀疑。再如“明太祖禁歌舞”条：“明太祖于中街立高楼，令卒侦望其上，闻有弦管饮博者，即缚至倒悬楼上，饮水三日而死。”该条材料见于清人李光地《榕村语录》卷二十二《历代》，也颇似小说家言，给人不必尽然，亦未必不然之感，总是令人感到有些不踏实。类似问题所在多有，均有深入求证的空间。理论阐释包括两个方面：一是阐释笔记编纂者本人的戏剧学观念和思想。这些编纂者文化背景不同，身份不一，其间既可能存在千人一腔的陈词滥调，也可能存在来自异域视角的慧眼独具。二是阐释笔记中的中国式戏剧问题。这些问题对于加深认识中国传统文化以及戏剧本身具有重要意义，而且由于中国文化未曾中断，很多探讨的问题对现在仍具启发意义。这样看来，类似的研究一定程度上可能会远离戏剧本体研究，但我们不应忘记戏剧艺术是中国文化滋养下孕育出来的艺术奇葩，离开了大地的承载与滋养，其走向枯萎也在所难免。郭汉城在 1993 年提出：“中国戏曲理论研究的进一步深入，必须重视戏曲交叉学科的研究。因为有些理论上的重大问题，不是在本学科的范围内所能解决的……如戏剧人类学、戏曲生态学、戏曲社会学、戏曲经济学、戏曲观众学、戏曲心理学、戏曲民俗学、戏曲宗教学等等，都有广阔的天地有待我们去开拓、探索。”[①]李昌集也指出：“戏剧史是多种社会文化活动的整合，而不单纯是若干戏剧家和剧本的‘思想’与‘艺术’的串连。”[②]这些方法为我们指明了研究方向，关键是要避免理论与事实脱节，只有将其水到渠成地运用到戏曲研究中才能最终解决问题。80 年代“方法论”时代的文学研究中，西方理论加中国事实的学术生产模式导致产生学术泡沫

---

① 《戏曲史论丛书》序言，见刘彦君《栏杆拍遍——古代剧作家心路》，文化艺术出版社，1995 年，页 3。

② 《中国古代曲学史》，华东师范大学出版社，1997 年，页 698。

的教训应该引起研究者的警醒。

基于上述想法，笔者选择焦循戏剧学研究，还原其研究的背景，发现其独特的合乎客观事实的戏剧学观点，找出其关注的历代研究者所关注的问题，一方面可以丰富学界对中国古代戏剧学的认识和理解，另一方面可以作为本思想指导下的个案进行研究尝试，成败与否均可提供经验或是教训。书海无涯，穷毕生未得其万一；学养所限，时或郢书而燕说。书中存在的问题，独任其咎，欢迎同行绳正之。

范春义

2012 年 10 月于临汾

绪 论

引 言

焦循(1763—1820),字里堂,江苏扬州江都(后划归甘泉,今属邗江区)人。乾嘉之际扬州学派著名学者,在经学、算学、方志学、小学各领域均有建树。焦循作为扬州学派的中坚学者,在学术史上有着很高的地位,阮元在《通儒扬州焦君传》中,对焦循的经历和学术进行了全面的评价:“小有足疾,遂托疾居黄珏桥村舍,闭户著书,葺其老屋曰半九书塾。复构一楼,曰雕菰楼,有湖光山色之胜,而读书著书恒在楼,足不入城市者十余年矣。……得年五十有八。……博闻强记,识力精卓,于学无所不通。著书数百卷,尤邃于经。于经无所不治,而于《周易》、《孟子》,专勒成书。……君性诚笃直朴,孝友最著。恬淡寡欲,不干仕禄。居恒布衣蔬食,不入城市,惟以著书为事,湖山为娱。壮年即名重海内,先辈中如钱辛楣、王西庄、程易田诸先生皆推敬之。煦斋先生见君《易》学,叙之,以为‘发千古未发之蕴’,且集苏文忠句书赠之,曰:‘手植数松今偃盖,梦吞三画旧通灵。’子廷琥,能读父书,传父学,端士也。……焦君与元年相若,且元族姊夫也,弱冠与元齐名。自元服官后,君学乃精深博大,远迈于元矣。今君虽殂,而学不朽。元哀之切,知之深,综其学之大指而为之传,且名之为‘通儒’。谂之史馆之传儒林者曰:‘斯一大家,曷可遗也?’”[①]《清史稿·儒林传》中采用了这一评价,并补充评论曰:“殁后,阮元作传,称其学‘精深博大,名曰通儒’,世谓不愧云。”[②]

---

① 《雕菰集》卷首《通儒扬州焦君传》,刘建臻点校《焦循诗文集》,广陵书社,2009年,页6—11。

② 赵尔巽等《清史稿》卷四百八十二《儒林传》,中华书局,1977年,页13258。

作为业余爱好，焦循的戏剧研究著作主要以笔记为主，《剧说》、《花部农谭》、《易余曲录》、《曲考》四种著述构成了其戏剧研究的全貌。鉴于焦循的巨大成就和影响，20 世纪的焦循研究首先从其经学开始。随着戏剧学进入现代学术体系，焦循戏剧学研究日益受到学界关注。戏剧学研究只是焦循的业余研究，其注重点在于经学。要想完整且客观地认识焦循的戏剧学，应该本着“知人论世”的基本学术路径，在宏观的视野下才能获得更加清晰的认知，亦即王国维所提倡的“观其会通，窥其奥窔”，否则就可能出现“一叶障目，不见泰山”或“只见树木，不见森林”的情况。

一 关于 20 世纪以来焦循戏剧学的外围研究

就焦循戏剧学的外围研究而言，可以分为三类：一是焦循的年谱、学谱、评传，为认识焦循的人生履历、思想发展提供了基本的事实材料。焦循传记年谱材料，最原始者即为阮元所撰《通儒扬州焦君传》及焦循之子焦廷琥所著《先府君事略》，成为其后研究焦循履历的蓝本。民国时期，出现了王永祥《焦里堂先生年谱》[①]、范耕研《江都焦理堂先生年表》[②]；建国后，有戴培之《江都焦里堂先生年表》[③]。1994 年，台北里仁书局出版赖贵三《焦循年谱新编》一书，成为迄今为止焦循年谱研究的集大成之作。该书在以前焦循年谱的基础上，尽可能利用相关材料，基本复原了焦循的生平事迹。有的时间段因为材料丰富细致，甚至可精确到以天为单位。书前楔子《扬州北湖焦氏世系记》，考察了焦氏的家族世系。正文分五章：第一章“启蒙就学期(1—20 岁)”；第二章“村居授徒期(21—30 岁)”；第三章“游幕教授期(31—40 岁)”；第四章“家居

① 《焦里堂先生年谱》，《东北丛刊》第十三期，1931 年 1 月。

② 《江都焦理堂先生年表》，《斯文》第一卷第 17、18、20 期，1941 年 6、7 月。

③ 《江都焦里堂先生年表》，台湾师范大学《师大学报》第 2 期，1957 年 6 月。按：本节关于焦循早期研究状况的回顾参考了陈居渊《焦循儒学思想与易学研究》的相关成果。

著《易》期(41—50岁)”;第五章“专志著述期(51—58岁)”。此书为赖先生撰写博士学位论文的前期外围研究,对焦循的戏剧学以及其他研究同样具有参考价值。关于焦循的学谱主要有两种,分别见于《清儒学案》和《清儒学案新编》。这对研究焦循的学术渊源、交游以及影响具有重要参考价值。因为在焦循时代,经学家研究戏曲者不止焦循一人,其朋友间多有涉猎,学案可以提供重要线索。关于焦循评传,主要有李承祜《焦里堂先生评传》①、刘瑾辉《焦循评传》②以及陈居渊《焦循阮元评传》③,尤其是后两书对焦循的学术及其发展过程进行了全面描述,对焦循的戏剧学研究也给予了相应关注。

二是文献考述与文集整理方面。文献考述与文集整理是进行研究的基础。焦循著述宏富,其书版本众多,为学术研究提供了便利,也增加了困难。对焦循著述的考述,较早的有欧阳炯《焦循生平及著述》④。此后贡献最大者,主要有陈居渊与刘建臻二人。陈居渊在《焦循儒学思想与易学研究》附录二《焦循著述考》中,就焦循的著述包括丛书、刻本、稿本、眉批校辑题记之本进行了深入考述,把焦循著述的全貌完整呈现了出来。既提供了藏书线索,又提供了一些罕见资料的细节内容,对全面研究焦循具有重要参考价值。刘建臻的贡献主要体现在对焦循著述的考述及整理方面。在《焦循著述新证》中,刘建臻详细考证了焦循的二十五种著述并作《焦循著述系年》,提供了很多罕见资料。随后,又以上述考证为基础,重新编辑《焦循诗文集》,在《雕菰集》之外,又得一倍以上之资料,这些资料多为手稿本,有些不为当代丛书收录,可以视为焦循著作的首次公开亮相,参考价值很大。关于《易》学文献,《易学三书》的整理出版也为学界提供了使用便利。

---

① 《焦里堂先生评传》,光华大学语文学会编《中国语文学研究》,中华书局,1935年。

② 《焦循评传》,广陵书社,2005年。

③ 《焦循阮元评传》,南京大学出版社,2006年。

④ 《焦循生平及著述》,《东吴大学中国文学系刊》第1期,1975年5月。

三是焦循的经学思想研究，成果形式可以分为论文和专著两种，研究对象上又有专题研究和综合研究之分。专门的综合研究，论文方面有早期自昭的《博大精深的学者焦里堂》（《清华周刊》第 309 期，1924 年 4 月），王永祥的《戴东原的继承者焦里堂》（《东北丛刊》第 12 期，1930 年 12 月），沈眉英的《焦里堂思想的评述》（《江苏研究》第 1 卷第 5 期，1935 年 9 月），荀生的《焦理堂卒后百二十年纪念》（《中和》第 1 卷第 11 期，1940 年 11 月）。除了上述专门研究，一些著名学者在其论著中也有重要论述，富有启发意义。梁启超的《清代学术概论》、钱穆的《中国近三百年学术史》中都有涉及。尤其是张舜徽对扬州学派素有研究，其《扬州学记》对扬州学派深加阐发："余尝考论清代学术，以为吴学最专，徽学最精，扬州之学最通。无吴、皖之专精，则清学不能盛；无扬州之通学，则清学不能大。然吴学专宗汉师遗说，屏弃其他不足数，其失也固。徽学实事求是，视夫固泥者有间矣，而但致详于名物度数，不及称举大义，其失也褊。扬州诸儒，承二派以起，始由专精汇为通学，中正无弊，最为近之。"[①]这些论述对于从宏观角度认识扬州学派与焦循深具启发意义。鉴于焦循的学术贡献和地位，研究乾嘉学术、清代学术、扬州学派的学术著作一般都会关注到焦循，这些非专门的关于焦循的著述成为焦循研究成果的重要类型，值得关注。

专著则有何泽恒《焦循研究》，台北大安出版社 1990 年出版。全书共分六章：第一章"雕菰楼易学探析"；第二章"焦循论语学析论"；第三章"焦循论孟子性善义阐释"；第四章"焦循经学余论"；第五章"略论焦循之史学"；第六章"袁简斋张实斋焦里堂三家比论"。"该书以探讨焦循这位清代乾嘉后期的著名学者的经史学为主，而旁及同时学者相关之学术讨论。诸篇论述各有侧重，汇合而观，则可对焦氏学术与当时学风转移之迹有一个较全面深入之了解。全书析论翔实，对研究清代学

---

① 《清代扬州学记》，上海人民出版社，1962 年，页 2。

术者有一定的参考价值。”①

赖贵三《台海两岸焦循文献考察与学术研究》，台湾文津出版社2008年出版。内容包括：自序；书影；一、焦里堂雕菰楼学记；二、焦循生平行实与学术年谱；三、焦循手稿著作与研究情况；四、北京两大图书馆焦循文献考察学记；五、焦循手批《十三经》的学术价值；六、焦循雕菰楼易学述评；七、焦循定稿《仲轩易义解诂》考释；八、焦循《尚书》学及其研究述评；九、焦循毛诗学综述；十、焦循《易话》中“《尔雅》释易”说述评；十一、焦循《论语通释》与《孟子正义》学思想述评；十二、焦循《孟子正义》易学思想析论；十三、焦循《孟子补疏》手稿抄释；十四、焦循手批明刊本《柳宗元文》汇评；十五、北京大学典藏《里堂札记》选释；十六、征引书目与参考文献；附录一：焦循《易话》释文；附录二：焦循《论语通释》释文；附录三：焦循手批《柳宗元文》释文。这是迄今为止对焦循相关文献和思想最为完备的研究和述评。

专门研究主要为赖贵三《焦循雕菰楼易学研究》，台北里仁书局1994年出版。该著作为赖先生的博士学位论文，对焦循的《易》学研究文献进行了全面考辨和深入研究。

大陆方面，涉及焦循的《易》学研究，主要有陈居渊《焦循儒学思想与易学研究》，该书除了思想价值外，《焦循交游考》、《焦循著述考》、《焦循学术编年》三个附录的文献价值也较高，尽管存在资料采编过于依赖《雕菰集》等不足，但对于焦循研究仍有重要参考意义。

上述研究揭示了焦循的生活环境、学术历程以及其思想的演变过程，为研究焦循戏剧学提供了坐标；文献考辨和整理则为研究提供了重要基础。

二 焦循戏剧学研究回顾

20世纪以来，随着现代学术制度的建立，原先被传统社会所轻视

① 李超杰、边立新《20世纪中国哲学著作大辞典》，警官教育出版社，1994年，页455。

的戏剧登上了学术研究的殿堂，焦循的戏剧学著作自然成为学者们的关注对象。经过诸多研究者的努力，关于焦循的戏剧学研究取得了相当的成绩。

（一）文献整理方面。焦循的四种戏剧学笔记都得到了整理，甚至是多次整理，如《剧说》，就笔者所知至少有八个版本。尤其是韦明铧点校《焦循论曲三种》出版，事实上成为焦循戏剧学著作的首次结集，印刷精良，颇便利用。《焦循论曲三种》除了汇编功能，还做了三方面的改进工作：第一，为《剧说》的每一条拟定了一个题目。例如："《教坊记》云：'凡欲出戏，所司先进曲名。上以墨点者，即舞；不点者，即否。谓之"进点"。'按：今演戏，伶人呈戏目于尊客，以墨选之，曰'点戏'，仍古之遗称。"韦先生将该条材料命名为"点戏"，让读者睹题就能知晓该条大体内容，这也是整理类似笔记文献时通常采用的做法。第二，进行了部分文字校勘。例如："以《剧说》卷二为例：李长吉诗'榼榼银龟骑白马'误作'榼银龟骑白马'，遗一'榼'字；曲目《黄粱梦》误作《黄梁梦》，'粱'误为'梁'。"第三，在《前言》中，韦先生还提供了一些重要资料，除了收录常为大家引用的《雕菰集》卷五《观村剧二首》外，还收集了许多散见的焦循戏曲笔记材料。例如从《雕菰集》卷五辑录《听曲》一首："不惯温柔久断痴，红牙敲处亦相思。筵前多是悲歌客，只唱秋风易水辞。"对于了解焦循雅好慷慨悲歌的审美倾向有着重要意义。许多类似资料前人少有关注和使用，韦先生的辑录整理具有重要的学术价值。此外，韦先生还从《扬州画舫录》中辑录出了已经佚失的《曲录》，实现了焦循戏剧学文献的首次全面结集。

（二）许多重要问题已经得到了重视，或已达成共识。第一，《剧说》引述丰富，有相当高的资料价值，"是一部戏剧文化史的资料集"（李昌集语）。第二，焦循推崇"花部"戏曲，独具慧眼，具有重要意义。第三，焦循"一代有一代之所胜"观念对王国维有重要影响，在戏剧学史上有重要意义。第四，焦循重视元曲，重视戏曲教化，强调艺术创新，欣赏悲愤慷慨淋漓的风格等等。第五，一些焦点问题已经得到了解决，如

《曲考》的文献问题。一种观点以刘致中为代表,认为《曲考》就是《剧说》①。该说有一定影响,例如韦明铧在《焦循论曲三种》一书中考论《扬州画舫录》中的《曲考》内容外,又云:"但也有学者认为,《曲考》就是《剧说》。"②刘孔伏、杜海军不同意《曲考》就是《剧说》的观点,但在《曲考》作者归属权上意见亦有分歧③。王瑜瑜结合上述诸家意见,结合黄文旸、李斗、焦循的交往,以姚燮《今乐考证》为重要参照系,对《曲考》进行了系统研究,得出如下认识:"综上所述,焦循《曲考》确有其书,姚燮编撰《今乐考证》时曾经参考,这是一部据黄文旸《曲海目》增补而成的戏曲专科目录,它的内容包括了《画舫录》本剧目著录的三个部分(黄文旸《曲海目》、李斗据《曲考》增补的 68 种剧目、焦循据《纳书楹曲谱》增补的 23 种剧目),通过《画舫录》本和《今乐考证》,我们可以基本还原此书的面貌,但在引用中需要详加说明。"④这一观点证据更为确凿,可以看作最终结论。焦循戏曲学研究已经取得了显而易见的成绩,同时存在许多问题亟待解决。下面从研究方法以及具体问题两个角度展开讨论。

在研究方法层面,学界尚缺乏必要的探讨与反思。现在学界通常是采用"六经注我"的方式,亦即按照学科建立起来的范畴和问题,到焦循的戏剧学著作中去寻找证据,作为确立自己论点的支撑;或是主观设定一个论题,强古人以就己。这一方法存在明显缺陷。按照辩证法的基本原理,我们的认识总是先从特殊到一般,再从一般到特殊,循环往复,形成对客观事物的准确认识。因此,从材料入手,从现象入手,是进行学术研究的基本方法。例如,对戏剧笔记而言,材料价值是其基本价值。由于焦循的笔记时代距今较近,其保存资料价值与唐宋笔记相比

---

① 《〈曲考〉即〈剧说〉考》,《文学遗产》,1981 第 4 期。

② 《焦循论曲三种・前言》,广陵书社,2005 年,页 9。

③ 《〈曲考〉非〈剧说〉辨析》,《云南民族学院学报》,1989 年第 2 期;杜海军《〈曲考〉不是〈剧说〉》,《殷都学刊》,2001 年第 4 期。

④ 《〈曲考〉考述》,《中华戏曲》,2011 年,页 177。按:其中"焦循据《纳书楹曲谱》增补的 23 种剧目"这一观点证据稍嫌不足。

自然不可同日而语，因此评价其辑佚价值时就不能忽略这一点。学界在研究焦循戏剧学思想时同样存在误区，主要表现为存在拔高现象。对艺术研究而言，真正的艺术最高峰存在于艺术家那里，艺术评价的最高峰存在于专业的艺术批评家那里，二者兼之的李渔就是典型例证。从焦循笔记中，寻找焦循之类的传统文人的高超的理论见解，这一思路本身就存在问题。很显然，焦循的笔记采自前人，也就是说此类问题古已有之，用来分析焦循的理论贡献，意义并不突出。

与此密切相关的就是基础研究的严重不足，许多重要问题尚未提出，即使提出的亦远未获得合理解释。前者如焦循戏剧学研究何以发生的问题。学者们已经意识到作为经学家的焦循，具有如此多的戏剧学成果是一个有意思的现象，但是很少有人去探讨其背后的成因。后者如《剧说》的引书问题。《剧说》引书浩博，资料价值高，学者相关研究中多有引用但对《剧说》究竟引书多少，存佚多少，引文有无讹误等情况，鲜有探讨。《中国文学参考资料小丛书》本《剧说》之整理者《出版说明》称："焦氏原书征引浩博，其间颇多目前难得之书，遍观互校，事有所未许。"[①]1957 年迄今已过半个世纪，问题一直悬而不决。现在图书资料极为丰富，关键是已经进入数字时代，为查询相关文献提供了古人无法企及的便利，具备做好该方面研究的各种条件。再如，《剧说》的成书问题。焦循在《序言》中称"因取前帙，参以旧闻"[②]，刘致中认为"《剧说》系焦循所作无疑"[③]。究竟如何，尚未有可信结果。

即使是看似已解决的问题，也有一些值得讨论。例如对《花部农谭》的研究存在一个价值被发现的问题，即《花部农谭》的价值被认可，是在其问世 150 多年之后的事情。"花部"戏曲乾隆以降日益兴盛，但是为什么直到 1959 年才出现第一篇专题论文，换言之，《花部农谭》为

---

① 《剧说》卷首《出版说明》，古典文学出版社，1957 年，页 1。

② 《剧说》，《中国古典戏曲论著集成》本，中国戏剧出版社，1959 年，页 81。按：下文只标明版本和页码。

③ 《〈曲考〉即〈剧说〉考》，《文学遗产》，1981 年第 4 期。

什么彼时才被“发现”？如果说它有后来研究者所认为的巨大价值，那么在当时为何寂寞无闻？往细处着眼，问题同样存在。对“一代有一代之所胜”内涵的研究同样如此，这一问题如此重要，甚至影响了20世纪中国文学史的写作。焦循究竟在说什么？若对其原始意义尚不甚明了，在事实不清的情况下就对其引申评价，结论可能很危险[①]。

三　研究方法和拟解决问题

第一，要有清晰的方法论意识。因为焦循戏剧笔记成书时代晚，从焦循的选择看时人关注戏曲的话题，应该是其价值所在。也就是要发现戏剧研究中的中国问题，而非按照当今戏曲观念从中寻找支撑材料。这对深入研究中国戏剧学的特色，具有参照意义，应该作为将来深化戏剧学研究的一个着眼点。

第二，研究主要运用文献研究法。文献考察是进行学术研究的前提，准确而可靠的文献是保证研究获得成功的前提条件。焦循的戏曲笔记研究中，有许多文献问题尚待解决。这就决定了文献研究法是本书研究的基本方法。焦循戏曲笔记内容庞杂，搞好史源调查、进行文字校对、考证难点问题自是当务之急。要在文献考证的基础上，通过文本细读和相关材料互证，深入考察戏曲笔记中的剧目、人物以及其他文化现象，全面揭示焦循戏曲笔记的文化内涵；并用现代的学术眼光，反思当前焦循戏曲笔记研究中存在的问题，为以后的研究提供方法上的借鉴。

第三，重视多学科的参照和交流。焦循著述宏富，但在当今已经被肢解，分属于中国哲学、戏曲学、科技史、方志学等不同的领域。这一划地为阵的做法，就会产生很多盲区，恰恰违背了焦循本人终生实践的

---

① 由于阅读不细，学界对焦循的研究产生了个别不应有的分歧。例如《中国古代戏曲文学辞典》在介绍焦循时，说其“剧作有传奇《续邯郸梦》”（人民文学出版社，2004年，页311），其实这只是焦循的想法，并未付诸实践。

“贯通”思想；而学科融合，得出的认识可能会更符合事实本身。

按照上述思路，笔者拟要解决如下问题：一是焦循戏剧学研究何以发生；二是《剧说》的著作权问题、引书问题、文献讹误问题以及由此产生的总体评价；三是《花部农谭》的“发现”问题及其存在问题；四是焦循经学研究与戏剧学关系问题；五是焦循戏剧学中的重要中国戏剧学问题。

由于目标比较明确，笔者在研究过程中以解决上述问题为基本追求，本书章节设计和行文上则由解决问题不同而略有不同。焦循戏剧学成果以笔记为主要呈现形式，为便于指称，本书在必要时用其书名拼音第一个字母结合阿拉伯数字进行表示，如“J1. 1”表示《剧说》的第 1 卷第 1 条，“H1”表示《花部农谭》的第 1 条材料，“Y1”表示《易余曲录》的第 1 条材料，其余以此类推。

第一章　焦循的戏剧学背景

第一节　焦循的家世、经历与戏曲交游

一　家世述略

焦循非常重视文献的保存，包括其本人与其家族资料，这为研究其学术提供了便利，也实现了他编纂文献以供史志采录的目的。焦循的家世情况，最早加以著述的为其伯高祖焦明遴所著《湖上焦氏谱系》，焦循转载于《北湖小志》之《家述》[①]。后来焦循的朋友武进臧庸撰《焦氏世德记》，于焦循本枝叙述尤详。焦氏之祖先，有的说自山西迁来，但是没有证据。所以《湖上焦氏谱系》仅以居扬州北湖者为断。焦循所居地旧为上、下两庄，在黄珏桥西南半里许，人称“焦家楼”：

> 乾隆间，岁苦于水，族渐他徙。业既零落，丁口亦稀，两庄所存之屋，十之二三而已。……焦氏明初居江都东乡八港口，有祖号望武……乃迁于城北涧陈坝之西。……望武生二子，名字不传，分东、西分。东分生广，始迁下庄。广生有，有生鼎，鼎生迁。迁有厚德，旧谱云去世久远，声名犹载口碑，惜乎本末不能备也！生四子：长府，没于明季金沟河之役；次库，幼卒；次文科，生四子；次文举，

---

① 《北湖小志》卷六，广陵书社，2003 年，页 115—121。

生七子。共十一房,为循高祖辈。十一房生四十七房,为循曾祖辈。四十七房生九十房,为循祖辈。九十房生百二十房,为循父辈。文科字仰湖,其后为西分;文举字少湖,其后为东分。……生四子:憬、熹、烟、杰。……(憬)生二子:轮、轼。……轼一字凭轩,又号熊符,工诗古文词,善雅谑。书法入欧、颜之室,擘窠大字,挥笔立成,纵横皆如铸铁。长于六书,一依许氏《说文》,时郡人知《说文》者尚鲜也。循尝学诗于公,为公编诗文集为《凭轩遗笔》二卷。又著《梅花诗迷百首》,每首隐一物,两面逼肖,奇作也。①

焦循祖父以下的家庭关系,见于武进臧庸所撰《焦氏世德记》,云:

明旸子源,娶于卞,卞家故饶,且能诗,工书画。时源与诸兄同居,诸妇嫉卞之奁厚,迫源析产而遗以先债。源与卞躬耕自给,卞并鬻其钗珥以偿逋,久之,业复旧。恤其兄之子,不遗力。源子镜,元旦遇无赖子于涂,辱之,毁其冠。镜退,易冠而出。逾日,无赖子自愧,造门谢。镜念其贫,厚给之。娶于王,明吏部纳谏之玄孙女,生子葱。王氏世以《易》名家,吏部之曾孙明经祖修以《易》教授,葱为明经外孙,得闻王氏《易》说,并熟焦氏《易林》、郭璞葬法。……娶于谢,年三十四无子,谢请曰:"翁之丧,无孙成服,吾之咎也。"又曰:"姑年六十,忍令不抱孙乎?"亟求宜子者,因纳殷,并纳陈。殷生子三人:长循,嘉庆辛酉举人;次律,国子监生;次征,扬州府学生。谢教子,口授《毛诗》及古孝弟忠信事,多置纸笔,令学书。②

此外,焦循还有二妹,一适黄文旸之子黄金,一适贾育仁。焦循撰

① 《北湖小志》卷六,广陵书社,2003年,页115—121。

② 《北湖小志》卷六,页122—123。

有词作《河传·贾育仁妹婿以扇头鹳鸽捕螳螂画属题》[1]。由其妹产生的姻亲关系对焦循的戏剧学有相当影响。

由于文献保存完整，焦循的履历非常清楚，其早期经历大致如下：生于乾隆二十八年(1763)，世居江都黄珏桥，时属江苏扬州府甘泉县，今属邗江区黄珏桥镇。三岁时，表兄范秋帆(名征麟，字彬文)、表叔王容若皆以字音反切相授。随嫡母谢孺人日识数字，尝看门上春联，指正"栽"误作"裁"，嫡母称奇，遂口授唐人绝句。六岁始入塾读书，从表兄范秋帆学习，授以《诗》，辨别音韵。父亲佩士命诵《毛诗》。十岁之前，与表叔王容若日夕相依，经常听古人孝弟忠烈故事；闲暇之时教以书数，焦循学习九九，始于此时。十一岁时，范秋帆令其读古文，于是好为古文。其族父熊符(名轼)一一改正其诗，并奖进之，于是知作诗之门径；焦循从事六书之学，实启之于熊氏。十二三岁时，好为小诗，父佩士以《诗品》示之以教，受而录之，藏诸箧中二十余年。又读三苏文，即解为序论。后历阅史地、天文、术算之书，由是有研究地理、天算之志。十三岁时，学于舅氏谢联芳(字蕙田)，尝以"读书以能背诵精熟，能解为胜"教之，焦循深受教益，以为功实而用远，终生奉之。乾隆四十一年(1776)，焦循十四岁。是年夏，一日焦循从塾中回来，父问当天所学内容，焦循举《小畜》象辞，且背诵闻于老师的见解，父质之，反复不得解，愤塞郁滞，不能自释。焦循受父教，年十四即习为古文；其间涉猎多方，而于属文之法，未尝一日离。自十六七岁，习为诗、古文辞。十七岁时，刘文清公(名墉)取补学生员，与顾超宗(名凤毛)一同入学，已而同食馔，二人关系更加密切。顾超宗传其父之经学，成为同学后，焦循开始用力于经学。乾隆四十六年(1781)，焦循十九岁，始有志于经学，自《毛诗》始，买得汲古阁刻本《十三经注疏》读之。期间，开始阅读《尔雅》，又见陆佃、罗愿之书，心不惬意，计划有所著述，以补两家之不足。乾隆四十七年(1782)，焦循二十岁，在安定书院读书，院长吉梦熊勉以经学，遂

---

① 《红薇翠竹词》，《焦循诗文集》，页545。

与顾超宗问学切磋，用力于经学的学习与研究。[①]

二 生平两大节点

正如臧庸所言，焦循所在家庭“上自高、曾，下逮孙、子，盖七世三百年，莫不以忠厚、文学世其家”，所以受到了良好的家庭教育，为其戏剧研究奠定了良好的知识背景基础。对于焦循的一生和他的戏剧学研究而言，有两个转折点：一是娶妇阮氏，与后来仕途发达、文化建树颇巨的阮元建立了密切的联系，得以走南闯北，既增加了实际阅历，又能阅读大量的文献资料，且在游幕期间有了生活物质保障。二是四十岁以后，以母亲需要照料为由，不再赴京会试，闭门著书，尽心侍母。在成就一代巨儒的同时，又能在深研之暇，遍观扬州地方演戏，为戏剧研究奠定了感性材料基础。

焦循与阮氏联姻之事纯属偶然：“余八岁时，在公道桥梓潼祠，时未与阮氏结姻，以拜寿往也。宾客甚多，内一人夸其子聪隽，令当众人诵壁上诗。其子长余一二岁，诗中有‘冯夷’二字，伊读作缝。读已，余叔祖绩园翁顾余曰：‘子亦能诵乎？’余笑说：‘余固能诵，当不致似若读“冯”为“缝”耳。’其子不服曰：‘此《百家姓》冯、陈、褚、卫之冯，何误邪？’余益笑不已，曰：‘吾生实不读《百家姓》，而尝读《楚词》，此字音皮冰切，乃“凭”字也。’旁一髯者大称奇。又一人私语曰：‘区区者而夸若是，非令器也。’乃太学公阮赓尧先生竟以此深契，遂结婚姻。”[②]其实在封建社会，焦循的这一事例绝非个案，有深厚家学的家庭教育往往直接从传统经典文献入手，而非常用童蒙读物《三》、《百》、《千》之类。从此事可以看出，焦循接受教育的起点是《离骚》，起点之高远非一般同龄者可比，所以能在八岁时“闪亮登场”。

读书应试是当时读书人的首要之事，焦循指出：“家之不幸，莫如不

---

① 该部分内容据赖贵三《〈焦循年谱新编〉纪要》整理，见《教学与研究》第16期，1994年6月。

② 焦循《忆书》，《丛书集成初编》本，中华书局，1985年，页38。

肯教子弟读书。”[1]焦循一生参加过 11 次考试，终于在嘉庆六年(1801)考中举人。但是嘉庆十年(1805)正月，好友郑耀庭劝其入京参加会试，并且愿资助其应试的相关费用，结果焦循没有赴试，郑耀庭及许多老友都为之惋惜。焦循为此作《答郑耀庭书》说：“循不北行之故，实有苦心。壬戌正月北行，家母送至舟中，舟已过桥甚远，望见吾母尚立岸侧，翘首而望，心甚凄恻。五月归，家母甚欢。及秋间往浙，与母别，家母则曰：‘归家才两月，又行，吾近年多病，甚不似往年强健矣。’明日上船，家母以鲜鲫鱼四尾盛水桶中，令婢携置船上，家母曰：‘恐路上澹泊，可烹食之。’循时恻然，留二尾在家，带二尾行。既行，念念在心，遂屡思归。故冬月归来，决意家居训蒙，不复作远游计矣。去秋受湿气，以致尻内胀痛，呻吟痛楚者四十余日，家母时以为忧。近虽安好，神色未健。一旦远行，两地悬挂，此实弟不出之苦心，非乐安佚而轻仕进也。”[2]该段文字颇含深情，令人动容。恋母之情只是焦循不赴会试的理由之一。

理由之二在于焦循的特殊预兆观念和因应试而未能在父亲去世时侍床的悔恨。在焦循看来，很多事情是前有定数，非人力所能改变。嘉庆十年(1805)四月，焦循生母殷氏生病卧床，焦循日夜侍于榻前，端汤喂药，恪尽孝道，母终因医治无效，于十月仙逝，享年六十六岁。焦循不由得想起乾隆五十年(1785)四月，父亲吐血，旧病发作，卧床不起二十余日。恰好这时县里有告示，五月初一日举行童子试，焦循遵父命入城。而就在第二天夜里，父亲仙逝，焦循离家仅一天半，竟与父亲天地永别，真是后悔莫及。后来焦循在《忆书》中痛言：“乾隆乙巳四月，先子咯血，疾发，数日小愈，但倦怠欲卧。二十五六日遂卧不起，然每岁疾发，多如是。适县有牌示，五月初一日试童子，循时方补廪膳生，例于前一日在明伦堂公押保结，而二十八日则书院课期。二十七日，先子命入城课文，且应公押，曰：‘可初二日归也。’督家人治角黍为午节用。然神气殊倦，语言声不扬。循二十七日遂入城，明日，在书院作文，更许，家

① 《里堂家训》，页 521。

② 《答郑耀庭书》，《焦循诗文集》，页 260。

中雇工张眇来曰:‘今早公道桥黄医来视,称不治。’闻之魂丧,急行,不及火,策驴,驴不行,乃步归,三鼓半,先子已气绝。临绝,呼大儿不已。盖余入城,有张医进以丸药,即神昏,旋延黄,已不可为。仲(原误为“伸”)弟以治棺往仙女庙买木,故终时惟三弟在侧,三弟始十二龄耳。先母哭谓循曰:‘汝父待汝归,有要语付汝,屡问,曰不可待矣,究不知所付何如语也。’言至此,痛心不可为人。计离先子仅一日半耳,一保结,一课文,有何大紧要,而必入城,致此终天之恨,时欲自杀。……今已距三十年,生平第一大咎,梦寐中所不能安也。”[1]可见对于孝子而言,父亡而不在身侧是多大的遗憾。后来焦循回忆其不赴会试之事,对自己的选择颇感欣慰。“乙丑会试不赴,而吾母竟终于是年。洪宾华挽诗云:‘忍教千里绝温裾。’此知我者,而余实心痛于先君之终,不获侍侧,尚不致再抱此痛耳。”[2]还曾对其子廷琥说:“向使吾竟北行,岂非终天之痛欤?”自此之后,焦循托足疾不入城市者十余年,保证了与下层农人的紧密联系,见证了扬州地区“花部”兴起的过程,这是《花部农谭》成书的必备条件;而焦循这个两难选择本身也足以验证《琵琶记》思想来源的社会现实性。

三 戏曲交游

焦循周围有很多对戏曲感兴趣的朋友,成为其戏曲学实践以及评论的重要思想来源。其中有四个人值得特别注意,分别是阮元、黄文旸、李斗和凌廷堪。

(一)焦循与阮元

阮元(1764—1849)于乾隆二十九年(1764)出生于江苏扬州府城内一个以文兼武的世家。乾隆五十四年(1789)二十五岁的阮元中进士,入翰林院任庶吉士,次年授翰林院编修。一年后因学识渊博,受高宗赏

① 《忆书》,页33—34。

② 《忆书》,页34。

识，升任少詹事，入值南书房、懋勤殿，迁任詹事。乾隆五十八年（1793）至六十年，提督山东学政，曾数游济南名泉，广交山东及寓鲁金石学家，遍访山东金石文物，并在毕沅主持下，撰成《山左金石志》二十四卷，对山东乾嘉之际金石学的兴盛贡献颇巨。后任浙江学政。嘉庆三年（1798）返京，任户部左侍郎，会试同考官，未几又赴浙江任巡抚，抚浙约十年。在任期间，除吏治军政之外，又会合浙江文人，编书撰述不辍。嘉庆六年（1801）在杭州创建诂经精舍，聘王昶授词章，孙星衍授经义，培育英才。嘉庆十年（1805）丧父，服除，任职兵部。又先后出为湖南、浙江巡抚。嘉庆十九年（1814）调江西巡抚，因捕治逆匪胡秉耀有功，加太子少保，赐花翎。嘉庆二十一年（1816）调河南，升湖广总督。次年，调两广总督。在粤期间，建议禁鸦片，对英商采取较严厉的政策并上书嘉庆帝，认为"宜镇之以威，不可尽以德绥"。嘉庆二十五年（1820）在粤创立学海堂书院。道光元年（1821）兼任粤海关监督。道光六年（1826）迁云贵总督，一方面罢免贪官污吏，加强对盐税的征收和管理；另一方面，组织偏远地区的百姓开荒种地，防御蛮族的进攻。道光十五年（1835）召拜体仁阁大学士，管理刑部，调兵部。道光十八年（1838）因老病致仕，乞返扬州定居，道光帝许之，给半俸，临行加太子太保衔。道光二十九年（1849）卒于扬州康山私宅，谥文达，享年八十六岁。

阮元本人没有戏曲创作，也很少对戏剧发表评论，但是他对焦循的戏剧学研究起了重要作用。首先，他为焦循提供了入幕机会，提供了重要的经济资助和文献资源。据焦循《里堂家训》所引《佐治药言》记载，当时入幕之酬金远远高于作为塾师之收入："寒士课徒者数月之修少止数金，多亦不过十数金。……游幕之士，月修或至数十金。"[①]两者相差几十倍。阮元无论在山东做学政，还是在浙江做巡抚，焦循都随其入幕。由于阮元位高权重，周围之人多为文化名人，包括对戏剧感兴趣的人，为焦循提供了重要的交际平台。有资料表明，他们曾经同时出现在

---

① 《里堂家训》，页 522。

一次众多文人参加的集会上，阮元《定香亭笔谈》卷三记载："余于乙卯年(1795)冬自山左移任浙江，过扬州，诸友人同饯余于虹桥净香园。是日，寒雨满湖，未及平山而返。次日渡江，故余留别诗有'旧雨今宵联舫听，暮云明日隔江飞'之句。奚铁生为作《虹桥话旧图》。虹桥话旧者，为黄秋平文旸、林庾泉道源、钟莪崖怀、徐心仲复、汪晋蕃光曦、掌廷光烜、方月槎士杰、黄春谷承吉、焦里堂循、方菊人士夔、汪味芸澍、李滨石钟泗、濮朝衡士铨、翼符士铃、子耕士钤、李艾堂斗、江郑堂藩、周采岩瓒、郑云洲兆珩、何梦华元锡。"[①]这些人中，黄文旸、李斗都是戏剧的行家里手。

当时看戏是娱乐的主要方式，《剧说》中留下了在阮元幕时共同赏剧的记载。在山东期间，考试完毕之后县令送戏，因为选择剧目众口难调，发生过小的龃龉[②]。在浙江期间，阮府上演《寇莱公罢宴》，触景生情，勾起阮元对往事的回忆，为之罢宴[③]。在材料搜集方面，入幕对焦循的研究也有影响，如《剧说》记载："乾隆乙卯，余在山左，学使阮公修《山左金石志》，州县各以碑本来。嘉祥县有《祝英台墓碣文》，为明人刻石。丙辰客越，至宁波，闻其地亦有祝英台墓。"[④]正是阮元的征召，才使焦循得以利用不同地区的类似材料。

由于朋友加之姻亲关系，阮元与焦循关系特别深厚。可以说，离开了阮元，焦循的一生将大为改观，包括他的戏剧学研究。

(二)焦循与黄文旸

黄文旸(1736—?)，字时若，号秋平，江苏甘泉人。生于乾隆元年(1736)正月十六日，卒于嘉庆十四年(1809)后。出身扬州破落盐商家庭，屡试不第，终以贡生。乾隆四十六年(1781)总裁扬州词曲局，进呈戏曲，晚年游历齐鲁吴越间，颇受阮元等名流器重。研通经史，擅诗文

---

① 《定香亭笔谈》，光绪二十五年(1899)浙江书局刻本。

② 《剧说》，《焦循论曲三种》，广陵书社，2008年，页160。按：下文出自该版本的引文，径标出处页码。

③ 《剧说》，页145。

④ 《剧说》，页30—31。

词曲，著述宏富，现存《扫垢山房诗钞》、《曲海目》两种，为清代重要的戏曲目录学家[①]。其小传见于《扬州画舫录》："黄秀才文旸，字时若，号秋平，居天心墩。工诗古文词。得古钱数百品，自上古至今，一一摹之而系以说，为《古金通考》六卷。辨安阳、平阳为战国钱，识神农钱为倒文，皆极精细。又录金元以来杂剧院本，标其目而系以说，为《曲海》数卷。又《隐怪丛书》十二卷，《丙官集》数卷。好葫芦，门庭墙溷皆有之，长短大小，累累如贯珠，壁上画水墨葫芦无数，著《胡卢谱》，阐阴阳消长之精，《糖霜》、《百菊》不足比也。妻张净因，名因，工诗画，著《淑华集》。子无假，名金，得唐人绝句法。江北一家能诗者，黄氏其一焉。又著《通史发凡》三十卷。"[②]

黄文旸本人研通经史，擅诗文词曲，阮元对其评价很高："秋平研穷六经，融贯诸史，以修其身，蓄而通之。得其经纬，可以治繁剧，决疑惑。既无知者，老于横舍，闭户著书。……善词曲，入东篱、汉卿之室。"[③]文旸妻子名张因，工诗曲。阮元《净因道人传》载张因原名英，字淑华，文旸易其名为因，字净因，号净因老人，生于乾隆六年(1741)，卒于嘉庆十二年(1807)。"居士雄于文，为里中老宿，屡不第，家贫，以馆谷自给，道人常典簪珥以为炊，或以画易米，与居士相倡和，或赌记书籍策数典故以为乐。"[④]其父张坚，为甘泉公道桥北湖儒生。母亲徐氏为清初戏曲家徐石麒之孙女。徐石麒是明末清初重要的词曲作家，焦循《剧说》中多有提及。

乾隆时期禁毁小说戏曲，查禁违碍文字，扬州地区是查禁重镇，故在其地设词曲局，黄文旸任总纂官，得以遍览天下词曲，故有《曲海目》

---

① 相晓燕《清代戏曲目录学家黄文旸生平事迹考》，《文化艺术研究》，2011年第4期。

② 《扬州画舫录》卷九，广陵书社，2001年，页112。

③ 阮元《扫垢山房诗钞序》，黄文旸《扫垢山房诗钞》卷首，《续修四库全书》本，页2。

④ 阮元《揅经室集》，中华书局，1993年版，页531。

之撰写。

焦循与黄文旸既是诗文之友，又有姻亲关系，黄文旸长子之妻乃焦循之妹。焦循曾经帮助黄文旸刊刻诗集，《扫垢山房诗钞》卷九《寄寿净因》后自注："此诗因写家书，偶有余幅，遂走笔书寄，故草率未及推敲也。乃山妻与大儿得而和之，长媳之兄焦君里堂又爱而刻之，遂致传播四方，纷纷投赠佳篇，得诗近三百首，次原韵者三十五人，遂成一时盛事。儿辈已汇钞成帙，拟寿诸木，力未暇也。"[①]由于关系密切，他们时常诗酒唱和，《淮海英灵集》戊集载江都文人李德音有《莫愁湖与张竹轩、黄秋平、焦里堂、李冠三、罗养斋、李滨石同赋》。二人且有共同在南京观剧的经历，凌廷堪云《高阳台·商调同黄秋平焦里堂雨花台观剧》云："慷慨秦歌，婆娑楚舞，神前击筑弹筝。尚有遗规，胜他吴下新声。无端委巷谈今古，混是非、底用讥评？郁蓝生，杂剧流传，体例分明。挺斋不作东篱去，算青藤、玉茗，风气初更。辗转相师，可怜伪体争鸣。何人礼失求诸野？怅碧天、无限遥情。暮云轻，曲散人归，月上高城。"[②]二人又曾经共同为李斗的《奇酸记》进行点评。

可以说，在因家庭纠纷关系破裂之前，焦循与黄文旸是戏曲研究的同行知音。尤其是焦循《曲考》的撰写，就是以黄文旸《曲海目》为基础增补而成。可以想见，黄文旸凭借当时纂修词曲的身份，应该为焦循戏曲文献的阅读提供了很大便利。

（三）焦循与李斗

李斗（？—1817），生年不详。祖籍山西静乐县，从祖辈开始，迁往南方各地。字北有，号艾塘（一作艾堂），江苏仪征人。诸生。博通文史，兼通戏曲、诗歌、音律、数学。撰有传奇《岁星记》和《奇酸记》。又有《艾塘曲录》、《艾塘乐府》一卷、《永报堂诗集》八卷、《扬州画舫录》十八卷及《防风馆诗》。其所作《扬州画舫录》中有不少戏曲、曲艺史料，为研

---

① 《扫垢山房诗钞》卷九，《续修四库全书》本，页107。

② 《梅边吹笛谱》，《凌廷堪全集（四）》，黄山书社，2009年，页253。

究我国17、18世纪的戏曲和曲艺提供了颇有价值的资料。所写诗歌甚多，均收入《永报堂诗集》。

焦循与李斗关系密切，二人均与黄文旸有姻亲关系，故而亦为亲戚。焦循之妹嫁于黄文旸长子黄金，李斗之女嫁于黄文旸次子黄镇。李斗《扬州画舫录》中，专为焦循设一条："焦循，字里堂，北湖明经。熟于毛诗、三礼，好天文律算之学。郑兆珏、郑伟、王准皆与之游。所著有《毛诗草木鸟兽虫鱼释》三十卷、《毛诗释地》七卷、《群经宫室图》二卷、《礼记索隐》数十卷、《焦氏教子弟书》二卷，又有《释交》、《释弧》、《释轮》、《释椭》、《乘方释例》、《加减乘除释》，共二十卷，皆言算术也。本朝推步之术，王梅之后，则有歙县江慎修永、休宁戴东原震、嘉定钱晓征大昕，钱视二家尤精。与里堂友者，歙县汪孝婴莱、凌仲子廷堪、吴县李尚之锐，并通是学。李尤善，为钱之高弟子，钱称其愈己焉。里堂之子白，字廷琥，亦善三角八线之法。"[①]且完整收录了焦循《曲考》，为保存戏剧目录做出了重要贡献。

焦循对《扬州画舫录》甚为欣赏，在前往济南赴阮元之邀之前，专门写诗赠给李斗："太平诗酒见名流，碧水湾头百个舟。十二卷成须寄我，挑灯聊作故乡游。"[②]对《扬州画舫录》一书充满期待。李斗撰写《岁星记》传奇，焦循评价很高。嘉庆八年(1803)冬，扬州东园主人请李斗为元宵灯节编一部戏，李斗遂撰《岁星记》二十四出，敷演汉代东方朔的故事，根据《列仙传》"东方朔为岁星之精"而取名，不数月即完稿付之排演，于嘉庆九年(1804)元宵节在东园正式上演。《岁星记》刊本后附有焦循的点评，这是认识焦循戏剧评点的唯一资料。可见二人过从密切，生活中进行戏剧交流当是应有之事。除《岁星记》外，李斗还写有《奇酸记》，现有乾隆六十年(1795)刊本。

后来焦循之妹与黄文旸家发生矛盾，焦循希望李斗能够从中调停，

---

① 《扬州画舫录》，页159。

② 焦循《将之济南留别李艾塘即题其〈扬州画舫录〉》，《扬州画舫录》，页9。

结果李斗并未给焦家说好话，焦循对此非常不满，关系从此破裂。所以在《雕菰集》中，焦循从不提及李斗；且将《剧说》中关于《岁星记》的评价文字统统删除[①]。只是《雕菰续集》中，在介绍李振声治病个案时，留有一条李氏用防风为李斗治病而愈之事，是了解李斗生活的重要记录[②]。

（四）焦循与凌廷堪

凌廷堪（1755—1809），字仲子，一字次仲，安徽歙县人。少赋异禀，读书一目十行。年幼家贫，弱冠之年方才开始读书。稍长，工诗及骈散文，兼为长短句。仰慕其同乡江永、戴震之学术，遂究心于经史。乾隆五十四年（1790）应江南乡试中举，次年中进士，例授知县，自请改为教职，入选宁国府学教授。之后因母丧到徽州，曾一度主讲敬亭、紫阳二书院，后受阮元聘请，为其子阮常生之师。晚年下肢瘫痪，毕力著述十余年。著述有《礼经释例》、《燕乐考原》、《校礼堂文集》、《梅边吹笛谱》、《充渠新书》、《元遗山年谱》、《诗集》十四卷及札记若干卷。黄山书社出版《凌廷堪全集》可以参看。

关于凌廷堪的情况，《扬州画舫录》也有载："凌廷堪，字仲子，又字次仲，歙县监生。侨居海州之板浦场，以修改词曲来扬州。继入京师，游于豫章、雒阳。中戊申科副榜，己酉科举人，癸丑科进士，官安徽宁国府教授。始不为时文之学，既与黄文旸交，文旸最精于制艺，仲子乃尽阅有明之文，得其指归，洞彻其底蕴。每语人曰：'人之刺刺言时文法者，终于此道未深，时文如词曲，无一定资格也。'善属文，工于《选》体，通诸经，于三礼尤深。好天文、律算之学，与江都焦循并称。"[③]李斗所言属实。凌廷堪在扬州逗留多年，遍读词曲，在《复章酌亭书》（辛丑）云："比因删改辞曲，留滞广陵，所对者惟筝师笛工，所读者皆传奇杂剧。

---

① 详见焦循《上阮中丞弟》一书、二书、三书，《雕菰续集》，《焦循诗文集》，页430—436。这一问题对于焦循研究非常重要，刘建臻《焦循著述新证》（页172—173）首次关注这一问题并做出论证。

② 《雕菰续集》，《焦循诗文集》，页454。

③ 《扬州画舫录》，页57。

淮南佳丽，见而益愁；竹西歌吹，闻之增感。”[①]除了《燕乐考原》，凌廷堪所撰《与程时斋论曲书》一文也为学界广泛引用。其云：“窃谓杂剧，盖昉于金源。金章宗时有董解元者，始变诗余为北曲，取唐小说张生事，撰弦索调数十段，其体如盲女弹词之类，非今之杂剧与传奇也。且其调名，半属后人所无者。元兴，关汉卿更为杂剧，而马东篱、白仁甫、郑德辉、李直夫诸君继之。故有元百年，北曲之佳，偻指难数。……元之季也，又变为南曲，则有施君美之《拜月》、柯丹丘之《荆钗》、高东嘉之《琵琶》，始谓之为传奇。”[②]

焦循与凌廷堪关系密切，其往来信函主要以谈论经学、算学为主要内容。李斗特别关注的也是这一点，在介绍凌廷堪的朋友时说：“里堂称以歙县凌仲子、吴县李锐尚之、歙县汪莱孝婴为论天三友。仲子有与里堂论弧三角书云：‘去年奉到手书并《释弧》数则，虽未窥全豹，即此读之，足见用心之犀利也。’”[③]除书信往来外，二人尚多有会面，其中情状，凌廷堪诗词中有所反映。除《高阳台·商调同黄秋平焦里堂雨花台观剧》外，还有《念奴娇·大石调汪晋藩招同焦里堂小饮酒肆》，词云：“堞云深处，见青帘偃蹇，篱端飘出。试拓南窗招客坐，恰好烟疏风密。竹几无尘，花瓷有酒，大可开缃帙。芰荷香送，赖君消此长日。　自是吾辈疏狂，当垆眠甕，佣保何妨匹？作赋论兵俱逝水，楼上休弹瑶瑟。夜月三分，春风十里，往事犹能述。半酣归去，碧桐凉沁吟笔。”[④]焦循对凌廷堪评价很高，他在评价家乡前辈徐石麒时说：“吾友凌廷堪工词曲，能造于微，最称石麒，谓其合于元人本色。”[⑤]

关于戏曲交往，二人诗文中也多有记载。凌廷堪对曲学深有研究，《燕乐考原》是其集中体现。焦循非常推崇该书，为之作赞云：“琵琶四

---

① 《校礼堂文集》，《凌廷堪全集(三)》，页181。

② 《与程时斋论曲书》，《凌廷堪全集(三)》，页182。

③ 《扬州画舫录》，页57。

④ 《梅边吹笛谱》，《凌廷堪全集(四)》，页252。

⑤ 《北湖小志》卷三，页46。

弦，一弦七调。二十有八，燕乐可究。宫商角羽，惟征弗就。唐有五弦，废先七角。古律何在？上凡五六。九宫之讹，沈氏不觉。虚理难据，实谱易蹈。学博凌君，克明其奥。”[①]关于写作缘起，焦循云：“本朝文学之盛，一洗元明之陋。仆读诸君子著述，心向往之，意有所契，随赞其末。集之良久，具三十有二首。”[②]而且他们有相似的观点，对王实甫《西厢记》都持保留态度，在强调其正面价值的同时，亦关注其非原创性。例如凌廷堪云：“为文前后公相袭，千古才人惯乞灵。若为西厢寻粉本，莫忘醉走柳丝亭。”并注曰：“王实甫《西厢记》全袭董解元，即‘莫恋宸京黄四娘’一诗，亦董本所有也。”[③]其《双调折桂令》亦云：“柳丝亭换羽移宫，实甫何因，处处雷同？尺素缄愁，泥金报捷，佛殿奇逢。《论衡》本都非蔡邕，《月蚀诗》活剥卢仝。举世推崇。妄别妍媸，误杀儿童。”[④]在《剧说》、《易余籥录》中，焦循表达的观点与此完全相同。J5.11“王实甫《西厢》逊董解元《西厢》远矣”引《词旨》条云：“《西厢》警策，不下百十条，如‘竹索缆浮桥’、‘檀口揾香腮’等语，不知皆撰自董解元《西厢》。‘竹索’上有‘寸金’二字，‘檀口’句则曰‘檀口微微，笑吐丁香舌，被郎轻啮，却更增人劣’，较汉卿奇丽、精采十倍。(见黄嘉惠《董解元西厢记序》)”[⑤]

朋友间相互交往，既可以感性的共赏戏剧，又提供了切磋琢磨交流的机会，是焦循戏剧学研究的重要背景。

第二节 戏曲环境与文献环境

焦循居处的地理环境比较优越，为其进行戏曲研究提供了充足的

① 《读书三十二赞》，《雕菰集》卷六，《焦循诗文集》，页 118。
② 《读书三十二赞》，《雕菰集》卷六，《焦循诗文集》，页 113。
③ 《校礼堂诗集》卷二，《凌廷堪全集(四)》，页 24。
④ 《梅边吹笛谱补录》，《凌廷堪全集(四)》，页 265。
⑤ 《剧说》，页 122。

文化空间。扬州，位于东经119°01′至119°54′、北纬32°15′至33°25′之间。南部濒临长江，与镇江市隔江相望；西部与安徽省滁州市毗邻；西南部与南京市相连；北部与淮安市接壤；东部与盐城市、泰州市毗邻。沿岸有江都、广陵、邗江、仪征等3区1市；京杭大运河纵穿腹地，由北向南沟通白马湖、宝应湖、高邮湖、邵伯湖等4湖。扬州“居南北之冲，负淮带江而襟海，东南之财赋倚为重轻……声名文物之盛，非他郡邑得与之抗”①。

扬州地名以及行政区划历史上屡有变迁，焦循曾经撰写过专门文章《广陵考》，详述其地理沿革。清顺治二年(1645)，设立江南省，扬州府属之。雍正年间，江都县析为江都、甘泉两县。乾隆二十五年(1760)，江南省正式分为江苏、安徽二省，扬州府属江苏省。咸丰三年(1853)四月，太平军攻占扬州，曾改扬州府为扬州郡，改甘泉县为甘泉天县，历时8个多月。清末，扬州府领高邮州、泰州和江都县、甘泉县、仪征县、兴化县、宝应县、东台县，俗称“扬八属”。

从隋唐开始，扬州就逐渐成为我国东南沿海地区的经济、文化中心。在明清鼎革之际，扬州经济文化受到重创，至清乾嘉时期，又重新走向繁盛，农业、手工业、商业、交通运输业都非常发达。特别是扬州盐业发展，带来了巨大的利润。这就为学术文化的繁荣提供了物质基础与便利条件。加之康熙南巡，驻跸扬州，更加促进了扬州的娱乐发展。当时的很多学者如王士禛、杜浚、魏禧、陈维崧、吴伟业、冒襄、宋荦、费密等，都曾居住或来往扬州。当时扬州学者薛寿就曾指出：“吾乡素称沃壤，国朝以来，翠华六幸，江淮繁富，为天下冠。士有负宏才硕学者，不远千里百里，往来于其间。巨商大族，每以宾客争至为宠荣。兼有师儒之爱才，提唱风雅。以故人文汇萃，甲于他郡。”②

---

① 嵩年《重修扬州府志序》，《嘉庆重修扬州府志》，《中国地方志集成·江苏府县志辑》，江苏古籍出版社，1991年。

② 《读画舫录后》，《学诂斋文集》卷下，光绪十五年(1889)广雅书局刻本。

随着经济文化的发展，扬州戏曲演出也达到了高度繁荣。“从客观上看，清代扬州是全国民间戏剧、曲艺的一个中心。许多最著名的戏剧家和曲艺家如孔尚任、蒋士铨、柳敬亭、王炳文等均在扬州频繁活动；南北最主要的剧种和曲种如昆腔、徽调、评弹、鼓书等均来扬州竞相演出；扬州城内的园林和街巷如棣园、容园、大东门街、弥陀寺巷等都设有戏台与书场；扬州城外的集镇和村庄如邵伯、宜陵、马家桥、僧道桥等都有农民自发组织的戏班。至于扬州盐商私人养蓄的剧团如徐班、黄班、张班、汪班、程班、大洪班、德音班、春台班等，居然可以在皇帝面前一显身手，从而被称为‘内班’。扬州曲坛这种高度繁荣的局面，给学者们提供了无数观剧品曲的机会，从而成为他们了解和研究戏剧曲艺的外部条件。”[①]苏扬一带自然条件优越，经济文化繁荣，成为全国的戏曲中心，清朝搜查违碍戏剧材料的重点放在苏州、扬州可为明证。

（一）戏剧文献积累

在扬州地区，有深厚的戏剧文化积淀，为焦循戏剧学研究提供了重要材料。首先是前代的戏曲文化积累，既培养了人才，又提供了文献资料，以徐石麒为例，焦循在《剧说》中，多次提到该人及其著作。如 J2.7“《琵琶记》创作讽刺说种种”条云：“吾里徐坦庵则主牛僧孺事。”J5.23“徐又陵剧作”条云：

> 吾乡徐又陵，号坦庵，填词入马东篱、乔梦符之室，所作有《大转轮》、《买花钱》、《拈花笑》、《浮西施》、《胭脂虎》、《珊瑚鞭》、《九奇逢》。《词评》云：“宋高宗在德寿宫，游聚景园，偶步入一酒肆，见素屏有俞国宝书《风入松》一词，嗟赏之。诵至‘明日重携残酒，来寻陌上花钿’，曰：‘未免酸气！’改‘明日重扶残醉’，仍即日予释褐。”坦庵《买花钱》杂剧本此。[②]

① 《焦循论曲三种》前言，页 4。

② 《剧说》，页 129。

J6.56"袁于令题《珊瑚鞭》"条云：

> 吾里中徐坦庵作《珊瑚鞭》传奇成，邀袁箨庵观之，作《拂霓裳》词云："尽商量，人生万事熟黄粱。收拾在，春风锦绣一奚囊。英雄啼有泪，儿女笑生香。杜韦娘，趁当筵歌舞、拂霓裳。 风流况是，客座上有周郎。摧拍了，不教弦筦误宫商。调高人语静，烛短酒杯长。谩端相，绣帘开，明月绕歌梁。"[1]

徐坦庵著有《蜗亭杂订》一书，是词曲类的考订之作，《剧说》引述六次，均为大段引用。关于徐坦庵，在《北湖小志》中，焦循撰有详细的传记，可知他著述宏富，传云：

> 石麒承父学，精研名理，隐居不应试，好著书。其自序有《谈经筲》八卷、《在兹录》四十卷、《词府集丝》六十卷、《宝俭小言》六卷、《叙书说》二卷、《禽愧录》五卷、《天籁谱》二卷、《倦飞集》四卷、《瓮吟》四卷、《瓢声》四卷、《忝香集》三卷、《壶天续笔》二十卷、《文字戏》十卷、《宫闺妆饰》五卷、《指水遗编》六卷、《诗余定谱》十卷、《转注辨》二卷、《订正词韵》六卷、《谈骚寤语》四卷、《女鉴》三卷、《吉凶影响录》八卷。见于范石湖集中者，有《松芝集》。余所见者，《枕函待问编》五卷，为析理讲学之书，多精实语。《趋庭训述》四卷，述其父心绎之言，亦语录之流也。《订正词韵》四卷，谓平声可通者，上、去、入皆可通。惟入声通法，人多不知，盖平声三十韵，入声止十七韵，每不知所从，故错乱耳。乃、支、微、鱼、虞、佳、灰、萧、肴、豪、歌、麻、尤十三韵，原无入声。蒸韵无上声字，故上声止二十九。蒸亦无去声，去韵三十者，泰、卦分也。十三元韵，历考宋人，皆以前、半、元、原等字入先韵，似有确见。庚青、真文，自是两韵，《中州》、

---

① 《剧说》，页170。

《中原》皆不通押。侵、覃、盐、咸闭口音,不得与真、寒、先通。梅、回、杯、醅等字,不与齐、微同用,人知之。悔、每、对、退,亦不可与尾、味同用,人辄不察,由作诗者习用平韵,上、去不常用,不免以土音混入耳。《蜗亭杂订》十卷,为考订之书。《壶天暇笔》十卷、《壶天续笔》二十卷、《壶天肆笔》十卷,皆摘录子史中语,而辨其名实之同异。《古今青白眼》三卷,则剌取诸史、说部中评骘人品之称,汇而列之,虽纂录类书,实古人所未有也。《花佣月令》一卷,记栽种花树、果蔬之书,皆所试验农家者流也。《三忆草》四卷、《白石篇》一卷,皆诗。《坦庵琐录》四卷,杂录箴铭、语录之类。《客斋余话》五卷,推言阴阳、名物之理,以抉隐而辨惑。《瓮吟》四卷、《且谣》一卷,皆诗余。尤精度曲,入白仁甫、关汉卿之室,郭士璟谓其"感愤之怀,寄之诗赋;滑稽之致,寄之南北剧"。吾友凌廷堪工词曲,能造于微,最称石麒,谓其合于元人本色。其散曲有《忝香集》三卷,杂剧有《大转轮》、《拈花笑》、《买花钱》、《九奇逢》、《珊瑚鞭》、《辟寒钗》、《胭脂虎》、《范蠡浮西施》诸种。又有《彩鸾集》,设为男女赠答,而络以诗余,传奇之变格也。其诗余又有《唾余》、《癖佳》二集,未见。《迩言》一卷,间引于《枕函待问编》中,亦明道训俗之书也。当时邑中著述之富,未有能过之者。府县志仅载其《趋庭训述》及《天人升降图赞》,《图赞》乃《坦庵琐录》中之一篇也。[①]

徐坦庵当时颇有名,与著名戏剧家袁于令、李渔等人有所交往:"又用《梦游仙》调作《湖居好》十首。袁于令慕其所为曲,访之湖中,演所为《珊瑚鞭》以质之。钱塘李渔来,则默坐终日,不一论词曲。"但是他为人孤傲,"王阮亭司理扬州,招致境中名士高人,吴嘉纪、雷士俊、邵潜皆为所网罗,而石麒独不往见。与兄子元美、女元端家庭倡和,以供笑乐,性傲不与市人见。撰《客斋余话》,则就正于孙兰,《古文集》则乞范荃为之

① 《北湖小志》卷三《徐坦庵传》,页45—46。

序。始与罗然倩、刘子祉、陈圣茹、吴茵次、宗鹤问交，刘、陈兵死，与然倩把酒话旧，凄然泪生，歌《唐多令》以解之”①。

对于徐坦庵的著述，焦循评价很高：“余见其所著书，推原经史，探论道德，岂屯田、梦窗之流哉！”②焦循对坦庵之侄徐元美也有关注，J6.57“徐元美题《买花钱》”条云：

坦庵侄元美题其叔《买花钱》杂剧，作《风流子》词，云：“千秋同抱怨，风流事知否几人经？羡座上酒豪，佳人意许；楼前诗句，天子情倾。相逢处，眼波娇欲溜，眉宇韵偏生。雅调唱酬，债偿闺阁；才华滟潋，价重墀庭。　　借于生佳话，传幽愤不觉彩笔纵横。意近叩壶王子，击筑荆卿。爱清商响若，九皋唳鹤，新词柔似，百啭流莺。咳唾尽成珠玉，高调谁赓？”③

徐元美传附于《徐坦庵传》后，文称：“元美字懿公，号松岑，石麒兄宗健子也。……从叔父石麒隐于湖滨，石麒居水南，元美居水北，同以词名，有《徐氏一家词》之刻。……顺治丁酉，举于乡……明年再试，名益前，授淮安府学教授。……所著有《艾言谐声集》、《叶庵诗余》、《湖上吟》。”徐坦庵之女，传附徐元美后：“十三能诗，性慧，通音律。石麒每度曲，对女歌之，有不合，元端为之正拍。为印记，自署‘染花妆阁’，著《诗余绣闲集》一卷。”为王阮亭所赏，《池北偶谈》云：“广陵徐氏女子，工填词，有入李易安之室者。”④

就姻亲关系而言，范荃赠女甥徐延香词中有“吾家宗老，红丝曾缀”之语，知其为范家妇，而婿之名字莫能考见。范荃是焦循的姑夫，焦循

---

① 《北湖小志》卷三，页47。

② 《北湖小志》卷三，页49。

③ 《剧说》，页170。

④ 《北湖小志》卷三，页48—49。按：焦循记述的徐元美材料当得自《何有轩文集·松岑墓铭》，见《雕菰集》卷十六《钞何有轩文集序》。

幼年受学于表兄范秋帆。由于种种密切关系，焦循得知其情况并记录，就显得非常可信，这为焦循的戏剧研究提供了直接材料。

另一位重要人物是吴茵次，J6.58“吴茵次题杂剧”条云：

> 吴茵次题尤悔庵《清平调》杂剧《减字木兰花》云：“仙子供奉，岂藉寻常科第重？失却珊瑚，只笑唐家结网疏。知君寄托，扫尽里儿容做作。烂醉沈香，此后谁堪七宝床？”题《读离骚》杂剧《采桑子》云：“潇湘千古伤心地，歌也谁闻？怨也谁闻？我亦江边憔悴人！青山剪纸归来晚，几度招魂？几度销魂？不及高唐一片云！”题《醉桃园》杂剧《清平乐》云：“山空石古，遮断桃花橹。采菊东篱杯自举，独把义熙留取。门生儿子篮舆，有时直上匡庐。人道贤哉隐者，不知禅也仙乎？”①

焦循对吴茵次非常推崇，有《湖州吊吴茵次太守》②。其传记见于《北湖小志·二吴传》：“吴绮字茵次，守湖州，罢归。康熙庚午居湖，有《归湖诗》五首，一时名士和之。时目盲，自号曰听翁，号其湖中居曰岸桴，又曰快堂。”③他著述宏富，喜欢戏曲，王方岐作《吴茵次后传》云：“于书无所不窥，考订参互经史，之外，稗官野乘、释典契经，无不排缵成书，惜未尽登梨枣，以公世耳。少好诗赋，尤工九宫新声。章皇帝命谱杨椒山事，先生按律写之，忠愤之气如忠愍复生，每奏一出，上未尝不称善也。又谱《秋风啸》、《绣平原》院本，皆有其深精蓄积于内，奇遇薄于外，轮结轖藉以发之，不第工于声调而已。”④此外，吴茵次还有《扬州鼓吹词》，序云：“郡中城内，重城妓馆，每夕燃灯数万，粉黛绮罗甲天下。吾乡佳丽，在唐为然，国初官妓，谓之乐户。土风，立春前一日，太守迎

① 《剧说》，页 171。
② 《雕菰集》卷四，《焦循诗文集》，页 73。
③ 《北湖小志》卷三，页 49—50。
④ 焦循《扬州足征录》，广陵书社，2004 年，页 6。

春于城东蕃厘观，令官妓扮社火，春梦婆一，春姐二，春吏一，皂隶二，春官一。次日打春官，给身钱二十七文，另赏春官通书十本，是役观前里正司之。至康熙间，裁乐户，遂无官妓，以灯节花鼓中色目替之。扬州花鼓，扮昭君、渔婆之类，皆男子为之，故俗语有'好女不看春，好男不看灯'之训。官妓既革，土娼潜出，如私窠子、半开门之属，有司禁之。泰州有渔网船，如广东高桅艇之例，郡城呼之为网船浜，遂相沿呼苏妓为苏浜，土娼为扬浜。一逢禁令，辄生死逃亡不知所之。今所记载如苏高三、珍珠娘之类，尚昔年轶事云。"[①]这一描述对于了解当时扬州剧坛和演出民俗有一定参考价值。正是这些材料为焦循撰著《剧说》提供了文献基础。

在同时代，焦循的朋友除了上节交友考所列外，还有一些同道朋友。叶霜林本是扬州秀才，擅说评话《宗留守交印》，其子即师事焦循，叶氏传记见于《雕菰集》卷二十一，其说书水平极高："凝神说靖康南渡事，声泪交下，座客无人色。"[②]在《剧说》卷六中，焦循引用他的话印证自己的想法，其言："古人往矣，而赖以传者有四：一叙事文，一画，一评话，一演剧。道虽不同，而所以摹神绘色、造微入妙者，实出一辙。"[③]李周南，生卒年不祥，字冠三，号静斋，甘泉人，为焦循好友。乾隆五十七年(1792)在扬州安定书院读书，嘉庆十九年(1814)进士。著有《洗桐轩文集》、《洗桐轩诗集》。嘉庆二十三年(1818)撰有《井鲤记》、《菊孙记》传奇。[④] 焦循《黄次和七十寿序》云："同坐者，李比部冠三、汪司务掌廷、张刺史开虞，皆三十年旧交，抚今话昔，缠绵不已。"[⑤]最后是江藩，他是焦循好友，《扬州画舫录》记载江藩著有《名优记》一书，当是一部记录戏曲演员的著作，或与《青楼集》相类。

---

① 《扬州画舫录》卷九，页104—105。

② 《雕菰集》卷二十一，《焦循诗文集》，页383。

③ 《剧说》，页164。

④ 《江苏戏曲志·扬州卷·大事年表》，江苏文艺出版社，1997年，页49。

⑤ 《雕菰集》卷十七，《焦循诗文集》，页315。

(二)演出繁盛

扬州民间祭祀演出和官方或是家庭宴会观剧都非常兴盛。祭祀演出是中国农村戏剧演出的主要形式,具有演出时间固定、持续时间长、观众面广的特点。对扬州地区这种演出的盛况,当地文人厉秀芳有详细的描述:

(正月)初五日,俗谓财神诞辰……是日各铺家祀财神……豪者演戏……

立春前一日,迎春。县官坐虎皮椅,显轿旗帜,葆羽一新。十二库吏,金顶补褂,跨马前导,三班头役,手执纸花,呼前拥后。又有童子装戏文者四抬,前一红袍、纱帽、草鞋、骑驴而导者,人噪呼曰"春龟",或亦春归之意云尔。……十五日上元节……龙灯外,俗尚花鼓灯,其前八人,涂面扎抹额,手两短棒,曰"大头和尚"。与戴方巾,穿红绿,亵曰"呆公子"者,互相跳舞。厥后曰"连相",曰"花鼓",曰"侯大娘",曰"王二娘",曰"渔婆",曰"缝穷",曰"疯婆娘"。凡女装者,统曰"包头";其男装者,曰"瘸和尚",曰"瞎道士",曰"渔翁",曰"补缸匠",曰"花鼓老",相率串各戏文,于其中择喉齿清脆者,唱滚灯,所操皆本地时调,名"翦翦花"。手执莲蓬灯,头顶小红凉蓬,曰"猴子头"。唱惟此脚色最多,旁有弹丝弦佐唱者,曰"后场"。主人延之家,各出串毕放赏。是若干人者,皆在门内饮啖,独后一人,头戴白毡帽,反穿白羊(皮)马褂,一手摇铃,一手持伞灯,曰"王侉子卖膏药"。主人以所卖者不祥,屏之门外,此即昔所谓社火也。世俗相沿,由来旧矣……或为高跷之戏,装各出戏文……

二月初二日,土地神诞辰……县署福祠旁,搭草台,演土地戏,众目纵观……

三月十五日,城隍神诞辰,前一夕摆宴大殿,本有神座,又于殿半,设玻璃灯围屏一座,县衙书役抬出穿堂,行身城隍,供屏外,案设古玩花供,书役于此进馔焉。又有左右太尉者,犹县属之县丞、捕衙,则丞捕书役祀之。各抬所祀神上殿,列左右坐陪宴。然抬必如飞,谓之抢堂。往往右太尉先上殿,丞役必与捕役打降,曰我神若尊也,卑何逾尊?须会首排解之乃息……

(三月)二十四日,出东岳会,邑兴此会,百有余年。土地神前,导爇醋于盆,盆杂以辛味之药,谓之打扫街道。其后曰爷,如娄爷、潘爷;曰元帅,如牛元帅、卜元帅、送子高元帅,中多不知名者。询会首,云:"皆雷部之神。"再后,则城隍、都天、东岳,是为三大会,为最严肃者。每神前,牌锣伞扇及百执事亦如官府巡于道,错落有古致。而其间增美者,伞则纱缎绸呢,其圆者也;玻璃、琉璃、画片、料丝、虾须帘,其六角者也。幡则长竿,竿头像画戟,或红边镶整白绫,而绘天神;或全红大呢,而缀黑倭绒字;或规为圆曰"桶幡";或夹以板曰"挂幡",无定式也。旗则青黄赤白,曰"蜈蚣旗",夹金瓜钺斧间,每仪仗一队,则旗一对,相辅而行也。亭则檀梨雕镂,花板栏杆,或爇名香,或列古鼎,与夫大锡荷花缸,大锡狁香炉,皆八座而八人抬之也。花担不一色,或花卉,或玩器,各极精妙。担者第以肩承之,左手三指插腰,右手纸扇轻摇,蟠慢三股大辫,著小缸青,或白新妆里衣,峭步而来,以自鸣其俊逸。描摹尽致,写生妙手。又有花棚锣鼓十番于下,凡此皆所谓花会有力之家,制以酬神者。第望腰锣来,则知前花会毕,后花会上,虽迭见层出,而有小异。龙灯高跷,上元时景物,亦游衍于斯。间有手敲锣,足击鼓,口吹喇叭,流出自然音节者,曰"一人班";纱帽红袍,蹲圈椅背上,或起或坐,演出各样身段者,曰"跳判",皆卖艺者流。名曰"上会",实炫众以售技耳。小孩装戏文,坐立人肩上,旁有五彩小伞罩之,曰"跕肩";痧痘神前最多,连肩而来,花团锦簇,颇悦人目。

迨丁卯(1867)、戊辰(1868)年间,仿镇江例,装抬阁两台,则跕肩,家之富厚者为之,嗣不多见。其有十四五岁幼童,盛服骑马背敕印,亦有壮夫马上鼓吹者。下此则神前充百役,如军牢夜役之类……

三大会中，仪仗有銮驾、节旄，侍从有太监、校尉，则帝者之上仪也。视群会严厉恪恭，另有一种岩岩气象，令人肃然起敬。会讫，香气犹芬郁焉……

(三月)二十八日，东岳神诞辰，日日有乡氓结队成群赴庙而来，各手一小凳，凳前裹小绣围，凳上摆小香炉、小木鱼，数十人同声诵经，如出一口，较之梵音，迥然各别。前有旗伞，后有亭舆，略备会中仪具，是为拜香会。届期庙内张灯演戏，都天城隍陪宴，亦如左右太尉抢堂，而城隍辄先上，亦打降，似庄似谑。亦会首排解之，与邑庙一辙。未旬日，出泰山娘娘会，西门外、八字桥、菩提园、河下四处，泰山行宫各出其会……复闻有观音会、寿星会，步其后尘。

四月初八浴佛，邑中兴龙华会，资福寺尝行之……

(五月)十三日帝君诞辰，到处皆关帝庙，而以城里古楼、城外大关帝庙，香火为盛。龙船到大马头，参庙观者如堵。故老云："江上有鼋，年年届期谒庙，嗣因头闸水浅，侧身而过，后遂绝迹。"余童年犹见古楼，出关帝会，凡向陪东岳巡者，其神皆不与，惟周将军驱焉。会凡三年，年谷皆不登，言者以为帝君位尊，且诞期请游巡，尤非礼，乃中止。十五日，出都天会，以纸扎五瘟神，浮于江上，谓之送瘟。其陪巡神位，与东岳会埒。是会乃水巡，陆路卤簿，无所出色。……每神船中，鼓乐喧阗，香烟馥郁。会众相率著号衣曳纤，大约衣如其神袍色，其衣绿衣紫者，不知何神。所知者如黑虎天神，玄坛则一色黑衣，卜帅则一色白衣，城隍则一色红衣，都天、东岳则一色黄衣。成团作队，如火如荼，船头锣声、爆竹声，与岸上邪许声相应。

(六月)二十三日，火星诞辰，凡庙皆作会固已，乃其地本无庙宇，而于空阔处所，创筑草台，演戏多日。虽曰草台，结构楚楚。又旁搭耳台，以供壁上观者。大率藉神诞以行乐，酬神其名色耳……

(七月)是月，各大街道，大兴盂兰盆会，街前后扎灯牌楼，前摆斗香架，后设焰口台，中间布幔，下悬各色粗细灯……两旁扎若干纸鬼，内藏灯碗，如赌鬼、酒鬼、大老官、篾片等，皆讪笑世人者。僧来诵经，必令放小板焰口，其腔调如银纽丝、湘江浪，皆时下俚曲声音，供市人笑谑而已。以云超度亡灵，恐未必也。此会自朔至晦不断。

十五日中元节，每年与清明、十月朝城隍神，亲临厉坛拔孤，县官从之。……向惟城隍出巡，近来有陪巡者，曰“娄爷”，亦踵事增华之意云尔……

(十月)霜降节，祀旗纛神，游府率其属，顶盔贯铠，刀矛雪亮，旗帜鲜明，往来于道，谓之迎霜降……

(十月)初十日，在嘉庆年间为万寿节，每当万寿节，天宁寺山门内，掣署照壁前，前三后四，演戏而已。[①]

这方面的情况，李斗也有所记述：“土俗以二月、六月、九月之十九日为观音圣诞。结会上山，盛于四乡，城内坊铺街巷次之。会之前日，迎神轿斋戒祀祷，至期……极旗章、伞盖、幡幢、灯火、傩逐之盛。”[②]对于其演出场所，也有反映：“天宁寺本官商士民祝厘之地。殿上敬设经坛，殿前盖松棚为戏台，演仙佛、麟凤、太平击壤之剧，谓之大戏。事竣拆卸。迨重宁寺构大戏台，遂移大戏于此。”[③]

这种祭祀性演出，焦循也多有记载：“五六月间，剪纸为旗，插满田中，击鼓鸣铙，舁社神行阡陌间，谓之青苗会。”[④]《里堂日记》抄本云，嘉庆元年(1796)十二月初一日，“主人演戏，谢火神，看戏至午”。《北湖小志》卷二载：“康熙间，湖中多隐君子，诗酒盘桓，一时之盛也。于是徐、毕、范、施四姓，共立社曰‘畲芳’，隐四姓之偏旁也。社中植花树，起楼阁亭榭，每聚会，皆在其中，四方诗人或闻风而至焉……四姓既中落，社乃圮。余幼时所见，已藜莠杂生，无复片瓦，而其形势尚可见。已而为

① 厉秀芳《真州竹枝词引》，夏友兰等编《扬州竹枝词续集》，页130—147。

② 《扬州画舫录》卷十六，页196。

③ 《扬州画舫录》卷五，页57。

④ 《北湖小志》卷一，页8。

演剧场，已而垦为稻田。”[①]这一剧场显然不同于茶楼会馆或是家庭宴会演出，应该主要是用于祭祀演出。

官方或是家庭宴会观剧。“歌以佐酒”，增添雅兴。《扬州府志》“燕会”条云：“官家公事，张筵陈列方丈，山海珍错之味，罗致远方；伶优杂剧，歌舞吹弹，各献伎于堂庑之下。……士庶寻常聚会，亦必征歌演剧。”[②]在当时，幕府演剧非常兴盛，卢见曾、江春幕府汇集了一批剧作家，戏剧演出非常兴盛。而且当时文人间的诗酒雅集往往也会演剧。鉴于焦循的学术地位，他常常被邀参与一些宴会。其《上河水灾记》记载嘉庆十一年(1806)五月二十六日，甘泉县令“陈公演剧，招余”[③]。除了在本地观剧，焦循随从阮元游幕期间，亦观剧不辍，参见与阮元交游部分。

在这些演出当中，乱弹是重要内容，在反映地方风情的竹枝词里多有记载。董伟业乾隆五年(1740)所作《扬州竹枝词》云：“赛会迎神次序排，舍身人各照腰牌。今年例许收瘟疫，不禁鸣锣过院街。”“丰乐朝元又永和，乱弹班戏看人多。就中花面孙呆子，一出传神《借老婆》。”“酒店歌台浪得名，江天社鼓昔年情。登场顾曲销魂事，泪满秋衫赠马生。”[④]李斗《扬州画舫录》记载：“两淮盐务例蓄花、雅两部，以备大戏。雅部即昆山腔；花部为京腔、秦腔、弋阳腔、梆子腔、罗罗腔、二簧调，统谓之乱弹。昆腔之胜，始于商人徐尚志征苏州名优为老徐班，而黄元德、张大安、汪启源、程谦德各有班。洪充实为大洪班，江广达为德音班，复征花部为春台班；自是德音为内江班，春台为外江班。今内江班归洪箴远，外江班隶于罗荣泰，此皆谓之内班，所以备演大戏也。”[⑤]由

---

① 《北湖小志》卷二，页14。

② 《嘉庆重修扬州府志》卷六十，《中国地方志集成·江苏府县志辑》，江苏古籍出版社，1991年，页370。

③ 《雕菰集》卷二十，《焦循诗文集》，页361。

④ 《扬州竹枝词》，广陵书社，2005年，页6—9。

⑤ 《扬州画舫录》卷五，页57。

此可以想见当时五彩缤纷的戏曲演出盛况。

焦循的家乡在黄珏桥镇，在扬州城北郊，邵伯湖南岸。焦循酷爱看演剧，从很小就开始了。《忆书》记载："升秀班伶人，在一村演戏，夜歇庙中。有大盗掠村外一富户，村人莫敢救。诸伶闻知，涌出与盗斗，盗溃逸去。已而有招诸伶演戏者，诸伶往。其地在水中，达必以舟，殊僻，则向之群盗薮也。合班数十人俱遇害。惟一旦名智官者，赴水逃出。此乾隆三十四年事。明年，智官在湖中亲语人。余时八岁，侧闻之。今相隔四十许年，偶观剧，村叟述此事，与余向所闻合。"[①]焦循看戏可谓痴迷。《观村剧》二首其一："桑柘阴浓闹鼓笳，是非身后属谁家。人人都道团圆好，看到团圆日已斜。"其二："太平身世许清闲，况是疏佣鬓已斑。为笑罗洪先不达，状元中后始归山。"[②]《撰孟子正义日课记》记载：

三月廿七日癸未，阴，有风。阅《六帖》。饭后至高家桥，看村人赛神。

廿八日甲申，阴。阅《六帖》。到高家桥看赛神演戏。

廿九日乙酉，阴。阅《六帖》。饭后晴，到高家桥。

四月初一日丙戌，晴。阅《六帖》。饭后到高家桥看演戏，日落泛舟而回。今日无风，湖面如鉴，渔舟如市。

初二日丁亥，早起小雨，上集看演戏。

初四日己丑，阴，饭后晴。上集看演戏。

初八日癸巳，晴。饭后上集看演戏。

十五日庚子，早起雨，饭后晴。阅《太平御览》。汪汇川约于关帝庙小饮，听何生弹琵琶，范生吹笛。乘月色而归。

廿九日甲寅，晴。写《孟子正义》廿三。自廿六日至今，饭后

---

① 《忆书》，《丛书集成初编》本，中华书局，1985年，页18。

② 《雕菰集》卷五，《焦循诗文集》，页108。

俱上集看戏。[①]

从这几天的行程看，只要条件许可，焦循可以说天天在看戏，这样就为其《花部农谭》的撰写准备了充分资料。

（三）外围文献保障

焦循撰述戏剧笔记的内容，除了得自现场观剧，文献阅读是其重要来源。因为要进行考证研究，丰富的文献是基本前提。焦循一生阅读的书籍数量惊人，远超出今人想象。这从焦循本人的著述中可以体现出来。刘建臻对此有过统计：

1. 已版之书，包括刻本、石印本、排印本和影印本

焦循身前已刻者有 14 种七十六卷：《群经宫室图》二卷、《李翁医记》二卷、《里堂学算记》十五卷、《北湖小志》六卷首一卷、《周易补疏》二卷、《论语补疏》三卷、《春秋左传补疏》五卷、《易学三书》四十卷。

身后刊刻者 28 种二百零九卷：《禹贡郑注释》二卷、《易广记》三卷、《易话》二卷、《尚书补疏》二卷、《毛诗补疏》五卷、《礼记补疏》三卷、《孟子正义》三十卷、《天元一释》二卷、《剧说》六卷、《花部农谭》一卷、《忆书》六卷、《雕菰集》二十四卷、《雕菰集文录》二卷、《诗品》一卷、《焦里堂先生佚文》一卷、《红薇翠竹词》一卷、《仲轩词》一卷、《雕菰楼词话》一卷、《邗记》六卷、《里堂家训》二卷、《论语通释》一卷、《易余龠录》二十卷、《易余曲录》一卷、《古文尚书辨》一卷、《相宅新编》二卷、《扬州足征录》二十七卷、《里堂道听录》四十一卷。此外，还著有《（嘉庆）重修扬州府志》七十三卷中的五卷。

影印本有 4 种十八卷：《开方通释》一卷、《三礼便蒙》四卷、《毛诗草木鸟兽虫鱼释》十一卷、《陆氏草木虫鱼疏》二卷。

2. 稿本（或抄本），计 28 种一百零六卷

《书义丛钞》四十卷（现存七卷）、《注易日记》三卷、《撰孟子正义日课记》一卷、《理堂日记》一卷、《里堂日记》一卷、《乘方释例》不分卷、《焦

---

① 《华国月刊》，1924 年第 11 期。

理堂天文历法算稿》不分卷、《里堂随笔》一卷、《孟子补疏》二卷、《仲轩杂录》一卷、《毛诗地理释》四卷、《裔烈娥本末》二卷、《大衍求一术》一卷、《开方释例》一卷、《里堂札录》六卷、《里堂书跋》二卷、《毛诗物名释》二十卷、《词集》、《里堂文稿》不分卷、《易余集》不分卷、《八五偶谈》一卷、《焦里堂先生手迹》一卷、《五斗室诗钞》一卷、《佳春堂诗选》不分卷、《推小雅十月辛卯日食详疏》二卷、《选学镜原》八卷、《九阳录》不分卷。

3. 存目，16 种三十七卷

《礼记索隐》数十卷、《雕菰楼词》三卷、《论语地理考》四卷、《医说》一卷、《沙疹吾验篇》一卷、《唐赋选》一卷、《游浙江诗钞》一卷、《游山左诗钞》一卷、《焦氏家乘》八卷、《种痘书》十篇、《扬州笃行录》、《槐酪集》、《孙子算经注》、《续邯郸梦》、《释交》、《曲考》。

4. 编著，5 种三十三卷（焦循还曾参编《淮海英灵集》等书，但其所承担的具体卷数不明，未做统计）

《焦里堂手钞诗文集》十九卷、《江都焦氏家集》九卷、《蘉古介书》不分卷、《集旧文钞》不分卷、《缉古算经细草》三卷。

5. 批校计六百一十八卷（除此之外，《里堂书跋》中还有 104 种 1000 卷左右的批跋之书，以及大量的题跋之文）

《十三经注疏》三百三十卷、《尚书通义》六卷、《书经集传》六卷、《四书章句集注》二十六卷、《诗辑》三十六卷、《诗经小学》四卷、《诚斋先生易传》二十卷、《孟子赵注》十四卷、《增订苏了心周易本义补》四卷、《柳宗元文》二十二卷、《程氏演繁露》十六卷、《天步真原》三卷、《青囊内传》不分卷、《尤征君遗集》三卷、《唐文粹补遗》二十六卷、《诸子节录》六卷、《相台书塾刊正九经三传沿革例》一卷、《数学九章》十八卷、《闲闲老人滏水文集》二十卷附录一卷、《分甘余话》四卷、《通艺录》四十二卷、《申鉴》五卷、《欧逻巴西镜录》一卷附《地球图说》。①

正如刘建臻所言，焦循批校不宜看作他的著述，但是看作他的阅读

① 《焦循著述新证》，页 19—23。按：原书统计数据略有出入。

范围和知识背景，却是毫无疑问的。笔者繁引上述资料，一方面是展示焦循著述之宏富，更重要的是揭示其为了完成这些著述所需要阅读的文献数量之巨大。我们知道，要完成一部有价值的著述或是论证一个有价值的观点，必然需要阅读大量的文献。呈现在我们面前的焦循著述，其实是他广泛阅读黾勉研究的结果。下面举三例为证：一是关于《孟子正义》的参考文献，仅参考清人著作就达六十余种。二是关于《扬州府志》的重修，焦循负责撰写历代沿革部分，仅此一项任务，至少要通读之前所有正史，同时兼及《资治通鉴》、《续资治通鉴》以及一些诗文。三以《曲考》为例，黄文旸《曲海目提要》是焦循工作的底本，针对黄文旸的目录，焦循进行了一些修订，补充了大量的内容，据《扬州画舫录》记载共计杂剧四十二种，传奇二十六种①。

焦循考证所用材料之所以能信手拈来，包括能发现一些重要问题，就是建立在这样广博的阅读基础之上的。焦循能有如此大的阅读量，其本人勤勉不倦是内在动力，有书可读是外部条件。焦循能够阅读大量文献，有多种途径和来源。一是通过购买，自己收藏。例如购买《通志堂经解》，当年焦循不顾生活窘迫，变卖田产，购《通志堂经解》一部。"乾隆丙午，连岁大饥，余叠遭凶丧，负债日迫于门，有良田数十亩，为乡猾所勒买，得价银仅十数金。时米乏，食山薯者二日，持此银泣不忍去。适书贾以此书至问售，需值三十金，所有银未及半，谋诸妇，妇乃脱金簪易银得十二金，合为二十七金，问书贾，贾曰'可矣'。盖歉岁寡购书者，而弃书之家急于得值也。"②可见焦循嗜书如命，对于妻子的理解和支持，他在《内人三十》中表达了对妻子的特别感激之情："鸿莱风味可追寻，聊向秋花酒共斟。七八年来忘我困，三千卷里托君心。绿葵紫苋劳烹饪，布袜棉裘费剪纴。为笑良人多贱骨，不妨姑效《白头吟》。"③正是

---

① 《扬州画舫录》卷五，页 64—65。

② 《雕菰集》卷十六，《焦循诗文集》，页 294—295。

③ 《雕菰集》卷四，《焦循诗文集》，页 63。

妻子的理解和支持，焦循的购书愿望才得以实现。

关于购书的情况，焦循多有记载。如《修葺通志堂经解后序》云："明年丁未，得《春王正月考》于高君学山，又于叶叟处购得《学易记》、《读易私言》二种。戊申七月，于金陵市口得《三礼图》；己酉，得《易雅筮宗》；壬子，又购《三礼图》初印本于黄客；甲寅，于周客之濂溪书屋购得《周易辑闻》、《四书通证》。"[①]又如《书潜研堂文集后二》："岁甲戌冬，方购得此书。"《剧说》中也记载有购书经过，J4.52"《蓬岛琼瑶》与《花日题名》"条："偶于市间得一写本《种鳞书屋外集》，两剧：一《蓬岛琼瑶》，为余本忠收服海寇事；一《花目题名》，则品题花目，以郁李为状元，海桐为榜眼，红梅为探花，木樨为传胪，杜鹃下第，而以丁香配郁李，卷首题田民撰。"[②]此外焦循还有多种途径获得书籍，刘建臻总结道："或为家传：除《汤睡庵评选历科程序墨》之外，如《参寥子诗集》：'是本为先曾祖所遗。'或为乞得：如《辍耕录》：'乾隆乙巳正月间，向表叔王容若乞得之。'或为赠书：如《衡斋算学》：'嘉庆戊午秋八月，与孝婴遇于秦淮水榭，孝婴以此二卷赠余。'《孙子吴子司马法》：'吴中顾涧苹送此书。'或为购买：如《洛记》：'是书余得之于书肆乱帙中，急购而藏之。'《畏垒笔记》：'乾隆甲寅四月十八日，于书肆敝书中得此。'"[③]

除了阅读自己的藏书外，焦循还大量借阅书籍。理论上讲，焦循在浙江期间，《四库全书》的文献当都能阅读。乾隆皇帝在杭州文澜阁藏《四库全书》一部，供江南士子阅读，凌廷堪就曾经提议阮元利用其书校订《扬州画舫录》。焦循对能利用文澜阁藏书颇感欣慰，其《西湖四首》之三云："文澜高阁接天衢，澹澹春风绕四隅。屋外钟声随巷曲，帘前苔色著衣无。行从树杪山俱见，坐对藤阴鸟不呼。万卷琳琅堪借读，客中未与故乡殊。"[④]可见，焦循在外地的文献环境与在自己家里差别不大。

---

① 《雕菰集》卷十六，《焦循诗文集》，页295。

② 《剧说》，页113。

③ 《焦循著述新证》，页99。

④ 《雕菰集》卷四，《焦循诗文集》，页71。

从朋友处借书，也是一种文献获得方式。乾隆五十二年(1787)，焦循二十五岁，开始授徒于城中寿氏宅之鹤立堂，与汪晋蕃兄弟结交。汪家藏书丰富，焦循常常借阅。另外就是逛书摊阅读，如其记得《畏垒笔记》云："二十日夜，辕门桥火烧千余家，烬书肆五，此帙获免。"[①]可以推见，逛书摊阅读也是焦循获取文献的一种有效方式。

无论是自买书籍，还是借阅书籍，焦循均认真阅读，做好笔记。他自己曾说："余生质极钝，然每得一书，无论其著名与否，必详阅首尾，心有所契，则手录之。余交游素少，然每有以著作教我者，无论经史子集以至小说词曲，必详读至再至三，心有所契，则手录之。历二三十年，盈二尺许矣。"[②]他留下的大量著述就是这一声明的绝佳注脚。总之，大量的阅读，丰富的积累，为焦循的戏剧学考证提供了充分的知识条件。

第三节 考证的生活化

一

个人的研究离不开当时的社会环境，刘瑾辉对焦循所处的环境以"生逢盛世"[③]概括。当时政局稳定，社会安定，经济繁荣，为进行学术研究提供了基本的政治和经济环境。而兴起于明代中后期的考证学在此时勃然兴盛，达到了顶峰阶段[④]。

乾嘉时期，是我国古代考据学的黄金时代，大量的学者投入到学术考证当中。"扬州为南北之冲，四方贤士大夫无不至此。"[⑤]生活于康、

---

① 《里堂书跋》卷二，《焦循诗文集》，页 594。

② 《里堂道听录序》，《雕菰集》卷十六，《焦循诗文集》，页 290。

③ 《焦循评传》，广陵书社，2005 年，页 1。

④ 郭康松《清代考据学研究》，崇文书局，2001 年。

⑤ 《扬州画舫录》卷十《虹桥录上》，页 126。

雍、乾时期的李斗在《扬州画舫录》中所载的有名学者如任大椿、段玉裁、李惇、王念孙、汪中、刘台拱、洪亮吉、孙星衍、顾九苞、王士禛、吴伟业、宋荦、费密、卢见曾、戴震、惠栋、郑燮、高凤翰、梅文鼎、朱彝尊、阎若璩、朱筠、钱大昕、王昶、袁枚、王鸣盛、金榜、卢文弨、邵晋涵、谈泰等都在扬州生活工作过,故薛寿《读画舫录书后》总结说:"江淮繁富,为天下冠,士有负宏才硕学者,不远千里百里,往来于其间。巨商大族,每以宾客争至为宠荣。兼有师儒之爱才,提倡风雅,以故人文汇萃,甲于他郡。"[1]考证学发展到高度成熟,学者们除了在经学和史学领域继续肆力耕耘外,在术业专攻之暇,生活化考证亦成为考证的一个重要内容。其主要特点为:考证对象为社会生活中出现的事或物,考证方法仍是传统经史考证的逻辑归纳或是演绎方法。进行生活化考证起源甚早,当一个人储备的知识与现实生活发生关联,需要探讨生活中事物的来龙去脉时,生活化考证也就产生了。这是学术史上普遍存在的一类现象,但在焦循身上体现得特别明显,而戏剧类考证仅是其中的一方面内容。

二

焦循阅读极广,知识渊博,而且逢事必录,养成了考证的习惯。《里堂道听录序》云:

> 余生质极钝,然每得一书,无论其著名与否,必详阅首尾,心有所契,则手录之。余交游素少,然每有以著作教我者,无论经史子集以至小说词曲,必详读至再至三,心有所契,则手录之。历二三十年,盈二尺许矣。今岁所著《易学三书》,稿粗就而阳气虚惫,不耐冥思,性又不乐闲旷,求为其易而不甚用思者。夏秋以来,乃取此而编次之,为五十卷,令儿子廷琥编写目录,据耳目所及,非有所轩轾去取于其间。其论说有异同,兼录之,广闻见,通神明也;忠臣

---

① 《学诂斋文集》卷二,广雅书局刻本。

孝子，义士贞妇，心之所慕，恨不能遍；断狱捕盗，亦录之者，余素有志以州县官效职而用为师法也；朝廷典礼，宰辅经纶，则非分所宜言，故不及；其男女赠答，夸淫斗丽，余所深恶，特绝之。间亦及于神鬼，则以信而有征，且可为世戒，无稽者弗及也。①

随处笔录，记载下来的知识就成为后来者认识当时社会的重要资料。加上自己的亲身体验，就能够解决一些单纯书本难以解决的问题。首先是诗歌与生活的互证与阐释问题，《易余龠录》中材料颇多，举五例以见其大概：

应璩《百一诗》："汉末桓帝时，即有马子侯。自谓识音律，请客鸣笙竽。为作《陌上桑》，反言《凤将雏》。左右伪称善，亦复自摇头。"按：《列子汤问篇》："锁其颐，则歌合律。"张湛注云："五感反。锁，犹摇头也。"卢舍人本作"颔"。《说文》："锁，低头也。""低头"，今所谓点头也。应诗本《列子》，以锁为摇头，摇头即点头也。今人以称善为点头，以不称善为摇头，与应诗之义异。②

余尝作古诗云："白云羃寒月，开门乍翘首。不见云东行，却道月西走。"后见贾岛诗云"走月逆行云"，则已先我而言，且简炼精妙，乃叹诗之独造未易言。而谈者剌剌短长中晚者，皆井蛙也。③

余六七岁时，从表兄范秋帆先生，名征麟。先生出一对句云："秧针柳线，穿不起露水珠儿。"近见《月山诗话》，称其幼时，塾师殷尊一出对云："木笔蕉笺，画不成云山障子。"月山以此对。乃知范先生所出，盖有所本。余时无以对，请于先生，先生对云："雁字云笺，胜得过雪花银子。""雪花银子"对"露水珠儿"，可云工妙。④

---

① 《雕菰集》卷十六，《焦循诗文集》，页 290。

②③ 《易余龠录》卷十五，《焦循诗文集》，页 844。

④ 《易余龠录》卷十五，《焦循诗文集》，页 845。

《雨村诗话》载：杨诚斋子长孺，嘉定间为湖州守，百姓以长孺与戴尚书少望并祠小像于学宫。杨值有浙东庾节之除，故卷己像以行，自题其上云："面有忧民色，天知报国心。三年风月少，两鬓雪霜深。更莫留形迹，何曾废古今。不如随我去，相伴老山林。"按：明人罗洪先尝入乡贤祠，见其父神主与众主杂列，即奉主而归，亦长孺卷像之意。吾友元和李尚之锐客浙江抚署，时有吴澹川刻《南野堂笔记》，尚之长揖，乞其去己名。[1]

范秋帆先生好苦吟，一日得句，未有对，沉思数日，忽跃起曰："得矣！"平日诗稿，皆细字如蚁，此五字，忽作大书云："日晴蝇击窗。"时余八岁耳。其出句遂未见。先生殁于乾隆癸丑，其后无人，诗稿散失。余每欲对此五字而未得，偶阅《雨村诗话》载钱塘李雪樵句云："树凉团鸟梦，窗曙触蝇痴。"次句意相近，然一写曙景，一写午景，确分两象而音节亦殊。[2]

这些均是焦循充分积累相关知识，在生活中的特定情景激发下，二者发生关联，然后信手记录下来，成为目前我们看到的考证方式。《剧说》中的很多条目也体现出这一特点。例如 J6.47"《拜月记》曲词竟作谋反证据"条云：

崇祯癸巳，吴中诸公子习武，为江南抚臣朱鉴塘所讦，谓诸公子且反。其赠答诗云："君实有心追季布，蓬门无计托朱家。"为谋反确证。给事赵完璧因据以上闻。时三相皆吴、越人，疏请行抚按会勘虚实。有代为解者，云："此《拜月》传奇中陀满兴福投蒋世隆，蒋因有此句。"因取坊间刻本证之，果然。诸公子狱始全解。按：今

---

①② 《易余龠录》卷十五，《焦循诗文集》，页 851。

本《拜月》，即《幽闺记》，无此两句。[1]

再如J4.40“皮包骨头人”条云：

今戏剧演《时迁偷鸡》，科诨有“皮包骨头人”之语。按：宋张元尝与客饮驿中，一客邂逅至，顾元曰：“彼何人斯？”元厉声曰：“皮裹骨头肉人斯！”应声以铁鞭鞭之而死。（见王定国《闻见近录》）[2]

其次考证的是日常生活内容，包括衣食住行，日常娱乐。其考证缘起是头脑中存有问题，在生活经验中找到了答案，或是往往从日常生活而起进行考证。举《诗・王风》“中谷有蓷，暵其乾矣”为例：

《毛传》云：“暵，菸貌。陆草生于谷中，伤于水。”《正义》曰：“蓷，草，宜生高陆之地，今乃生于谷中，为谷水浸之，故乾燥而将死。”按：水浸宜菸于湿，何得乾燥将死？殊不可解。自壬戌家居，栖迟湖水之间，每岁水溢，凡花草蔬稻之类，水溢灭顶者即烂尽，惟高出于水者，枝叶浮于水外，华而秀，秀而实，随水而生，不遽烂死。俟水退，踣于泥中，值秋阳暴之，立时枯槁。目验数年，乃叹诗人之工于咏物如此。暵其湿，谓其渍于水中也。暵其修，谓其随水而生，其长倍也。暵其乾，谓水退而槁于日也。[3]

《正义》的解释困惑着焦循，令其不得其解。当发现生活中类似的现象，原先的疑惑豁然开朗。再如：

虞仲翔注《易・系辞》云：“耜止所逾，因名曰耜。”解者以为未详。按：耜从㠯，㠯与已通，已之义为止。“耜止所逾”，盖取已止之义。田各有疆域，彼此耕耨及界而止。余每于秋月观农户种麦，有

---

① 《剧说》，页167。
② 《剧说》，页107。
③ 《易余龠录》卷一，《焦循诗文集》，页712。

一田而两家共者，犁之所至，恰及其域。若田中有小径，犁偶过之，必争。仲翔所谓“止所逾”者，即此义也。[①]

正是对农耕生活的真切观察，焦循才打通了文献与客观事实间的脉络。如果远离了农村生活，类似的发现基本不可能发生。比如考辨“冯夷”之“冯”当念“皮冰切”而不念“逢”，就是在阮家做客时偶然发生之事。比如考证《毛诗》里面的鸟兽草木虫鱼，就是随其父游玩湖滨之时，看到湖中水草而随机生发的念头。这一主题尽管是传统名物考证的重要内容，但对焦循而言，其契机具有明显的生活化特征。

再如对花的考证。焦循一生爱花，堪称花痴，其《红薇翠竹词》几乎全为咏花之作。除了词作正文，词前词后绝大多数都有注文，考证所咏花的情况，可谓篇篇是微型考证论文。以《山花子·郁李》为例，词云：“五六尺高排密。二三月尽见花娇。昔种官园今驿路，傍溪桥。　田舍食时兼燕薁，野人摘处莺桃。生怕年年霜落后，供山樵。”写出了郁李的生长情态、花开日期、生长环境、功用，以及对其枯萎之后被伐为薪的担心等等，既包含科学知识，又富有生活情趣。其注云：

《毛诗》：“六月食郁及薁。”《传》云：“郁，棣属；薁，婴薁也。”郭璞《上林赋注》：“郁，车下李也。”吴普《本草》：“郁李，一名车下李。”陆玑《草木疏》：“树如李而小，子如樱桃，今官园种之。”“婴薁”，《广雅》谓之“燕薁”。《本草图经》：“郁李生高山川谷及邱陵上，木高五六尺，子小如樱桃，色赤。”按：郁李，田墅高处多生之，墅人呼为秧柳，即郁李之转声也。郁李又郁之缓声。每年五六月子熟，红赤可爱，秋后率刈为薪，不知惜也。去年移二本植书塾中，华实并茂，摘其子，弄孙为嬉。城中人来，且诧以为含桃之大者。[②]

① 《易余龠录》卷三，《焦循诗文集》，页728。
② 《红薇翠竹词》，《焦循诗文集》，页539—540。

这段自注文，焦循引用了《毛诗》及其《传》、《上林赋注》、《本草》、《草木疏》、《广雅》、《本草图经》六种文献，考证了郁李的名称、果实大小及颜色、生长环境，并结合生活体验，介绍其生活习性，乡音误读，及从栽培中获得生活情趣。在《河传·波斯鸡冠》中，焦循引用了《太平御览》所引之《江表传》、《临海异物志》、《一切经音义》、《无上依经》、李白诗、《涅槃经》、《神异经》及其注、《史记》共八种文献来考证这种鸡冠花的来历。在《红翠微竹词》中，一般都有这样的考证。

考察食物，也是生活化考证的重要内容。有的考察做法，如烧肉问题："应璩《百一诗》：'田家无所有，酌醴焚枯鱼。''焚'即烧也。今人称烹肉为烧肉，称烹鱼为烧鱼。"[①]应璩所言颇类孟浩然之"故人具鸡黍，邀我至田家"，农家尽管没有什么豪华大餐，但是一片真诚，尽心待客，焦循的考证得其本意。对于一些菜名，当地人往往司空见惯，但是不知其所以然。2011年5月1日至4日，笔者与本单位同事到平定县进行田野考察，饭店提供了一道菜，名曰"rang 白菜"，做法为白菜里面包瘦肉馅煮食。其得名原因无人能解，在《易余龠录》中，焦循已经考证得非常清楚：

> 丁丑冬，偶以完粮米入城，饮于友家。座间有举肴馔中有以"让"为名者，皆以他物实之于此物之中。如以肉入海参中，则名让海参。凡让鸡、让鸭、让藕，无非以物实其中。或笑曰："让当与瓤通，谓以物入其中，如瓜之有瓤也。"说者固以为戏言，而不知古者声音假借之义，正如此也。瓜之内何以称瓤？瓤从襄者也。瓤从襄，犹醸从襄。《说文》："醸，酝也。"酝与缊通。《谷梁传》："地缊于晋，谓地入于晋也。"《论语》："衣敝缊袍"谓絮入于袍也。酝为包裹于内之义，而醸同之，此所以名瓤名让也。《说文》："镶，作型中肠也。"《释名》云："中央曰镶。"皆以在中者为义。囊，裹物者也，从襄省声，即亦与让同声。然则让取包裹缊入之义明矣。夫让犹容也，

---

① 《易余龠录》卷十五，《焦循诗文集》，页850。

容即包也，争则分，让则合矣。故四马驾车，两服在两骖之中，而《诗》曰“上襄”；水围于陵，而《书》曰“怀山襄陵”，俱包裹之义也。不争则退逊，退逊则却，故让有却义。禳、攘与让通，皆训却。能让，则附合者众，故穰之训众，瀼之训盛，众则盛也。缊入其中，则相因。故马氏注《皋陶谟》云：“襄，因也。”《尔雅·释诂》云：“儴，因也。”郑氏注《吕刑》云：“有因而盗曰攘。”攘取义于因，即襄之于因也。《史记·赵世家》正义云：“襄，上也，举也。”郑氏注《尧典》云：“推贤尚善曰让。”尚与上通，上善即举善也。《广雅》云：“尚，举也，高也。”高诱注《吕氏春秋》云：“尚，曩也。”又：“尚，久也。”《尔雅·释诂》云：“曩，久也。”让为尚善，则通于襄；为推贤，则通于攘。《说文》云：“攘，推也。”推之义近却。《曲礼》：“左右攘辟。”《注》云：“攘，却也。”《风俗通义》云：“禳，却也。”却之即所以谢之，亦所以除之。故《广雅》云：“禳，除也。”王逸《离骚章句》云：“攘，除也。禳，谢也。”皆引申之义也。[1]

显然这一问题的生发具有偶然性，源于生活实际，而其考证却不可谓不专业。对于类似问题，《剧说》也有反映，如 J6.41“释‘俏冤家’”条云：

《亦巢偶记》云：“俗呼薰猪耳为‘俏冤家’，不知何所取，里巷至今传之。一日，予同一二友至虎丘游行，久之，思饮甚切。然所携杖头极菲，因思薰猪耳价轻，令僮买之佐酒，不至。一友忽唱云：‘俏冤家何时还不到？’众大噱。按《苇航纪谈》云：‘阅《烟花记》，冤家之说有六：情深意浓、彼此牵萦、宁死无二，一也；两情相系、阻隔万端、心想魂飞、寝食俱废，二也；长亭短亭、临岐分袂、黯然魂消、悲泣良苦，三也；山遥水远、鱼雁无凭、梦寐相思、柔肠寸断，四也；怜新抛旧、辜恩负义、恨切惆怅、怨深刻骨，五也；触景悲伤、抱恨成疾，六也。’余谓冤家，犹呼‘奴家’、‘哀家’、‘咱家’，方言如是，

① 《易余龠录》卷四，《焦循诗文集》，页 736—737。

非有义理可寻。”①

人在社会中生活，朋友之间自然会就一些共同话题进行探讨，身体健康就是重要话题之一。焦循与李炳考证肝之本在右就是一例。李炳是当地名医，焦循或其家人生病，常请他进行诊疗。李炳研习中医五十年，悟得肝之本在右。焦循向他推荐《周礼》“疾医”郑《注》贾《疏》之说，李炳更加自信其说不孤。焦循通过考证“疾医”郑注及贾《疏》、《淮南·精神训》及高诱《注》、《月令疏》引许慎《五经异义》、郑康成《驳》，得出自己的结论：

许、郑两说甚明。郑谓肝金、脾木，为五藏所生上下左右之位，肝木、脾土，则五藏之气，医所用以治病，两者固不相碍。高诱注吕氏《十二纪》及《淮南》时，则训并存两说，以肝木、脾土为用其所胜，肝金、脾木为自用其藏，而以自用其藏为后一说。然春木胜脾土，夏火胜肺金，秋金胜肝木，以为用所胜，诚然矣。而中央土何以胜心火？至冬水宜用所胜之心火，而反用肾水，则又自用其藏。以此论之，宜依许氏《异义》之说，皆为各用其藏也。《精神训》又云：“天有风雨寒暑，人亦有取与喜怒，故胆为云，肺为气，肝为风，肾为雨，脾为雷，而心为之主。”高诱《注》云：胆，金也；肺，火也；肝，木也；肾，水也；心，土也。脾为雷，无所属。此云气风雨雷，似不必配以五行，云为金，而谓金石出云，亦未确。盖高氏虽取两说强配之，不可为典要也。论其位，则脾木、肺火、心土、肝金、肾水；论其气，则肝木、心火、脾土、肺金、肾水。病之在上属肺，在下属肾，在右属肝，在左属脾，故右痛主肝虚，依肝木治之则瘥，依肺治之必剧。盖按肝之所在，必以右为归，而治肝之药，仍以木为义。合许、郑两说，足以补《素问》、《甲乙》所未备。西垣不知有《古尚书》之说，以五十年亲验知之，实仲景以来未发之秘也。西垣殁十数年矣，惜不

① 《剧说》，页164—165。

能起而相证也。[①]

《花部农谭》之所以写成，就是因为周围农人不解“花部”所演内容，咨询焦循，他便结合自己广博的知识，向农人讲解剧目的来龙去脉。前文的分析为举经典以证生活实例，焦循也曾举生活实例以证经典阐释。他对经学和戏曲都熟悉，所以会用看戏来比喻《周易》研究，他在《易广记》卷二中谈到张振渊《周易说统》一书时，曾以“村人观剧”作比喻：“童时读《易》，即阅此本，阅之不下十数过，愈读愈不知经义之所在，亦不知所说之何谓。譬之村人观剧，不知何以红面与黑面厮杀，旁一村人指而说之，侈陈《三国志演义》核之，于剧非关张也；旁又一人曰，此戏也，但看其情节，不必知其为何如人。然则看剧终日，不啻坐云雾中。此等说《易》之书，真村人之说剧耳。”[②]这也充分体现出焦循考证生活化的特点。

可以说，考证作为一种习惯，已经成为焦循确立自身价值的一种手段。在生活化考证中，焦循既解决了具体的知识问题，传播了知识，同时也实现了自己的人生价值。可以说正是由于考证的普遍化和生活化，焦循才在紧张的研究之余，留下了内容如此丰富的戏剧笔记。而通过这些生活化的考证也可以看出，焦循的经学研究与戏曲研究同是其考证学的两个方向，只是对象不同，在研究方法上并不存在根本差异。

总之，繁荣的戏曲演出和丰富的文本材料，为焦循的戏剧学研究准备了直接条件；朋友间的交往，提供了观剧和研讨的契机；善于笔记的学习习惯和生活化考证的进行，最终促成了焦循戏剧学研究的完成。

---

① 《易余龠录》卷十三，《焦循诗文集》，页824。

② 转引自韦明铧《焦循论曲三种》前言，页13。

第二章 《剧说》的版本与成书

第一节 《剧说》的版本及其存在的问题

一 《剧说》版本述略

《剧说》文本整理的基本情况见于《中国古典戏曲论著集成》第八册《剧说》提要，为后来研究者提供了基本线索："（一）《读曲丛刊》本。（二）《曲苑》本。（三）《重订曲苑》本。（四）《增补曲苑》本。（五）《国学基本丛书》本，1939 年上海商务印书馆出版。（六）《中国文学参考资料小丛书》本，《剧说》一种，为第二辑第九种，1957 年 7 月，上海古典文学出版社出版。以上各种版本，《曲苑》及《重订曲苑》本是根据《读曲丛刊》本影印，《增补曲苑》本和《国学基本丛书》本是根据《曲苑》本、《读曲丛刊》本排印，《中国文学参考资料小丛书》本是根据《读曲丛刊》本排印，加以标点，同时还有小部分的校勘。《读曲丛刊》本，来源未详。《剧说》从未见刻本，《读曲丛刊》所根据的，不是原稿本，就是传钞本了。北京图书馆藏有焦循《剧说》稿本六卷，有'焦循手录'和'里堂'两图章，确是焦氏手稿，但不如《读曲丛刊》本完整，或许此稿本还不是最后的定稿。"[①]《读曲丛刊》别题《诵芬室读曲丛刊》，近人董康辑刻。卷首有"丁巳

① 《剧说》卷首，《中国古典戏曲论著集成》本（本章以下简称"《集成》本"），页 75—76。

二月蕊圆"题签,"丁巳"为1917年,这是迄今最早的一部古典戏剧史料汇编丛书,全书5册。据目录,原计划汇刻戏剧史料、论著8种,其中,明代沈宠绥《度曲须知》1种注明"嗣出",实际收录7种,计有:元钟嗣成《录鬼簿》二卷、明徐渭《南词叙录》一卷、明骚隐居士《衡曲麈谭》一卷、明魏良辅《曲律》一卷、明王骥德《曲律》四卷、明沈德符《顾曲杂言》一卷、清焦循《剧说》。此书另刻有《旧编南九宫目录》及《十三调南曲音节谱》2种,在通行本中未见。这些戏剧史料、论著过去都很难找到,《剧说》就是首次刻印,为研究提供了必要条件,甚有助于中国古代曲学的研究,且成为后来丛书收录的底本,故刊刻意义重大。

从上述版本描述可知,各版本《剧说》内容大致相同,应该属于同一版本系统。《集成》本《剧说》出版后,在相当长的时期内,它成为研究焦循戏剧学的通行本。1998年,齐鲁书社出版《续修四库全书》,其第1763、1764册影印了北京图书馆所藏手稿本《剧说》,为《剧说》研究提供了新材料。卷一右下部有"北京图书馆藏"、"焦循手录"印章。此本与上述《读曲丛刊》本比较,最大区别在于正文前缺少引用书目,但是在正文中,引用书目前均标注作者。此外,通过此本还可以清晰看出焦循在《剧说》写作过程中的修改情况,无疑应是研究《剧说》的最为可靠的材料。

二 《剧说》整理存在的问题

《剧说》引书繁多,然因其底本藏在国图,一般人难以利用,加之整理者的原因,致使其中还存在一些问题,直接影响了后来者的研究和利用,故有澄清之必要。

焦循所著戏剧笔记《剧说》完成于1805年,因其中汇录了丰富的古代戏剧资料,素为现当代学者所重。由于产生时代较晚,《剧说》的版本流传比较清晰。依据《集成》本的梳理,此前共有六种版本:《读曲丛刊》本、《曲苑》本、《重订曲苑》本、《增补曲苑》本、《国学基本丛书》本、《中国文学参考资料小丛书》本。因此,《集成》本也就成为第七种版本,该本因出版时间较晚,发行量大,成为当代戏剧研究者使用频率最高的本子。然而囿于当时的条件，此书的整理工作做得并非尽善尽美，有待进一步完善。

（一）底本选择问题

依据《集成》本《剧说》所附校勘记，我们得知该本是以《读曲丛刊》本为底本，以稿本为参校本来整理的。整理者选择《读曲丛刊》本作为底本，是基于"《读曲丛刊》本比手稿本要完整"的认识，然而这一选择是有问题的。以完整的版本作底本这一原则并不错，关键问题是《读曲丛刊》本并不比手稿本完整。通过对照我们发现，《读曲丛刊》本与手稿本内容上基本重合，只是多出《雨村诗话》一条，但落漏多条。在校勘问题和著述体例问题上，《读曲丛刊》本也存在较多问题。

校勘的第一目的在于恢复古籍的本来面目，而不是替古人来改正古书，对原文进行改动而不作说明是校勘的大忌，《读曲丛刊》本这方面的问题很突出。（依《集成》本《剧说》标注）

1. 添加内容而不出校勘记。

例一：82 页《辍耕录》"唐有传奇"条较稿本多"取其如火焰易明而易灭也"十一字，当是据《辍耕录》补入，见于《辍耕录》卷二十五"院本名目"条下①，此处应作校勘说明。因为作为笔记，焦循在引用时比较随意，此类删节情况甚多。补入部分属于细节，无关宏旨，焦循文中不录，可以理解。同类情况还有 87 页《辍耕录》"稗官废"条多出"稗官废而传奇作，传奇作而戏曲继。金季国初乐府，犹宋词之流"一句（见于《辍耕录》卷二十七"杂剧曲名"条下）；151 页《辍耕录》"千夫长"条多出"经半载，夫归具以白，为属所辖，罔敢谁何"一句；"我今卖汝于人"后多"娘岂忍哉"四字；"贞烈郭氏之墓"后多"大书刻石墓上"（见于《辍耕录》卷十二"贞烈墓"条下）。理由同上。

例二：93 页《庄岳委谈》"市谓秀才为措大"条多出"细酸字面仅见

---

① 陶宗仪《南村辍耕录》，中华书局，1980 年，页 306。

此，今俗尚有此称”（见于《少室山房笔丛》卷四十一该条内容[①]），而在焦循的另一笔记著作《易余龠录》当中，录有此条，与手稿本文字全同。可见不加说明的改动将会造成不必要的误会。

例三：195页多出所引《雨村诗话》条。

2. 私自改动个别文字而不出校勘记。

例一：96页“裴少俊墙头马上”条：

《裴少俊墙头马上》，白仁甫作，《录鬼簿》作《鸳鸯简墙头马上》。《便宜行事虎头牌》，李直夫作，《录鬼簿》作《武元皇帝虎头牌》。《李素兰风月玉壶春》，武汉臣作，《录鬼簿》有《郑琼娥梅雪玉堂春》，无此目。《陶学士醉写风光好》，戴善夫作，《录鬼簿》无此目。《翠红乡儿女两团圆》，杨文奎作，《录鬼簿》无此人。《半夜雷轰荐福碑》，马致远作，《录鬼簿》无此目。《包待制三勘蝴蝶梦》，关汉卿作，《录鬼簿》无此目。《河南府张鼎勘头巾》，孙仲章作，《录鬼簿》陆登善有此目，孙仲章无此目。《李太白匹配金线记》，乔梦符作，《录鬼簿》题为《唐明皇御断金钱记》；别有《柳眉儿金钱记》，平阳人石君宝作。《杨氏女杀狗劝夫》，不传作者名氏，《录鬼簿》题有《王翛然断杀狗劝夫》，是萧德祥作；今此剧孤自称王翛然，当即萧作。《张天师断风花雪月》，吴昌龄作，《录鬼簿》作《张天师夜祭辰钩月》。《赵盼儿风月救风尘》，关汉卿作，《录鬼簿》作《烟月旧风尘》，“旧”盖“救”之讹。《同乐院燕青博鱼》，李文蔚作，《录鬼簿》题有《报冤台燕青扑鱼》及《燕青射雁》二目，无《燕青博鱼》。

此条之《录鬼簿》，手稿本均作《点鬼簿》。该条内容还被焦循引入《易余龠录》，《录鬼簿》亦均写作《点鬼簿》。不加校勘说明，将会造成与《易余龠录》同条内容异文。

例二：110页“《庄岳委谈》云”条，“黄允何其愚”手稿本“黄”作

---

① 胡应麟《少室山房笔丛》，中华书局，1958年，页558。

“王”，查《庄岳委谈》亦为“王”（见于《少室山房笔丛》卷四十一“琵琶记”条）。按：“王”字为确。该处从文意讲，应该为“黄”，但是误为“王”，所以胡应麟才有考证的必要。如果为“黄”，胡氏也不用撰文进行考证。此处错误与下文“王翛杀狗劝夫”条同。

例三：123页“郡人尽能道其事”下，手稿本为“志淳云南永昌府人，书作于嘉靖间，而此事颇似元人秦简夫《东堂老杂剧》”，与《集成》本义同文异。

3. 私动条目次序。

例一：190页“陈玉阳《文姬入塞》”条依手稿次序当与“《江湖纪闻》”条互换。

4. 落漏内容。

例一：122页“杀狗劝夫王翛然”下，稿本有“村剧中有赛琵琶者，王翛然与包拯并见一剧，非也”一句。

5. 对焦循删改内容未作陈述，径自删去。

例一：143页删去考证东方朔事一段，《集成》本已补足。

例二：178页应当提示有删除条：

> 周莳之《挑灯集异》云：宏治间会试后，部官宴主试，优人演院本，持一鸡，谓青衿曰：“此鸡价要一千两。”青衿曰：“千金买它何用？”优朗吟曰：“此只大公鸡，头高尾又伍。莫言无用处，买去五更啼。”①

例三：180页应当提示有删除条：

> 《在园杂志》云：“老爷”、“奶奶”之称，乃仕宦家儿女之呼其父

① 《剧说》，《续修四库全书》影印手稿本，1759册，页9。

母也。《还魂记》内《游园》一出，杜丽娘云："这般景致，老爷奶奶再不提起。"[1]

另附一条："相传临川作《还魂记》，运思独苦。一日，家人求之不可得；遍索，乃卧庭中薪上，掩袂痛哭。惊问之，曰："填词至'赏春香，还是旧罗裙'句也。"此条被置于《集成》本页 181。

例四：182 页应当提示有删除条：

周亮工《闽小纪》云："上场白诗多唱'一举首登龙虎榜，十年身到凤皇池'。人多不知所本，乃宋泉州刘昌言上吕蒙正诗也。[2]

类似的变动改变了焦循手稿的原貌，而又不加校勘说明，极易让人产生误解，这一特点被《集成》本继承而未加以甄别。

这是以手稿本《剧说》校《读曲丛刊》本《剧说》，属于校勘的第一步。一般著作的校勘，任务到此也就结束了。但是，《剧说》类笔记的校勘问题，还有其特殊性。古人在笔录时，大多以消遣的态度来看待，没有今天的学术规范意识，因此引用相关内容时极为随便，这不应该苛求古人。而为了今天学者研究的方便，对引文加以校勘也是很有价值，且非常必要的，这当是此类著作校勘的第二层次，这又与标点密不可分（详见下文）。

（二）著述体例方面

《读曲丛刊》本《剧说》在一定程度上改变了原书的著述体例，尤其表现在对焦循引用书目的处理上。焦循作为乾嘉时期的著名学者，本着实事求是的态度，对所引作品的著作权著录问题处理比较谨慎，交代得比较清楚，一般采取"作者＋作品"的表述体例。例如，《辍耕录》就著录为"陶九成《辍耕录》"；在《里堂道听录》中，焦循也是采用这种著录方

① 《剧说》，《续修四库全书》影印手稿本，1759 册，页 14。

② 《剧说》，《续修四库全书》影印手稿本，1759 册，页 17。

式，这也是治学严谨人士的通常作法。《读曲丛刊》本的整理者可能为了让读者了解焦循引书的丰富性，就把焦循的引用书目全部列在了书的前面。虽然这样可以让人一目了然，但是其失误之处表现在三点：

1. 整理的条目有遗漏。

据笔者统计，尚需增补引书条目如下：卷一增补《乐记》、《左传》、《史记》、《宋史》、《笔麈》；卷二增补《说郛》、《升庵集》、《新唐书》、《后笔谈》；卷四增补《战国策》、《南音三籁》、《方舆胜览》、《白茅堂集》、《震泽纪闻》、《隽区》、《如是我闻》；卷六增补《萧斋日记》、《梦月岩诗余》、《四本堂座右编》。

2. 著录有错误之处。

(1) 元人李有所著《古杭梦游录》一书，与《剧说》引文无关，《古杭梦游录》所有引文出自《都城纪胜》。

(2)《瓯江逸志》误作《甄江逸志》。

3. 体例不统一，选入了单篇文章《毛西河先生传》。

此外，在正文当中，整理者径直删去原作者姓名，直接以引用书目开头。这种删改不仅改变了焦循的表述体例，并且给读者造成了不必要的麻烦。因为焦循所引之书对今天的读者来说，大多比较陌生，删去原作者姓名不利于读者了解作品的相关背景。而卷首的列表又没有索引，颇不便于利用。所以，最好的处理办法是在正文中依据焦循原来的表述格式，文前再加详细索引。

(三) 校勘问题

1.《集成》本继承了《读曲丛刊》本的内容，同时又用手稿本加以校勘，但校勘如扫落叶，错误之处仍在所难免。

例一：82 页《乐记》条："(今夫)新乐进府退府"，"府"当为"俯"，作俯身讲。

例二：89 页"顿随武宗入京"中，"顿"后脱一"曾"字。

例三：96 页"元曲只正旦正末唱"条，"不得而于之"之"于"当为"干"，形近而误。

例四：101 页"《金楼子》云"条"锁其颐则可语"之"锁"当为"锁"，作揿动讲,形近而误。

例五:109 页“《升庵集》”条“庵”后脱一“外”字。

例六:110 页“《庄岳委谈》云”条,“其引用古人也”之“其”前脱一“明”字。

例七:111 页“未为凶报”之“报”当为“暴”。

例八:112 页“元人乐府有”条“琵琶曲有打十三之说”之“曲”后脱一“白”字。

例九:115 页“遣人持一缣送弇州公”之“送”后脱一“王”字。

例十:116 页“梁气索,强尽之,吐”之“吐”前脱一“大”字。

例十一:119 页“播奏事效”四字稿本已删除,若保留,无益于表达。

例十二:124 页“常致书题问其存忘”之“忘”当为“亡”字。

例十三:155 页“海内索解人眼中不得”之“眼中”稿本无,当删。

例十四:178 页“是故雷姓”之“雷姓”稿本互乙。“尔辈安得无理”之“安”当为“焉”字。

例十五:179 页“此条情绪你争知”之“条”当为“际”,因繁体字形相近而误。

例十六:186 页“搬运花石至京”衍一“搬”字。“失去所荠物”之“荠”当为“赍”,作赏赐讲,亦形近而误。

例十七:198 页“其文故自妙耳”之“其”后脱一“本”字,“本”字起强调作用。

例十八:205 页“《古夫于亭杂录》云”条中“张谓胡曰”之“曰”字当为“云”;“如何称梨园”之“何”后脱一“得”字。

例十九:208 页“公宴时”条“孙姓”后脱一“者”字。

2. 校勘记仍有两条值得商榷。

例一:第七条“王翛断杀狗劝夫”,校勘记注为“原脱一‘然’字”。此处指义不明,容易产生误解。以整理者所言,“原脱”指的是焦循本人脱字,应该算作失误。今所存《录鬼簿》各版本中,此处均著录为“王翛”,则焦循只是如实著录,失误不在焦循。

例二：第九条《金楼子》引用内容，校勘记认为："此段节引《列子·汤问篇》，误'偃师'为'优师'。"查检两书，发现《汤问篇》有类似内容，《金楼子》中也有这一条记录，而且文字与《剧说》更为相合。因此，此段文字不是节自《列子·汤问篇》，焦循著录不误。

（四）标点问题

《集成》本采用新式标点整理，颇便于阅读，功不可没。但是对于引用内容的处理比较简单，一般就是先列书名，后面用冒号，然后用双引号，双引号内内容为引用主体。按照我们今天的理解，双引号内的内容应当是直接引用的原文。但是，焦循作笔记时的态度决定了其引述的复杂性，应当具体问题具体处理，这其中可分如下几种情况：

第一，所引的内容为文献原文。例如《乐记》条"新乐进府（俯）退府（俯），奸声以滥，溺而不止。及优侏儒，獶杂子女，不知父子，乐终不可以语，不可以道古"，与《礼记注疏》卷三十九同条内容一致，只是根据语气删去"今夫"二字（见于阮元等编《十三经注疏》，中华书局 1980 年影印）。这种情况最为符合今天的要求，按照上述格式标点甚为恰当。还有稍微特殊一点的，就是断断续续地截取。例如，88 页引述《水东日记》（括号内为焦循省略内容）："今书坊相传射利之徒伪为小说杂书，南人喜谈如汉小王光武、（蔡伯喈邕、）杨六使文广，北人喜谈如继母大贤等事甚多。农工商贩，抄写绘画，家畜而人有之；痴呆女妇，尤所酷好，好事者因目为《女通鉴》。（有以也。）甚者晋王休征、宋吕文穆、王龟龄诸名贤，至百态诬饰，作为戏剧，以为佐酒乐客之具。（有官者不以禁杜，）士大夫不以为非；（或者以为警世之为，）而忍为推波助澜（者，亦有之矣。意者其亦出于轻薄子一时好恶之为，如《西厢记》、《碧云騢》之类，流传之久），遂以泛滥而莫之救（欤）。"（见于《水东日记》卷二十一，《文渊阁四库全书》本）这种情况下，省略内容用省略号代替即可。

第二，以自己的语言概括叙述引用内容。例如 174 页引述《战国策》条："齐军破淖齿，杀闵王于鼓里，太子乃解衣免服，逃太史氏家，为溉园。君王后，太史氏之女。知其贵人，善事之。田单复齐，遽迎太子于莒，立之以为王，君王后以为后。"而《战国策》原文共二百四十一字。

这种情况也很好处理，既然是转述内容，引号也就没有运用的必要。

第三种情况就是混合引用，又分为两种情况：一种是把两条内容合二为一，一为概括，一为直引。例如，87页所引《都城纪胜》云："杂剧中先做熟事一段，名曰'艳段'。次做杂剧。或添二人，名曰'装孤老'。凡影戏，乃京师人初以素纸雕镞，后用装色装皮为之，其话本与讲史书者颇同，大抵真假相半。公忠者雕以正貌，奸邪者与之丑貌，盖亦寓褒贬于市俗之眼戏也。"而《都城纪胜》本为："杂剧中，末泥为长，每四人或五人为一场，先做寻常熟事一段，名曰艳段；次做正杂剧，通名为两段。末泥色主张，引戏色分付，副净色发乔，副末色打诨，又或添一人装孤。"①而"凡影戏"后内容全同。第二种情况就是同一内容，既有概括部分，又有直接引用部分。例如111页引述《洛阳伽蓝记》卷二条："赵逸，晋武时人。晋朝旧事，多所记录。云：自永嘉以来，二百余年，建国称王者十有六君，皆游其都邑，目见其事；国灭之后，观其史书，皆非实录，莫不推过于人，引善自向。苻生虽好勇，嗜酒，亦仁而不杀。观其治典，未为凶报。及详其史，天下之恶皆归焉。"②从"赵逸"到"多所记录"为焦循的概括，后为直接引用内容。这种情况，概述部分就不能全部放入引号之内，否则就会引起误解。应当采取的办法就是冒号后面，概述部分不引，只引直接引用部分。

第四种情况最复杂，包括截取引用，并与概括内容混到一起。例如关于张士贵，《新唐书》记载："张士贵，虢州卢氏人，本名忽峍。弯弓百五十斤，左右射无空发。隋大业末，起为盗，攻剽城邑，当时患之，号'忽峍贼'。高祖移檄招之，士贵即降，拜右光禄大夫。从征伐有功，赐爵新野县公。又从平洛，授虢州刺史。帝曰：'顾令卿衣锦昼游耳。'进封虢国公、右屯卫大将军。贞观七年，为龚州道行军总管，破反獠还，太宗闻

① 《都城纪胜》，中国商业出版社，1982年，页9。

② 范祥雍校注《洛阳伽蓝记》卷二，上海古籍出版社，1978年，页89。

其冒矢石先登，劳之曰：‘尝闻以忠报国者不顾身，于公见之。’累迁左领军大将军。”①焦循所撰“张士贵”条首尾与之皆同，唯“隋大业末”至“右屯卫大将军”一节是进行了概括。此种情况，也应当首尾分别加引号，而中间一段则不必。类似情况，可根据这一原则进行处理。

当然，做好这项标点工作的前提就是找出《剧说》与所引之书的区别，而这一步工作显然是与《剧说》校勘的第二层次紧密联系在一起的。只有与原引用材料进行对比，才能最终明确哪些是概述内容，哪些是直接引用内容，这个工作量对于校勘《剧说》来说无疑是很大的，以上四条仅起示例作用。

通过以上的考察可知，对《剧说》的整理还需要费一些功夫，本人谨在此抛砖引玉，望有志于是书整理者勉之焉。

三 《焦循论曲三种》本《剧说》标题命名商榷

韦明铧在整理《焦循论曲三种》时，做了一件很有意义的工作，就是在每条笔记前，设置了一个标题，并且在目录中完整地呈现出来，提纲挈领，对读者迅速把握焦循三书的内容，具有重要作用。

关于命名的原则，韦明铧没有交代，揆之标题与对应内容，其标准主要有如下三种：一是截取段落中的词语。如 J1.1 条，内容是考察优的来历和功能，焦循有按语云：“然则优之为技也，善肖人之形容，动人之欢笑，与今无异耳。”韦明铧将该条就命名为“优之为技”。二是以谈论的话题命名。如 J1.4 条：《教坊记》又云：“‘大面出北齐兰陵王长恭，性胆勇而貌妇人，自嫌不足以威敌，乃刻木为假面，临阵著之，因为此戏。亦入歌曲。’按：今净称‘大面’，其以粉、墨、丹、黄涂于面以代刻木而有是称耶？然戏中亦间用假面。”韦明铧将此条命名为“假面”。三是以焦循认可的事实或结论作为标题。例如 J4.17 条：《知新录》云：“覆水事，乃姜太公少婿马氏，已离矣，见太公封齐，妻拜求合，公取覆水云云。故《战国策》姚贾对秦王曰：‘太公望，齐之逐夫。’今以覆水为买臣

---

① 《新唐书》卷九十二，中华书局，1975 年，页 3803。

事，非也。”韦明铧将此条命名为“覆水非朱买臣事”，非常恰当。在韦明铧的命名中，第一种情况最少，第二种最多，第三种次之。就标题提供的信息量和表述准确度而言，第一种准确性较差。因为韦先生在命名时，对于其内容非常熟悉，故截取时不会感到有这个问题。而对初次接触者而言，往往会不知所云。如看到“优之为技”，就很难知道其所表达的内容。以话题命名，便于读者迅速获悉查考之内容，所以今人整理古人笔记时此法用得最多。其缺点是话题可以有多个意义指向，不利于读者把握作者的结论或观念性内容。第三种命名可以有效避免前两种命名的局限性，但是过于精确的论断有可能取消文本内容的开放性。要之，要在内容的精确性与话题的开放性之间保持适度的平衡。韦明铧对《论曲三种》的命名多数是准确的，但同时也还存在一些问题，下面加以讨论。

（一）《剧说》、《易余曲录》重合内容的命名问题

总体而言，韦明铧命名的最大问题在于前后照应问题。韦先生已经注意到《剧说》的部分内容与《易余曲录》的部分内容存在重合，那么在命名时就应该视作同一材料，采用同一命名。但韦先生没有注意到资料的统一性问题，加之所用底本——《集成》本《剧说》——存在前述问题，所以这一部分在命名时发生了问题。下面依据相关内容在《剧说》中出现的次序逐一分析。

《剧说》卷次条目	《剧说》命名	《易余曲录》条目	《易余曲录》命名
J1.42	爨孤姐酸	Y9	杂剧名称考
J1.43	细酸	Y10	措大与细酸
J1.44	楔子	Y11	元曲之楔子
J1.45	杂剧脚色	Y12	元曲脚色考
J1.46	砌末	Y13	元曲之砌末
J1.48	《录鬼簿》异文	Y14	《点鬼簿》异文
J1.49	阳货王骦口气	Y8	元人曲止正旦正末唱

续上表

J1.52	《西厢记》自乱其例	Y15	《西厢记》不标脚色
J2.19	兀剌赤	Y16	兀剌赤
J5.11	王实甫《西厢》逊董解元《西厢》远矣	Y17	王《西厢》与董《西厢》

从上表可以看出,《剧说》与《易余曲录》内容重合共计10条,而命名相同者仅有"兀剌赤"一条。为了避免给以后的研究者造成误导,有必要进行统一。

J1.42与Y9内容有出入,"爨孤妲酸"直接点名了研究对象,"杂剧名称考"则点明了研究范围,二者是具体与一般的关系。从使用角度来看,后者命名更有实用性。

其中,J1.44、J1.45、J1.46与Y11、Y12、Y13命名情况一致,且内容在两书中相同。在《易余曲录》中,将范围界定为"元曲",更加明确,当以此命名为准。

J1.43与Y10内容完全相同,无论是命名为"细酸"还是"措大与细酸",均以话题命名,不能准确表达焦循的用意。原文为:"《庄岳委谈》云:世谓秀才为'措大'。元人以秀才为'细酸',《倩女离魂》首折,末扮细酸为王文举是也。细酸字面仅见此。今俗尚有此称。按:今元曲《倩女离魂》杂剧中,无'细酸'二字。"焦循不是探讨秀才"细酸"或是"措大"的称呼问题,而是说明其所见《倩女离魂》剧本没有"细酸"一词。所以该条内容命名当改为"《倩女离魂》无'细酸'二字"。

J1.48与Y14内容几乎完全相同,问题在于《集成》本《剧说》整理时未说明将手稿本的《点鬼簿》改成《录鬼簿》,韦明铧自然命名其为"《录鬼簿》异文"。尽管《点鬼簿》、《录鬼簿》本为一书,且《录鬼簿》更为学界熟知,但是在版本学上,改为《录鬼簿》没有道理。此条内容当以《易余曲录》命名为正。如果非要改为"《录鬼簿》异文",必须加按语将情况说明。

J1.52与Y15命名不同,各有道理。《剧说》中的内容较《易余曲录》增加了"《琵琶记》则生旦为类矣。乃《西厢》第一折:'末上云:自家是状元坊店小二哥。'以下但标'小二'。'末上'二字,自乱其例",所以应该二题并存。

J1.49 与 Y8 内容相同,但是韦先生的命名差距很大。从表述上看,"阳货王驩口气"指意不明;而"元人曲止正旦正末唱"只是截取该段首句,不能准确表述焦循的意图。原文如下:"元曲止正旦、正末唱,余不唱。其为正旦、正末者,必取义夫、贞妇、忠臣、孝子,他宵小市井,不得而干之。余谓:时文入口气,代其人论说,实同于曲剧。而如阳货王驩等口气之题,宜断作,不宜代其口气。吾见近人作此种题文,竟不啻身为孤装、邦老,甚至助为讪谤、口角,以逼肖为能,是当以元曲之格度为法。"焦循批评的是当时时文的写作以逼肖恶人为能事的现象,强调正旦、正末演出者的身份问题。所以该条当命名为"时文代言当以元曲格度为法"。

J5.11 与 Y17 内容相同,"王《西厢》与董《西厢》"只是表明话题,而"王实甫《西厢》逊董解元《西厢》远矣"则表明观点,表述更为明确,当以《剧说》的命名为准。

(二)《剧说》命名的其他问题

《剧说》标题命名还有一些其他问题,择重要的略陈管见如下:

J1.1 命名为"优之为技",不确。当命名为"优人扮演动人欢笑"。

J1.7 命名为"再谈生旦净丑",显然是针对上节而言。本节除了在第二环节再谈生旦净丑外,第一环节还谈戏曲创作谬悠无根,不能以读史眼光来看,在戏剧理论史上有重要意义,不能省略。故当命名为"传奇谬悠　院本脚色"。

J1.15 命名为"张良才说评话",未得其实质。该条说的实际是古代演员地位低下,连生命都没有保障。故当命名为"明太祖投优人张良才于水"。

J1.16 命名为"百乐具陈",未得其实质。该条完全引自《庄岳委谈》:"古教坊有杂剧而无戏文者,每公家开宴,则百乐具陈,两京六代,不可备知。唐、宋小说,如《乐府杂录》、《教坊记》、《东京梦华录》、《武林旧事》等编，录颇详。唐制，自歌人之外，特重舞队；歌舞之外，又有精乐器者，若琵琶、羯鼓之属。此外俳优杂剧，不过以供一笑，其用盖与傀儡不甚相远，非雅士所留意也。宋世亦然。南渡稍见净、丑之目，其用无以大异。前朝浸淫胜国，崔、蔡二传奇迭出，才情既富，节奏弥工，演习梨园几半天下，虽有众乐，无暇杂陈矣。"强调戏文兴起后占据优势地位，原始状态的杂剧已经没有用武之地，故当命名为"戏文兴而杂剧衰"。

J1.28 命名为"杂剧曲词"，未能得其实质。该条论述由于艺术流变，曲词难解，故当命名为"曲词难解"。

J1.36 命名为"元曲与北曲"，未能涵盖本节大意。该条上半部分非常重要，讲述的是北曲"率音调悠扬，气魄雄壮"，原因是中州士人沉抑下僚，志不得伸，不得其平而鸣，是研究者用来解释元曲艺术风貌的重要理由，故当命名为"北曲风格成因　只分南北曲"。

J1.41 命名为"行家生活　戾家把戏　名娼乐名"。该条的核心意义在于表明古代艺人的社会身份低下，同样扮演、同类创作因身份而称呼不同，是认识古代演员社会生活状况的重要资料。如按内容平行排列，还应加上第三项"《绿巾词》不得并称乐府"。如果取其实质，似可命名为"戏曲扮演创作、演员得名与常人有别"。

J1.51 命名为"歌舞与宾白"，不准确。该条探讨的是《连厢词例》的表演方式问题，该种表演形式在讲唱文学向戏剧代言体表演过程中发挥过重要的桥梁作用，故当命名为"《连厢词例》搬演形式"。

J1.53 命名为"曲名"，只能表述该节第一部分内容；第二部分表明焦循观点，商曲名以音调分别，故当命名为"商曲名以音调分别"。

J1.54 命名为"邦老家门　孤下家门　撅倈家门"，与此三类并列的还有"都子家门"，包括"一曰《后人收》，一曰《桃李子》，一曰《上一上》"，故当补上"都子家门"一类。

J1.57 命名为"演戏以班名"，只是揭示了该段内容的后半部分；前一部分内容叙述脚色得名原因，如叙述"净"之来源时，称："古梨园傅粉墨者，谓之'参军'，亦谓之'靘'。靘，《广韵》云：'妆饰也。'今傅粉墨谓之‘净’，盖‘靘’之伪也。”前后部分没有关联，故当命名为“脚色得名演戏以班名”。

J2.7 命名为“高则诚《琵琶记》”，略显宽泛。该条内容很长，但其核心在谈论《琵琶记》的写作动机问题，是否存在讽刺，故当命名为“《琵琶记》创作讽刺说种种”。

J2.9 命名为“又一高则成”，稍显突兀，当改为“《琵琶记》作者或为高则成”。

J2.38 命名为“咏骰子诗”，然而焦循意在表明正德间妓女所咏骰子诗来自关汉卿杂剧《谢天香》，只不过“稍易其语”，故当命名为“咏骰子诗本元杂剧《谢天香》”。

J2.42 命名为“《隋炀帝牵龙舟》”，概括不全。在此条内容之前，还讨论琵琶送行本为送乌孙公主事，而非昭君事。两部分内容没有联系，故应命名为“送乌孙公主用琵琶《隋炀帝牵龙舟》”。

J3.5 命名为“《五伦全备》”，然而原文除了《五伦全备记》内容，还有《钟情丽集》：“《南园漫录》云：‘邱文庄所著《钟情丽集》，虽以所私拟元稹，而浮猥鄙亵，尤倍于稹；所撰《五伦记》，虽法高明，而谑浪戏笑，尤甚高明。’”故当命名为“邱濬所写《五伦全备记》与《钟情丽集》”。

J3.33 命名为“东方朔事”，不确。该条内容不重在描述东方朔生平及轶事，而在品评以东方朔为题的戏剧创作：“明杨升庵有《割肉遗细君》一折，又茅孝若撰《辟戟谏董偃》事，皆本正史演之。唯笨庵孙原文《饿方朔》四出，以西王母为主宰，以司马迁、卜式、李陵、终军、李夫人等串入，悲歌慷慨之气，寓于俳谐戏幻之中，最为本色。”故当命名为“《饿方朔》最为本色”。

J4.8 命名为“洪昇与《长生殿》”，该条是关于清代禁毁戏剧的非常重要的资料，研究者通常将其理解为“洪昇因演《长生殿》而罢官”，不妨从此学术惯例。

J4.22 命名为“眼波眉黛不分明”，而下一条 J4.23 内容结构与此条相同，命名为“《玉环记》改乔梦符语”，准此，J4.22 条当命名为“‘眼波眉黛不分明’有所本”。

J4.26 命名为"明宫戏剧",不确。原文曰:"《箬陂继世纪闻》云:'刘瑾奸险,素疾文臣,与同类屡在上前言:"弘治年间,朝权俱为内阁文臣所掌,朝廷虚名而已。"每行诸戏剧。'《台阁名言》云:'嘉靖甲辰,给事中吕时中劾顺天乡试主考浦应麒通贿,至形诸戏剧。'"此条说的是明朝时政治之事直接成为戏剧创作题材,这在当时形成了一种潮流,其演出未必就在宫中,故当命名为"明代政治事件形诸戏剧"。

J4.43 命名为"《杏花村》",未得焦循本意。焦循意通过《杏花村》中脚色姓名,得出元曲中常用人名亦有生活依据,故当命名为"戏曲中人名有所本"。

J4.47 命名为"《百宝箱》",实为卓珂月为《百宝箱》写的引,介绍了《百宝箱》的情况,似当命名为"卓珂月《百宝箱》引"。J4.48 与此类似,当命名为"赵士麟为《琼花梦》杂剧序",同理,J4.50 当改为"尤侗题《北红拂记》"。J6.56 与上述情况类似,韦先生命名为"袁于令题《珊瑚鞭》",非常恰当。

J5.4 命名为"《后庭花》与《桃符》",实则原文语义明确:"郑庭玉作《后庭花》杂剧,只是本色处不可及。沈宁庵演为《桃符》,排场、宾白、用意,逊郑远矣。"故当改为"《后庭花》远逊《桃符》"。

J5.7 命名为"酒杯赚煞春风凹",然而焦循意在表明该句本自唐人"酒凹罍心翻",故当命名为"'酒杯赚煞春风凹'本唐人'酒凹罍心翻'"。

J5.13 命名"赏春香还是旧罗裙"。其实该句既不是话题也不是关键。原文云:"相传临川作《还魂记》,运思独苦。一日,家人求之不可得;遍索,乃卧庭中薪上,掩袂痛哭。惊问之,曰:"填词至'赏春香还是旧罗裙'句也。"故当命名为"汤显祖作《还魂记》运思独苦"。

J5.16 命名为"传奇当以张伯起为第一",概括并不完备。实际该条是《隽区》作者为词曲家分类排行,除了张伯起,"次则推梁伯龙《浣纱》、梅禹金《玉合》,当与《琵琶》、《西厢》分路扬镳。若汤若士之《邯郸梦》、屠纬真之《昙花》,别是传奇一天地,然识者有患其才多之议。《裴淑英记》,彤管流馨,足风阃德。《彩毫》、《紫钗》、《南柯》三传,俱出屠、汤手笔,而往往以学问为长,徒令人惊雕缋满眼耳。《虎符》亦属张伯起作，而风致视四本大相悬绝，自是词曲第二流之佳者。《幽闺》为元人曲，淡而绝真。他如《明珠》、《绣襦》、《投笔》、《四节》、《红梅》、《葛衣》、《玉环》、《玉玦》，点缀俱不入俗。《玉簪》几于淫矣，而措词亦有可观。此外新声如林，吾无暇概及矣”，故当命名为“《隽区》作者点评剧作家词曲”。

J5.33 命名为“蔡文姬杂剧”，其实蔡文姬杂剧是引子，此条重点强调曹操之化妆，所以当命名为“《蔡文姬》杂剧曹操不用粉面”。

J6.13 命名为“观剧殴打秦桧”，表述不确，秦桧早已死去，如何殴打？故当命名为“扮演秦桧演员挨打”或者“秦桧”加引号以示区别。

四 《点鬼簿》研究中的文献问题小考

由于《集成》本《剧说》在整理过程中存在一些问题，而后来的研究者如果不据善本进行研究，就会产生一些不该产生的问题，前述“《点鬼簿》”就是典型一例。要构成学术研究之“案”，话题至少应该满足两个条件：一是具有客观存在性，二是具有难以解决性，由此引出研究参与者的广泛性。由此而言，《点鬼簿》问题的探讨可以看作是一个学术个案。该问题的核心在于，《点鬼簿》与《录鬼簿》究竟是不是同一本书？首先提出问题的是蒋星煜，在《从〈易余龠录〉探索焦循的戏曲理论》一文中，蒋先生认为《点鬼簿》与《录鬼簿》就是两本书（下文简称“两书说”）。而《点鬼簿》与《录鬼簿》的关系是戏曲文献研究中不可回避的问题，所以引起了张人和、范志军、杜海军等学者的深入探讨，他们均不支持“两书说”。在探讨过程中，暴露出的问题也应该引起重视，那就是在研究过程中，大家均对引用材料的文献可靠性没有给予充分重视。

（一）迄今为止，为《点鬼簿》提供最多信息的文献为焦循所著《剧说》及其相关材料，恰恰在这一点上以上四家都存在着疏漏，他们均忽视了《剧说》本身的版本问题，而共同论证了一个伪命题，即焦循所谓《点鬼簿》是不是《录鬼簿》的问题。以上四家参照的《集成》本《剧说》从《读曲丛刊》本而来，而《读曲丛刊》本所依据版本不详，但肯定不是焦循著作原貌。笔者把《集成》本与手稿本（《续修四库全书》影印国家图书馆藏手稿本)相比勘,发现二者有许多不同,其中把手稿本的《点鬼簿》改为《录鬼簿》就是重要的一点。

下面将《剧说》的《集成》本与手稿本相关内容加以比对,不同之处在括号内注出:

《裴少俊墙头马上》,白仁甫作,《录(稿本作"点")鬼簿》作《鸳鸯简墙头马上》。《便宜行事虎头牌》,李直夫作,《录(稿本作"点")鬼簿》作《武元皇帝虎头牌》。《李素兰风月玉壶春》,武汉臣作,《录(稿本作"点")鬼簿》武有《郑琼娥梅雪玉堂春》,无此目。《陶学士醉写风光好》,戴善夫作,《录(稿本作"点")鬼簿》无此目。《翠红乡儿女两团员》,杨文奎作,《录(稿本作"点")鬼簿》无此人。《半夜雷轰荐福碑》,马致远作,《录(稿本作"点")鬼簿》无此目。《包待制三勘蝴蝶梦》,关汉卿作,《录(稿本作"点")鬼簿》无此目。《河南府张鼎勘头巾》,孙仲章作,《录(稿本作"点")鬼簿》陆登善有此目,孙仲章无此目。《李太白匹配金线记》,乔梦符作,《录(稿本作"点")鬼簿》题为《唐明皇御断金钱记》;别有《柳眉儿金钱记》,平阳人石君宝作。《杨氏女杀狗劝夫》,不传作者名氏,《录(稿本作"点")鬼簿》题有《王翛然断杀狗劝夫》(按:校勘记称"原脱一然字",稿本实作"王翛"),是(稿本作"为")萧德祥作。(今曲中孤自称王翛然,盖即萧作。)《张天师断风花雪月》,吴昌龄作,《录(稿本作"点")鬼簿》作《张天师夜祭辰钩月》。《赵盼儿风月救风尘》,关汉卿作,《录(稿本作"点")鬼簿》作《烟月旧风尘》,"旧"盖"救"之讹。《同乐院燕青博鱼》,李文蔚作,《录(稿本作"点")鬼簿》题有《报冤台燕青扑鱼》及《燕青射雁》二目,无《燕青博鱼》。

类似内容在焦循另一著作《易余曲录》中著录如下:

《杀狗劝夫》不题作者姓氏,《点鬼簿》有《王翛然断杀狗劝夫》,为萧德祥作。今曲中孤自称王翛然,盖即萧作。《裴少俊墙头马上》，白仁甫作，《点鬼簿》作《鸳鸯简墙头马上》。《便宜行事虎头牌》，李直夫作，《点鬼簿》作《武元皇帝虎头牌》。《李素兰风月玉壶春》，武汉臣作，《点鬼簿》武有《郑琼娥梅雪玉堂春》，无此目。《陶学士醉写风光好》，戴善夫作，《点鬼簿》戴无此目。《翠红乡儿女两团圆》，杨文奎作，《点鬼簿》无此人。《半夜雷轰荐福碑》，马致远作，《包待制三勘蝴蝶梦》，关汉卿作，《点鬼簿》关、马无此目。《河南府张鼎勘头巾》，孙仲章作，《点鬼簿》陆登善有此目，孙仲章无此目。《李太白匹配金钱记》，乔梦符作，《点鬼簿》题为《唐明皇御断金钱记》，别有《柳眉儿金钱记》，平阳人石君宝作。《张天师风花雪月》，吴昌龄作，《点鬼簿》作《张天师夜祭辰钩月》。《赵盼儿风月救风尘》，关汉卿作，《点鬼簿》作《烟月旧风尘》，"旧"盖"救"之讹，两"风"字相复，以"烟"字为是。《同乐院燕青博鱼》，李文蔚作，《点鬼簿》题有《报冤台燕青扑鱼》及《燕青射雁》二目，无《燕青博鱼》。①

通过比较可以看出，《易余曲录》与手稿本《剧说》记录的文字仅在个别地方有差别。次序上，则把《杀狗劝夫》提到段首。《王翛断杀狗劝夫》补上"然"字。"旧盖救之讹"后，增补"两风字相复，以烟字为是"。《张天师风花雪月》省掉"断"字。《剧说》成书较早，《易余籥录》的记载源于《剧说》当中的相关内容，有很多材料可证②。所以《集成》本《剧说》中这条关于《录鬼簿》的记载与《易余籥录》中《点鬼簿》的记载完全应当视为一条材料。对同一条材料无论是考察同还是考察异，对解决《点鬼簿》问题都是没有意义的。而这也是因《读曲丛刊》本整理者臆改原文而不加校勘说明造成的。

（二）当然蒋星煜找到的三处差别也应当给出合理解释。第一条，

---

① 《焦循论曲三种》，广陵书社，2008年，页481。

② 详见蒋星煜《从〈易余籥录〉探索焦循的戏曲理论》一文中列举的许多同条内容，《曲苑》，1984年第1期。

《点鬼簿》作《王翛然断杀狗劝夫》,《录鬼簿》作《王翛断杀狗劝夫》(按:见《集成》本页 122)。第二条,《录鬼簿》有《陶秀宝醉写风光好》,而《点鬼簿》没有。第三条,《点鬼簿》作《河南府张鼎勘头巾》,而《录鬼簿》作《张鼎勘头巾》。[1] 蒋先生没有指明所用《录鬼簿》版本,然而拿他提供的三条材料,去比照《录鬼簿》的不同版本,发现其与曹楝亭本收录内容完全相同,可以断定蒋先生所用的版本即为曹本。而拿焦循所用《点鬼簿》与曹本对照,发现两者完全相同。

关于第一条,蒋先生认为《点鬼簿》多了一个"然"字,检对《剧说》手稿,正好缺一"然"字,与《录鬼簿》曹楝亭本正同。而《集成》本校勘记认为"王翛然,原脱一然字",从道理上来说,这个推论是正确的,因为元杂剧里面确实有的命名方式是把主人公放在题目的前半部分,例如《李素兰风月玉壶春》、《陶学士醉写风光好》等等。"王翛"显然是"王翛然"脱掉了"然"字。但在《录鬼簿》传本中,一直写作《王翛断杀狗劝夫》。而此处焦循沿用了这个于理不通的错误格式,恰恰证明焦循看到的正是我们常见的曹楝亭本《录鬼簿》。而焦循在此处看到不通,才略加推测。否则,如真的标作《王翛然断杀狗劝夫》,那么下的将是结论而不是推论。《易余籥录》多一"然"字,于理甚通,但显系衍文。当以不合情理但有版本依据的《剧说》手稿本为据,所以不应认为这是《点鬼簿》与《录鬼簿》的差异。

《陶学士醉写风光好》一条,蒋先生在认为《点鬼簿》无此目。不过他在《录鬼簿》里把比较对象换成了《陶秀宝醉写风光好》(按:"宝"当为"实"之误),不知何故。而查检曹本,发现确实没有《陶学士醉写风光好》一条,与焦循关于《点鬼簿》的叙述完全吻合;而著录有《陶秀宝醉写风光好》,作者为戴善甫。

最麻烦的当属《河南府张鼎勘头巾》一条。查检《录鬼簿》现存各种版本,该剧均著录为《张鼎勘头巾》。如果在《录鬼簿》著录系统内谈论

---

① 《从〈易余籥录〉探索焦循的戏曲理论》,《曲苑》,页 128。

这一问题,关于焦循问题的前提就不存在。不然只能认为焦循运用了简称代繁称的办法,否则无法解释前面的冲突。而关于该剧,焦循在《剧说》中确实变换过称呼,例如在《集成》本页 95 称为《勘头巾》。该剧孙仲章所作著录于天一阁本,陆登善所作著录于曹楝亭本。《河南府张鼎勘头巾》的著录最早见于明无名氏所著《录鬼簿续编》,作者不详。后来臧懋循在《元曲选》中,才著录为"《河南府张鼎勘头巾》,孙仲章作"。如果真有《点鬼簿》一书,并且著录为"《河南府张鼎勘头巾》,孙仲章作",那么,无名氏的《录鬼簿续编》就不会标注作者不详了。相反,如果《点鬼簿》成书晚于《录鬼簿续编》,那就更无从考察其作者。而在《元曲选》中,臧懋循是把《河南府张鼎勘头巾》等同于《张鼎勘头巾》来处理的。因此此处只能解释为焦循所指就是《张鼎勘头巾》,而孙仲章所作也确实不见于曹本。

下面再看《赵盼儿风月救风尘》一条,曹本作《烟月旧风尘》。焦循辨别称:"旧"盖"救"之讹,两"风"字相复,以"烟"字为是。焦循的辨别很有道理,"旧"字肯定是误字。不过在《点鬼簿》中作"旧",正与曹本相同,对于这一点,范志军进行过细致的辨析,很有说服力。其余几条,问题比较简单,罗列如下:

1.《裴少俊墙头马上》,《点鬼簿》作《鸳鸯简墙头马上》,同于曹楝亭本《录鬼簿》。

2.《便宜行事虎头牌》,《点鬼簿》作《武元皇帝虎头牌》,同于曹楝亭本。

3.《李素兰风月玉壶春》,曹楝亭本无,而有《郑琼娥梅雪玉堂春》。

4.《翠红乡儿女两团圆》,杨文奎作,不见于曹楝亭本。

5. 马致远《半夜雷轰荐福碑》、关汉卿《包待制三勘蝴蝶梦》不见于曹楝亭本。

6.《李太白匹配金钱记》,曹楝亭本作《唐明皇御断金钱记》,平阳人石君宝作《柳眉儿金钱记》。

7.《张天师风花雪月》,曹楝亭本作《张天师夜祭辰钩月》。

可见上述十二条著录,完全同于曹本的收录情况。尤其是本身文字就有问题的《杀狗劝夫》、《风月旧风尘》都完全相同，更具有说服力。所以说，焦循所谓的《点鬼簿》就是曹本《录鬼簿》。在《剧说》当中，还有一处提到《点鬼簿》，文称“孔文卿有《秦太师东窗事犯》剧，金仁杰亦有之，惜不传”（《集成本》页 191），与曹本相同。

而在《剧说》当中，共有五处写到《录鬼簿》，即卷一：“《录鬼簿》关汉卿有《担水浇花旦》、《中秋切脍旦》，吴昌龄有《货郎末泥》，尚仲贤有《没兴花前秉烛旦》，杨显之有《跳神师婆旦》，其义亦同。”卷二：“《录鬼簿》载白仁甫所作剧目有《祝英台死嫁梁山伯》。”卷二：“《录鬼簿》王实甫有《崔莺莺待月西厢记》。”卷五：“又《录鬼簿》，高文秀杂剧《黑旋风双献头》外，又有《黑旋风诗酒丽春园》、《黑旋风大闹牡丹园》、《黑旋风敷衍刘要和》、《黑旋风斗鸡会》、《黑旋风穷风月》、《黑旋风乔教学》、《黑旋风借尸还魂》；杨显之有《黑旋风乔断案》；红字李二杂剧有《病杨雄》、《板踏儿黑旋风》、《折担儿武松打虎》三种；康进之《李逵负荆》外，又有《黑旋风老收心》一种。”以上著录剧目，除《担水浇花旦》、《中秋切脍旦》、《跳神师婆旦》三目系用简称外，文字也完全同于曹本。尤其是卷二一条：“钟嗣成作《录鬼簿》，以董解元居首，云：‘以其创始，故列诸首。’又云：‘胡正臣，杭州人，董解元《西厢记》自“吾皇德化”，至于终篇，悉能歌之。’”焦循笔记引用内容尽管有删节，不过仍能看出该段文字节略自曹本，尤其是“以其创始，故列诸首”之语，为今传他本《录鬼簿》所无。

可见，焦循所谓的《点鬼簿》就是曹本《录鬼簿》。事实上，焦循之所以看到的是曹楝亭本而不是其他版本，与《录鬼簿》的传播密切相关。在曹楝亭本刊刻以前，《录鬼簿》的刻本有说集本和孟称舜本，前者未见有刻本流传，后者流传亦甚罕；抄本有尤贞起抄本，流传更属不易。曹楝亭本由扬州诗局刻于康熙四十五年（1706），扬州当时文化事业极为发达。而焦循本就是扬州江都人，距离扬州城三十几里地，时间过去才不到一百年，能够找到刊刻量比较大的曹楝亭本《录鬼簿》也是顺理成章的事情。辅以张人和对于《点鬼簿》问题的系统梳理，我们更完全可以说《点鬼簿》、《录鬼簿》就是同一著作。其实“录鬼”与“点鬼”，意思大体相同。“点鬼簿”指已死之人之簿录，语出唐张鷟《朝野佥载》卷六：

"时杨(炯)之为文,好以古人姓名连用,如张平子之略谈,陆士衡之所记,潘安仁宜其陋矣,仲长统何足知之,号为'点鬼簿'。"[①]钟嗣成《录鬼簿序》只是又对鬼与人借题发挥,所以二者混称也未尝不可。也就没有必要推出《点鬼簿》是《录鬼簿》另一版本的结论[②]。

统观《点鬼簿》案的起因,首先在于二书名称的不同。一般而言,名称不同代表着实质内容的不同。但是在古代文献研究中,同书异名现象也很常见[③]。在两书名称意思相近的情况下,尤其要加以注意。其次,在于研究者对引用材料本身的文献问题有所忽视。对于绝大多数研究者而言,一般对直接研究对象的文献问题很注意,但在引用文献的问题上往往重视不够。如果蒋星煜使用的是焦循的手稿本,也就不会产生自己认为言之凿凿的问题了。而其直接原因,在于《集成》本《剧说》整理时未加校记说明。

第二节 《剧说》的著作权问题

小 引

《剧说》的成书过程,一直是个问题。据《剧说》卷一记载:"乾隆壬子冬月,于书肆破书中得一帙,杂录前人论曲、论剧之语,引辑详博,而无次序。嘉庆乙丑,养病家居,经史苦不能读,因取前帙,参以旧闻,凡论宫调、音律者不录,名之以'剧说'云。谷雨日记。"[④]成书过程应该是说得很明白,但后人头脑里总是有一个大大的问号。范耕研《江都焦里堂先生年表》记载:"按《剧说序》不载本集(案:指《雕菰集》),诸家亦未

---

① 《朝野佥载》,中华书局,1979年,页141。

② 杜海军《〈点鬼簿〉考》,《中州学刊》,1999年第6期。

③ 可参杜信孚、王剑编著《同书异名汇录》,江苏古籍出版社,2000年。

④ 《剧说》,页1。

称引,仅撰写《事略》曾经记述之,今有排本,凡六卷。盖点定前人旧作而成书者。而廷琥谓'乙丑养病家居,博览词曲,作《剧说》六卷',与自序语不合,未知何故?"依范氏《年表》意见,《剧说》底本为他人著作,焦循只是点定而已。另一种意见与此截然相反。刘致中认为:"焦循说《剧说》是根据'书肆破书中得一帙'修订而成,是掩人耳目的话。根据《先府君事略》的记载,根据《剧说》中焦循一再以作者的口吻说话这一事实,可以肯定《剧说》系焦循所作无疑。"①蒋星煜先前亦持前说,随着研究的深入,反而认可了焦循自述。周妙中认同焦循所言,故在《清代戏曲史》著录《剧说》,称"无名氏撰,焦循整理"②。持此意见的还有闵尔昌等人。那么"点定说"、"独撰说"、"二次加工说"这三种不同观点究竟哪一种符合事实呢?其实《剧说》包含有专属于焦循的若干材料,"点定说"显然不成立;"二次加工说"只是复述焦循自己的说法,未提供论证。从现有材料看,"独撰说"应该能够成立。只是刘致中在论证时,逻辑前提并不可靠。而这一前提在戏剧学界影响很大,故有详加辨析之必要。

一 "压力说"不能成立

认为焦循所说"于书肆破书中得一帙"云云是为自己开脱,乃人们囿于习常观念而作出的不恰当推理,隐含的推论过程如下:当时社会非常鄙视戏曲→焦循作为经学学者却搞戏剧研究更不应该→所以焦循受到压力→所以推托捡到遗篇。事实上,这个推论的大小前提与历史事实都不相符。

要想清楚地说明焦循时期戏剧在当时社会中所处的地位,需要结合戏剧的娱乐特性,全面分析当时社会各界对戏剧所持的态度。与诗歌、散文相比,戏剧的地位在古代封建社会确实要低下一些,这是戏剧

① 《〈曲考〉即〈剧说〉考》,《文学遗产》,1981 年第 4 期,页 38。

② 《清代戏曲史》,中州古籍出版社,1987 年,页 370。

的娱乐特性所致。大众娱乐功能是戏曲的首要功能,而其他功能都是附加在娱乐特性之上的。这与诗歌、散文功能形成明显区别。在中国文学史上,从孔子开始,便以“兴观群怨”说《诗》,文学与政治开始联姻。汉代学者开始把《诗经》高度政治化,《诗大序》云:“故正得失,动天地,感鬼神,莫近于诗。先王以是经夫妇,成孝敬,厚人伦,美教化,移风俗。”这种政治化的解诗观念在文学史上绵延不断,直到20世纪初梁启超、胡适、顾颉刚等人才彻底颠覆了《诗经》的上述观念。《诗大序》的文艺功能观一直作为统治中国古代诗坛的主流思想而存在。汉魏六朝,文学自觉意识觉醒,陆机提出“诗缘情以绮靡”,讲究艺术形式、抒情性的诗歌受到推崇,文学作品的审美特性受到关注。重实用与重审美两种文学观念一直与封建社会的进程相始终,但前者在总体上处于主导地位。历次文学复古运动,亦即文学创新思潮,无不以复古为幌子,以轻薄浮艳、与现实较远而特别注重艺术形式美的文学创作为靶子。娱乐是人们精神生活所需要的,但人所需要的不仅仅是娱乐。在阶级社会,任何统治者都不会把娱乐事业上升到国家主流意识层次来推崇,与教化有关的文艺总是受到偏爱,这是浅显易见的道理。正如普列汉诺夫所言:“任何一个政权只要注意到艺术,自然就总是偏重于采取功利主义的艺术观。它为了本身的利益而使一切意识形态都为它自己所从事的事业服务。这也是可以理解的。”[①]康熙五十三年(1714)四月谕礼部:“朕惟治天下,以人心风俗为本,欲正人心,厚风俗,必崇尚经学,而严绝非圣之书,此不易之理也。近见坊间多卖小说淫词,荒唐俚鄙,殊非正理;不但诱惑愚民,即缙绅士子,未免游目而蛊心焉。所关于风俗者非细。应即通行严禁。”[②]而诗歌、散文在封建社会一直被认为具有表达主流意识的作用,戏曲地位低于诗歌、散文理所当然。娱乐性的戏

---

① 《没有地址的信·艺术与社会生活》,人民文学出版社,1962年,页216。

② 王利器《元明清三代禁毁小说戏曲史料》,上海古籍出版社,1981年,页27。

剧在中国封建社会没有发达的市场作支撑，且处在封建统治极端严密的社会，因而在相当程度上依附于封建势力，这就决定了戏剧与诗歌、散文相比，只能处于从属地位，只能处于悲惨的境地。戏剧地位要高于诗文是不可能的，现代研究者没有必要为此愤愤不平。

根据中国封建社会特殊的社会结构，话语力量大致可以分成三部分：政府；作为联系二者的中介阶层，亦即士（主要为有一定地位的中上层知识分子）；占人口绝大多数的农民、手工业者、下层商人即普通民众。就对戏剧的影响而言，普通民众的选择在一定程度上发挥着实际淘汰作用。例如，昭梿《啸亭杂录》记载："近日有秦腔、宜黄腔、乱弹诸曲名，其词淫亵猥鄙，皆街谈巷议之语，易入市人之耳。又其音靡靡可听，有时可以节忧，故趋附日众。虽屡经明旨禁之，而其调终不能止，亦一时习尚然也。"[①]不过，由于普通民众基本不具备书面语言表述能力，我们无从看到他们的真实心声，只能从文人的笔记和政府弹压性的文字当中看个大概，就评价当时社会的普遍态度来说，这不能不说是一个严重损失，是一个应当引起我们关注的问题，否则很难得出客观的评价。实际上，普通民众是戏剧艺术最为强大的支持力量和最为丰厚的生长土壤，是作为戏剧的支持力量而存在的。在他们眼里，戏剧能够带来快乐，因而作为人口绝大多数的普通民众很少或基本不会对戏剧存在的必要性产生怀疑，他们关注的是戏剧能否合乎他们的口味。这个问题显而易见，无庸赘言。

实际上，我们现在研究所依据的材料主要来自另外的两种力量，而这两种力量通常被视为戏剧艺术的"反对派"，它们的观点是我们关注的重点，需要客观分析，以助于准确衡量戏曲所处的地位。

首先来看清政府的态度。清政府以国家法令的形式对戏剧实施行政管理，靠国家强制力保证实施。在自然经济占绝对主导地位的中国封建社会，国家的政策成为影响戏剧的首要因素，它对戏剧的干预也往

① 昭梿《啸亭杂录》，中华书局，1980年，页236。

往会立竿见影。例如《咸丰都门纪略》载:"至嘉庆年,盛尚秦腔,尽系桑间、濮上之音,而随唱胡琴,善于传情,最足动人倾听,曾经奏明禁止,渐革此风。"[①]通过文化政策影响文化事业,是中国历代统治者的通例,这种武器的批判远远强于学术的批评。

如果从文化行政管理的角度看,就会发现清政府对戏曲的管理是全方位的。首先是对戏剧内容的限制,主要表现在两方面,用现代术语来说就是"扫黄"与"打非"。因为非法内容对封建王朝的统治会造成直接威胁,历届王朝在"打非"方面都尽心竭力。据记载,南宋时严厉禁止以圣贤题材演剧,从元朝起,内容限制就已开始制度化。《大明律讲解》明文规定:"凡乐人搬做杂剧戏文,不许妆扮历代帝王后妃忠臣烈士先圣先贤神像,违者杖一百;官民之家,容令妆扮者与同罪;其神仙道扮及义夫节妇孝子顺孙劝人为善者,不在禁限。"[②]这就为戏剧内容划定了明确范围,此项条款被清统治者完全接受,且多次重申,其目的在于保持封建偶像的神圣性,因为"优人演戏每多亵渎圣贤"。另外清朝对戏剧内容的限制还有自己的特色,即查处违碍内容。"乾隆四十五年十一月乙酉,上谕军机大臣等,前令各省将违碍字句书籍,实力查缴,解京销毁。现据各督抚等陆续解到者甚多。因思演戏曲本内,亦未必无违碍之处,如明季国初之事,有关涉本朝字句,自当一体饬查。至南宋与金朝关涉词曲,外间剧本,往往有扮演过当,以致失实者;流传久远,无识之徒,或至转以剧本为真,殊有关系,亦当一体饬查。此等剧本,大约聚于苏、扬等处,著传谕伊龄阿、全德留心查察,有应删改及抽彻者,务为斟酌妥办。并将查出原本暨删改抽彻之篇,一并粘签解京呈览。但须不动声色,不可稍涉张皇。"[③]由此款可见,对违碍内容的清剿首先从诗文领域展开而蔓延到戏剧领域,不只是戏剧遭此厄难。而且,与对待戏

① 《元明清三代禁毁小说戏曲史料》,页 65。
② 《元明清三代禁毁小说戏曲史料》,页 11。
③ 《元明清三代禁毁小说戏曲史料》,页 48—49。

剧作品相比，清统治者在诗歌散文领域采取了更为血腥的政策。通观有清一代，对戏曲打击最严重的也无过于洪昇于国丧期间演《长生殿》之事。二者处理的宽严程度差别极大，对戏剧当事人的打击宽容度要大于对违禁诗歌散文作者的宽容度。正如实施文字狱不是要消灭诗歌散文一样，对戏剧内容的限制也不应得出故意压制戏曲的结论，笼统地谈压制戏曲不符事实。与此相反的是另一例证，对于学术研究领域，没有明确的限制，如阎若璩《古文尚书疏证》证明《古文尚书》之伪，直接关系到主流思想的存在合法性问题，清政府并未有过激反应，反而多加礼遇。袁枚思想上离经叛道，而官仍照做不误。总之，政治是“高压线”，只要不触犯清朝统治者的大忌，即“华夷之辨”、“反清复明”，就不会有什么危险。这种危险对诗歌散文小说戏曲一视同仁，毫无偏袒。

第二方面，清政府对戏剧演出的相关内容作出了比较周密的规定，主要包括限制演出人员身份，不准官员蓄养优伶，限制演出剧目、演出时间、演出场所。

清政府之所以作出上述规定，是由戏剧消费与其他艺术欣赏的不同性决定的，是与戏剧娱乐的特点分不开的。戏剧艺术作为娱乐行业，从演剧的基础设施建设到出场费用等所耗甚剧①，与诗文的消费大相径庭。在农业社会，以节俭为美德，如此的奢侈是难以让人接受的。清朝历任皇帝，都一再申令崇尚节俭，希望以此淳朴风俗，并规定各种礼节，不准僭越。皇帝本人或许可以花天酒地，纸醉金迷，但其教导臣下节俭却一丝不苟。例如，针对苏、松两府因蠲免浮粱聚会演戏，雍正三年(1725)五月发布禁令，期望人民“各安职业，端本务实，以生以养，庶几家给人足，共享升平，仰报我皇考之付托耳。……且聚众演戏，盖造碑亭，非徒糜费金钱，兼恐有不肖官吏，及里胥人等，借名私派，乾没肥

① 按：据王利器引用《乾隆二十六年皇太后七旬万寿庆典奏案》中的详实资料，我们发现不算临时扮演彩戏切末、工饭费用，万寿庆典的演戏花费已经达到白银一万七千二百四十六点九七两之巨，足证清代皇族演戏耗费惊人。

己，贻累小民，俱未可定"[1]。当时，政府预算不列娱乐开支项目，若有支出，只能挤占其他正常开支，极易导致贪污腐败。这一禁令在于防止官员腐化堕落，对于督促其勤政务民，忠于职责，具有重要意义。另外，群聚性的欣赏方式，使三教九流、五行八作会聚一堂，隐藏着滋乱生事的危险，流民确实也是关乎社会稳定与否的重大问题。王利器认为"一方面禁止戏曲的演出，是为了杜绝政治集合的发生"[2]，可能有这种成分，但绝对不是主要初衷，因为结社在清朝被严厉禁止是早有明文规定的。当时农村娱乐设施极端匮乏，娱乐生活极其单调，演戏对广大民众吸引力很大，很容易万民空巷，从而导致盗窃等事件发生。因观剧而导致的案例不胜枚举，借演戏为幌子进行违法犯罪也不少见。而且婚丧大操大办，耗费民力，颓靡世风。所以，对演出时间、地点、场合的限制在当时也有其充足理由，很大程度上属于正常的行政管理范畴，不能看作是对戏剧的刻意摧残。

第三方面是对观戏人员的限制，尤其对八旗子弟、青少年、妇女观剧提出特别限制。前一点很好理解，主要在于保持满族血统的高贵，其与另外一些对八旗子弟的特殊规定出于同一目的。它对戏剧艺术的影响不大，因为能写戏剧的八旗人员本来就不多。后一点则引起了中间阶层的广泛共鸣以及舆论的极大关注。

禁止妇女观剧与对青少年进行看戏限制是与"扫黄"紧密联系在一起的。"扫黄"当时谓之"防淫"，文雅一点叫"维持风化"，是政府与士人共同关注的话题，不过由于角色不同，二者采取的手段也不同。政府限定观剧的条款，主要由士大夫给予阐释。从宋朝到清朝，统治者对"打非"一以贯之，而"防淫"的问题越来越突出。因为在印刷术发明以前，人类社会的信息难以大规模复制，书本知识仅仅掌握在少数特权阶层手中，广大人民无缘获取，所以重点打击知识者的反动思想，范围大多局限于社会中上层。而印刷技术的进步，使大范围的传播成为可能，与

---

① 《元明清三代禁毁小说戏曲史料》，页 33。

② 《元明清三代禁毁小说戏曲史料》前言，页 3。

大众有关的文化传播才成为政府日益关注的对象。在性情描摹的真挚、人物刻画的生动形象等方面，新兴的戏曲小说与原先的诗歌散文文学样式相比具有得天独厚的优势，戏剧小说文体由抒情转向叙事，因感人至深而受到普遍欢迎，以至于印刷售卖戏曲、小说成为牟利行业。《剧说》引《水东日记》云："今书坊相传射利之徒，伪为小说杂书。南人喜谈如汉小王光武、杨六使文广，北人喜谈如继母大贤等事，甚多。农工商贩，抄写绘画，家畜而人有之。痴呆女妇，尤所酷好，好事者因目为'女通鉴'。甚者，吕文穆、王龟龄诸名贤，百态诬蔑，作为戏剧，以为佐酒乐客之具。士大夫不以为非，亦相率而推波助澜，遂泛滥而莫之救。"[①]充分显示了剧作受欢迎的状况。而关于性描写，诗歌散文的鼓动性要远远逊于小说戏曲，也是被公认的事实，最淫艳的诗歌散文与戏剧小说相比，也只是小巫见大巫，小说中穿插的诗歌的淫秽描写要远远超出正规诗集的淫秽程度，戏剧中的插科打诨有的也是荤不可耐。而且中国古代的淫诗主要不存在于诗集中，而存在于小说中。

"防淫"又与中国封建社会性控制的加强有密切联系，传播的扩散与越来越严格的性控制形成尖锐冲突。在中国封建社会，男子性放纵与女子性禁锢的双重性道德标准是随着程朱理学的官方化而逐渐强化的。"人的原始欲望既无法泯灭，人的需求层次也很难逆转，不管按现代马斯洛的需求层次分类，还是按中国古代管子的说法'仓廪实而知礼义，衣食足而知荣辱'，总是先有低级而后有高级。"[②]人们的本性导致了其对淫戏特别关注，淫戏一直作为打击重点反而愈演愈烈就是明证。通过禁止女子看戏，既防止启其"淫心"，又断绝了其同男子的接触，而这都是封建道德的重要内容。另外人们错误的性观念也可能起了推波助澜的作用。此处强调一点，人们对"淫"的界定是不同的，对性内容的

① 《剧说》，页 11。

② 郑思礼《中国性文化：一个千年不解之结》，中国对外翻译出版公司，1994 年，页 337。

敏感程度也是变化的。按照心理学的理论，人们对刺激接受的越多，其反应敏感度就越低，假使原先没有或仅有微量刺激，稍微施加刺激，同一感受器的敏感强度可能远远大于习以为常的较大刺激量，现实生活中人们对屏幕上少儿不宜镜头的日益容忍和接受充分证明了这一点。在性封闭的封建社会，我们今天习以为常的内容，可以在古人那里产生汹涌澎湃的力量与激情，这不足为怪，故不能按照今天的性标准来衡量古代社会性内容对人们心理的冲击。

与小说相比，统治阶级对戏剧的繁盛感到害怕还另有原因。根据德国接受美学家沃尔夫冈·伊瑟尔的观点，文学作品必然包含两极：一极是作者提供的文本，称为艺术极；一极是读者的解读，称为审美极。文本只是一种包含了无数空白和不定点的召唤结构，它只有在读者的解读过程中才会得到充实而成为审美对象。也就是说，没有解读，便没有接受，也就没有审美。戏剧、小说虽然同为叙事文学，但是封建社会民众极低的识字能力限制了他们对小说的阅读，成为制约审美接受的瓶颈，“召唤”不能完成，“淫秽”之毒中止于此。而戏剧则不然，它不是通过阅读文本符号实现的，而是通过欣赏演员表演完成的。对戏剧而言，剧本必须经过演员、观众的二度创造，才能最终完成整个审美过程。戏剧通过演员的表演再现剧中的人物、环境和故事情节，它是以演员的姿态、动作语言等表演直接作用于观众的听觉与视觉。戏剧艺术主要是在舞台上通过强烈的视听效果作用于人们的感官来传达审美体验的，它根据便于欣赏的原则，创造艺术形象，反映社会生活。比之于小说艺术，戏剧美的特性在于过程性与直观性的高度统一。美的组合不是作为一种凝结物，而是作为一个直观的过程，可以直观的从真实感的生活图景中展现出来。观众与戏剧家，观众与观众以一个个活生生展现的故事为中介，进入一种心心相印的精神状态。其传播载体是声音、舞蹈等多种可感的形式而不是文字，所以其感染力、影响力对普通百姓尤为显著。在文艺接受这一环节上，人们摆脱了识字不足对接受能力的限制，通过听唱词、看形象，直接接受戏曲传递的信息。故而一些剧目当中的思想、行为，会对人们的思想、行为产生影响，甚至能迅速被吸收而变成实际行动。由于接受具有直接性,又有剧场的场效应,所以戏剧对人们思想、行动的影响尤其强烈,清末有些寡妇因看戏而再嫁就是明证。这一特点是小说、诗、散文所不具备的。封建统治者实行“民可使由之,不可使知之”的愚民政策,而戏剧的演出却为观者提供了“邪恶”思想旁逸斜出的机会,这无疑会对封建社会的统治秩序构成挑战,传播面的扩大可能导致失控的危险,所以统治者对戏剧感到恐惧,总是严格限定其内容。

另外,科举对人们现实性的压力也是戏剧不能得到高度评价的原因,人们现实性的科举追求限制着人们的戏曲兴趣。在封建社会中,正统观点认为人生的正途就是读书做官,无数士人追求的也就是“学而优则仕,仕而优则学”。入仕之后,目标远大者,从事“致君尧舜上,再使风俗淳”的宏伟事业,实现儒家宣扬的修齐治平的理念,实现自己的人生抱负。然而现实的物质考虑可能更是其隐私,虽未大张旗鼓,却也冰山一角,“朝为田舍郎,暮登天子堂”之鲜明对比便是说明。《檐曝杂记》卷二记载:“余童呆,专弄笔墨学作诗、古文、词、赋、四六之类,沾沾自喜,而举业遂废。有杭应龙先生,与先府君交最厚,悯余孤露,谓不治举业,何以救贫。”[①]事实上救贫仅是小的方面。王亚南指出:“有理由说是由于实行科举制而鼓励我们‘以学干禄’,热衷于仕途;但更基本的理由,却是长期的官僚政治,给予了做官的人,准备做官的人,乃至从官场退出的人,以种种社会经济的实利,或种种虽无明文确定,但却十分实在的特权。那些实利或特权,从消极意义上说,是保护财产,而从积极意义上说,则是增大财产。”[②]从科举内容看,清代科举,乡试、会试考题形式基本相同:首场四书三题,五言八韵诗一首;二场五经各四题;三场策问五道。诗歌、散文与科举相联系,是士子在封建社会进身的敲门砖。尤其是四书五经,更是非认真研读不可。在这一点上,搞戏曲或戏曲研

① 赵翼《檐曝杂记》,中华书局,1982年,页22。

② 《中国官僚政治研究》,中国社会科学出版社,1981年,页112。

究与科举的距离就远了。考试内容与戏剧无关，致力于戏曲创作和研究必然导致时间精力的耗费，必然防碍正事的完成，士子耽于观剧常常流于玩物丧志。在考试压力相当大的清代，在以科举为职业的文人眼中，戏剧当然属于歪门邪道。清人彭蕴章《徇铎庄言》引《问心堂示生童条约》："一、勿看闲书。吾人读一书，即有一书之益，上而明其理，有益于身心，下而掇其词，有益于记诵。若稗官野史，诗文所不能用，阅之徒费工夫，有志者不为也。"[①]早在明朝高攀龙就训诫子孙："有一种俗人，如佣书、作中、作媒、唱曲之类，其所知者势利，所谈者声色，所就者酒食而已；与之绸缪，一妨人读书之功，一消人高明之意，一浸淫渐渍，引入于不善而不自知，所谓便辟侧媚也。为损不小，急宜警觉。"[②]而科举在绝大多数古代文人心中占有无以复加的重要位置，戏剧无法对科举提供直接帮助，因此期望他们像学四书五经一样学习戏曲，并大张旗鼓地加以支持，在封建社会里是绝对不可能的。希望人们高度重视戏剧，缺乏现实的基础与动力，所以致力于戏剧创作往往会遭到质疑。明末清初吕留良不允许家中演戏是正常的，类似情况比比皆是。因此，封建社会士人基于功利目的的选择可以理解。而他们一旦实现了目的之后，则又对自己"法外开恩"，心安理得地看起了戏剧，因为无论对戏剧赞成与否，许多戏剧笔记都是他们留下的，而这是在看过戏曲之后才能完成的。他们一再挞伐淫戏，自己却乐之不疲。从这种双重标准可以看出他们的真实态度，他们不是从本质上反对戏剧，他们关注的是在冠冕堂皇的幌子下面，既满足自己猥琐的欣赏欲望，又要维持虚伪透顶的封建道德，所以才对戏剧有如此众多的苛求。

在焦循所处的时代，创作戏剧作品或进行戏剧研究，就是处于这么一种状况之下。然而说戏剧是"过街老鼠人人喊打"也非事实，因为娱乐需求是人们的正常需求，满足这种需求也是合情合理之举，清代帝王

---

① 《元明清三代禁毁小说戏曲史料》，页 292。
② 《元明清三代禁毁小说戏曲史料》，页 173。

对娱乐存在的合理性是深信不疑的。“至于有力之家，祀神酬愿，欢庆之会，歌咏太平，在民间有必不容已之情，在国法无一概禁止之理，今但称违例演戏，而未分晰其缘由，则是凡属演戏者，皆为犯法，国家无此科条也。”[①]甚至把演戏当作一种职业看待。嘉庆四年(1799)五月告谕：“民间扮演戏剧，原以借谋生计。地方官偶遇年节，雇觅外间戏班演唱，原所不禁。”[②]在皇朝气魄宏大时，内容限制程度都有一定的松动，体现出一种自信的宽容气度。乾隆元年(1740)五月告谕曰：“先王因人情而制礼，未有拂人情以发令者。忠孝节义，固足以兴发人之善心，而媟亵之词，亦足以动人心之公愤，此郑、卫之风，夫子所以存而不删也。若能不行抑勒，而令人皆喜忠孝节义之戏，而不观淫秽之出，此亦移风易俗之一端也。汝试姑行之。”[③]大概礼仪的克制抵挡不住生理本能的冲动，结果也就不了了之。即使在查处时，官员还要注意政策的原则性与灵活性问题：“前已有旨查禁，该管地方官，务认真禁止，勿又视为具文。”[④]朝廷维护统治的苦心显而易见。

封建统治阶级也看到了戏剧的广泛影响，利用得法将对统治有利。明人陈洪绶在《节义鸳鸯冢娇红记序》指出：“今有人焉，聚徒讲学，庄言正论，禁民为非，人无不笑且诋也。伶人献俳，喜叹悲啼，使人之性情顿易，善者无不劝，而不善者无不怒。是百道学先生之训世，不若一伶人之力也。”[⑤]这一优点也可以被政府利用，所以又有提倡之举。而且为了清除戏剧的负面效应及适应宫廷享乐的需要，清政府组织了大规模的修乐活动，制定了曲谱，规范了音乐，事实上也促进了戏剧水平的提高；不过其规范的初衷很明确，就是制订一个便于管理的操作规范。宫廷戏剧一直作为戏剧演出的重要力量而存在。

---

① 《元明清三代禁毁小说戏曲史料》，页37。
② 《元明清三代禁毁小说戏曲史料》，页53。
③ 《元明清三代禁毁小说戏曲史料》，页41。
④ 《元明清三代禁毁小说戏曲史料》，页65。
⑤ 蔡毅《中国古典戏曲序跋汇编》，齐鲁书社，1989年，页1357—1358。

所以在统治者看来，戏剧既不可少又不能放任自流。清庭面对的问题，陈淳早就洞若观火："一、无故剥夺民膏为妄费。二、荒民本业事游观。三、鼓簧人家子弟玩物，丧恭谨之志。四、诱惑深闺妇人出外，动邪僻之思。五、贪夫萌抢夺之奸。六、后生逞斗殴之忿。七、旷夫怨女邂逅为淫奔之丑。八、州县二庭纷纷起狱讼之繁，甚至有假托私报仇，击杀人无所惮者。"①这八大罪状都是执政者需要切实解决的现实问题。根据社会管理学原理，管理的原则之一在于以最小的社会投入获取最大的社会效益。以上弊端都不是或不全是戏剧本身所固有，但确实是直接诱因。戏剧是用来娱乐的，娱乐不是人生首务，因而不是政府关注的重点。规范戏剧甚或禁止部分戏剧，只会影响到人们的精神生活而对社会造成的损失微乎其微，投入之小可以忽略不计，而对社会的现实意义极大。管制戏剧以减少社会问题，还是放任处于娱乐地位的戏剧而动用大量的社会投入来解决因为演戏引发的弊端，结论很明确。现在高扬戏剧地位的学者若处于当时统治者的位置，可能也要那样做。可见，社会对戏剧的防范在于尽量降低戏剧这种娱乐形式对社会造成的冲击，其预先警告性非常明显，一系列管理无非是要尽量缩小戏剧带来的弊端。我们之所以发现当时戏剧周围到处是禁区，乃是因清政府实施了与戏剧特点相适应的管理办法。清政府的戏剧政策大致可以概括为：允许戏剧在特定时间、特定地点以特定的形式演出特定内容，同时允许特定的人看。某些限制确实不利于戏剧发展，但在规范以内，戏剧仍有广阔的活动空间，在此范围活动不受限制，现存戏剧剧本的五彩斑斓就是事实最显明的注脚。全国范围内的完全禁演，政府从未想过而且也不可能实现，禁止与提倡是一个问题的两个方面。可见，从事戏剧创作或研究等远非那么丢人现眼，只要不违禁，不仅许可还要提倡。饱受封建伦理熏陶的戏剧作家更是有意识的利用戏剧来维持风化，更加减轻了社会批评的压力。

---

① 《北溪陈先生全集》卷二十七，光绪辛巳(1881)新镌种香别业藏版，页8。

另外一个事实是，在中国古代，戏剧表演者与戏剧作者的地位大不一样。“大量的优伶出身于卑贱的家庭，在古代优伶史上，优伶的来源大致有这样几个方面：在奴仆中选取体貌端正、嗓音响亮，或者有一定特色的人教以音乐、舞蹈和滑稽调笑，他们仍然是奴仆中的一员，但他们已独立分化为一种专供主人声色之娱的精神工具。在战争和朝代更迭所获取的大量俘虏中选择并降为优伶，这些俘虏有的本来也是从事这种职业的，朝代的更替并未能够改变他们的身份，于是，他们以自身的技艺来侍奉新的主子。把罪臣的妻子儿女降低身份，充当优伶也是中国古代优伶的一个来源，从这种惩罚性的行为中我们正可看出优伶地位之卑下。”[①]戏剧演员地位之低，在《剧说》中也就有记载。另外一个有意思的现象是有人想演戏，但是演员地位太低，亲自表演则有辱身份，于是有对演员身份划分的尝试。《剧说》引周挺斋《论曲》云：“良家子弟所扮杂剧，谓之‘行家生活’；倡优所扮，谓之‘戾家把戏’，盖以杂剧出于鸿儒硕士、骚人墨客所作，皆良家也，彼倡优岂能办此？故关汉卿以为：‘非是他当行本事、我家生活，他不过为奴隶之役，供笑献勤，以奉我辈耳。子弟所扮，是我一家风月。’虽复戏言，甚合于理。”[②]即使是焦循本人，对戏剧演员也是看低的，他在《里堂家训》中有过“又有四民曰倡优隶卒，此四者，人之所贱也”的评论。即使是这样，戏剧表演者的法律地位还是逐渐有了很大提高。雍正元年(1723)四月，免除山西、陕西教坊乐籍，让他们改业为民，至少在法律上获得了平等地位[③]。

戏剧作者的地位则不是这样。学者而写戏在清代比比皆是。明末清初，三大学者之一的王夫之写过《龙舟会》，锋芒所向，直指降清的逆臣，并非无聊的遣兴娱乐。康熙年间，理学家傅山也写有《红罗镜》、《齐人乞食》、《八仙庆寿》等。在他们眼里，同诗歌散文一样，戏曲照样可以

---

① 谭帆《优伶史》，上海文艺出版社，1995 年，页 63。

② 《剧说》，页 17。

③ 关于这一问题，可以参看敬小庆《明代戏曲理论批评论争研究》，人民出版社，2010 年。

寄情抒怀，感发意志，只是形式不同而已。例如孔尚任所写《桃花扇》，为清代戏曲双璧之一。他本人对儒学深有研究，著有多部儒学著作，康熙南巡，衍圣公请孔尚任给康熙讲经，深获好评。不仅如此，清代曲阜写戏的作家不少。据初步统计，至少还有 4 人，创作剧目 13 种。当中不乏桂馥、孔广林这样的经学大家。再以戏曲评论看，较早关注元杂剧的胡祇遹，写过数篇与戏剧研究有关的评论作品。李调元曾写《雨村曲话》，并收集民歌，其地位、学问决非常人可比。奉敕进行戏剧研究更是一种荣耀。在当时，社会对戏曲已经有了相当的宽容态度，只不过戏剧的性质限制了其在封建社会主流文化中的地位不可能超过诗文而已。所以，在当时写剧本或进行戏剧研究，其压力并不如传统想象的大。鉴于此，四库馆臣"其体甚卑，厥作者弗贵"的论断，显然是源于偏见而犯的明显错误。而在焦循生活的时代，像他一样从事戏剧研究的不止他一人。周作人在《焦里堂的笔记》中对此有过高度评价，他在引述焦廷琥《先府君事略》中相关《花部农谭》成书过程记述后，有一按语："焦君又著有《剧说》六卷，其为学并不废词曲，可见其气象博大，清末学者如俞曲园、谭复堂、平景孙诸君亦均如此，盖是同一统系也。"①

所以，在焦循看来，搞戏剧研究没有什么丢人。相反，他还为研究戏剧而自豪。如果他感到压力或改编《剧说》后遭到了批评，当不会有之后的《花部农谭》问世。而且更进一步，在《花部农谭》中，焦循大声疾呼"余独好之"不被上层接受的"花部"，发表"彼谓花部不如昆曲，匹夫之见也"的说论，其观点更加鲜明，用词更加激烈，假设其压力很大，当绝不敢如此放言。事实是他的得意之作不受推崇，其族内弟阮元在其墓志铭《通儒扬州焦君传》中未置一词。不光《剧说》这样，就是最具挑战性的《花部农谭》，也没有产生多大的影响，如此激进而没有引起轩然大波，这说明戏曲研究并不是不可触摸的"高压线"。假设进行戏剧研

① 钟叔河编订《周作人散文全集》第 9 卷，广西师范大学出版社，2009 年，页 486。

究真的非常不体面，受人极端鄙视，焦循之子也不会在《先府君事略》中加以著录，自讨其辱，他不会不知道孔子“子为父隐，父为子隐，直在其中矣”的古训，况且当时法律也有明文规定。常年的经学研究造成了焦循思想的正统性，而这种正统性吻合了当时社会的主流思想，又与封建统治者的戏剧政策合拍，这进一步加强了焦循研究戏剧的理由。

二 “自作说”新证

焦循对自己戏剧学著作的体系，有过精心的设计，他在《剧说》序言中说：“凡论宫调、音律者不录。”[①]那么寻找这些失落的宫调、音律内容，进而探求其来源，可能会为我们提示某些证据。笔者发现，有许多材料可以证明《剧说》是焦循本人所作。《易余曲录》、《曲考》可以作为最集中的比对材料。

首先来看《易余曲录》。该书非焦循本人命名之作，而是近人任中敏从焦循《易余籥录》中辑出，1940 年收入《新曲苑》，遂成为最早的版本。韦明铧点校《焦循论曲三种》之《易余曲录》，即以《新曲苑》本为底本进行整理，颇便于利用。关于《易余籥录》，焦循在序言中云：“余壬戌自浙归，遂不复出游，专心于《易》，读《易》之暇，泛及它书。始则授徒，近则课孙，偶有所见，书而记之，久久成帙。今《易学三书》已完，付诸梓。其随笔记录，编次之，亦得二十卷，因题之曰《易余籥录》。‘易余’者，明为余力所及，不足以当贤者之盼也。”从中可以看出，《易余籥录》是焦循研究《周易》之余的随笔。这既符合“一张一弛，文武之道”的正常心理调节，也有其自己独特的认识作为背景。当经学研究遇到困难时，焦循就进行类似的消遣游戏，所以命名为“易余”。前文所述其《花部农谭》的写作，与此完全相同。任中敏因为关注其中的戏曲内容，沿用“易余”二字，加上摘取对象，遂命名为《易余曲录》，符合焦循本人的思想主张和文本实际。为便于分析，现将《易余曲录》、《易余籥录》以及

---

① 《剧说》，页 1。

《剧说》的相关内容罗列如下：

条数	《易余曲录》内容	《易余龠录》卷次及条数	《剧说》异文
Y 1	四声分平上去入，平又分阴阳，天地间不可易之理。"上去入亦分阴阳说"和毛先舒《韵学通指》"谓有七声，平、去、入皆有阴阳，惟上声无阴阳"说皆不成立。	卷五(3)	缺
Y 2	吴人徐大椿谓"四声之阴阳皆从平声起，平声一出，则四呼皆来，一贯到底，不容勉强，亦不可移易"是正确的，但是不应该说上去入皆有阴阳。其所举事例不能成立。	卷五(4)	缺
Y 3	辨析严粲《诗辑》观点不成立，段玉裁"古无去声"说，钱大昕"古无轻唇音"说皆不成立。	卷五(5)	缺
Y 4	十二律，惟五音旋之则有六十，以七音旋之则有八十四。隋唐以来，仅有二十八调，元明用六宫十一调而已。或疑八十四、六十之数非其实，然不必疑也。	卷五(9)	缺
Y 5	词之体尽于南宋，而金元乃变为曲，关汉卿、乔孟符、马东篱、张小山等为一代巨手，乃谈者不论其曲，仍论其诗，失之矣。	卷十五(1)	缺
Y 6	朱彝尊《词综》选张可久《风入松》以及《吉金贞石志》存在文字讹误。	卷十七(13)	缺

续上表

条数	《易余曲录》内容	《易余籥录》卷次及条数	《剧说》异文
Y 7	焦循认为《云麓漫抄》所云唐人温卷所用之传奇小说，乃用以为科举之媒，此金元曲剧之滥觞也。	卷十七(14)	缺
Y 8	元曲的演唱体制以及八股文当以元曲之格为法。	卷十七(15)	“孝子”后《易余籥录》多“厚德有道之人”；《剧说》之“王骦”《易余籥录》作“臧仓”；《剧说》“吾见近人作此种题文”《易余籥录》作“吾见工八股者”。
Y 9	考察宋代官本杂剧名称。	卷十七(16)	《易余籥录》脱：“曰《六么》，曰《瀛府》，曰《梁州》，曰《伊州》，曰《新水》，曰《薄媚》，曰《大明乐》，曰《降黄龙》，曰《胡渭州》，曰《逍遥乐》，曰《石州》，曰《大圣乐》，曰《中和乐》，曰《万年欢》，曰《熙州》，曰《道人欢》，曰《长寿仙》，曰《法曲》，曰《延寿乐》，曰《贺皇恩》，曰《采莲》。‘采莲队’见《宋史·乐志》，其余可类推矣。”《剧说》：“凡称‘酸’，谓正末扮秀士当场也。至有云‘酸孤旦’者，则三色当场；有云‘双旦降黄龙’者，则两旦当场。云‘旦判孤’，云《老孤遣旦》，皆可类推。”《易余籥录》作：“旦即旦，盖宋时以装官者为孤，以傅粉墨者为爨。元以傅粉墨者装官，故孤装爨弄混而为一。究之，官不必皆傅粉墨，故孤、爨仍分两目。观其为钟馗、为二郎变，则不特傅粉墨，并傅五采，故称“五花爨”，今优人以五采涂面，为鬼神魔魅及武士贼寇者，皆爨也。凡称酸，谓以正末扮秀士当场也。至有云“酸孤旦”者，则三色当场。有云“双旦降黄龙”者，则两旦当场。其称爨者，则以五采涂面，倬刀夹棒相打闹也。”

续上表

条数	《易余曲录》内容	《易余籥录》卷次及条数	《剧说》异文
Y 10	以秀才为细酸,《倩女离魂》剧中有异文或脱落。	卷十七(17)	同
Y 11	元曲皆四折,或加楔子。惟《赵氏孤儿》五折,又有楔子。	卷十七(18)	同
Y 12	考察元曲中的角色及其扮演。	卷十七(19)	"今人名刺或称晚生,或称晚末,眷末,或称眷生。然则生与末通称,为元人之遗与。"在《剧说》"二末是也"之后;在《易余籥录》"末即生也"之后。
Y 13	考察元曲中的砌末使用情况。	卷十七(19)	在《易余籥录》附于上条之后,内容同。
Y 14	《点鬼簿》记载的杂剧名称存在异文。	卷十七(20)	《易余籥录》多出:"《杀狗劝夫》不题作者姓氏。《点鬼簿》有《王翛然断杀狗劝夫》,为萧德祥作。今此曲中孤自称王翛然,当即萧作。"
Y 15	王实甫《西厢記》不标净、旦、丑之名;《西厢》第一折:"末上云:自家是状元坊店小二哥。"以下但标"小二"。"末上"二字,自乱其例。	卷十七(21)	《易余籥录》没有:"《琵琶记》则生旦为类矣。乃《西厢》第一折:'末上云:自家是状元坊店小二哥。'以下但标'小二'。'末上'二字,自乱其例。"
Y 16	考察"兀剌赤"为元人掌车马者之称。	卷十七(22)	《剧说》:"'兀剌门外等多时。'《山居新语》云。"《易余籥录》作:"'兀剌门外等多时。'按杨瑀《山居新话》云。"

续上表

条数	《易余曲录》内容	《易余籥录》卷次及条数	《剧说》异文
Y 17	王实甫《西厢记》遣词造句不如董解元《西厢记》。	卷十七(23)	《剧说》作:"《词旨》载:'《西厢》警策,不下百十条,如"竹索缆浮桥"、"檀口揾香腮"等语,不知皆撰自董解元《西厢》,竹索上有"寸金"二字,"檀口"句则曰"檀口微微,笑吐丁香舌,被郎轻啮,却更增人劣",较汉卿奇丽、精采十倍。(见黄嘉惠《董解元西厢记序》)案:玉实甫《长亭送别》一折,称绝调矣。'"《易余籥录》作:"王实甫《西厢记》全蓝本于董解元,谈者未见董书,遂极口称道实甫耳。如长亭送别一折。"《剧说》中:"李空同云:'董子崔张剧,当直继《离骚》。'"《易余籥录》作:"王实甫止有四卷,至草桥店梦莺莺而止,其后一卷乃关汉卿所续,详见王弇州《曲藻》及都穆《南濠诗话》。关所续亦依董,惟董以张珙用法聪之谋携莺奔于杜太守,关所续则杜来普救寺也。"
Y 18	考察元曲张鼎本人的历史事实。	卷十七(24)	无此条;但 J2.36"王翛然事"条引《归潜志》较详。
Y 补	杨绾始辅政,中书令郭子仪在邠州行营,方大会,除书至,音乐散五之四。杨升庵撰《太和记》杂剧,谓此为郭令公善于成人之美,虽戏言,实为要论。	卷九(10)	无

从《易余曲录》的内容在《易余籥录》中的分布卷次可以看出,在焦

循本人看来，后边 Y7 到 Y17 可以归为戏曲类的内容。这些内容都是焦循本人搜集而来[①]。

其次来看《曲考》。该书是焦循的另一部戏剧学著作。据李斗《扬州画舫录》卷五载，黄文旸《曲海总目》共收元明清杂剧、传奇一千零一十三种，而"焦里堂《曲考》载此目有所增益"[②]。这些增益的内容得自

① 其他内容都有各自所属的系统。例如对五音、四声的辨析是清代语言学者的关注重点之一，从明代陈第《毛诗古音考》、清初顾炎武《音学五书》到江永、戴震、钱大昕等人，取得了很大成绩，焦循本人也是积极的参与者。焦循的论述是沿这一线而来，而与戏曲讨论关系不大。但是，《中原音韵》又是一部基本语言典籍，其撰写目的就是为了规范作曲，讨论近代语音自然易与戏曲联系起来。任中敏先生从这一意义上将其纳入《易余曲录》。其实，焦循本人对此未必会赞同。在《剧说》中，焦循说"谈音律"者不录，指的就是这些内容。另外第六条，焦循要谈论的是一个词学的问题。《词综》是一部著名的词选，内容比较丰富，共三十六卷，其中二十六卷系清初学者朱彝尊编选，另外十卷系汪森所增补。全书收录唐、五代、宋、金、元时的词作 2253 首(卷十一王十朋《点绛唇》于卷三十一重见)，实为 2252 首，作者 659 人(不包括无名氏)，是旧时规模较大的词选集。但是，在焦循看来，《词综》的编纂存在问题。首先是文字讹误问题。如张可久《风入松》首四句云："哀筝一抹十三弦，飞雁隔秋烟。携壶莫道登临乐，双双燕为我留连。"焦循考证说："《小山乐府》载此，作'双双为我留连'，无'燕'字。'双双'即指上飞雁，雁与燕不当杂出。且九日不复有燕矣。盖雁指筝上所有，'双双'即此雁也。……《小山乐府》世不多有，余适有之，乃得校出增多'燕'字。"其次是私自改字问题。如张可久《人月圆》中"一点诗愁"，朱彝尊改作"闲愁"；"前程那里"，朱彝尊改作"前程莫问"；"可人怜处，啼乌夜月"，朱彝尊改作"可似当时，最怜人处"。而在朱彝尊的其他著作里面，也存在文字讹误问题。"程易畴先生游盘山，亲阅道宗舍利碑，为王洙撰。因校朱彝尊《吉金贞石志》录此碑文，内中妄增一语。详见《通艺录》。"可以看出，焦循此处的目的在于说明朱彝尊编辑《词综》存在多种缺陷，不可尽据。《小山乐府》只是作为例子来说明问题，任中敏先生将其收入《易余曲录》，当是从其文学属性着眼，这与涉及《中原音韵》的情况相同，未必合乎焦循论述本意，需要注意。

② 《扬州画舫录》，广陵书社，2010 年，页 64。

焦循本人无疑，现排比如下：

《曲考》剧目			《剧说》条目	主要内容
杂剧	1	《洞天元记》（明杨慎作）	J2.40《洞天玄记》与《归元镜》	《洞天玄记》写形山道人收昆仑六贼事；《归元镜》写沈莲池为僧事。
	2	《空堂话》（国朝邹兑金作）	无	
	3	《汨罗江》、《黄鹤楼》、《滕王阁》（西神郑瑜作）	J5.30 郑西神三种	郑西神，名瑜。《黄鹤楼》末《收江南》一曲，徐文长《翠乡梦》末同。《滕王阁》则全以王子安一序作曲。《汨罗江》则以《离骚》经作曲。
	4	《苏园翁》、《秦廷筑》、《金门戟》、《闹门神》、《双合欢》（五种，茅僧昙作）	J5.29《闹门神》	《闹门神》杂剧，为茅僧昙孝若撰，谓除夕夜新门神到任，旧门神不让，相争也。
	5	《半臂寒》、《长公妹》、《中郎女》（三种，南山逸史作）	J5.33《蔡文姬》杂剧曹操不用粉面	陈玉阳《文姬入塞》一折，南山逸史亦作《中郎女》杂剧，曹瞒不用粉面，以外扮，亦取其片善之意。
	6	《眼儿媚》（孟称舜作）	J4.46 卓珂月论作剧才情	卓珂月作孟子塞《残唐再创》杂剧小引云："……孟子塞之《花前笑》、《桃源访》、《眼儿媚》，斯为北曲之最。"
	7	《孤鸿影》、《梦幻缘》（芥庵周如璧作）	无	
	8	《续西厢》（查继佐作）	J2.5《西厢记》种种	查伊璜更作《续西厢》四折，大概仍用董、关，而增以应制、赋诗，即用"待月西厢"之句；又夫人欲以红娘配郑恒，红娘不许而欲自缢。事皆蛇足，曲亦村拙，远不及汉卿矣。

续上表

《曲考》剧目			《剧说》条目	主要内容
杂剧	9	《西台记》(陆世廉作)	无	无
	10	《卫花符》(伊令堵廷棻作)	无	无
	11	《鳊诗谶》(土室道民作)	无	无
	12	《城南寺》(黄家舒作)	无	无
	13	《不了缘》(碧蕉轩主人作)	J2.5《西厢记》种种	碧蕉轩主人作《不了缘》四折，则本“自从别后减容光”一诗而作也。崔已嫁郑恒；张生落魄归来，复寻萧寺访莺莺，不可复见——情词凄楚，意境苍凉，胜于查氏所续远甚，董、关而外，固不可少此别调也。
	14	《樱桃宴》(张来宗作)	J5.39《樱桃宴》本事	张来宗本杜牧之《窦烈女传》作《樱桃宴》杂剧。《唐书》称“李希烈为先奇毒药死”。杂剧有“陈山甫进丸药”科白，本此。
	15	《旗亭燕》(张龙文作)	无	无
	16	《饿方朔》(孙源文作)	J3.33《饿方朔》最为本色	唯笨庵孙原文《饿方朔》四出，以西王母为主宰，以司马迁、卜式、李陵、终军、李夫人等串入，悲歌慷慨之气，寓于俳谐戏幻之中，最为本色。
	17	《脱颖》、《茅庐》、《章台柳》、《韦苏州》、《申包胥》(五种，皆张国寿作)	J4.11 金元词曲者	有张国寿者，善金、元词曲，所著有《脱颖》、《茅庐》、《章台柳》、《韦苏州》、《申包胥》等剧，在袁西野、李中麓伯仲间。

续上表

《曲考》剧目			《剧说》条目	主要内容
杂剧	18	《倚门》、《再醮》、《淫僧》、《偷期》、《督妓》、《娈童》、《惧内》(七种,题《陌花轩杂剧》,黄方胤作)	J5.35《陌花轩杂剧》	黄醒狂有《陌花轩杂剧》,凡十折:曰《倚门》,四折;《再醮》,一折;《淫僧》,一折;《偷期》,一折;《督妓》,一折;《娈童》,一折;《惧内》,一折:皆举市井敝俗,描摹出之。
	19	《北门锁钥》(高应玘作)	J4.11 金元词曲者	有高应玘者,亦工词曲,其《北门锁钥》杂剧,论者以为词人之雄。
	20	《蓬岛璚瑶》、《花木题名》(二种,田民撰)	J4.52《蓬岛琼瑶》与《花目题名》	《蓬岛琼瑶》,为余本忠收服海寇事;《花目题名》,则品题花目,以郁李为状元、海桐为榜眼,红梅为探花,木樨为传胪,杜鹃下第,而以丁香配郁李,卷首题田氏撰。
传奇	1	《放偷》、《买嫁》(二种,连厢词,萧山毛大可作)	J3.29《不卖嫁》与《不放偷》	《毛西河先生传》云:先生工为词,取元人无名氏所传《卖嫁》、《放偷》二剧而反之,曰《不卖嫁》、《不放偷》,作连厢词,改其事,谓庶几可正风俗,有裨于名教。
	2	《广寒香》、《易水歌》(二种,鹰山作)	J5.22《熙朝名剧》三种	《熙朝名剧》三种:《芙蓉楼》、《广寒香》、《易水歌》。《芙蓉楼》题"双溪鹰山填词",《广寒香》题"苍山子编"。
	3	《富贵神仙》(影园灌者,郑含成作)	J4.44 作剧忌蹈袭他人	近则有为《富贵神仙》者,竟至袭《玉剑缘》,与《梦钗缘》之袭《西厢》、《西楼》同,若此,又何必为之?聊举一二于此,为之戒。
	4	《胭脂虎》(江都徐又陵作)	无	无

续上表

《曲考》剧目			《剧说》条目	主要内容
传奇	5	《空谷香》(蒋士铨作)	J4.36《雪中人》本事	蒋太史又有《桂林霜》、《空谷香》、《香祖楼》、《四弦秋》、《一片石》、《第二碑》、《冬青树》、《临川梦》诸剧。
传奇	6	《四奇观》、《血影石》、《一捧花》(三种,朱良卿作)	J4.20朱良卿、李元玉、沈宁庵三家传奇	朱良卿三十三本:《大极奏》、《四奇观》、《五代荣》、《双和合》、《九莲灯》、《莲花筏》、《快活三》、《玉数珠》、《青风寨》、《飞龙凤》、《虎囊弹》、《建皇图》、《党人碑》、《龙灯赚》、《万寿冠》、《照胆镜》、《瑞霓罗》、《元宵闹》、《御雪豹》、《石麟镜》、《吉庆图》、《渔家乐》、《乾坤啸》、《宝昙月》、《缨络会》、《牡丹图》、《夺秋魁》、《血影石》、《一捧花》,余四本未详。
传奇	7	《紫云歌》(失名)	J3.1冯小青故事	吴某《紫云歌小序》云:“冯紫云为维扬小青女弟,归会稽马髦伯。”诸所谓小青者,历历可据;惟姓冯,则与千秋为同姓矣。
传奇	8	《相思砚》(钱唐女史梁夷素作)	J4.28梁夷素、林亚清均妇人填曲	钱塘女史梁夷素,字孟昭,工诗画,尝作《相思砚》传奇行世。
传奇	9	《芙蓉峡》(钱夫人林亚青作)	J4.28梁夷素、林亚清均妇人填曲	钱御史石城《芙蓉峡》传奇,亦其夫人林亚清作。妇人填曲,前代未有。林名以宁,有集,诗极工。
传奇	10	《馆春园》(三种,沈嵊作,即唵庵孚中道人)	J4.14沈孚中为明曲第一	《旷园杂志》云:“钱塘沈孚中有《宰戍记》传奇,直逼元人,为明曲第一。”陆次云作《沈孚中传》云:“沈嵊,字孚中,居武陵北墅。填词夺元人席,所存者独《息宰河》、《绾春园》传奇,尤为词场称艳。”

续上表

《曲考》剧目			《剧说》条目	主要内容
传奇	11	《虎媒记》(明顾景星作)	J4. 30《虎媒》事类	顾景星《虎媒》剧序;《白茅堂集》有《虎媒歌赠张子》一首云:“张郎感激何为乎?灯前夜语长欷歔,新翻乐府调吴歈。”
	12	《红情言》、《榴巾怨》、《词苑春秋》、《博浪沙》(四种,明嘉兴王翃作)	J4. 31 梅鼎祚、王介人之传奇	《明诗综》又云:“王翃介人,嘉兴布衣,能诗。沈山子云:‘……旁精词曲,有《红情言》、《榴巾怨》、《词苑春秋》、《博浪沙》诸传奇。’”
	13	《崖州路》、《麒麟梦》、《鸳鸯榜》、《黄金盆》(四种,通州张异资作)	J4. 9《崖州路》演寇莱公事	通州张孝廉异资擢士,康熙初为崖州知州,有感于寇莱公事,作《崖州路》传奇,词甚奇崛,宾白整齐。又作《麒麟梦》、《鸳鸯榜》、《黄金盆》三种。
	14	《犊鼻裈》(兴化李栋作)	J4. 10《西游词》与《西游记》	(手稿本存“兴化李吉四名栋有犊鼻裈曲”)
	15	《筹边楼》(王鹤尹作)	J4. 12《筹边楼》	《香祖笔记》云:“吾宗鹤尹兄抃,工于词曲。作《筹边楼》传奇,一褒一贬,字挟风霜。”
	16	《宰戍记》(明钱塘沈孚中作)	J4. 14 沈孚中为明曲第一	《旷园杂志》云:“钱塘沈孚中有《宰戍记》传奇,直逼元人,为明曲第一。”
	17	《梧桐雨》、《一文钱》(二种,徐复祚作,即阳初子。《宵光剑》、《红梨》亦其作也)	J4. 15《一文钱》有本	《柳南随笔》云:“……其族人阳初为作《一文钱》传奇以诮之,所谓卢至员外者,指启新也。”又云:“徐复祚,字阳初,大司空栻之孙,工词曲,若《红梨》、《投梭》、《祝发》、《宵光剑》、《一文钱》、《梧桐雨》,至今流传于世。”

《剧说》完成于嘉庆十年(1805),《曲考》完成于乾隆六十年(1795)之前,资料早于《剧说》,可见其内容来源于焦循自己收集的资料。

此外,还有多条证据。首先,焦循之子廷琥的记录不容轻易推翻。焦循一生著述宏富,其子焦廷琥的记录只是其中的重要组成部分,焦廷琥在《先府君事略》中明确说"作《剧说》",显然是将此书看作是焦循的重要著作。焦循另一重要著作《花部农谭》的成书过程与《剧说》的成书过程极为类似,但是焦循本人所言并不属实,其子所言合乎实情[①]。其次,从著作的体例看来,《剧说》的体例符合焦循本人的著述体例。焦循本人非常注重著作权问题,所以在引述材料时,总是标明文章的出处。例如在《易余籥录》和《里堂道听录》中,焦循做了大量的笔记,著录方式就是作者、书名并举,而在《剧说》当中,就是这样一种风格。如果焦循本人没有看过原书,且原书又比较生僻的话,焦循进行补充添加也就不太可能。

那么焦循为什么屡次表述非其撰作呢?这其实源于一种较为普遍的社会风气,那就是古人在著述时,对于不被时人看重的非主流的作品、次要的作品、消遣娱乐性的作品,或者笔记一类的作品,往往托名或者托人,这是一种惯常性的行为。当然这只是一个假说,需要充分论证,但如果这一假说成立,或许还可以给争论不休的《红楼梦》成书问题提供一些启示。

综上所论,所谓焦循"迫于压力撒谎说"并不成立,其自言的成书过程并不属实。《剧说》是焦循独立汇编而成,故可以看作是研究焦循戏剧思想的最基本的材料。

---

① 可参第四章第一节《〈花部农谭〉的成书、传播及价值》。

第三节 《剧说》的编写体例与修改

一 编写体例

（一）《剧说》非类书

编书必有体例，合适的体例是保证书籍水平的一个重要条件。关于《剧说》的体例，王慧萱认为是类书体或是准类书体，“可以称作中国古代戏曲小类书”；“焦循真正的贡献是‘参以旧闻’将论曲论剧之语分类编排，写成《剧说》，这就使《剧说》具有了小型类书的特点”[①]。就引用书籍、汇编资料而言，《剧说》确实在一定程度上体现了类书的特点。但是径称其为类书并不允当。关于类书，有两个基本判断标准：一是分类编排；二是割裂原书之原文引用。焦循对《剧说》的编排有过思考，但是比较初级，并不严整[②]。另外，《剧说》除了引用文献外，焦循还根据自己的知识和经验进行了考证，并补充了许多自己亲身经验的材料，而后两点类书根本上是不具备的。所以，对其体例的认识，应该归为笔记体比较恰当。

关于笔记，学界有不同的定义和评价。近代进行笔记分类研究的有刘叶秋，他将魏晋至明清的笔记大致分为三类，即小说故事类、历史琐闻类和考据辨证类[③]。古人的笔记，是研究古代文化的重要资料来源。但是囿于传统观点，学者在研究中多倾向于褒扬考证类笔记的价值。其实大可不必，各种笔记在其所属领域都有不可替代的价值，即使是今天看来有些神秘奇怪的东西，其背后也有思想史的意义。在《剧

---

① 《焦循〈剧说〉的目录学意义》，《图书馆杂志》，1998 年第 3 期，页 61、62。

② 具体情况可以参看第三章第二节“《剧说》的主要内容”。

③ 《历代笔记概述》，中华书局，1980 年。

说》之前，除了戏剧学的专书，如《青楼集》、《录鬼簿》、《远山堂曲品》、《闲情偶寄》之类外，笔记是戏剧研究领域中的重要一类。唐代《教坊记》、《乐府杂录》启其端，后来很多笔记中记载了戏曲类的内容。焦循《剧说》所引书籍均属此类，但是在内容的广度上、考辨性的增强上，较之其他戏剧综合类笔记，《剧说》可谓集大成者。

（二）编写体例

焦循对于书籍的体例有着清醒的认识："著书各有体，非一例也。有全以己见贯穿取精，前人所已言不复言，余撰《易学三书》及《六经补疏》是也。有全录人所已言而不参以己见，余辑《书义丛钞》是也。有采择前人所已言而以己意裁成损益于其间，余所撰《孟子正义》是也。"[①]其实在《剧说》当中，这三种撰述情况同时存在。空无依傍者，记也，记其所知戏剧事实，有裨于其时研究之取材也。录者，录前人事实以供采择深研也。考者，明其源流、真相，且见焦循本人之见地也。

1. 记。多为焦循亲身经历之事，内容可靠，直接为后来戏曲研究提供了资料。以前的研究者看到《剧说》引书浩博，故多着眼于其引用内容，而忽略记之内容，这种倾向应该引起注意。

记，有须据内容判断者，更多的是在文法上明确标识，此类内容以后者为多。据内容判断者，如 J4.52"《蓬岛琼瑶》与《花目题名》"条：

> 偶于市间得一写本《种鳞书屋外集》，两剧：一《蓬岛琼瑶》，为余本忠收服海寇事；一《花目题名》，则品题花目，以郁李为状元，海桐为榜眼，红梅为探花，木樨为传胪，杜鹃下第，而以丁香配郁李，卷首题田民撰。[②]

① 《先府君事略》，转引自陈居渊《焦循儒学思想与易学研究》，齐鲁书社，页482。

② 《剧说》，页113。

记录朋友事实，如 J5.44“《寇莱公罢宴》感人”条：

吟风阁杂剧中有《寇莱公罢宴》一折，淋漓慷慨，音能感人。阮大中丞巡抚浙江，偶演此剧，中丞痛哭，时亦为之罢宴。盖中丞亦幼贫，太夫人实教之；阮贵，太夫人久已下世，故触之生悲耳。①

记载当时事实，如 J1.47“帮子腔皆本元人”条：

近安庆“帮子腔”剧中，有桃花女与周公《斗法》、沉香太子《劈山救母》等剧，皆本元人。又《义儿恩》，儿问罪在狱，适儿赦而盗杀，母误盗尸为儿尸，全本《蝴蝶梦·赵顽驴偷马残生送》一折也。又有《五雷轰》者，演孙膑事，内有卜子夏，此正本元人剧《马陵道》中有卜商也。②

据文法判断者，多以“吾乡”、“吾友”、“吾(或余)”、“吾郡”为标志。以“吾乡”开头，如 J5.23“徐又陵剧作”条：

吾乡徐又陵，号坦庵，填词入马东篱、乔梦符之室，所作有《大转轮》、《买花钱》、《拈花笑》、《浮西施》、《胭脂虎》、《珊瑚鞭》、《九奇逢》。③

徐又陵另著有《蜗亭杂订》，是焦循《剧说》的重要资料来源，《剧说》中采录颇多。

以“吾友”开头者，如 J5.21“《牡丹亭·冥判》”条：

---

① 《剧说》，页 145。

② 《剧说》，页 21。

③ 《剧说》，页 129。

吾友谈星符名泰，江宁人，乾隆丙午举人，深于音律之学。生平爱《牡丹亭》，详为注释。尝语余曰：“《冥判》一出用胡判官，盖释典中八月判官姓胡；杜小姐八月死，故用此也。”①

以“吾”开头者，如 J1.49“时文代言当以元曲格度为法”条：

元曲止正旦、正末唱，馀不唱。其为正旦、正末者，必取义夫、贞妇、忠臣、孝子，他宵小市井，不得而于之。余谓：时文入口气，代其人论说，实同于曲剧。而如阳货、王驩等口气之题，宜断作，不宜代其口气。吾见近人作此种题文，竟不啻身为孤装、邦老，甚至助为讪谤、口角，以逼肖为能，是当以元曲之格度为法。②

以“吾郡”开头者，如 J6.26“不许扮演帝王圣贤”条：

吾郡江大中丞兰，每于公宴，见有演扮关侯者，则拱立致敬。嘉庆壬戌，余在京师，拜王君引之太夫人寿，适演剧，优冠珊瑚顶，扮显贵。副宪陈公嗣龙立命褫去其顶，曰：“名器何可令优伶亵之！”③

2. 录。即采录前人内容，有单条采录与汇录之别。单条采录只是采择一条，在录用时，资料来源往往在前，如 J6.19“老枣树班”条，

《古夫于亭杂录》云：“掖县张大司寇北海忻夫人陈，大学士文安公端母也。张与胡中丞为姻家。胡故有伶一部。一日，两夫人

① 《剧说》，页 129。
② 《剧说》，页 22。
③ 《剧说》，页 160。

宴会，张谓胡云：‘闻尊府梨园最佳。’胡古朴，不晓文艺，辄应曰：‘如何称梨园，不过老枣树几株耳。’同人因号胡氏班为‘老枣树班’。”①

再如《香祖笔记》。J6.20“演《水浒记》”条：

《香祖笔记》云：“兖州阳谷县西北有冢，俗呼‘西门冢’。有大族潘、吴二氏，自称是西门嫡室吴氏、妾潘氏之族。一日，社会登台演剧，吴之族使演《水浒记》，潘族谓辱其姑，聚众大哄，互控于县令。令大笑，各扑一二人，荷校通衢，朱批曰：‘无耻犯人！’然二氏终不悟也。”②

有的录用内容在前，资料来源放后，如J5.14“填词高手”条：

填词高手如陈大声、沈青门之属，俱南北散套，不作传奇；惟周宪王所作杂剧，名《诚斋乐府》，往往调入弦索，有金、元风范。南曲如《四节》、《连环》、《绣襦》之属，出于成、弘间，稍为当时所称。嘉靖间，陆天池名采者，所撰有《王仙客明珠记》、《韩寿偷香记》、《陈同甫椒觞记》、《程德远分鞋记》，惟《明珠记》行于世。郑若庸《玉玦记》《游西湖》一套，当时脍炙人口。（见《蜗亭杂订》）③

汇录则是把多条相关材料汇集一处，少则两条。如J6.22“杂剧十二科与传奇十二科”：

---

①② 《剧说》，页156。

③ 《剧说》，页124。

涵虚子言："杂剧有十二科：神仙道化、林泉邱壑、披袍秉笏、忠臣烈士、孝义廉节、叱奸骂谗、逐臣孤子、钹刀赶棒、风花雪月、悲欢离合、烟花粉黛、神头鬼面。"《雕邱杂录》云："传奇十二科，激劝人心，感移风化，非徒作，非苟作，非无益而作也。洪武初年，亲王之国，必以词曲一千七百本赐之。"①

多则四到五条。如 J2.4"《西厢记》之崔氏"条：

辉县褚邱，去百泉四十里，有白马将军祠，土人多崔姓，而近又有郑村。有演崔郑传奇者，土人以石击之。（见《书影》）《旷园杂志》云："唐郑太常恒暨崔夫人莺莺合祔墓，在淇水之西北五十里，曰旧魏县，盖古淇澳也。明成化间，淇水横溢，土崩石出，秦给事贯所撰志铭在焉。犁人得之，鬻诸崔氏，为中亭香案石。久之，寻得其家，有胥吏名吉者识之，白于县令邢某，置之邑治。志中盛传夫人四德咸备，乃一辱于元微之《会真记》，再辱于关汉卿、王实甫之《西厢记》。历久而志铭显出，为崔氏洗冰玉之耻，亦奇矣。"《诗辨坻》云："陈仲醇《品外录》载《唐郑府君夫人崔氏合祔墓志铭》，秦贯所撰也，陈因据此辨《会真》之诬，用意可谓长者。后余见此拓本，楷书微兼隶体，笔意遒古，而词亦质雅。第志称府君讳遇不讳恒，而眉山黄恪复以《会真》年月参之，此碑所谓崔氏者，其生平尚长双文四岁。盖荥阳、博陵，世通昏姻，志中崔、郑，不必便为莺、恒，仲醇但欲为雪崔之地而弗深考耳。"②

3. 考。考证的内容，是《剧说》的重要组成部分，主要有三种形式：一是首先陈述事实或结论，然后引用文献为证。如 J4.42"赵太祖之铁

① 《剧说》，页 157。
② 《剧说》，页 32。

棒”条：

剧中演赵太祖，每持棒，或侍臣持棒从之。按《铁围山丛谈》云：“太上以政和六七年间，始讲汉武帝期门故事。初出，侍左右官者，必携从二物以备不虞，其一玉拳，一则铁棒也。铁棒者，艺祖仄微时以至受命后所持铁杆也。棒纯铁耳，生平持握既久，而爪痕宛然。”①

二是先引用文献，综合考察后得出结论，可以分为简易型和复杂型两种。简易型是先陈述文献记载，然后陈述当今情况，古今对比，见其流变。如 J1.3“点戏”条：

《教坊记》云：“凡欲出戏，所司先进曲名。上以墨点者，即舞；不点者，即否。谓之‘进点’。”按：今演戏，伶人呈戏目于尊客，以墨选之，曰“点戏”，仍古之遗称。②

再如 J1.43“《倩女离魂》无‘细酸’二字”条：

《庄岳委谈》云：“世谓秀才为‘措大’。元人以秀才为‘细酸’，《倩女离魂》首折，末扮细酸为王文举是也。‘细酸’字面仅见此。今俗尚有此称。”按：今元曲《倩女离魂》杂剧中，无“细酸”二字。③

复杂型是引用材料多，问题论述层层深入，有难度。如 J1.1“优之扮演动人欢笑”条：

---

① 《剧说》，页 108。
② 《剧说》，页 2。
③ 《剧说》，页 18。

《乐记》云:"新乐进府退府,奸声以滥,溺而不止,及优侏儒,獿杂子女,不知父子,乐终不可以语,不可以道古。"注云:"獿,猕猴也,言舞者如猕猴戏也,乱男女之尊卑。'獿',或为'优'。"疏云:"《汉书》:檀长卿为猕猴舞,是状如猕猴。"《左传·襄公二十八年》:"庆氏以其甲环公宫。陈氏、鲍氏之圉人为优。庆氏之马善惊,士皆释甲束马而饮酒,且观优,至于鱼里。"《正义》云:"优者,戏名也。"史游《急就篇》云:"倡优俳笑"。是优俳一物而二名。今之散乐,戏为可笑之语而令人笑是也。《史记·滑稽列传》:"优孟者,故楚之乐人也,为孙叔敖衣冠,抵掌谈语;岁余,像孙叔敖,楚王及左右不能别也。庄王置酒,优孟前为寿,庄王大惊,以为孙叔敖复生也,欲以为相。"又:"优旃者,秦倡朱儒也,善为笑言,然合于大道。"然则优之为技也,善肖人之形容,动人之欢笑,与今无异耳。[①]

该段文字首先引用经史文献《乐记》、《汉书》、《左传》、《急就篇》考察俳优的名称,然后引用优孟衣冠的例子来说明优伶的作用。引用材料比较丰富,有明显的考证意图,结论成立。对于《琵琶记》问题的考察也同样复杂,此处不再列举。

总之,记、录、考三体并用,构成了《剧说》完整的编撰体例。在评价《剧说》的学术价值时,三者不能偏废。而且这三体在《花部农谭》、《易余曲录》中同样被综合运用,虽然各有偏重。

二 《剧说》之修改举隅[②]

《剧说》成书后,焦循进行了一定程度的修改,文字改动颇多,这也符合焦循本人对著述精益求精的一贯做法。今以第一卷为主,见其修改之大概。《剧说》的修改,焦循主要做了四方面的工作:增补、删改、删

---

① 《剧说》,页1。

② 按:本小节《剧说》所用版本为《续修四库全书》影印北京图书馆手稿本。

除、调整次序。

（一）增补是指在某些条目中添加新的内容

J1.5“院本”条，“其间副净有散说，有道念，有筋斗，有科泛”，原作“其间副净有散念，有筋斗，有科泛”。“说，有道”为增补插入语。

J1.45“元曲脚色考”条，“《神奴儿》冲末扮李德义，后称李德义为‘二末’是也”后，插入“今人名刺，或称‘晚生’，或称‘晚末’、‘眷末’，或称‘眷生’，然则‘生’与‘末’通称，尚为元人之遗欤”，位于该版页的右上方。该条插入内容颇多：“旦有正旦、老旦、大旦、小旦、贴旦、色旦、搽旦、外旦、旦儿诸名”之“大旦”为插入语。“《举案齐眉》二净扮张小员外”之“二净”为插入语。“《陈州粜米》丑扮杨金吾，又二丑扮二斗子，是同场有三丑”，“又”字始作“有”，后圈除，插入“丑扮杨金吾又”六字；“有三丑”亦为插入语。

J1.46“元曲之砌末”条，“《货郎旦》‘外旦取砌末付净科’，谓金银财宝也”之“郎”为插入语。

J1.48“《点鬼簿》异文”条，“《裴少俊墙头马上》，白仁甫作，《点鬼簿》作《鸳鸯简墙头马上》”，其中“白仁甫作”为插入语。“《赵盼儿风月救风尘》，关汉卿作，《点鬼簿》作《烟月旧风尘》”之“烟月”为插入语。

J1.53“商曲名以音调分别”条，“欧阳永叔云：‘人间有《瀛府》、《献仙音》二曲。《瀛府》属黄钟宫’”后，增补“《铁围山丛谈》云：‘唐开元时有若《望瀛》、《法曲》者传于今，实黄钟之宫。’”位于该版页天头。

J1.54“邦老家门　孤下家门　撅俫家门　都子家门”条，“《辍耕录》有‘邦老家门’”后，增补“邦老，疑即‘鲍老’之讹声。相传有诗云：‘鲍老当年笑郭郎，笑他舞袖太郎当。若教鲍老当筵舞，舞更郎当袖转长。’”位于该版页天头。

J1.59“三教论衡”条，“太上老君何人也”之“老”始作“者”，后圈除，改为“老”。

J2.2“梁山伯与祝英台”条，“宋人词名亦有《祝英台近》”后，增补“刘一清《钱塘遗事》云：‘林镇属河间府，有梁山伯、祝英台墓。’”“英台临冢哀痛”之“台”为插入语。

J2.5“《西厢记》种种”条，“大概仍用董、关，而增以应制、赋诗”之“董”为插入语。

J2.6“卓珂月《新西厢》”条，为手稿本 567、568 页版页上首补充文字：

> 卓珂月有《新西厢》，其自序云：崔莺莺之事以悲终，霍小玉之事以死终。小说中如此者，不可胜计，乃何以王实甫、汤若士不能脱传奇之窠臼耶？余读其传而慨然动世外之想，读其剧而靡然兴俗内之怀，其为风与否，可知也。《紫钗记》犹与传合，其不合者止复苏一段耳，然犹存其意；《西厢》全不合传，若王实甫所作，犹存其意，至关汉卿续之，则本意全失矣。余所以更作《新西厢》也，段落悉本《会真》，而合之以崔郑墓碣，又旁证之以《微之年谱》，不敢与董、王、陆、李诸家争衡，亦不敢蹈袭诸家片字，言之者无饰，闻之者足以叹息。盖崔之自言曰：“始乱之，终弃之，固其宜也。”而微之自言曰：“天之尤物，不妖其身，必妖于人。”合二语可以蔽斯传也。

J2.7“《琵琶记》创作讽刺说种种”条，“诗云：‘斜阳古柳赵家庄，负鼓盲翁正作场。死后是非谁管得，满村听说蔡中郎’。”“诗云”之前始作“陆务观”，后圈除，插入“宋人”。“王四之讽，亦未足凭”后增补《闲中今古录》条，位于该版页上首，云：

> 元末，永嘉高明字则诚，登至正四年进士，历任庆元路推官，文行之名，重于时。见方谷珍来据庆元，避世于鄞之栎社，以词曲自娱。因刘后村有“死后是非谁管得，满村听唱蔡中郎”之句，因编《琵琶记》，用雪伯喈之耻。洪武中，征辟，辞以心疾，不就。使复命，上曰：“朕闻其名，欲用之，原来无福！”既卒，有以其《记》进，上览毕，曰：“《五经》、《四书》，如五谷，家家不可缺；高明《琵琶记》，如珍羞百味，富贵家岂可缺邪！”其见推许如此。

J2.9“《琵琶记》作者或为高则成”条，为增补语：“《茶余客话》云：蒋仲舒《尧山堂外纪》言‘撰《琵琶》者，乃高栻，字则成，别是一人’。按：涵虚子《曲谱》有高拭，无高明，蒋氏或别有据。”位于571页版首。

J2.19“兀剌赤”条，“《天香楼偶得》云：‘兀剌赤，元人掌车马者之称。故《拜月》有云：‘兀剌赤，兀剌门外等多时。’”插入《山居新语》云：“‘中途有酒车百余，乘其回车之兀剌赤，多无御寒之衣。’此掌车马者称兀剌赤之证。”

（二）删改是指去掉部分内容而改换成其他内容

J1.16“戏文兴而原始杂剧衰”条，“如《乐府杂录》、《教坊记》、《东京梦华录》、《武林旧事》等”之“如”原作“知”。

J1.36“北曲风格成因　只分南北曲”条，段首“《真珠船》云”，始作“《警心录》”，后圈除，插入“《真珠船》”。

J1.45“元曲脚色考”条，“《杀狗劝夫》、《东堂老》并二净扮柳隆卿、胡子传”之“柳”字始作“李”，后圈除，改为“柳”。“惟《货郎旦》李春郎前称俫儿”之“旦”始作“搓”，后圈除，插入“旦”。

J1.47“帮子腔皆本元人”条“全本《蝴蝶梦赵顽驴偷马残生送》一折也”之“偷”始作“借”字，后圈除，插入“偷”字。

J2.4“《西厢记》之崔氏”条，“在淇水之西北五十里”之“西”始作“侧”，后圈除，改为“西”。

J2.5“《西厢记》种种”条，“王实甫止有四卷”之“卷”始作“折”，后圈除，改为“卷”。

J2.8“高则诚轶事”条，《静志居诗话》，“静志居”，手稿本作“明诗综”；“话”，手稿本作“注”，后圈除，改作“话”。

（三）删除是把某些内容或条目去掉

J1.19“采莲队”条，“执莲花”，“莲”原为“莲子”，后将“子”圈除。

J1.33“北主劲切雄丽　南主清峭柔远”条，“南主清峭柔远”之“清”后原有“峻”字，后圈除。

J1.34“南词与北词”条，“同时康对山、王渼陂”前有“皆本朝”三字，后圈除。

J1.47“帮子腔皆本元人”条，“全本《蝴蝶梦·赵顽驴偷马残生送》一折也”之“赵”后原有“魂”字，后圈除。

J3.33“《饿方朔》最为本色”条，“李艾堂作《岁星记》传奇，余为序之云：(按：首一段同刻本)岁乙丑，访李君艾堂于防风馆，见其近作《岁星记》传奇，本《列仙传》‘东方朔为岁星之精’也。夫曼倩在孝武时，文章不让相如，谏诤同于长孺。二句本方正学先生。班生专为立传，而明辩当时所传他事奇言怪事之非，则‘岁星’之说，为孟坚所不信。然而惟岳降神，生甫及申。一代非常之人，未有不钟毓于星辰河岳之灵者，曼倩之为岁星，何独不然？艾堂此作，可与升庵、孝若、笨庵诸曲，比肩伯仲，夫又何疑？艾塘此记成，旋付歌儿。教曲者以不合音律，请改。艾堂曰：‘令歌者来，吾口授之。’且唱且演，关白科段，一一指示，各尽其妙。嗟乎！论曲者每短《琵琶记》不谐于律，惜未经高氏亲授之耳。汤若士云：‘不妨天下人拗折嗓子。’此诨语也。岂真拗折嗓子邪？”本节文字在《集成》本《剧说》中被统统删除。

(四) 调整是把某些内容或条目次序调换

J1.42“杂剧名称考”条，“云‘旦判孤’，云‘老孤遣旦’，皆可类推”之“老孤”始作“孤老”，后调换顺序。

上述修改，丰富了条目内容，且使表达更为准确。可见即使是业余之作，焦循还是在力所能及的范围内精益求精。以上是从知识的完备与准确角度着眼进行论述，其实《剧说》中有些修改包涵复杂的原因。例如焦循对李斗《岁星记》材料的删除就有明确的现实动因。这也提示我们在深入理解《剧说》成书过程时除了关注字面，还应该关注文本背后的东西，这样解读起来才能有的放矢。

第三章 《剧说》的文献与内容

第一节 《剧说》的资料来源

作为笔记，焦循《剧说》的资料来源主要有两条途径：一是得之亲历与传闻；二是得之其他文献记载。另有部分内容囿于现有资料，难以确定是取自他书记录还是耳闻。今将《剧说》的资料来源详细考述如下。

一 得之亲历与传闻

此类情况在《剧说》中一共 24 条，具体情况如下：

出处	小标题	来源
J1.47	帮子腔皆本元人	自身经历
J2.2	梁山伯与祝英台	自身经历
J2.43	《清风亭·认子》本事	自身经历
J3.17	《表忠记》本事	乡贤
J3.18	《燕子笺》刺倪鸿宝	传闻
J3.22	康海与《中山狼》	传闻
J3.31	思为三院本	自己的写作计划
J3.32	余欲为《续邯郸梦》	自己的写作计划
J4.1	《陈仲子》出自《太和记》	传闻，亦见《易余龠录》卷九

续上表

出 处	小标题	来 源
J4.3	《钓金龟》本事	自身经历
J4.7	王阮亭不知《摆花张四姐》所本	传闻
J4.28	梁夷素、林亚清均妇人填曲	自身经历
J4.40	皮包骨头人	自身经历
J4.52	《蓬岛琼瑶》与《花目题名》	自身经历
J5.21	《牡丹亭·冥判》	朋友
J5.23	徐又陵剧作	乡贤
J5.44	《寇莱公罢宴》感人	自身亲历
J6.13	扮演秦桧演员挨打	传闻
J6.25	禁以真刀演戏	乡贤
J6.26	不许扮演帝王圣贤	乡贤
J6.27	公宴选剧最难	自身经历
J6.40	古人赖以传者有四	朋友
J6.46	戏曲中语	传闻
J6.63	徐淑则题《长生殿》	乡贤

二 采录文献

采录文献是《剧说》最为主要的资料来源，也是《剧说》为学术界所关注的重要原因。研究者在关注《剧说》资料采编价值的同时，还关注其保存材料的辑佚价值。考察清楚《剧说》所引用书籍的存佚情况，是认识其辑佚价值的前提，因此有必要详细考察其所引用书籍的存世状况。为了准确统计《剧说》的引书数量，既要注意焦循暗引的情况，又要避免见了书名就进行统计。

《剧说》在引书时比较规范，通常在条目前标明作者和著作名称，如

J1.2“弄参军”条:“唐段安节《乐府杂录》云:‘开元中黄幡绰、张野狐弄参军,始自汉馆陶令石耽。耽有赃犯,和帝惜其才,免罪。每宴乐,即令衣白夹衫,命优伶戏弄辱之,经年乃放。后为参军,误也。’”但是焦循有时又自破其例,只标作者而不标书名,类似情况就属于暗引,有必要借助现代检索手段和易得书籍找出其原始出处。例如J1.24“红鞋饰带”条云:“陆务观云:‘尝记先人说:红鞋饰带,始唐庄宗施之优人。’”该条材料出自周必大《文忠集》卷一百六十四,原文为:“壬子旬假,雨中访陆务观。务观绰约美少,至则与共饭。务观云:‘尝记先人说,红鞋饰带,始唐庄宗施之优人。’……”另外,焦循在引用资料时,前人笔记是重要选择。前人笔记中或是著述中,往往又大量引用其他文献。也就是说,焦循在引用时,存在大量的转引情况。根据一般惯例,在考察书籍存佚时,这些转引书籍不当在统计范围之内,也就是应仅统计焦循目验的文献。例如焦循在考证木兰情况时,主要资料来自于《孝烈将军祠像辨正记》,《孝烈将军祠像辨正记》在编写过程中采录了《完志》的内容,故《完志》不当在统计之列。

鉴于《剧说》引书规模比较庞杂,故暂不考虑对其引用文献做详细归纳,而以提供线索为主,以便下一步深入查考。依据的主要工具为《中国丛书综录》、中国基本古籍库、《四库全书》电子检索版。此外,再尽量寻找其他线索。标注体例:《中国丛书综录》相关文献标注为《中国丛书综录子目》所在页码,对于最为常见的经典著作整理本径标其出版社;其他文献标注时则尽量提供明确信息。

(一)明引文献

四部分类	引书名称	出处	存佚及版本情况	备注
经部文献	《乐记》	J1.1“优人扮演动人欢笑”	现存版本众多,常用中华书局《十三经注疏》影印本、北京大学出版社《十三经注疏》整理本	J1.6“生旦净丑”条间接引用

续上表

四部分类	引书名称	出处	存佚及版本情况	备注
经部文献	《左传》	J1.1“优人扮演动人欢笑”	同上	
	《急就篇》	J1.1“优人扮演动人欢笑”	《中国丛书综录子目》201左右（以下径标页码）	
	《广韵》	J1.6“生旦净丑”（间引） J1.56“合生”（间引）	206右	
史部文献	《史记》	J1.1“优人扮演动人欢笑” J5.1“《灌园记》本事”	中华书局整理本	
	《汉书》	J1.1“优人扮演动人欢笑”	中华书局整理本	间引，J5.32“王昭君杂剧”提及
	《新唐书》	J2.16“从张士贵杨业看杂剧之诬”	中华书局整理本	
	《宋史》	J1.19“采莲队” J1.42“杂剧名称考” J2.16“从张士贵杨业看杂剧之诬” J2.26“吕蒙正事” J5.31“《义侠》、《水浒》二传本事”	中华书局整理本	J4.38“夏惺斋六种曲”提及 J5.31“《义侠》《水浒》二传本事”引《张叔夜传》、《侯蒙传》、《刘豫传》
	《明史纪事本末》	J1.65“中官刺汪直”	292右	
	《流寇长编》	J5.42“演《赐恩环》求昭雪”	上海图书馆藏民国二十五年(1936)大光书局本	
	《宋史新编》	J1.18“倡优与傀儡”	中国国家图书馆藏涵芬楼抄本	

续上表

四部分类	引书名称	出处	存佚及版本情况	备注
史部文献	《国初事迹》	J1.15"明太祖投优人张良才于水"	306右	
	《唐阙史》	J1.59"三教论衡"	1052左	
	《宣和遗事》	J5.31"《义侠》《水浒》二传本事"	1128右	
	《钱塘遗事》	J2.2"梁山伯与祝英台"	346右	
	《东京梦华录》		544左	J1.7"传奇谬悠院本脚色"提及
	《武林旧事》	J1.42"杂剧名称考"(概述)	538左	J1.7"传奇谬悠院本脚色"提及 J1.16"戏文兴而杂剧衰"提及 J1.53"商曲名以音调分别"提及 J2.5"《西厢记》种种"提及
	《都城纪胜》	J1.27"影戏" J1.57"脚色得名演戏以班名"(间引)	537右	
	《古杭梦游录》	J5.20"释'赚'"	537右,538左	
	《和州志》	J3.12"《霸亭秋》本事"	519右	
	《洛阳伽蓝记》	J2.16"从张士贵杨业看杂剧之诬"	567左	
	《瓯江逸志》	J2.10"《荆钗记》本事"	542左	

续上表

四部分类	引书名称	出处	存佚及版本情况	备注
史部文献	《弇州史料》	J2.21“《牡丹亭》本事” J3.22“康海与《中山狼》”	1352右 《弇州山人四部稿续稿》	J3.24“《鸣凤记》”提及
	《战国策》	J5.1“《灌园记》本事”	295右，296左	
	《录鬼簿》	J2.3“董解元《西厢记》”	中华书局《录鬼簿》(外四种)	
子部文献	《庄子》	J1.6“生旦净丑”(间引) J1.56“合生”(间引) J5.15“作曲须先识字”(间引)	中华书局《新编诸子集成》本	
	《教坊记》	J1.3“点戏” J1.4“假面” J1.55“绿腰”即“六幺”(概述)	1047右	J1.16“戏文兴而杂剧衰”提及
	《南村辍耕录》	J1.5“院本” J1.28“曲词难解” J1.42“杂剧名称考”(概述) J1.54“邦老家门 孤下家门 撅俫家门 都子家门”(概述) J2.7“《琵琶记》创作讽刺说种种”(概述) J4.2“《双珠记》本事” J4.3“《钓金龟》本事”	991右	J1.53“商曲名以音调分别”提及 J3.31“思为三院本”提及 J5.9“《女状元黄崇嘏春桃记》”提及
	《名义考》(杂家)	J1.6“生旦净丑”	1023左	

续上表

四部分类	引书名称	出处	存佚及版本情况	备注
子部文献	《猥谈》	J1.6“生旦净丑”	1066右	
	《道听录》	J1.6“生旦净丑” J2.17“《琵琶记》二则”	《北京图书馆古籍珍本丛刊》本	J4.35“《双报应》本事”提及
	《山海经》(异闻)	J1.6“生旦净丑”(间引)	709右,710左	J2.42“送乌孙公主用琵琶《隋炀帝牵龙舟》”条提及
	《庄岳委谈》	J1.7“传奇谬悠 院本脚色” J1.16“戏文兴而杂剧衰” J1.43“《倩女离魂》无‘细酸’二字” J2.1“董永与貂蝉” J2.15“《琵琶记》中黄允非王允” J2.26“吕蒙正事” J2.33“《绣襦记》出唐人书”	999左	引《后汉书·党锢传》 引《李娃传》
	《复斋漫录》	J1.9“参军”		与《能改斋漫录》同书异名,上海图书馆藏商务印书馆民国十七年(1928)版
	《谷城山房笔麈》	J1.10“参军与苍鹘”	于慎行《谷城笔麈》,中华书局整理本	
	《近峰闻略》	J1.11“副净”	994左	
	《云麓漫抄》	J1.12“杂班”	986右	
	《应庵随录》	J1.13“御前嘲笑不避贵戚”	《四库全书》本	

续上表

四部分类	引书名称	出处	存佚及版本情况	备注
子部文献	《暖姝由笔》	J1.14“杂剧套数院本”	997右	
	《紫桃轩杂缀》	J1.17“海盐腔”	999左	
	《菽园杂记》	J1.17“海盐腔” J4.37“《万事足》本事”	992右	
	《麈史》	J1.20“黄义襕”	981右	
	《霏雪录》	J1.21“馄饨不熟”	991右,992左	
	《四朝闻见录》	J1.22“樊恼自取”	346左	
	《说圃识余》	J1.23“不识字官”	《四库存目丛书》本	J3.7“《文星现》有据”提及
	《癸辛杂志(识)》	J1.25“乐之关乎治乱” J5.31“《义侠》《水浒》二传本事”	1063右	《癸辛杂志》前集后集续集别集;引《东都事略》;《癸辛杂志》或作《癸辛杂识》
	《齐东野语》	J1.26“女冠吴知古” J2.21“《牡丹亭》本事” J5.45“《广寒梯》本事”	989右,990左	
	《笔麈》	J1.29“窟儡子与翻金斗”	998右	
	《乐郊私语》	J1.30“海盐少年多善乐府”	347右	
	《水东日记》	J1.31“小说杂书”	348左	

续上表

四部分类	引书名称	出处	存佚及版本情况	备注
子部文献	《溪山余话》	J1. 32“南曲与北曲”	995 左	
	《汇苑详注》	J1. 33“北主劲切雄丽南主清峭柔远” J3. 21“《杜少陵游春》本事”	四库全书本	
	《客座赘语》	J1. 35“燕会用乐之变” J2. 27“《红线女》”	533 右	
	《真珠船》	J1. 36“北曲风格成因　只分南北曲” J6. 37“演《苏子瞻贬黄州》”	996 左	
	《警心录》	J1. 37“陈淳祖事”	南京图书馆藏翠飞岩馆刻本	
	《碧鸡漫志》	J1. 53“商曲名以音调分别”	1717 左	
	《铁围山丛谈》	J1. 53“商曲名以音调分别” J4. 42“赵太祖之铁棒”	344 左右	
	《嘉祐杂志》	J1. 53“商曲名以音调分别”	1055 左	
	《知新录》	J1. 56“合生” J2. 18“《西厢记》之俗语” J4. 17“覆水非朱买臣事” J5. 2“元曲中之吕布、貂蝉”	南京图书馆藏燕在阁本	

续上表

四部分类	引书名称	出处	存佚及版本情况	备注
子部文献	《怀铅录》	J1.57“脚色得名演戏以班名”	404左 怀古录 428右 怀贤录 国家图书馆藏唐兰《怀铅随录》，版本不详	近代有唐兰，不知是否为此人，若是此人，则并非《怀铅随录》
	《闻见近录》	J1.58“河市乐人” J4.40“皮包骨头人”	343左，闻见近录	
	《金楼子》	J1.60“优作木人”	965左	
	《清波杂志》	J1.61“焦德讽蔡京”	1061右	校勘记
	《委巷丛谈》	J1.63“优人讥张俊”	538右	
	《闲燕常谈》	J1.64“伶官嘲何执中”	345左	
	《宙载》	J2.1“董永与貂蝉”	996右	
	《笔谈》	J2.3“董解元《西厢记》” J2.24“昆腔”	821左	
	《续笔谈》	J5.9“《女状元黄崇嘏春桃记》”	《全宋笔记》(第二编)胡静宜整理本	
	《书影》	J2.4“《西厢记》之崔氏”(概述) J2.8“高则诚逸事” J2.10“《荆钗记》本事” J2.26“吕蒙正事” J3.1“冯小青故事” J3.11“《想当然》之作者”	1072左	

续上表

四部分类	引书名称	出处	存佚及版本情况	备注
子部文献	《旷园杂志》	J2.4“《西厢记》之崔氏” J4.14“沈孚中为明曲第一” J6.5“解元演剧” J6.48“袁于令逸事”	1093左	
	《诗辨坻》	J2.4“《西厢记》之崔氏” J5.10“《北西厢》别本多所改窜”	55右	
	《曲藻》	J2.5“《西厢记》种种”(概述) J2.7“《琵琶记》创作讽刺说种种” J2.28“《红拂记》” J2.31“《无双传》” J5.12“《琵琶记》异文” J5.19“释‘务头’” J6.35“周宪王作杂剧”	1722左	
	《留青日札》	J2.7“《琵琶记》创作讽刺说种种”	351左,997右	
	《真细录》	J2.7“《琵琶记》创作讽刺说种种”		
	《闲中今古录》	J2.7“《琵琶记》创作讽刺说种种”	1066右,1067左	
	《雕邱杂录》	J2.8“高则诚逸事” J6.22“杂剧十二科与传奇十二科”		清初梁清远撰

续上表

四部分类	引书名称	出处	存佚及版本情况	备注
子部文献	《在园杂志》	J2.8“高则诚逸事” J3.17“《表忠记》本事”(概述)	1005 右	
	《茶余客话》	J2.8“高则诚逸事” J2.41“《焚香记》” J2.42“送乌孙公主用琵琶 《隋炀帝牵龙舟》” J3.9“《唐解元三笑姻缘》本事” J3.20“《百子图》刺王绍徽” J4.13“周稚廉善填词” J5.27“吴承恩《西游通俗演义》” J6.49“演《杨椒山写本》”	1075 右	引《尧山堂外纪》 引石崇《明君词》,提及《水饰图经》
	《南窗闲笔》	J2.10“《荆钗记》本事”	《南窗纪谈》982 右,983 左,1581 右《南窗漫记》	疑为“闲笔”,但没找到
	《河上楮谈》	J2.10“《荆钗记》本事” J2.14“朱教谕补写《琵琶记》”	1069 左	
	《谭辂》	J2.13“《荆钗记》有不佳处” J2.26“吕蒙正事” J2.27“《红线女》” J4.27“《姜诗》虽粗浅然亲切有味”	998 左	
	《天香楼偶得》	J2.19“兀剌赤”	1005 左,1024 右	

续上表

四部分类	引书名称	出处	存佚及版本情况	备注
子部文献	《山居新语》	J2.19“兀剌赤” J2.30“《麒麟阁·换简》本事”	347左右	
	《睽车志》	J2.21“《牡丹亭》本事”	1091左,郭象;1091右,欧阳玄	
	《春浮园偶录》	J2.21“《牡丹亭》本事”	450右	
	《近事丛残》	J2.21“《牡丹亭》本事”	1070右	
	《黎潇云语》	J2.22“《牡丹亭》传闻种种”		
	《邵氏见闻录》	J2.26“吕蒙正事”	中华书局整理本	
	《尧山堂外纪》	J2.26“吕蒙正事” J3.7“《文星现》有据”(概述) J6.35“周宪王作杂剧” J6.51“《还带记》之语”	《四库全书》本	
	《香祖笔记》	J2.26“吕蒙正事” J3.35“《奇团圆》本事” J4.12“《筹边楼》” J6.20“演《水浒记》”	1004右	
	《涌幢小品》	J2.27“《红线女》”	999左	
	《游宦余谈》	J2.28“《红拂记》”	1069左	

续上表

四部分类	引书名称	出处	存佚及版本情况	备注
子部文献	《归潜志》	J2.30“《麒麟阁·换简》本事” J2.36“王翛然事”	302右;303左	
	《南音三籁》	J2.31“《无双传》” J4.15“《一文钱》有本” J4.23“《玉环记》改乔梦符语” J5.15“作曲须先识字”	台北学生书局《山本戏曲丛刊》本	
	《疑耀》	J2.32“《绣襦记》乃元人事”	1022右	
	《金陵琐事》	J2.33“《绣襦记》出唐人书” J4.25“段虎臣、张四维之曲”	533右	
	《古今女史》	J2.35“《玉簪记》”	南京图书馆藏精刻本	
	《西阁偶谈》	J2.35“《玉簪记》”		乔铎撰
	《玉壶清话》	J2.37“《量江记》”	342左	
	《艺苑卮言》	J2.38“咏骰子诗本元杂剧《谢天香》” J3.22“康海与《中山狼》”	1579左	
	《南园漫录》	J2.39“《东堂老》” J3.5“邱濬所写《五伦全备记》与《钟情丽集》”	993左	
	《北梦琐言》	J2.43“《清风亭·认子》本事”	339左右	

续上表

四部分类	引书名称	出处	存佚及版本情况	备注
子部文献	《闻见卮言》	J3.1"冯小青故事"	广陵古籍刻印社影印本	
	《茧瓮闲话》	J3.4"叶稚斐剧作"		
	《酒边瓒语》	J4.16"《清音阁传奇》四种"		
	《蕉窗杂录》	J3.7"《文星现》有据"	国家图书馆藏手抄本	题作《蕉窗杂录》
	《古夫于亭杂录》	J3.8"唐伯虎遇秋香事" J3.12"《霸亭秋》本事" J6.19"老枣树班"	1004右	
	《桐下听然》	J3.8"唐伯虎遇秋香事" J6.14"不伦帽"	国家图书馆藏缩微制品	
	《桯史》	J3.26"《精忠记·奏本》本事" J3.31"思为三院本" J5.8"宋代优语"	1062左	
	《只麈谈》	J3.30"《芙蓉剑》" J3.31"思为三院本"	国家图书馆藏乾隆五十四年抄本	
	《智囊》	J3.34"《永团圆·设谋擒贼》本事"	中华书局整理本	
	《寄园寄所寄》	J3.36"《杏花村》本事"	1126左	引《耳谈》
	《湖海搜奇》	J4.4"《钗钏记》本事"	《四库全书》本	

续上表

四部分类	引书名称	出处	存佚及版本情况	备注
子部文献	《冬夜笺记》	J4.6“《百顺记》”	1002右	
	《池北偶谈》	J4.11“工金元词曲者”	1004右	
	《柳南随笔》	J4.15“《一文钱》有本”	1075左	
	《说楛》	J4.21“渡喧田故事” J4.22“‘眼波眉黛不分明’有所本”	《续修四库全书》本	
	《浣水续谈》	J4.24“《三元记》本事”	1069左	
	《箬陂继世纪闻》	J4.26“明代政治事件形诸戏剧”		
	《台阁名言》	J4.26“明代政治事件形诸戏剧”	徐乾学《传是楼书目》藏(明)张合《宙载台阁名言》六卷,有三本	
	《新齐谐》	J4.39“《伏虎韬》本事” J6.23“鬼魂请包公伸冤” J6.30“西洋铜伶能演《西厢》”	1093左	
	《槐西杂志》	J4.39“《伏虎韬》本事”(概述)	1093左	两个版本,皆出自纪昀,《杂志》四卷、《杂志》一卷
	《谈辂》	J5.12“《琵琶记》异文”	998左	

续上表

四部分类	引书名称	出处	存佚及版本情况	备注
子部文献	《四本堂座右编》	J6.62“以‘黄粱梦’征诗”	《四库全书》本	
	《耳新》	J6.54“熊潮戏术”	1001左	
	《谈芬》	J6.53“《西厢记》轶闻”		徐渭辑
	《玉剑尊闻》	J6.50“高则诚兄弟”	《瓜蒂庵明清掌故丛书》本	
	《谐史》	J6.46“戏曲中语”	1123右(徐渭) 1122右(沈俶)	
	《露书》	J6.45“琉球所演戏文”	《八闽文献丛刊》本	
	《操觚十六观》	J6.44“唐荆川唱《西厢》”	1581右	
	《已疟编》	J6.42“猢狲称孙慧郎”	1065右	
	《闲居笔记》	J6.38“盛小丛善歌”	南京图书馆藏清抄本	
	《丹铅录》	J6.36“称陈大声为乐王”	南京图书馆藏抄本	
	《板桥杂记》	J6.17“所扮皆妙绝” J6.33“秦淮楼船梨园” J6.34“文人串戏”	1072左	
	《见闻录》	J6.28“梨园子弟产怪胎”	1074左(徐岳) 1012左(李江) 1054右(胡纳) 351左(陈继儒)	
	《娜嬛记》	J6.24“一声能歌两曲”	1065左	

续上表

四部分类	引书名称	出处	存佚及版本情况	备注
子部文献	《西桥野记》	J6.21“为神鬼演剧”	1066右	侯甸《西樵野记》，可能是一书
	《边州闻见录》	J6.21“为神鬼演剧”	国家图书馆藏缩微制品	
	《今世说》	J6.18“李如榖亲度《梁州序》”	1073右	
	《宦游纪闻》	J6.15“乐工骗银”	1067右	
	《极斋杂录》	J6.13“扮演秦桧演员挨打”	褚人获《坚瓠集》	
	《莼乡赘笔》	J6.13“扮演秦桧演员挨打”	《丛书集成续编·子部》	
	《菊庄新话》	J6.9“陈明智扮项王”		引王载扬《书陈优事》
	《西陂类稿》	J6.8“阮大铖《燕子笺》”	1396右(《四库全书本》三十九卷) 499右(《三贤政书》本三卷)	
	《筠廊偶笔》	J6.7“演《霸王夜宴》”	1073左	
	《萧斋日记》	J6.6“演《绣襦记》”	450右	
	《蛾术堂闲笔》	J6.1“商小玲演《还魂记·寻梦》而气绝”		
	《此木轩杂著》	J5.41“《冯骥市义》能疗病”	1005右	
	《摭青杂说》	J5.40“《长命缕》与《烟花债》”	1061左	

续上表

四部分类	引书名称	出处	存佚及版本情况	备注
子部文献	《江湖纪闻》	J5.34“秦桧事”	《中华再造善本》影印本	
	《邱氏遗珠》	J5.34“秦桧事”	梁章钜《浪迹续谈》、翟灏《通俗编》引	文字有异
	《湖壖杂记》	J5.34“秦桧事”	538右	
	《锦绣万花谷》	J5.3“吕洞宾事”	1042左	引《雅言杂载》
	《如是我闻》	J5.26“《西游记》有二”	1093左(纪昀) 1175左(闵一得)	
	《西墅杂记》	J3.6“《十五贯》本事”	1067左	
	《搜神记》		1084左(干宝) 1155左(无名氏)	J2.1“董永与貂蝉”提及
集部文献	《乐府杂录》	J1.2“弄参军” J1.8“中郎” J1.62“弄假妇人” J5.38“《广陵月》本事”	935右,936左	J1.16“戏文兴而杂剧衰”提及
	《蜗亭杂订》	J1.34“南词与北词” J2.25“梁辰鱼《浣纱记》” J2.29“《祝发记》” J2.34“《白练裙》本事” J3.21“《杜少陵游春》本事” J3.23“康海逸事” J5.14“填词高手”		焦循乡贤所作
	《西河诗话》	J1.39“王留子杂剧”	1582左	

续上表

四部分类	引书名称	出 处	存佚及版本情况	备 注
集部文献	《西河词话》	J1.51“《连厢词例》搬演形式” J5.6“释‘回施’”	1718右	引《北史》
	《南濠诗话》	J2.5“《西厢记》种种”(概述)	1578左	
	《芳畲诗话》	J2.25“梁辰鱼《浣纱记》” J2.31“《无双传》”		
	《静志居诗话》	J2.8“高则诚逸事” J2.20“何元朗臧晋叔评曲” J2.21“《牡丹亭》本事” J2.22“《牡丹亭》传闻种种” J2.25“梁辰鱼《浣纱记》” J2.33“《绣襦记》出唐人书” J3.12“《霸亭秋》本事” J3.22“康海与《中山狼》”	人民文学出版社点校本	
	《小青》杂剧序	J3.2“《小青》”	国家图书馆藏卓人月《蟾台集》，崇祯传经堂刻本	
	《升庵词品》	J5.31“《义侠》、《水浒》二传本事”	1718左	引《瓮天脞语》题为《升庵辞品》
	冯犹龙《灌园记》序	J5.1“《灌园记》本事”	《历代曲话汇编》收，崇祯墨憨斋刊本《墨憨斋重订灌园传奇》卷首	题为《新灌园序》

续上表

四部分类	引书名称	出处	存佚及版本情况	备注
集部文献	《雨村诗话》	J5.40“《长命缕》与《烟花债》” J5.47“女史王筠撰《繁华梦》”	1585右	
	《梦蕉诗话》	J6.55“神鬼面像”	1578左	
	《词苑丛谈》	J3.3“别是伤心一小青” J3.12“《霸亭秋》本事”	1719左	
	《新西厢》序	J2.6“卓珂月《新西厢》”	《历代曲话汇编》收。王骥德《新校注古本西厢记自序》,万历继志斋刊本卷首。吴炳《新校注古本西厢记序》,王伯良本卷首	两个,不知是哪个,或者都不是
	《花舫缘》、《春波影》二剧序	J3.10“《唐解元》杂剧”	国家图书馆藏卓人月《蟾台集》,崇祯传经堂刻本	
	《想当然》序	J3.11“《想当然》之作者”	谭元春《批点想当然序》、卢次梗《本序》,古本戏曲丛刊初集;	
	《拟元两剧序》	J3.37“《湘湖记》本事”		毛奇龄《西河集》
	《风流棒序》	J4.41“万树所作传奇”	国家图书馆藏康熙粲花别墅刊本《拥双艳三种》	

续上表

四部分类	引书名称	出处	存佚及版本情况	备注
集部文献	《闹门神》之《紫花儿序》、《金蕉叶》、《小桃红》曲	J5.29“《闹门神》”		邹式金《杂剧三集》引
	乔梦符《两世姻缘》曲	J5.7“‘酒杯赚煞春风凹’本唐人‘酒凹曇心翻’”	《元曲选》	
	《珊瑚玦》、《西江月》	J4.13“周稚廉善填词”		《古本戏曲丛刊》五集有《珊瑚玦》
	《残唐再创》杂剧小引	J4.46“卓珂月论作剧才情”	国家图书馆藏卓人月《蟾台集》,崇祯传经堂刻本	
	卓珂月《百宝箱》传奇引	J4.47“卓珂月《百宝箱》引”	同上	
	尤西堂《钧天乐》自记	J4.49“《钧天乐》与《万金记》”	《古本戏曲丛刊》第三集	作“自序”
	尤西堂题《北红拂记》	J4.50“尤侗题《北红拂记》”		
	《来元成墓志铭》	J5.24“来集之《两纱》杂剧”		
	元人侯有造《孝烈将军祠像辨正记》	J5.37“花木兰事”		引《完志》

续上表

四部分类	引书名称	出处	存佚及版本情况	备注
集部文献	杜牧之《窦烈女传》	J5.39“《樱桃宴》本事”	国家图书馆藏商务印书馆民国四年(1915)铅印本	
	侯朝宗《马伶传》	J6.11“马锦扮严嵩”	国家图书馆藏民国瑞文楼石印本	
	顾彩《髯樵传》	J6.13“扮演秦桧演员挨打”	国家图书馆藏民国石印本	
	王思任作《米太仆万钟传》	J6.25“禁以真刀演戏”		
	袁于令题《珊瑚鞭》之《拂霓裳》词	J6.56“袁于令题《珊瑚鞭》”		杨维桢有《珊瑚鞭》诗
	徐元美题《买花钱》杂剧《风流子》词	J6.57“徐元美题《买花钱》”		
	吴茵次题《清平调》杂剧《减字木兰花》词；题《读离骚》杂剧《采桑子》；题《醉桃园》杂剧《清平乐》	J6.58“吴茵次题杂剧”		焦循乡贤 吴绮《林蕙堂全集》引

续上表

四部分类	引书名称	出处	存佚及版本情况	备注
集部文献	田山姜《新秋雨夕，卞司寇斋中观尤展成〈李白登科〉传奇》诗	J6.59“田山姜题《李白登科》”		
	《梦月岩诗余》有《念奴娇·题秣陵春》词	J6.60“吕履恒题《秣陵春》”		
	徐淑则《观演〈长生殿〉》诗	J6.63“徐淑则题《长生殿》”		焦循乡贤
	毛西河《长生殿院本序》	J4.8“洪昇因演《长生殿》而罢官”		
	《虎媒》剧序	J4.30“《虎媒》事类”		顾景星《白茅堂集》(题作《虎媚剧引》)
	《双报应》传奇跋	J4.35“《双报应》本事”		
	《沈孚中传》	J4.14“沈孚中为明曲第一”	广陵古籍刻印社影印本	
	《鸳鸯棒》题词	J4.18“评《鸳鸯棒》、《梦花酣》”	《古本戏曲丛刊》二集	
	《亦巢偶记》	J3.14“《西楼记》本事” J6.41“释‘俏冤家’”	《坚瓠集》引六处，《剧说》引两处	《坚瓠集》较《剧说》多出的四处：打行、兄弟别号、头飞鼻饮、梁未央大度

续上表

四部分类	引书名称	出处	存佚及版本情况	备注
集部文献	《词旨》	J5.11“王实甫《西厢》逊董解元《西厢》远矣”	1718 左	
	《秋田闻见录》	J3.14“《西楼记》本事”		
	《旷园偶录》	J3.15“评袁于令”	1093 左	吴陈琰《旷园杂志》，不知是否为一书
	《越巢小识》	J3.19“《七子缘》不用旦色”		
	《四友斋丛说》	J3.21“《杜少陵游春》本事”	中华书局整理本	
	《笔麈》	J3.25“《鸣凤记·上寿》本事”	998 右《笔麈》 南京图书馆藏明于慎行《谷山笔麈》，光绪三十一年(1905)本	不知是哪个，或者都不是
	《甬上诗传》	J3.28“《红梅苑》”	1547 右	胡文学《甬上耆旧诗》
	《毛西河先生传》	J3.29“《不卖嫁》与《不放偷》”	420 右	王锡《毛西河传赞》
	评《琵琶记》	J2.7“《琵琶记》创作讽刺说种种”	《留青日札》、《闲中今古录》、《真细录》、《曲藻》中皆有，另外还存于徐复祚《曲论》(《集成》本)、凌刻本白云散仙序(辽宁省图)、毛声山《绘风亭评第七才子书琵琶记》(国家图书馆映秀堂清雍正间本)	引《大圜索隐》

续上表

四部分类	引书名称	出处	存佚及版本情况	备注
集部文献	《升庵集》	J2.10“《荆钗记》本事”	南京图书馆道光二十四年(1844)本	
	《鲒埼亭续集》	J3.38“《寻亲记》逸事”	《全祖望集会校集注》本	
	《内省斋文集》	J4.29“自元人《西厢》而淫词继作”	《北京图书馆古籍珍本丛刊》113集部	
	《白茅堂集》	J4.30“《虎媒》事类”	1616右	《白茅堂词》一卷
	《明诗综》	J4.31“梅鼎祚、王介人之传奇” J4.32“《万里圆》本事” J6.34“文人串戏”	1543右	
	《徐文长集》	J6.39“李衮善歌”	《徐渭集》,中华书局整理本	
	《瓯北诗钞》	J6.28“梨园子弟产怪胎”	1427左	
	《黄梨洲文集》	J6.16“张南垣观剧”	《黄宗羲全集》本	
	《九宫谱定总论》	J5.19“释‘务头’”	1716右;《九宫谱定总论》	
	《隽区》	J5.16“《隽区》作者点评剧作家词曲”	1070右	
	《读书堂文全集》	J4.48“赵士麟为《琼花梦》杂剧序”	1399右,《读书堂彩衣全集》	《琼花梦》杂剧序与《詹允诗序》

（二）暗引文献

四部分类	出处	暗引内容	来源	备注
史部文献	J2. 30“《麒麟阁·换简》本事”	秦琼本传云：“从秦王（按：手稿本“王”为插入语）夹击美良川，破尉迟敬德，功最居多。”盖鄂公之骁勇，惟胡公能埒之。其后多病，常自云：“吾生平苦战，出血不下数斗，焉能不病乎？”琼善锏。锏，音“简”，短兵也，形似小凿。	《新唐书》	《新唐书》记载与之大致相同
	J2. 2“梁山伯与祝英台”	……丙辰客越，至宁波，闻其地亦有祝英台墓。载于志书者详其事，云：“梁山伯、祝英台墓，在鄞西十里接待寺后，旧称‘义妇冢’。”又云：“晋梁山伯，字处仁，家会稽。少游学，道逢祝氏子，同往。肄业三年，祝先返。……明年，祝适马氏，舟经墓所，风涛不能前。英台临冢哀痛，地裂而埋壁焉。事闻于朝，丞相谢安封‘义妇冢’。”此说不知所本，而详载志书如此……	《宝庆四明志》卷十三、《延祐四明志》卷七、明代张时彻嘉靖《宁波府志》	520右 520右 国家图书馆藏嘉靖刻本缩微制品
子部文献	J1. 24“红鞋饰带”	陆务观云：“尝记先人说：红鞋饰带，始唐庄宗施之优人。”	周必大《文忠集》卷一百六十四	1743左
	J1. 38“装旦之始”	杨用修云：“《汉郊社志》：优人为假饰伎女，盖后世装旦之始也，然未必如后世杂剧、戏文之为，缘其时郊祀皆奏乐章，未有歌曲耳。”	《少室山房笔丛》卷二十五	1739右
	J1. 54“邦老家门　孤下家门　撅俫家门　都子家门”	《辍耕录》有“邦老家门”……相传有诗云：“鲍老当年笑郭郎，笑他舞袖太郎当。若教鲍老当筵舞，舞更郎当袖转长。”一曰《脚言脚语》，一曰《则是便是贼》。……“都子家门”，一曰《后人收》，一曰《桃李子》，一曰《上一上》。	《南村辍耕录》卷二十五	991右

续上表

四部分类	出处	暗引内容	来源	备注
子部文献	J2. 35“《玉簪记》”	张孝祥于湖，宋绍兴甲戌状元，高宗谓为“谪仙人”。天性倜傥，勇于为义。每作诗文，辄问门人：“视东坡何如？”谢尧仁谓：“以先生笔力，读书十年，夺东坡有余矣。”高深甫作《玉簪》，假于湖以资谈笑，当亦如《琵琶》之蔡邕、《荆钗》之王十朋耳。	《香祖笔记》卷五	1004右
集部文献	J1. 40“杂剧九色”	丹邱先生《论曲》云：“杂剧有正末、副末、狚、狐、靓、鸨、猱、捷讥、引戏九色之名。……引戏，即院本中之‘狚’也。”又云：“构肆中戏房出入之所，谓之‘鬼门道’，言其所扮者皆已往昔人，出入于此，故云‘鬼门’。愚俗无知，以置鼓于门，改为‘鼓门道’，后又讹为‘古’，皆非也。元曲或言‘向古道’，或言‘向古门道’。苏东坡诗有云：‘搬演古人事，出入鬼门道。’”	《太和正音谱》	1716左
	J1. 41“戏曲扮演创作、演员得名与常人有别”	周挺斋《论曲》云：“良家子弟所扮杂剧，谓之‘行家生活’……虽复戏言，甚合于理。”又云：“院本中有娼夫之词，名曰‘绿巾词’。虽有绝佳者，不得并称乐府。……今赵明镜讹传赵文敬，张酷贫讹传张国宾，皆非也。”	《集成》本	《集成》本校勘记认为出自《太和正音谱》，作“赵子昂”
	J2.7“《琵琶记》创作讽刺说种种”	斜阳古柳赵家庄，负鼓盲翁正作场。死后是非谁管得，满村听说蔡中郎。	陆游《剑南诗稿》，上海古籍出版社整理本	

续上表

四部分类	出　处	暗引内容	来　源	备　注
集部文献	J2. 11“《荆钗记》用杨文公祭皇后文”	宋杨文公才思敏给。北朝致祭皇后文，杨捧读，空纸无一字，随自撰曰：“惟灵：巫山一朵云，阆苑一团雪，桃源一枝花，秋空一轮月。岂期云散、雪消、花残、月缺！”仁宗大喜。此数语谓之一时敏给则可，谓之是祭皇后文，轻亵失体矣。柯丹邱《荆钗记》曲中用之，作梅溪祭玉莲，确当不可易。今坊本《荆钗记》无此祭文。	《弇山堂别集》	《四库全书》本
	J6. 61“顾黄公题《水浒记》”	龚合肥邀顾黄公看丁继之演《水浒》赤发鬼。丁年已八十。顾即席赠以诗云：“左右看君正少年，翠鬟红袖并花前。按歌传遍青楼曲，作使当场白打钱。酒态惯撩监史罚，舞腰犹博善才怜。贞元朝士今无几，却有民间地上仙。”		来源不详
	J6. 47“《拜月记》曲词竟做谋反证据”	崇祯癸巳，吴中诸公子习武，为江南抚臣朱鉴塘所讦，谓诸公子且反，其赠答诗云：“君实有心追季布，蓬门无计托朱家。”为谋反确证。给事赵完璧因据以上闻。时三相皆吴、越人，疏请行抚按会勘虚实。有代为解者，云：“此《拜月》传奇中陀满兴福投蒋世隆，蒋因有此句。”因取坊间刻本证之，果然。诸公子狱始全解。	《万历野获编》，中华书局整理本	351左“崇祯癸巳”作“往年癸巳”

续上表

四部分类	出处	暗引内容	来源	备注
集部文献	J6.22“杂剧十二科与传奇十二科”	涵虚子言:“杂剧有十二科:神仙道化、林泉邱壑、披袍秉笏、忠臣烈士、孝义廉节、叱奸骂谗、逐臣孤子、钹刀赶棒、风花雪月、悲欢离合、烟花粉黛、神头鬼面。”	《太和正音谱》	1716左
	J6.43“何元朗好丝竹”	何元朗早岁入南都,随顾东桥游宴,多习旧闻。东桥每宴集,辄用教坊乐,以筝、琶佾觞。当康陵南巡日,乐工顿仁随驾之北京,得金、元人杂剧。元朗妙解音律,令家中小鬟尽传之。置酒留宾,恒自度曲。有李节者,善筝歌,元朗品为教坊第一,于时名彦,赋诗留赠,黄淳父诗所云“十四楼中第一声”也。其后引归,海上倭乱,避地青溪,然文酒之会,未尝废丝竹。其买宅句云:“一须焦革邻舍,二要秦青对门。”	《静志居诗话》,人民文学出版社整理本	
	J6.46“戏曲中语”	徐文贞之兄少司寇骘假归,朝贵会送,江陵与焉。酒酣,各乘骑而行。少司寇以扇叩江陵肩云:“去时还有张老来相送。”江陵深衔之。又松江郡守生日,郡绅集宾馆称祝,有一年少太学与座,众不识,共问之,答曰:“当朝宰相为岳父。”又金给谏士希,本西域人,失偶再娶,科中相贺曰:“这回好个风流婿。”	陈继儒《见闻录》	351左

续上表

四部分类	出处	暗引内容	来源	备注
集部文献	J6.52“杨文襄逸事”	杨文襄在正德末，以次揆少傅居丹阳。适武宗南巡，以征宁庶人为名，幸其第，留车驾，凡三至焉。上赋绝句十二首赐之，杨以绝句如数贺上。又有应制篇，刻为《车驾幸第录》。吴中王文恪侈其事，最后一律云：“漫衍鱼龙看未了，梨园新部出《西厢》。”	《万历野获编》，中华书局整理本	351左
	J6.53“《西厢记》轶闻”	明弘治末，泉州府学教授，南海人，颇立崖岸。一日，设宴明伦堂，搬演《西厢》杂剧。翼日，有无名子书一联于学门，云：“斯文不幸，明伦堂上除来南海先生；学校无光，教授馆中搬出《西厢》杂剧。”某出见之，赧然，故态顿去。	《坚瓠集》	1004右
	J6.29“不见己与不见人”	袁中郎云：“今人文字不佳，只为喜人道好、畏人姗笑耳。昔有禅人为老衲所姗笑，羞涩不能出一语。次日请益，老衲曰：‘汝见登场傀儡乎？’曰：‘见。’曰：‘汝不及也。’禅者悚然问故，曰：‘渠爱人笑，汝畏人笑耳。’”又云：“齐有优娥者，馆于泰山之逆旅，龟蒙先生分室而寝。……何则？不见己焉耳，不见人焉耳。’”		来源不详
	J6.40“古人赖以传者有四”	韩邦奇作其弟邦靖行状，末云：“恨无才如司马子长、关汉卿者以传其事。”	《尧山堂外纪》	《四库全书》本

续上表

四部分类	出处	暗引内容	来源	备注
集部文献	J6.14“不伦帽”	又相传:张幼于门客某欲告贷于幼于,浼其兄伯起为言。幼于诺之,复曰:“以不伦帽为题,吟诗一首,能则与。”伯起复于客,客求伯起代作诗。明日,客见幼于,伯起在坐。客言其情,幼于初命题,毫不思索,随口诗成。幼于曰:“非汝所能。”几不与。伯起婉言,得如所请。恐即一事而传闻异耳。	《坚瓠集》	1004 右
	J6.13“扮演秦桧演员挨打”	相传周忠介蓼洲先生初释褐,选杭州司理,杭人在都者置酒相贺,演岳武穆事。至奸相东窗设计,先生不胜愤怒,将优人捶打而退,举座惊骇,疑有开罪。明日托友人问故,先生曰:“昨偶不平打秦桧耳。”	《坚瓠集》	1004 右

关于焦循引书的性质,王慧萱认为:“焦循引述,非经非史,而是杂记、野史、闻话、偶读、遗珠、琐事之类。”[①]该判断与事实有所出入,从上述分类可以看出,焦循引书范围,有经有史,如《左传》、《宋史》、《唐书》等等。当然其大部属于“杂记、野史、闻话、偶读、遗珠、琐事”之类,而杂史亦为史书之一类。总之,亲身经验、得自传闻的信息,采录自文献的资料,构成了焦循《剧说》内容的全貌。

① 《焦循〈剧说〉的目录学意义》,《图书馆杂志》,1998 年第 3 期,页 62。

第二节 《剧说》的内容述略

《剧说》内容丰富，被广大研究者作为戏曲研究资料的采撷宝库。对其内容的总体把握，王慧萱、刘学亮进行过研究和总结。在《焦循〈剧说〉的目录学意义》中，王慧萱总结为五个方面："1. 叙述中国戏曲形成的过程。2. 考察戏剧故事的源流。3. 记载了一些散佚的杂剧或散佚的剧目。4. 记述戏曲作家、艺人逸闻轶事，以及剧坛掌故。5.《剧说》还就自己读书所见，对一些戏曲知识做了钩沉。"[①]刘学亮在其硕士学位论文中也进行了总结："第一部分是卷一。这部分主要是焦循对戏曲(元人杂剧)成熟前各种形态的考证。其中主要包括演员的前身，优的历史，优伶的逸闻趣事；脚色行当的种类、来源、发展；戏曲术语(隐语)的来历；班社的来历；戏曲早期的服装；影戏；南北曲的发展；俗曲与官曲等内容。第二部分是卷二到卷五。这部分既是《剧说》的主体部分，也是《剧说》最重要的部分，同时也是《剧说》得名的所在。这部分主要是他用'考据学'的方法来对戏曲剧目作出的一些考证。第三部分是卷六。这部分主要是对戏曲演出情况的一些考证，包括戏曲演出的一些轶闻、趣事，以及对戏曲演出的一些评点等内容。"[②]"总的来说，焦循在《剧说》中对戏曲剧目的考证，主要集中在以下几方面：一、'戏曲本事'考。主要是考证戏曲人物、故事的出处、流变，这部分在《剧说》中占有着很大的比例。……二、'戏曲作者'及'创作缘由'考。……三、'戏曲曲词、宾白'考。……四、'戏曲砌末'考。"[③]二人的总结比较合乎实际情况，但受研究目的制约，《剧说》具体内容不是二人重点关注的，所以

---

① 《焦循〈剧说〉的目录学意义》，《图书馆杂志》，1998 年第 3 期，页 62。

② 《焦循〈剧说〉研究》，兰州大学硕士论文，2011 年，页 6。

③ 《焦循〈剧说〉研究》，兰州大学硕士论文，2011 年，页 6—7。

概括失之全面，而且在逻辑上也存在问题。戏曲是一种综合艺术，既包括剧本创作，也包括舞台演出。由于主体不同，消费的实现途径也不同，总体上可以分为两大部分：剧作家、创作过程、剧本阅读及其评论；演员与舞台演出，观众及其各种问题。本节试从这两个角度概述《剧说》内容，以见其总体面目。

一 剧作家、剧本、读者

在《剧说》当中，内容最多也最为研究者关注的是关于剧本本事(包括个别作者)的考证。现将相关内容归纳如下，以见其全貌：

第一卷：J1.37 陈淳祖事，J1.47 帮子腔皆本元人

第二卷：J2.1 董永与貂蝉，J2.2 梁山伯与祝英台，J2.4《西厢记》之崔氏，J2.6 卓珂月《新西厢》，J2.7《琵琶记》创作讽刺说种种，J2.8 高则诚逸事，J2.9《琵琶记》作者或为高则诚，J2.10《荆钗记》本事，J2.11《荆钗记》用杨文公祭皇后文，J2.15《琵琶记》中黄允非王允，J2.16 从张士贵杨业看杂剧之诬，J2.21《牡丹亭》本事，J2.23《玉搔头》本事，J2.26 吕蒙正事，J2.27《红线女》，J2.28《红拂记》，J2.30《麒麟阁·换简》本事，J2.32《绣襦记》乃元人事，J2.33《绣襦记》出唐人书，J2.34《白练裙》本事，J2.35《玉簪记》，J2.36 王翛然事，J2.37《量江记》，J2.38 咏骰子诗本元杂剧《谢天香》，J2.39《东堂老》，J2.40《洞天玄记》与《归元镜》，J2.41《焚香记》，J2.42 送乌孙公主用琵琶 《隋炀帝牵龙舟》，J2.43《清风亭·认子》本事

第三卷：J3.1 冯小青故事，J3.3 别是伤心一小青，J3.6《十五贯》本事，J3.7《文星现》有据，J3.8 唐伯虎遇秋香事，J3.9《唐解元三笑姻缘》本事，J3.10《唐解元》杂剧，J3.12《霸亭秋》本事，J3.14《西楼记》本事，J3.17《表忠记》本事，J3.18《燕子笺》刺倪鸿宝，J3.20《百子图》刺王绍徽，J3.21《杜少陵游春》本事，J3.22 康海与《中山狼》，J3.25《鸣凤记·上寿》本事，J3.26《精忠记·奏本》本事，J3.29《不卖嫁》与《不放偷》，J3.31 思为三院本，J3.32 余欲为《续邯郸梦》，J3.34《永团圆·设谋擒贼》本事，J3.35《奇团圆》本事，J3.36《杏花村》本事，J3.37《湘湖记》本

事,J3.38《寻亲记》逸事

第四卷:J4.1《陈仲子》出自《太和记》,J4.2《双珠记》本事,J4.3《钓金龟》本事,J4.4《钗钏记》本事,J4.5 洛阳桥故事,J4.6《百顺记》,J4.9《崖州路》演寇莱公事,J4.17 覆水非朱买臣事,J4.30《虎媒》事类,J4.32《万里圆》本事,J4.33《彩毫记》,J4.34《石榴记》,J4.35《双报应》本事,J4.36《雪中人》本事,J4.37《万事足》本事,J4.39《伏虎韬》本事,J4.40 皮包骨头人,J4.43 戏曲中人名有所本,J4.51《花筵赚》

第五卷:J5.1《灌园记》本事,J5.2 元曲中之吕布貂蝉,J5.3 吕洞宾事,J5.7"酒杯赚煞春风凹"本唐人"酒凹罍心翻",J5.9《女状元黄崇嘏春桃记》,J5.26《西游记》有二,J5.27 吴承恩《西游通俗演义》,J5.31《义侠》、《水浒》二传本事,J5.32 王昭君杂剧,J5.34 秦桧事,J5.36《空青石》中有《秽迹金刚咒》,J5.37 花木兰事,J5.38《广陵月》本事,J5.39《樱桃宴》本事,J5.40《长命缕》与《烟花债》,J5.45《广寒梯》本事

第六卷:J6.50 高则诚兄弟,J6.52 杨文襄逸事

剧曲品评:J1.7 传奇谬悠　院本脚色,J1.33 北主劲切雄丽　南主清峭柔远,J1.34南词与北词,J1.36 北曲风格成因　只分南北曲,J1.44 元曲之楔子,J1.49 时文代言当以元曲格度为法,J2.20 何元朗臧晋叔评曲,J3.2《小青》,J3.13《郁轮袍》,J3.15 评袁于令,J3.33《饿方朔》最为本色,J4.18 评《鸳鸯棒》、《梦花酣》,J4.27《姜诗》虽粗浅然亲切有味,J4.29 自元人《西厢》而淫词继作,J4.44 作剧忌蹈袭他人,J4.46 卓珂月论作剧才情,J4.47 卓珂月《百宝箱》引,J4.50 尤侗题《北红拂记》,J5.4《后庭花》远逊《桃符》,J5.5《范张鸡黍》,J5.11 王实甫《西厢》逊董解元《西厢》远矣,J5.16《隽区》作者点评剧作家词曲,J5.48 叶宪祖固有明第一手,J6.22 杂剧十二科与传奇十二科,J6.40 古人赖以传者有四,J6.56 袁于令题《珊瑚鞭》,J6.57 徐元美题《买花钱》,J6.58 吴茵次题杂剧,J6.59 田山姜题《李白登科》,J6.60 吕履恒题《秣陵春》,J6.61 顾黄公题《水浒记》

剧本词语解释:J1.28 曲词难解,J2.17《琵琶记》二则,J2.18《西厢记》之俗语,J2.19 兀剌赤,J5.6 释"回施",J5.19 释"务头",J5.20 释

"赚",J5.21《牡丹亭·冥判》,J6.41 释"俏冤家"

文本文字差异:J1.43《倩女离魂》无"细酸"二字,J1.48《点鬼簿》异文,J1.52《西厢记》自乱其例,J5.10《北西厢》别本多所改窜,J5.12《琵琶记》异文,J5.17《绣襦记》中乞儿口头语,J6.47《拜月记》曲词竟作谋反证据

作家作品:J1.30 海盐少年多善乐府,J2.3 董解元《西厢记》,J2.12《荆》《刘》《拜》《杀》,J2.29《祝发记》,J2.31《无双传》,J3.4 叶稚斐剧作,J3.5 邱濬所写《五伦全备记》与《钟情丽集》,J3.11《想当然》之作者,J3.27《双忠庙》,J3.28《红梅苑》,J3.30《芙蓉剑》,J4.10《西游词》与《西游记》,J4.11 工金元词曲者,J4.12《筹边楼》,J4.13 周稚廉善填词,J4.14 沈孚中为明曲第一,J4.15《一文钱》有本,J4.16《清音阁传奇》四种,J4.20 朱良卿、李元玉、沈宁庵三家传奇,J4.25 段虎臣、张四维之曲,J4.28 梁夷素、林亚清均妇人填曲,J4.31 梅鼎祚、王介人之传奇,J4.38夏惺斋六种曲,J4.41 万树所作传奇,J4.45《一帆》与《双鸾》,J4.48赵士麟为《琼花梦》杂剧序,J4.49《钧天乐》与《万金记》,J4.52《蓬岛琼瑶》与《花目题名》,J5.14 填词高手,J5.18 吴石渠四种曲,J5.22《熙朝名剧》三种,J5.23 徐又陵剧作,J5.24 来集之《两纱》杂剧,J5.25《四大痴》,J5.28 董说《西游补》,J5.29《闹门神》,J5.30 郑西神三种,J5.35《陌花轩杂剧》,J5.43《谟觞阁破愁》四剧,J5.46 王澹人剧作三种,J5.47 女史王筠撰《繁华梦》,J6.35 周宪王作杂剧

剧本创作与改编及传播:J1.31 小说杂书,J2.5《西厢记》种种,J2.13《荆钗记》有不佳处,J2.14 朱教谕补写《琵琶记》,J3.16 袁于令改《瑞玉记》,J4.19《满床笏》,J4.23《玉环记》改乔梦符语,J5.15 作曲须先识字

作家轶事:J4.8 洪昇因演《长生殿》而罢官,J5.13 汤显祖作《还魂记》运思独苦,J6.7 演《霸王夜宴》,J6.43 何元朗好丝竹,J6.44 唐荆川唱《西厢》,J6.48 袁于令逸事,J4.21 渡喧田故事,J3.23 康海逸事,J6.18李如穀亲度《梁州序》

读者轶事:J2.22《牡丹亭》传闻种种,J5.41《冯驩市义》能疗病

二　演员演出及观众

演戏功能:J1.1 优人扮演动人欢笑,J1.25 乐之关乎治乱,J6.37 演《苏子瞻贬黄州》

优人及优语:J1.13 御前嘲笑不避贵戚,J1.18 倡优与傀儡,J1.21 馄饨不熟,J1.22 樊恼自取,J1.23 不识字官,J1.26 女冠吴知古,J1.39 王留子杂剧,J1.41 戏曲扮演创作演员得名与常人有别,J1.58 河市乐人,J1.59 三教论衡,J1.61 焦德讽蔡京,J1.63 优人讥张俊,J1.64 伶官嘲何执中,J1.65 中官刺汪直,J5.8 宋代优语

演出面具:J1.4 假面,J6.55 神鬼面像

演出习俗:J1.3 点戏,J1.15 明太祖投优人张良才于水,J6.16 张南垣观剧,J6.20 演《水浒记》,J6.26 不许扮演帝王圣贤,J6.27 公宴选剧最难,J6.45 琉球所演戏文

角色与表演体制:J1.2 弄参军,J1.5 院本,J1.6 生旦净丑,J1.12 杂班,J1.14 杂剧　套数　院本,J1.16 戏文兴而杂剧衰,J1.35 燕会用乐之变,J1.40 杂剧九色,J1.42 杂剧名称考,J1.45 元曲脚色考,J1.51《连厢词例》搬演形式,J1.54 邦老家门　孤下家门　撅倈家门　都子家门,J1.56 合生,J1.57 脚色得名　演戏以班名

演员装扮与动作:J1.8 中郎,J1.9 参军,J1.10 参军与苍鹘,J1.11 副净,J1.19 采莲队,J1.20 黄义襕,J1.24 红鞋饰带,J1.38 装旦之始,J1.50 茶茶,J1.62 弄假妇人,J5.33《蔡文姬》杂剧曹操不用粉面

戏曲声腔与曲律:J1.17 海盐腔,J1.32 南曲与北曲,J1.34 南词与北词,J1.53 商曲名以音调分别,J1.55《绿腰》即"六么",J2.24 昆腔

关于影戏表演:J1.27 影戏

关于傀儡戏表演:J1.29 窟儡子与翻金斗,J1.60 优作木人,J6.30 西洋铜伶能演《西厢》

猴戏表演:J6.42 猢狲称孙慧郎

表演道具砌末:J1.46 元曲之砌末,J4.42 赵太祖之铁棒,J6.14 不伦帽,J6.25 禁以真刀演戏

剧目演出情况：J2. 25 梁辰鱼《浣纱记》，J3. 19《七子缘》不用旦色，J6. 8 阮大铖《燕子笺》，J6. 46 戏曲中语，J6. 49 演《杨椒山写本》，J6. 53《西厢记》轶闻

观众轶事：J3. 38《寻亲记》逸事，J4. 7 王阮亭不知《摆花张四姐》所本，J5. 42 演《赐恩环》求昭雪，J5. 44《寇莱公罢宴》感人，J6. 2 陆次云重建玉茗堂，J6. 6 演《绣襦记》，J6. 13 扮演秦桧演员挨打，J6. 19 老枣树班，J6. 31 不观剧，J6. 32 观剧得小名，J6. 36 称陈大声为乐王，J6. 51《还带记》之语，J6. 62 以"黄粱梦"征诗，J6. 63 徐淑则题《长生殿》

演员轶事：J6. 1 商小玲演《还魂记・寻梦》而气绝，J6. 3 演《西厢记》，J6. 4 演《辞朝》，J6. 5 解元演剧，J6. 9 陈明智扮项王，J6. 10 金凤扮严东楼，J6. 11 马锦扮严嵩，J6. 12(J3. 24)《鸣凤记》，J6. 17 所扮皆妙绝，J6. 24 一声能歌两曲，J6. 28 梨园子弟产怪胎，J6. 29 不见己与不见人，J6. 38 盛小丛善歌，J6. 39 李衮善歌

演出轶事：J6. 15 乐工骗银，J6. 21 为神鬼演剧，J6. 23 鬼魂请包公伸冤，J6. 34 文人串戏，J6. 54 熊潮戏术

剧场：J6. 33 秦淮楼船梨园

上述内容包罗万象，在各自的话题领域提供了一些重要信息，很多条目考证提供了直接答案。例如 J1. 29"窟儡子与翻金斗"条云：

> (《笔麈》)又云："汉有鱼龙百戏。齐、梁以来，谓之'散乐'。乐有舞盘伎、舞轮伎、长跷伎、跳剑伎、吞剑伎、掷倒伎，今教坊百戏，大率有之，惟掷倒不知何法，疑即'翻金斗'。'翻金斗'字义，起于赵简子之杀中山王，以头委地，而翻身跳过，谓之'金斗'。"按：今之演剧者，以头委地，用手代足，凭虚而行，或纵或跳，旋起旋侧，其捷如猿，其疾如鸟，令见者目炫心惊，盖即古人掷倒伎也。[①]

---

① 《剧说》，页 10。

据顾兆璋考察,"筋斗"在历史上名称不一,内涵各异,翟灏《通俗编》进行过考察,得其部分之实。"焦循第一次把人体向各个方面所做速度很快的倒头为跟,翻身旋转等动作都统称为'筋斗'了。"顾兆璋认为焦循"'筋斗'的含义才解释得比较明确"①,而且成为基本共识,沿袭至今。类似的个案例证很多。这样通过焦循之眼,我们看到了古人对戏曲所感兴趣的话题。如比比皆是的讽刺影射问题、点戏造成的社会矛盾、历史上对于艺人学艺轶事的欣赏以及对演戏用真刀的记载等,背后都有值得探讨的地方。

再比如关于戏谶的问题,J6.37"演《苏子瞻贬黄州》"条云:

> 元费唐臣有《苏子瞻贬黄州》传奇。谢宪使朝鲜,正德初以御史升浙之宪副。始上任,开宴,优人以前传奇呈。未几,谢入觐,以遗"彻宴疏"贬黄州判。(见《真珠船》)②

往大处说,如J1.25"乐之关乎治乱"条云:

> 《癸辛杂志》云:"尝闻梨园旧乐工云:凡大燕集,乐初作,必先奏引子。如大石调引子,则自始至终,凡丝竹歌舞,皆为大石调。直至别奏引子,方随以改为耳。又云:凡燕集初作,或用上字,或用工字,然必须众乐皆然,是谓'谐和';或有一时煞尾参差不齐,则谓之'不和',必有口舌不乐等事;前后验之,无不然者。以此推之,则乐之关乎治乱,为不诬矣。"③

这两条记载背后都有谶纬文化的背景,现在古代文学界关于诗谶的

---

① 《"筋斗"释名》,《戏曲艺术》,1983年第2期,页53。
② 《剧说》,页163。
③ 《剧说》,页9。

研究成果已经不少,而对戏谶罕有留意者。可以说,《剧说》提出了许多被现代学术屏蔽了的问题,值得研究者深入思考。有时很简短的条目,也很值得深入探讨。如J6.33“秦淮楼船梨园”条,揭示了水上剧场的使用情况。从卫聚贤《元代演戏的舞台》开始,剧场研究便成为戏剧学的重要内容①。但是这些成果大多关注陆地戏台的使用情况,对水上剧场的关注远远不够。J6.33条揭示的演出情况在水乡非常普遍,剧场研究者应该加以措意。除此之外,还要读出空白,也就是现代学术研究认为很重要的内容为什么焦循没有记载,比如李渔,其戏剧理论建设首屈一指,作品也很有特色,而《剧说》中却没有反映。类似为研究者所忽视的问题背后也有重要的文化意义。这些话题的解读肯定有助于研究者加深对中国戏剧学本身的认识,也是深化未来戏剧学研究的一个突破口。

第三节 《剧说》存在的问题及其文献价值重估

一 存在的问题

前文的论述中,已经初步涉及《剧说》本身存在的若干问题。其实,按照今天的学术观点,《剧说》中还有一些问题应该注意。提出这些问题并非意在对焦循本人的研究提出批评,因为焦循是以业余的心态来从事戏剧学研究的,我们的目的在于认识这些缺陷,以免误用《剧说》材料而影响相关研究结论的可靠性。

(一) 内容排列问题

《剧说》内容“引辑详博”,尽管经过了焦循的加工调理,但是仍然不免杂乱。因此要完整地概括《剧说》的内容,需要制定合适的框架。对

① 范春义《卫聚贤与20世纪戏台史研究的兴起》,《文学遗产》,2013年第1期。

于戏剧的构成要素，学术界有不同说法：两要素说，即观众、演员；三要素说，即剧本、观众、演员；四要素说，即观众、演员、剧本、剧场。笔者从文本与演出两个角度，重新将其分类。另外，J3.24与J6.12两条重出，这是文献编纂顾此失彼经常出现的现象，修订时删除即可。

（二）资料搜集的局限

焦循毕竟是把戏剧研究作为副业来对待的，导致《剧说》中出现了许多疏漏，前人已经指明。由于不是刻意之作，问题被研究的程度就不可能太深，大多以自己所见、所闻为限。对于具体问题，焦循都没有做穷尽性的研究，所以就特定专题来说，其资料的丰富性是远远不够的。以对优语的搜集为例，这是《剧说》中的一类重要内容，焦循已经搜集了12条。其实优语见于文献记载颇多，焦循自己阅读使用过的文献中就不少。比如《桯史》，焦循本人阅读过此书，J3.26“《精忠记·奏本》本事”条云：

> 秦桧擅权久，大诛杀以协善类。末年因赵忠简之子汾以起狱，谋尽覆张忠献、胡文定，论诸族。棘寺奏牍上矣，桧时已病，坐格天阁下，吏以牍进，欲落笔，手颤而汗，亟命易之，至再，竟不能字。其妻在屏后摇手曰：“勿劳太师！”见岳珂《桯史》。今传奇《精忠记》有《奏本》一折，本此。[①]

而岳珂《桯史》卷五“大小寒”条就是关于优语的记载：

> 韩平原在庆元初，其弟仰胄为知閤门事，颇与密议，时人谓之大小韩。求捷径者争趋之。一日内燕，优人有为衣冠到选者，自叙履历材艺，应得美官，而留滞铨曹，自春徂冬，未有所拟，方徘徊浩

---

① 《剧说》，页74。按：《里堂书跋》卷二收有《桯史》条目，对其版本有所考证，见《焦循诗文集》，页592。

叹。又为日者弊帽持扇过其旁，遂邀使谈庚甲，问以得禄之期，日者厉声曰："君命甚高，但于五星局中，财帛宫若有所碍。目下若欲亨达，先见小寒，更望成事，必见大寒可也。"优盖以寒为韩，侍燕者皆缩颈匿笑。[1]

再如周密《齐东野语》，《剧说》三次用到其中的材料，分别见 J1.26"女冠吴知古"、J2.21"《牡丹亭》本事"、J5.45"《广寒梯》本事"；另在《易余籥录》当中引用到四次，足见焦循确实阅读过此书。《齐东野语》卷十三"优语"条云：

宣和中，童贯用兵燕蓟，败而窜。一日内宴，教坊进伎为三四婢，首饰皆不同。其一当额为髻，曰蔡太师家人也；其二髻偏坠，曰郑太宰家人也；又一人满头为髻如小儿，曰童大王家人也。问其故，蔡氏者曰："太师觐清光，此名朝天髻。"郑氏者曰："吾太宰奉祠就第，此懒梳髻。"至童氏者曰："大王方用兵，此三十六髻也。"[2]

即使是对单部作品资料的分析，焦循《剧说》也有搜罗未广之处，这一点以与《小栖霞说稗》的比较为例。《小栖霞说稗》为清代学者平步青晚年自订《香雪崦丛书》丙集《霞外攟屑》之第九卷，其中内容大部分是考证戏曲故事的来源出处。其《荆钗记》条云：

《通俗编》卷三十七《荆钗剧》条引《鹤林玉露》："'王龟龄年四十七，大魁天下，以书报其弟曰："今日唱名，蒙恩赐进士及第。惜二亲不见，痛不可言！嫂及闻诗、闻礼，可以诗示之。"诗、礼，其二子也。'按此，则龟龄及第甚晚，已有二子，并非新娶，而其母则已殁。

---

① 《桯史》，中华书局，1981 年，页 62。

② 《齐东野语》，中华书局，1983 年，页 244—245。

今之《荆钗》传奇，都不可检。"《天禄志余》卷上谓："玉莲者，王梅溪先生女。孙汝权，宋进士，与梅溪为友，敦尚风谊。先生劾史浩八罪，汝权实耸恿之，为史氏所最切齿，遂妄作《荆钗》传奇谬其事以蔑之。南宋余姚许浩尝赋《荆钗百咏》，盖即其事。"《杨升庵外集》谓："潜说友乃宋安抚使，今传奇《王十朋》有此人，讹以为钱。考潜与贾似道同时，而传奇反以为梅溪前辈，亦适见其谬矣。"按《苏文忠公诗编注集成》卷首姓氏永嘉贾氏岩老下诰案，梅溪有《送贾岩老自闽还乡诗》，乃其妻弟也。是忠文娶于贾，非钱，传奇之诬妄可证，惜晴江不及引也。《江村识余》本《坚瓠丁集》卷二所引，《听雨增记》、《瓯江逸志》同，《冬夜笺记》已辨之。《坚瓠集》又引《南窗闲笔》云："钱玉莲，宋名妓，从孙汝权。某寺殿梁上题'信士孙汝权同妻钱玉莲喜舍'。"《邝斋杂记》卷三云："庄相伯言湖郡城门有石牌坊一座，大书'湖州协副将孙汝权同妻钱玉莲建'。"则孙又为武人，而玉莲其室非妓也。盖即《南窗闲笔》之说，而庄误述之。某协副将，至国朝始有此称，明时尚称副总兵，不名副将，何况南宋？此真转展传讹，不足诘也。《柳南续笔》卷一云："王梅溪尝读书温州江心寺。寺去桑门三里，温州城门也。往来尝与妓钱玉莲善，约富贵纳之。梅溪登第后，三年不还乡，玉莲为人逼娶，自沈于桑门江口。蜀破堂和尚为钱湘灵述之如此，备载《湘灵集》中。"《瓯江逸志》及所载又一说，即《邝斋杂记》、《柳南》所本，盖即传奇之诬而小变之。劣僧无识，恶舌妄传，湘灵载入集何耶？忠文夫人既非钱氏，则异说污蔑，纷纷变幻，于忠文何损毫末耶？《摊饭续谈》云："竹懒新著，周懋龙天锡尝著说辨之，凡数百言。"①

与《剧说》的搜集比较，平步青所引资料即有数种为焦循所未引用，

① 《小栖霞说稗》一卷，《中国古典戏曲论著集成》本，中国戏剧出版社，1959年，页201—202。

而这些材料对于《荆钗记》的研究同样具有价值。如以《琵琶记》资料为对象,《剧说》收集的材料与稍后的姚燮《今乐考证》比较,完备性更差。此外焦循又根据自己的观点进行取舍,其评价标准在临死前一年完成的《花部农谭》前言中有明确表述。这个标准用于《剧说》编撰时的资料择用,当同样适用。仅以焦循对《西厢记》的态度来看,由于对莺莺的自荐枕席不满,导致了他采入《剧说》中的《西厢记》相关内容,几乎全为负面材料,这也充分证明了《剧说》资料搜集的有限性。

(三) 引文问题举隅

《剧说》引用典籍繁多,是其资料价值的重要体现。但是我们应该注意到,同绝大多数古人引书一样,焦循缺乏明确的学术规范意识,引用时经常不忠实于原文,多有删改。下面举《庄岳委谈》为证,见其大概。《庄岳委谈》作者胡应麟,字符瑞,幼能诗。明代兰溪人。万历中举于乡,久不第。筑室山中,购书四万余卷。记诵淹博,多所撰著。《少室山房笔丛》为其笔记名著,通行版本为清末广雅书局刻本。1958年中华书局用明万历刻本加句读重印,仍取广雅局本校过,其中略有不同于明刻本处,均加注明。本处校对即取用此版本。在《剧说》中,一共摘录了《庄岳委谈》中的七条材料,依次比对如下:

J1.7 传奇谬悠　院本脚色

《庄岳委谈》云:"凡传奇以戏文为称也,无(原本作"亡")往而非戏文(衍"文")也,故其事欲谬悠而无(原本作"亡")根也,其名欲颠倒而无(原本作"亡")实也,反是而求其当焉,非戏也。故曲欲熟而命以生也,妇宜夜而命以旦也,开场始事而命以末也,涂污不洁而命以净也。凡此,咸以颠倒其名也。中郎之耳顺而婿卓也,相国之绝交而娶崔也,《荆钗》之诡而夫也,《香囊》之幻而弟也。凡此,皆(原本作"咸")以谬悠其事也。(脱"繇胜国而迄国初一辙")近为传奇者,若良史焉,古意微矣。古无外与丑,(脱"盖")丑即副净,外即副末也。"又云:"今优伶辈呼'子弟',大率八人为朋,生、旦、净、丑、副亦如之。(脱"外即副末。丑即副净")元院本止五人,故有

‘五花’之目：一曰副净，(脱“即”)古之参军也；一曰副末，又名(原本作“曰”)苍鹘，(脱“苍鹘”)可击群鸟，犹副末可打副净；一曰末泥；一曰孤装。(脱“见陶氏《辍耕录》”)而无所谓生、旦者，盖院本与杂剧不同也。元杂剧旦有数色：所谓‘装旦’，即(脱“今”)正旦也；‘小旦’，即今副旦也；以墨点破其面，谓之‘花旦’，今惟净、丑为之。”

J1.16 戏文兴而杂剧衰

《庄岳委谈》云：“古教坊有杂剧而无戏文者，每公家开宴，则百乐具陈，两京六代，不可备知。唐、宋小说，如《乐府杂录》、《教坊记》、《东京梦华录(衍“录”)》、《武林旧事》等编，录颇详。唐制，自歌人之外，特重舞队；歌舞之外，又有精乐器者，若琵琶、羯鼓之属。此外俳优杂剧，不过以供一笑，其用盖与傀儡不甚相远，非雅士所留意也。宋世亦然。南渡稍见净、丑(原本作“旦”)之目，其用无以大异。(原本无此停顿)前朝(原本此处停顿)浸淫胜国，崔、蔡二传奇迭出，才情既富，节奏弥工，演习梨园(原本此处停顿)几半天下，(脱“上距都邑。下迄闾阎。每奏一剧。穷夕彻旦”)虽有众乐，无(原本作“亡”)暇杂陈矣(衍“矣”)。”

J1.43《倩女离魂》无“细酸”二字

《庄岳委谈》云：“世谓秀才为‘措大’。元人以秀才为‘细酸’，《倩女离魂》首折，末扮细酸为王文举是也。细酸字面仅见此。今俗尚有此称。”按：今元曲《倩女离魂》杂剧中，无“细酸”二字。(“按”以后为焦循语)

J2.1 董永与貂蝉

《庄岳委谈》云：“今传奇有所谓《董永》者，词极鄙陋，而其事实本《搜神记》，非杜撰也。”又云：“《连环》亦本元曲。或称李长吉诗‘榼榼银龟(原本此处停顿)骑白马，傅粉美人大旗下’，以为即吕布美人，殊不知傅粉自说吕貌，非姬妾也。”

J2.15《琵琶记》中黄允非王允

《庄岳委谈》云：“《琵琶记》‘昆山有良壁’诗‘黄（原本作“王”）允何其愚’，说者以汉末有二王允，一诛董卓，一乃弃妻再娶（脱“者”），非也。盖谓黄允，非王也。黄允黜遣其妻，见《后汉书·党锢传》，今本多误。又‘正是此曲才堪听，又被风吹别调间’，用高骈诗；曰‘正是’者，其引用古人也。”（注：“非也”之后，文字多所改动，原本为：按《后汉书·党锢传》，黄允字子艾，济阴人也，以隽才知名。郭林宗见而谓曰：卿有绝人之才，足成伟器。然恐守道不笃，将失之矣。后司徒袁隗欲为从女求婚，见允，叹曰：“得婿当如此。允闻而黜遣其妻。盖黄姓，非王允也。今本多误刻。”“高骈诗”后，脱“语。昨夜筝声响碧空，宫商信任往来风。依稀似曲才堪听，又被吹将别调中”，最后一句作“发语曰正是者，明谓引用古人也”。）

J2.26 吕蒙正事

《庄岳委谈》云：“吕蒙正微时，于洛阳龙门利涉院土室中（原本此处有停顿）与温仲舒读书。一日，（原本此处无停顿）行伊水上，见卖瓜者，意欲得之，无钱可买。其人偶遗一枚于地，公怅然取食之。后作相，买园洛城东南，下临伊水，起亭以‘饐瓜’名焉。”

J2.33《绣襦记》出唐人书

《庄岳委谈》云：“《绣襦记》，事出唐人《李娃传》，皆据旧闻（原本作“文”），第传止称其父荥阳公，而郑子无名字，后人增益之耳。”（脱“娃晚收李子。仅足赎其弃背之罪。传者亟称其贤。大可哂也”）

除J1.43“《倩女离魂》无‘细酸’二字”条所引全同外，其他六条或多或少都有不同。要么标点不同，要么脱字、脱句，要么衍字；或者通假替代，或是同义替代。这些差异当中，大多无关宏旨，不影响内容表达。但是有的差异问题就很严重，除了前文关于J2.15“《琵琶记》中黄允非王允”条“黄”、“王”二字的辨析外，J1.7“传奇谬悠　院本脚色”条脱“见陶氏《辍耕录》”，这一问题就非常严重。因为脱漏这条说明，就会将胡应麟和陶宗仪的记录混为一体，不仅著作权会发生张冠李戴，在依据该条材料进行研究时，亦将发生时代顺序的颠倒。以此立论，将会产生严重问题。其实就是在《庄岳委谈》引书里面，也有问题。J2.1“董永与貂蝉”条引李长吉诗“榼银龟、骑白马，傅粉美人大旗下”就有两处错误，一是“榼”前脱另一“榼”字（韦明铧已指出）；二是断句错误，顿号当去掉。所以依据笔记中材料时一定要核对原始文献，除非原始文献已佚。

二　《剧说》价值重估

就《剧说》而言，其资料价值举世公认。《集成》本《剧说》前言云：“《剧说》一书，是辑录散见于各书中的论曲、论剧之语而成。卷前所列《引用书目》共一百六十六种，实际还不止此数，其中并有不少罕见的珍本，为研究古典戏曲汇集了相当丰富的参考资料。”学术界基本上也是把《剧说》作为资料汇编来使用的。谭帆、陆炜《中国戏剧理论史》、傅谨《中国戏剧艺术论》等戏剧理论著作，均从中引用资料。吕文丽《诸宫调与中国戏曲形成研究》也引用了其中关于合生表演的内容，认为这是说唱文学向戏曲演进的关键一步。该条材料即J1.51“《连厢词例》搬演形式”条，引用原始文献来自《西河词话》，为清代前期毛奇龄所作。因为清代文献浩如烟海，从中检索材料非常困难，从词话作品中轻易找到重要的戏剧学材料，尤其难以想象。焦循的贡献就在于通过自己广博的阅读，将众多的戏剧学文献汇为一编，为后来学术研究提供了极大的便利。所以汇编价值是《剧说》首要的文献价值。同时，焦循还记录了自己亲身经历的关于戏剧学的一些内容。这些内容不见于他书，纯粹是焦循对戏剧学的贡献，对我们认识当时的戏曲演出，包括剧目、习俗、时人观念有较高参考价值。但是，正如上文所言，焦循的资料汇编具有偏向性和随意性。具体到专题领域，《剧说》提供的材料又远远不够，需要研究者进一步下力气挖掘搜集。所以《剧说》中资料的特点是丰富性与有限性的统一。而有限性的价值带来了另一面，就是提出了一系列话题供人们探讨，可以这样说，基本上每一材料所涉及的话题，都有深入探讨的余地，也就是说《剧说》提供的不是现成的结论，而是提出了需要解决的研究课题，而且后人沿着这一思路，确实做了相当的努力。如《杨家将故事》、《水浒故事》，余嘉锡已作了较为彻底的研究，关于董永的研究已经成为系列，不过尚有很多问题值得深入探讨，如关于《西厢记》的王作关续问题等。

二是书目索引价值。王慧萱指出："类书体例，有专收一类、综合各类两种，焦循《剧说》应属前一类。可以说类书既有保存古代典籍的意义，也有图书目录的意义。它既提供了重要的典籍名录，又著录了典籍内容，而且还进行了分类编排。从这个意义上说，它是古代图书目录的重要体现，也是古代图书目录学研究的重要对象。"[①]焦循引书众多，单篇文章至少 26 篇，引用书籍 196 种，涵盖经史子集四部。焦循用事实证明了中国戏剧学文献范围之广，内容之丰富。这也告诉我们平时我们发掘利用的也只是其中一部分，即便是号称戏剧学文献收录最全的《历代曲话汇编》也远远不能涵盖其全部内容。所以《剧说》的启发意义在于放宽戏剧学文献的视野，其内容远非我们基于现代学科想象的那么狭窄，而丰富的戏剧学文献也是促进戏剧学研究向前发展的重要条件。戏剧学研究要想深入进行，正如解玉峰所言："我们应当明确：详实、精确、可靠的史料史实是理论抽象的基础，必须给予充分重视。戏剧作为综合艺术，其史料史实的搜集也较一般的文史研究远为繁杂，除一般作家、作品方面的史料史实外，举凡戏台、戏衣、乐器、砌末、脸谱、曲谱、身段谱、锣鼓谱、剧照等亦应列入搜求之列。戏剧一行，向为'小道'、'贱业'，'正人君子'多不屑载录，故史料搜求不易。戏剧作家多名不见经传，戏剧剧本多为艺人私下传抄或口耳相授，所以作家、作品方

---

① 《焦循〈剧说〉的目录学意义》，《图书馆杂志》，1998 年第 3 期，页 61。

面的史料最易风流云散。戏剧场上演唱赖人以传，人去则其音容举止亦往往随之而亡。凡此种种，皆给戏剧史料的觅求造成极大困难。”[①]正因为困难，所以值得研究者投入精力进行搜集整理和研究。另一方面，焦循给我们制定了一个书目索引。上文已经指出，焦循采录材料并非竭泽而渔，在他阅读过的文献当中，还有大量涉及戏剧学的内容并未采录。我们可以按图索骥，至少将这些文献中的戏剧学资料收集汇编，按照现代学术观念，分类整理，编成一本《〈剧说〉补编》，亦将助益于戏剧学的研究。这项工作具有很强的可操作性，也很有意义，需要研究者投入精力来做。王慧萱指出：“焦循《剧说》正文之前，有一引用书目，记载自唐以降至宋、元、明、清各代此类图书 166 种。……而焦循为我们提供了一个笔记、杂谈，尤其是关于戏剧史料的专题目录。……这个书目为后人提供的可以查找和无从查找的书籍线索，都具有重要意义：前者可以供研究者检索，后者可以检点散佚的古籍。”[②]

三是校勘价值和辑佚价值。王慧萱指出：“类书可以提供一种版本依据，供整理某一古籍时进行版本补正或校勘考证。”但是具体到《剧说》来说，其校勘价值基本可以忽略不计。关于校勘方法，陈垣归结为四种：对校法、本校法、他校法、理校法。其中通过文献引用来进行校勘是他校法的重要内容。但是，《剧说》所引用之书，要么已经亡佚，要么存在且版本优于《剧说》，而《剧说》引文的缺陷通过所举《庄岳委谈》之例已经表达得很清楚。《剧说》引书众多，书籍本身散佚，自然具有辑佚价值。但是这种价值不能高估，王慧萱的主张恐不成立，她认为“这类书不登大雅之堂，无官家专门收藏，在民间极易散失，焦循摄其精华，不仅保存了有益的史料，而且留下了这些书的书名、作者，并使人们从引述中窥见这些书的内容。”且说：“这些书除一部分可以搜寻，恐怕大部分都已散佚。”通过“资料来源考”一节可以看出，《剧说》直接资料 241

---

① 《百年中国戏剧学刍议》，《文艺理论研究》，2006 年第 3 期，页 49—50。

② 《焦循〈剧说〉的目录学意义》，《图书馆杂志》，1998 年第 3 期，页 62。

条，明引文献221种，暗引文献20种。在这些引用文献中，确知存世者至少221种，未详或已佚失者至多20种，书籍存世率91.7%。若不考虑单篇文章，书籍存世率还要更高。所以，《剧说》的辑佚价值不能高估。当然，必要时要尽量加以利用。《剧说》的资料汇编功能是其首要价值，而辑佚功能体现得并不明显。主要原因在于印刷技术的改进，另外是焦循所处时代与现在相对而言比较近，书籍佚失并不严重。也就是说，焦循能看到的书我们今天大多能看到，强调其辑佚价值乃是出于学术思维的惯常想象。

《剧说》中可资辑佚的内容如下：书籍方面，如J3.4"叶稚斐剧作"条引《茧瓮闲话》、J4.16"《清音阁传奇》四种"条与J3.4"叶稚斐剧作"条引《酒边瓒语》、J4.26"明代政治事件形诸戏剧"条引《箬陂继世纪闻》、J6.9"陈明智扮项王"条引《菊庄新话》、J6.1"商小玲演《还魂记·寻梦》而气绝"条引《蛾术堂闲笔》、J2.25"梁辰鱼《浣纱记》"条与J2.31"《无双传》"条引《芳畬诗话》、J3.14"《西楼记》本事"条引《秋田闻见录》、J3.19"《七子缘》不用旦色"条引《越巢小识》。单篇论文如尤西堂题《北红拂记》、《来元成墓志铭》、《孝烈将军祠像辨正记》、《米太仆万钟传》、袁于令题《珊瑚鞭》《拂霓裳》词、徐元美题《买花钱》杂剧《风流子》、田山姜《新秋雨夕，卞司寇斋中观尤展成〈李白登科〉传奇诗》、《梦月岩诗余》有《念奴娇》题《秣陵春》词、徐淑则《观演〈长生殿〉》诗、《双报应》传奇跋。例如江恂关于禁用真刀的禁令，还可以补充禁毁戏剧研究的资料，对其仔细分析可以加深对于中国古代戏剧生态、艺术特点的深入理解。就采录篇幅和内容的丰富性而言，《蜗亭杂订》是最为突出的一种。因为该书作者是焦循的同乡前辈，其家族对于焦循家乡的戏曲演出与研究有重要影响。对于研究徐坦庵本人和其家族的戏剧观念，理解焦循所在北湖地区的戏剧氛围有重要价值。而其内容本身，为研究其时的中国戏剧学研究提供了重要的资料。兹辑佚如下，以见其大概。

J1.34 南词与北词

嘉、隆间，松江何元朗畜家僮习唱，一时优伶俱避舍，然所唱俱北词，尚得蒜酪遗风。何又教女鬟数人，俱善北曲，为南教坊顿仁所赏。顿随武宗入京，尽传北方遗音，独步东南，暮年流落，无复知其伎者。其论曲，谓："南曲箫管，谓之'唱调'，不入弦索，不可入谱。"沈吏部南九宫谱盛行，而北九宫反无人问。顿老又云："弦索九宫，或用滚弦，或用花和、大和，钐弦皆有定则；若南九宫，无定则可依。且笛管稍长短其声，便可就板；弦索若多一弹，少一弹，即竹板矣。"吴下以三弦合南曲，而又以箫管叶之，此唐人所云"锦袄上著蓑衣"也。箫管可入北词，而弦索不入南词，盖南曲不仗弦节奏也。北词中亦有不叶弦索者，如郑德辉、王实甫，间亦不免。元人多娴北调，而不及南音。成、弘间，沈青门、陈大声辈，南词宗匠；同时康对山、王渼陂，俱以北擅场。王初学填词，先延名师，学唱三年而后出手。章丘李太常中麓，亦以填词名，与康、王交，而不娴度曲，如所作《宝剑记》，生硬不谐，且不知南曲之有入声，自以《中原音韵》叶之，以致见诮吴侬。同时惟冯海桴差为当行。此外吴中词人，如唐伯虎、祝枝山、梁伯龙、张伯起辈，纵有才情，俱非本色矣。今传诵南曲，如"东风转岁华"，云是元人高则诚，不知乃陈大声与徐髯翁联句也。陈名铎，号秋碧，大声其字也，金陵人，官指挥使。(节录《蜗亭杂订》)①

J2.25 梁辰鱼《浣纱记》

《蜗亭杂订》云："梁伯龙风流自赏，修髯，美姿容，身长八尺，为一时词家所宗。艳歌、清引，传播戚里间；白金、文绮、异香、名马、奇技淫巧之赠，络绎于道。歌儿舞女，不见伯龙，自以为不祥也。其教人度曲，设大案，西向坐，序列左右，递传叠和。所作《浣纱

① 《剧说》，页13。

记》，至传海外，然止此不复续笔。《浣纱》初出，梁游青浦，时屠隆为令，以上客礼之，即命优人演其新剧为寿。每遇佳句，辄浮大白，梁亦豪饮自快。演至《出猎》，有所谓‘摆开、摆开’者，屠厉声曰：‘此恶语，当受罚！’盖已预储污水，以酒海灌三大盂。梁气索，强尽之，吐，委顿。次日，不别竟去。”《静志居诗话》云：“梁大伯龙填《浣纱记》，王元美诗所云‘吴阊白面冶游儿，争唱梁郎雪艳词’是也。又有陆九畴、郑思笠、包郎郎、戴梅川辈，更唱迭和，清词艳曲，流播人间，今已百年。传奇家别本，弋阳子弟可以改调歌之，惟《浣纱》不能，固是词家老手。”《芳畬诗话》云：“梁辰鱼，字伯龙，以例贡为太学生。虬须、虎颧，好轻侠，善度曲。世所谓‘昆山腔’，自良辅始，而伯龙独得其传。著《浣纱》传奇，梨园子弟多歌之。同里王伯稠赠诗云：‘彩毫吐艳曲，粲若春花开。斗酒清夜歌，白头拥吴姬。家无担石储，出多年少随。’”①

J2.29《祝发记》

《蜗亭杂订》云：“张伯起少时作《红拂记》，演习之者遍国中。丙戌上太夫人寿，作《祝发记》，则年六十矣。播事奏效，大将楚人李应祥者以金求作传奇，以侈大其勋，利其润笔，而夸之过当，未免蛇足，今其曲亦不行。”②

J2.34《白练裙》本事

《蜗亭杂订》云：“郑之文，字应尼，南城人。公车下第，薄游长干曲中。马湘兰负盛名，与王百谷诸公为文字饮，不礼应尼。应尼恨之，与吴非熊辈作《白练裙》杂剧，极为讥讪；聚子弟演唱，召湘兰观之，湘兰微笑而已。定湘傅司业清严训士，一日召应尼跪东厢

① 《剧说》，页48—49。
② 《剧说》，页52。

下，数之曰：'举子当为轻蛱蝶耶？'收以槚楚。后应尼举进士，官南部郎，迁某郡太守。"①

J3.21《杜少陵游春》本事

《蜗亭杂订》云："长沙当国时，王九思以少年屏斥，永锢不用，无所发怒，作《杜甫游春》杂剧，力诋西涯，流传关、陇，群相和附。嘉靖初纂修《实录》，议起用九思。有言于朝曰：'《游春记》李林甫固指西涯，杨国忠得非石斋，贾婆婆得非南坞耶？'吏部闻之，缩舌而止。或谓冯汝行《梁状元不服老》杂剧，当在王渼陂《杜甫游春》之上。《四友斋丛说》云：'渼陂《杜甫游春》杂剧，虽金、元人犹当北面，何况近代？'按：文人之意，往往托之填词。王九思《杜甫游春》指李西涯、杨石斋、贾南坞三相，康对山之《中山狼》则指李空同，李中麓之《宝剑记》则指分宜父子，王辰玉之《哭倒长安街》则指建言诸公。相传汤若士之《紫箫》，亦指当时秉国首揆，才成其半，即为人所议，因改为《紫钗》。"②

J3.23 康海逸事

《蜗亭杂订》云："康德涵既罢免，以山水、声伎自娱。间作乐府小令，使二青衣歌以侑觞。游于四方，停骖命酒，自歌其曲。尝生日，邀名伎百人为百年会。酒阑，各书小令一阕，命送诸王邸，曰：'此差胜锦缠头也。'《四友斋丛说》云：'对山尝与伎女同跨一蹇驴，令从人赍琵琶自随，游行道中，傲然不屑。'敬夫、德涵同里同官，以瑾党放逐浒东鄠杜之间，相与过从谈宴，征歌度曲，以相娱乐。万历中，广陵顾小侯所建游长安，访求曲中七十老妓，令歌康、王乐

① 《剧说》，页 54。

② 《剧说》，页 70。

府。其流风遗韵,关西人犹能道之。”[①]

J5.14 填词高手

填词高手如陈大声、沈青门之属,俱南北散套,不作传奇;惟周宪王所作杂剧,名《诚斋乐府》,往往调入弦索,有金、元风范。南曲如《四节》、《连环》、《绣襦》之属,出于成、弘间,稍为当时所称。嘉靖间,陆天池名采者,所撰有《王仙客明珠记》、《韩寿偷香记》、《陈同甫椒觞记》、《程德远分鞋记》,惟《明珠记》行于世。郑若庸《玉玦记》、《游西湖》一套,当时脍炙人口。(见《蜗亭杂订》)[②]

第四节 《剧说》的戏剧学文献风貌成因

《剧说》文献之所以呈现出上述风貌,根本原因在于焦循戏剧学研究的业余化。也就是说焦循的戏剧学研究具有从属性、自发性的特征。这种业余化特征,与其专业的经学研究形成了明显对比。业余化的戏剧研究除了从事研究的精神状态不同于经学研究之外,在问题的生发、资料的收集、修改的频率以及结论的明确性与可靠性方面都有明显差异。

对焦循而言,经学研究是其自觉追求和神圣使命,在其研究和日常生活中占有中心地位。经学研究资料浩繁,积累丰厚,要想有所突破,难度极大,以《孟子正义》研究而言,焦循就自言“其难有十”。因而进行经学研究,态度严肃,心情比较紧张;为了完成任务,需要摒弃一切杂念,专心思考。《寄朱休承学士书》载:“丁卯春病绝七日乃苏,用是诸念

① 《剧说》,页72。
② 《剧说》,页124。

悉屏，专心学《易》。”[①]《易通释自序》云：“丁卯春三月，遘寒疾，垂绝者七日，昏瞀无所知，惟《杂卦传》一篇往来胸中。既苏，遂一意于《易》。”[②]“循既学《洞渊》、《九容》之术，乃以数之‘比例’求《易》之‘比例’，向来所疑，渐能理解。初有所得，即就正于高邮王君伯申，伯申以为‘精锐凿破混沌’，用是愤勉，遂成《通释》一书。……癸酉二月，自立一簿，以稽考其业，历夏迄冬，庶有所就，订为二十卷，皆举经、传中互相发明者会而通之也。”[③]丁卯为嘉庆十二年(1807)，焦循四十五岁。为了完成任务，焦循甚至制定督促研究的日志。“十二月初七日，开笔撰《孟子正义》，自恐懈弛，立簿逐日稽省，仍如前此注《易》，简择长编之可采者与否者。有不达则思，每夜三鼓后尚不寐，拥被寻思，某处当检某书，某处当考某书。天将明，少睡片刻，日上纸窗，起盥漱，即依夜来所寻思一一检而考之。”[④]

焦循从事戏曲研究的心情是轻松愉悦的，这一点他自己说的很清楚。《剧说》的写作背景是：“嘉庆乙丑，养病家居，经史苦不能读。”[⑤]《花部农谭》的写作背景是：“余特喜之，每携老妇、幼孙，乘驾小舟，沿湖观阅。天既炎暑，田事馀闲，群坐柳阴豆棚之下，侈谭故事，多不出花部所演，余因略为解说，莫不鼓掌解颐。”[⑥]《里堂道听录》的写作背景是：“今岁所著《易学三书》，稿粗就而阳气虚惫，不耐冥思，性又不乐闲旷，求为其易而不甚用思者。夏秋以来，乃取此而编次之，为五十卷。”[⑦]《易余龠录序》的写作背景是：“余壬戌自浙归，遂不复出游，专心于《易》，读《易》之暇，淫及他书，始则授徒，近则课孙，偶有所见，书而记之，久久成帙。今《易学三书》已完，付诸梓。其随笔记录编次之，亦得

---

① 《雕菰集》卷十三，《焦循诗文集》，页235。

②③ 《雕菰集》卷十六，《焦循诗文集》，页297。

④ 焦循《孟子正义》，中华书局，1987年，页1052。

⑤ 《剧说》，页1。

⑥ 《花部农谭》，页173。

⑦ 《雕菰集》卷十六，《焦循诗文集》，页290。

二十卷,因题之曰《易余籥录》。易余者,明为余力所及。"[①]《曲考》的写作背景,焦循本人没有具体交代,但从其中存在的问题以及篇幅来看,他在上面着力并不多。在焦循看来,戏剧研究就相当于紧张之余的放松调整,亦即"一张一弛,文武之道"之谓。这种休闲调整,如同其他休闲方式一样,仅是生活的一种调节。另外焦循的休闲方式有很多,比如赏花、钓鱼、种树,摆弄石头也是他的一大乐趣:"余爱石,每见垒石作假山,以石灰弥缝其隙,强不合而使之合,心则恶之。余爱花树,每见矫揉牵系,缩大为小,蹩直为曲,囚之盆中,故作谬态,心则恶之。余植花树,修剔其繁枝,去其虫蛰,时其浇灌,任其生机自长,愈极野率,愈有逸致,以天生之状,益我胸中所不及。何得以我胸中之死稿,强天地之生物乎?数年村居,亲戚朋友间遗我以石,合塾中旧有,约百余个,随意置之,稍一移动,其性情意致随即变换。注《易》之暇,或思路郁塞,时向而玩之,即为移置,使其变态百出,日日可得生机。较诸以威合之,谬作俗状,一成而不能化,真有死生仙鬼之判也。"[②]焦循的戏剧研究就如同"向而玩之,即为移置,使其变态百出,日日可得生机"一样。

工作程序不同。焦循的戏剧研究通常是在积累了一定资料的基础上,在经学研究遇见困难后转而利用时间统一加工整理。而专业的经学研究往往是先做资料长编,在此基础上再进行深入研究。这同样体现在田野资料的调查与使用方面,焦循所用方法可谓之经验的田野调查法。田野调查被公认为是研究人类学学科的基本方法,也是最早的人类学方法。它是来自文化人类学、考古学的基本研究方法论,即"直接观察法"的实践与应用,也是研究工作开展之前,为了取得第一手原始资料的前置步骤。"参与当地人的生活,在一个有严格定义的空间和时间的范围内,体验人们的日常生活与思想境界,通过记录人的生活的方方面面,来展示不同文化如何满足人的普遍的基本需求、社会如何构

① 《易余籥录序》,《丛书集成续编》本,上海书店。

② 《易余籥录》卷十九,《焦循诗文集》,页888。

成。”[1]现在这一方法已经超越人类学的范围,成为不同社会科学研究经常使用的方法。其基本依据就是许多资料在传世文献中缺少记载或是语焉不详,田野调查能够弥补这方面的缺憾。焦循在戏剧学研究中,采用了这方面的资料。例如关于康海与康山草堂的考查,以及乡邦散佚文献的调查,这弥补了研究的不足,为后人提供了更多的材料。进行田野调查,要有明确的目的、严格的程序和方法,要求问题意识明确,调查对象确定,程序完善,一般要经过五个阶段:准备阶段、开始阶段、调查阶段、撰写调查研究报告阶段、补充调查阶段。一准备阶段,包括:选择调查点;熟悉调查点情况;撰写详细的调查提纲和设计调查表格;熟悉有关社会和文化的理论与基础知识。二开始阶段,包括:到当地政府报到,取得当地政府的支持;进一步了解当地情况;选好居住地。三调查阶段,包括:了解当地的一般社交礼仪和禁忌等;入乡随俗,尊重当地人;注意个人形象的设计;观察要细;访谈既要深,而且要有技巧;就资料收集一些问题;边调查边整理资料;调查的时间。四、五阶段要写成调查报告,查缺补漏,二次调研等等。而经验的田野调查则不同,其调查对象就在自己生活的周围,甚至是生活中的常见现象。其知识的获得具有偶然性,当然也就谈不上系统性。例如关于梁山伯问题的考辨,焦循运用到了稀见的地方资料,但是这是偶然获得的,假如阮元不到山东做官或是既使做官而不邀请焦循前往,焦循不会远赴数百里外为了考察梁山伯问题而到山东调研。J2.2“梁山伯与祝英台”条:“《录鬼薄》载白仁甫所作剧目有《祝英台死嫁梁山伯》,宋人词名亦有《祝英台近》。《钱塘遗事》云:‘林镇属河间府有梁山伯、祝英台墓。’乾隆乙卯,余在山左,学使阮公修《山左金石志》,州县各以碑本来。”[2]然后结合这些材料进行考辨。其他关于梁山伯、花木兰、杨家将、薛仁贵的探讨也大致如此。焦循一般是在头脑中积淀了足够多的知识,当特殊机缘来临时,生活经验与书本产生沟通,然后把经验进一步系统化,作为整个知识系统

---

① 王铭铭《人类学是什么》,北京大学出版社,2002 年,页 35。

② 《剧说》,页 30。

的一部分，仅此而已。焦循的戏剧学研究是一种生活化的业余考证，所以问题的生发具有随机性，比如《花部农谭》中的农人问到什么问题，他就考察什么问题。而专业考证则不同，其问题的生发具有明确的问题意识和学术渊源。例如焦循的《易》学研究，问题生发就在于父亲问他“密云不雨”作何解，由此引起他对《周易》“旁通”规律的探讨。而其思想渊源，其祖母就已经对他进行了良好地熏陶。1812 年（嘉庆十七年壬申）五十岁时，焦循说：“循家三世习《易》。循幼秉父教，令从《十翼》求经。然弱冠已前，第执赵宋人说；二十岁从事于王弼、韩康伯注；二十五岁后，进而求诸汉、魏，研究于郑、马、荀、虞诸家者，凡十五年。年四十一，始尽屏众说，一空已见，专以《十翼》与上、下两经，思其参互融合，脉络纬度，凡五年，三易其稿。……于是科第仕宦之心尽废，不惮寒暑，不与世酬接，甫于参伍错综中，引申触类，悟得《易》之所以为逆数，以往来旁通，成天地之能，定万物之命。尽改旧稿，著为三书：一曰《通释》，二曰《图略》，三曰《章句》。”[①]目标确定后，矢志不渝，终成正果。

在资料收集方面，专业研究与业余研究有区别。焦循的经学研究作品对资料的收集是竭泽而渔，一网打尽。例如其《孟子正义》就搜罗了当时的六十余家的研究资料作为参考，最终成为孟学研究的集大成之作，迄今行而不废。而其戏剧学研究，尽管从总体上看资料丰富，但具体到单个问题，就远远不够。也就是说，戏剧研究的资料收集仅限于自己的日常积累，或是简单的资料收集。

经学研究的学术水平往往有同行的评价，内在要求较高，焦循会反复修改，有时甚至修改得面目全非。《易通释》是焦循的一部重要《易》学研究著作，其自序云：“乙巳丁忧，辍举子业，乃遍求说《易》之书阅之，于所疑皆无所发明。嘉庆九年甲子，授徒家塾……乃以数之比例求《易》之比例……遂成《通释》一书。”[②] 1810 年（嘉庆十五年庚午）焦循

---

① 《告先圣先师文》，《雕菰集》卷二十四，《焦循诗文集》，页 421。

② 《雕菰集》卷十六，《焦循诗文集》，页 296—297。

四十八岁，是年修改《易通释》。“庚午，又改订一度，终有所格而未通。身苦善病，恐不克终竟其事。”[①]1811 年(嘉庆十六年辛未)焦循四十九岁，是年再次修改《易通释》。“辛未春正月，誓于先圣先师，尽屏他务，专理此经，日坐一室，终夜不寐，又易稿者两度。”[②]到五十岁时，焦循最终完成了《易通释》。对于《毛诗鸟兽草木虫鱼释》的修改同样如此，其《自序》云：“循六岁，先君子命诵《毛诗》。……辛丑、壬寅间，始读《尔雅》，又见陆佃、罗愿之书，心不满之，思有所著述，以补两家所不足，创稿就而复易者三。丁未，馆于城东寿氏，复改订之，至辛亥讫，为三十卷。壬子至乙卯，又改一次，未惬也。戊午春，更删弃繁冗，合为十一卷，以考证《陆玑疏》一卷附于末，凡十二卷。盖自辛丑至己未，共十有九年，稿易六次，以今之所订，视诸草创之初，十不存一。其间虽他有撰述，必兼治之，历丧荒疾病争讼，未尝或辍。乙卯，为山左之游，随诸行箧，车尘马足中，闻见所及，时加订正，盖亦费日力之甚者矣。”[③]尽管戏剧学著作中也有修改，例如《剧说》手稿本删除了对李斗《岁星记》的评价，在某些段落中增补了一些内容，但在内容变动的程度和修改频率上与其经学研究著作的改动不能相提并论。

在结论上，经学研究成果往往结论明确，甚至可以成为学界研究的重要基础。例如《孟子正义》仍是今天学者研究孟子的必备参考书。《易通释·自序》：“后生末学，岂能洞澈其全？得一二端，以俟君子之引而申焉可矣。圣人既以‘参伍错综’者示其端倪，舍此而他求，乌能合乎？后之说《易》者，或有取乎愚之说也。”[④]这充分说明焦循对自己的《易》学研究充满信心。但是他毕竟是把经学作为其主要学术职业来看待的，这就决定了他虽然对戏剧的许多方面进行了考证，但考证并不彻底，问题研究的程度不可能太深，大多以自己所见、所闻为限，对梁山伯、花木兰、杨家将、薛仁贵的考辨充分体现了这一点。所以，在具体问

---

①②④ 《雕菰集》卷十六，《焦循诗文集》，页 297。

③ 《雕菰集》卷十六，《焦循诗文集》，页 300。

题的研究上，焦循都不是穷尽性的研究，与其绵密的《易》学研究迥异。另外，焦循戏剧学研究的结论往往不明确，有的甚至只有事实而没有结论，与古人笔记中常常存在的“断而不论”的情况也不相同。

在研究方法上，与经学研究方法一样，焦循注重的是事实的考察，而不专注于戏剧的艺术分析。焦循进行经学研究，秉承了乾嘉学派朴学的研究方法，主要运用归纳逻辑的方法，用若干事实来证明自己的观点。不过由于他在经学上主张汉宋合流，有时也运用演绎的方法阐述自己的主张。但总体上还是以前者为主。在焦循的戏剧研究著作里，考证范围极广，从作者、作品到本事、人物以至语言都成为求“信”的重要内容。重视戏剧作品的考证，在一定程度上也限制了焦循艺术天赋的发挥，包括想写而终究未能完成的戏剧作品。

第四章 《花部农谭》研究

第一节 《花部农谭》的成书、传播及价值

一

学界对《花部农谭》一书的研究已经较多,但仍有讨论空间。关于成书过程,焦循在《花部农谭序》云:"每携老妇、幼孙,乘驾小舟,沿湖观阅。天既炎暑,田事余闲,群坐柳阴豆棚之下,侈谭故事,多不出花部所演,余因略为解说,莫不鼓掌解颐。有村夫子者笔之于册,用以示余。余曰:'此农谭耳,不足以辱大雅之目。'为芟之,存数则云尔。"依焦循所言,该书乃其整理别人所记录的自己谈话的结果。无独有偶,在另一本戏剧笔记《剧说》中,焦循也有类似的表述。刘致中就对其真实性提出质疑:"焦循说《剧说》是根据'书肆破书中得一帙'修订而成,是掩人耳目的话,根据《先府君事略》的记载,根据《剧说》中焦循一再以作者的口吻说话这一事实,可以肯定,《剧说》系焦循所作无疑。"[①]那么,关于《花部农谭》写作的真实情况究竟如何呢?新发现的资料证明焦循所言确实乃自诡之词,据《撰孟子正义日课记》记载:"十九日乙酉,晴,草廿一章完,以上廿八卷。足疾,座内室不能起者前后共十二日,痛楚无聊,扶

---

① 《〈曲考〉即〈剧说〉考》,《文学遗产》,1981 年第 4 期,页 38。

座牛皮床，日草《花部农谭》数行，虽谐谑短书，然有悟处。因删而录之为一卷。”[①]《撰孟子正义日课记》是焦循为了督促自己顺利完成《孟子正义》而写的，上面详细记载了自己注释《孟子正义》时的进度以及身体状况、日常活动，是可靠的实录，而且其中的记录也更符合写作常理。所以，《花部农谭》当是焦循独立撰著而成。

《花部农谭》创作完成之后，当时并未刊刻，也不为人注意。焦循死后，其子廷琥居丧过哀，半年之后殒命，无暇顾及整理。之所以成书而未加刊刻，主要是经济原因。焦循家庭经济并不宽裕，高昂的刊刻价格使其无力承担。其弟焦征真实地描述了这种窘境："先兄著述待刻者多，寒素之家，力难猝办。征衰病无能，营谋事拙，谨与家人相约，各减衣食之半，日积月累，以待将来。癸未岁终，总计田租所入，衣食之余，约积七百余金，急以《孟子正义》付刻，乙酉八月，刻工告竣。……先兄下世，已六易寒暑，迁延之罪，实所难辞。其他二百余卷，急思尽刻，所需约数千金，非积蓄二十年，又无它故，不能完全。征虽未老，衰病日增，恐难目睹其成，然必竭力勉为，不敢稍怠也。”[②]可见当时刊刻难度之大。除了经济原因，与视戏剧为小道的社会观念也有着直接的关系。所以在焦循的经学著作大量刊刻之后，直到宣统三年(1911)，徐乃昌才以手稿为底本加以刊印，收入《怀豳杂俎》丛书。自此之后，《花部农谭》才逐渐大规模地传播开来。1959 年，中国戏剧出版社出版了《中国古典戏曲论著集成》，该书收入第八册，附在《剧说》后边，成为研究焦循戏剧思想最为常用的本子。现在又有《续修四库全书》影印国图所藏手稿本，颇便于利用。

《花部农谭》成书而未刊刻制约了其传播与接受，所以很长一段时间以来，并没有受到关注。焦循的子弟当中，没有爱好戏曲者，使老师→弟子这种传播链断裂；而焦循的朋友李斗，非常喜欢戏曲，著有《扬州画舫录》，二人原先过往甚密，此时二人已反目成仇，因而也失掉了通过

① 转引自赖贵三《焦循年谱新编》，台北里仁书局，1994 年，页 454。

② 转引自赖贵三《焦循年谱新编》，页 427。

李斗传播的途径。其族内弟——当时学界领袖阮元极力推崇的是焦循的经学研究，而对戏曲研究不置一词。梁启超在评论《阮文达撰〈焦理堂传〉》时说："此传于理堂易学所阐发略尽，其最缺憾者，则于史学不置一词也。集中上伊汀州、姚秋农两书，深得治史症结，其识不在谢山下，是不宜简置也。理堂于义理之学，其见地亦不在东原戴氏下，此传所发未尽。又《剧说》一书，亦理堂绝学之一，不当并书名而不叙也。"①在《中国近三百年学术史》中，评论说："以经生研究戏曲者，首推焦里堂。著有《剧说》六卷，虽属未经组织之笔记，然所收资料极丰富，可助治此学者之趣味。"②评论《易余籥录》二十卷时说："书为理堂著《易学三书》时，旁涉他学，随手札记之作。言易者反甚希也。吾未精读，偶翻卷四论声系，卷十七论曲剧各条，已觉多妙谛。"③具有意味的是，梁启超本人并未对《花部农谭》加以评论。现代戏曲研究的开辟者王国维对于焦循的戏曲研究很是重视，他直接接受了焦循"一代有一代之胜"的观点，作为自己戏剧研究的理论原点。王国维对焦循的其他著作也加以留意，现在佚失的《剧考》中就多有记录，但却未发现他谈论《花部农谭》的蛛丝马迹，这当与此书刊行较晚而流传不广有着密切关系。据笔者所见，较早提及该书的是日本学者青木正儿，他在 1918 年出版的《支那文学史》中，对该书作了简略的介绍。可见，在很长一段时间内，《花部农谭》可以说是默默无闻。直到 1959 年，柏繁才在《戏剧研究》上发表《谈〈花部农谭〉》，这是笔者见到的研究《花部农谭》的第一篇专题论文。从 1820 年焦循去世算起，已经将近 140 年。从《怀豳杂俎》本刊行算起，也已经有五十多年。此后研究论文渐多，主要有陈赓平《〈南词叙录〉和〈花部农谭〉》(《光明日报》1962 年 3 月 11 日)、刘致中《焦循的戏曲理论》(《文学遗产》1980 年第 3 期)、许祥麟《评焦循的〈花部农谭〉》(《天津师院学报》1980 年第 6 期)、齐森华《独树、独帜、独好——评焦

①③ 《饮冰室合集·文集之四十四(下)》，中华书局，1989 年，页 12—13。

② 《饮冰室合集·专集之七十五》，页 364。

循的〈花部农谭〉》(《河南师大学报》1981 年第 6 期)、谢晓峰《一颗璀璨的明珠——浅谈焦循的〈花部农谭〉》(《戏曲研究》1993 年第 45 辑)、王伟康《焦循与〈花部农谭〉》(《扬州师院学报》〔社科版〕1994 年第 4 期)、王伟康《焦循与地方戏曲》(《艺术百家》2005 年第 2 期)。

二

除毛品璋外①,此一阶段的相关论文,着力肯定焦循推崇“花部”的巨大意义,这与建国后政治思想潮流的推动有着直接的关系。当时关于人民性的讨论热火朝天,主流话语极力推崇人民的大众的艺术,也就是通俗化的艺术。政治思想潮流的推动引发了学术界对民间文艺的重视,而焦循重视“花部”正契合了上述思想,因而被视作为新文艺摇旗呐喊的旗手。统观上面列举的论文,核心内容基本上都集中于这一点。

焦循本人推崇“花部”,在“花部”受到鄙视甚至围剿的背景下,确实具有革命性的意义。但是上述探讨都陷入了一个认识误区,那就是通俗的人民大众欢迎的就是好的,高雅的人民群众不太接受的就是不好的这样一种简单化的评判思维方式,这种执一观念应当受到检讨。对于戏曲这样的文艺活动,不能以高雅或是通俗作为衡量艺术是否进步的绝对标准。我们应该采取的态度是,高雅的要提倡,通俗的要放开,让不同欣赏层次的人都能找到适合自己消费的娱乐方式,真正做到“百花齐放,百家争鸣”。喜欢下里巴人者就去听下里巴人,欣赏阳春白雪者就去欣赏阳春白雪。艺术上曲高必然和寡,不随社会审美潮流及时调整必然走向灭亡。艺术的未来走向是一个市场的问题,而不是一个艺术价值高低的问题。所以焦循提出自己的观点,仅仅是他个人的欣赏爱好,不足以成为指示未来艺术方向的“宪政方针”,而且从其书的传播接受看,确实也从未发挥过这样的作用。

而且,上述文章对焦循为什么喜欢“花部”,存在着故意的误读。作

① 按:在《中华戏曲》上发表时误为许祥麟,向二位学者致歉。

为一个有着强烈社会责任感的知识分子，焦循要通过戏剧实现双重功能，第一是娱乐，第二是教化，也就是寓教于乐。他着眼于“花部”更能有效地实现教化功能，而构成教化基础的就是封建社会的主流意识形态。这种意识自觉贯穿在他的日常生活和所有作品当中。在《里堂道听录》序言中，焦循自言著录标准就是：“忠臣、孝子、义士、贞妇，心之所慕，恨不能遍；断狱捕盗亦录之者，余素有志以州县官效职而用之为师法也。”“其男女赠答，夸淫斗丽，余所深恶，特绝之。”①这种强烈的社会参与意识表现得极为明显。在《花部农谭》前言中，焦循写到：“梨园共尚吴音。‘花部’者，其曲文俚质，共称为‘乱弹’者也，乃余独好之。盖吴音繁缛，其曲虽极谐于律，而听者使未睹本文，无不茫然不知所谓。其《琵琶》、《杀狗》、《邯郸梦》、《一捧雪》十数本外，多男女猥亵，如《西楼》、《红梨》之类，殊无足观。花部原本于元剧，其事多忠、孝、节、义，足以动人；其词直质，虽妇孺亦能解，其音慷慨，血气为之动荡。”“自西蜀魏三儿倡为淫哇鄙谑之词，市井中如樊八、郝天秀之辈，转相效法，染及乡隅。近年渐反于旧。”②焦循之所以喜欢“花部”，就在于“其事多忠孝节义，足以动人”；“其词直质，虽妇孺亦能解”；“其音慷慨，血气为之动荡”。可以看出，焦循的目的就是让人们以理解剧目内容为基础，然后在审美中得到教化，其内核在于宣扬忠孝节义。无视这一点，就抽空了焦循戏剧观的内核。当然，忠孝节义里面有一些人类永恒的道德操守价值，不能说全都是糟粕，但总体上看它属于封建社会的意识形态则是无疑的。这可以从焦循对魏三的态度来看。魏三，字婉卿，四川金堂人，通常被认为是秦腔的著名花旦演员。赴京演出，名动京师，后赴扬州，深受欢迎。李斗《扬州画舫录》记载：“来郡城投江鹤亭，演戏一出，赠以千金。”焦循却称其为淫哇之词。另外再从剧目上来看，焦循的感觉也不确切。“花部”题材有不少源于元杂剧，但是更多的源于现实生

① 《里堂道听录》，书目文献出版社影印清稿本，1998年，页375。

② 《花部农谭》，页173。

活题材，翻阅任何一本地方戏目录都可以看得很清楚，焦循的言说有着强烈的个人色彩。他的“花部”观念可以概括为以新的形式表达旧的内容，是“新瓶装旧酒”的办法。只看到“新瓶”，没看到“旧酒”，不是辩证法的态度。“花部”这种艺术样式确实具有“雅部”所不具备的艺术特征，而且这种特征也契合了大众的审美需求。但这得不出“花部”高于“雅部”的必然结论。焦循的戏剧观念，一方面显示出他对“花部”戏剧美学特征的高度敏感，另一方面也显示出他思想的落后性与保守性。因此对推崇《花部农谭》的状况必须给以客观的评价。当然，其积极意义人所共见，提及这一点，只是引起人们应有的注意。

三

所以谈论《花部农谭》的价值，必须超越原先的评价模式。我们认为《花部农谭》的价值，主要体现在认识价值和美学价值两方面。

《花部农谭》的认识价值，首先体现在列举了一些演出剧目，为我们认识当时的演出情况提供了材料。据《戏曲大辞典》介绍，《双富贵》仅见于是书。首见于该书著录的剧目有《铁邱坟》、《龙凤阁》、《两狼山》三剧，这些剧目在以后都因不同的剧种改编而流传。依靠焦循的著录，我们知道这些剧目曾经在历史上出现过，与以后的同目对比还可以窥探情节的演变脉络，而焦循的考辨更能够加深我们对其本事的理解。此外，笔者认为《花部农谭》一书本身就具有象征意义，因为除了焦循的个人因素，“花部”兴起的背景是该书问世的主要原因，它本身就是“花”、“雅”兴衰的产物和见证。

《花部农谭》还有较高的美学价值，留下了可供后人借鉴的精神资源，这对以研治经学的焦循来说已是难能可贵。从焦循的写作旨趣看，“虽谐谑短书，然有悟处”，也就是说，《花部农谭》表述的是焦循的独特见解。与《剧说》相比，《花部农谭》在表述方式上由重考证向重艺术分析转化，而某些观点在深度上有一定的深化，则充分表明了这一点。略论如下：

第一是对戏剧人物心理的把握达到了一个新的高度。在《剧说》当中,“陈玉阳《文姬入塞》一折,南山逸史亦作《中郎女》杂剧,曹瞒不用粉面,以外扮,亦取其片善之意”[①]。此时焦循已经注意到在塑造反面人物性格时要突出其善性的问题。这个观点在《花部农谭》中有了进一步的论述。如论述《赛琵琶》说:“然观此剧者,须于其极可恶处,看他原有悔心。名优演此,不难摹其薄情,全在摹其追悔。当面诟王相、昏夜谋杀子女,未尝不自恨失足。计无可出,一时之错,遂为终身之咎,真是古寺晨钟,发人深省。”[②]焦循把塑造反面人物的正面心理看作塑造人物形象的有效手段,无疑是很有见地的。也就是说,焦循认为写人要恰如其分,真实地揭示其性格的复杂性。这种认识无疑是一种深刻的美学见解,对于如何塑造戏剧人物形象尤其是反面人物具有直接的指导意义。

第二是关于“谬悠”的观点,也就是要重视历史剧的虚构特性。在《剧说》当中,焦循根据创作目的的不同以及剧中角色的特点,对历史剧的创作进行不同的划分。即认为娱乐性的剧作、滑稽性的角色,如《饿方朔》,作者尽可以完全摆脱正史的限制,驰骋自己的笔墨,甚至可以运用浪漫主义手法,让观众得到轻松的精神娱乐。而事关忠孝节义等重大题材的历史剧,同样可以进行艺术加工。但总的原则有二:一是正面人物优秀的品质要保留,缺点不要妄添而优点可以附会;二是正面人物要用真实姓名以“彰其姓氏”。在《花部农谭》中,通过对《八义记》与《史记》、《铁邱坟》与《唐书》对比,焦循指出:“作此戏者,假《八义记》而谬悠之,以嬉笑怒骂于勣耳。彼《八义记》者,直抄袭太史公,不且板拙无聊乎?”[③]直接批评了历史剧中的照搬现象,并在技巧上为在正剧中如何“缪悠”又提供了具体而微的例证,直接丰富了“谬悠”的内涵。而焦循对“雷殛”情节设置的辨析也很精彩,不过类似的关于情节合理性的探

① 《剧说》,页139。
② 《花部农谭》,页180。
③ 《花部农谭》,页174。

讨，焦循以前已多有之，不赘。

第二节 《花部农谭序》所涉艺人考略

焦循在《花部农谭序》中，批评了三位演员："自西蜀魏三儿倡为淫哇鄙谑之词，市井中如樊八、郝天秀之辈，转相效法，染及乡隅。"[①]其实魏长生、郝天秀、樊八三个人都是当时影响极大的演员，下面逐一考述，一来钩沉他们的演艺大貌，二来也有助于了解焦循的审美偏好和戏剧思想。

魏长生，字婉卿，行三，小名三儿，或呼为魏三、三儿、三官，四川金堂人。善演《滚楼》、《铁莲花》、《香联串》、《背娃进府》、《缝胳膊》、《销金帐》、《铁弓缘》、《烤火》、《闯山》、《卖胭脂》等剧。其主要在北京、扬州、成都演出，亦曾到过苏州演出。当时影响极大，尤其是1779年在京演出《滚楼》一剧，引起轰动，"一时观者而六大班既无人过问，或至散去"。《啸亭杂录》卷八记述道：

> 魏长生，四川金堂人。行三，秦腔之花旦也。甲午夏入都，年已逾三旬外。时京中盛行弋腔，诸士大夫厌其嚣杂，殊乏声色之娱，长生因之变为秦腔。辞虽鄙猥，然其繁音促节，呜呜动人，兼之演诸淫亵之状，皆人所罕见者，故名动京师。凡王公贵位以至词垣粉署，无不倾掷缠头数千百，一时不得识交魏三者，无以为人。其徒陈银官，复髫龄韶秀，当时有青出于蓝之誉。长生既蓄厚赀，乃抽身归里，陈遂继其师业。当时百官殷富，习俗奢靡，故二子得以媚取，为和相所觉察，因荷校银官于缇帅署前以辱之，为缓颊者，皆谪贬有差。乃逐陈银官归川中，其风稍息。银官不知所终。嘉庆

① 《花部农谭》，页173。

> 辛酉，长生复入都，其所蓄已荡尽，年逾知命，犹复当场卖笑。人以其名重，故多交结之，然婆娑一老娘，无复当日之姿媚矣。壬戌送春日，卒于旅邸，贫无以殓，受其惠者为董其丧，始得归柩于里。长生虽优伶，颇有侠气。庚子南城火灾，形家言西南有剑气冲击，长生因建文昌祠以厌胜。又纳兰太傅孙成安者，初与其狎昵，后遇事遣戍归，贫无以立，长生尝赠恤之，亦其难能也。①

在他的影响下，“花部”演出大盛，以致官方下令禁止演出，《钦定大清会典事例》载：“乾隆五十年议准：嗣后城外戏班，除昆、弋两腔仍听其演唱外，其秦腔戏班交步军统领五城出示禁止，现在本班戏子，概令改归昆、弋两腔，如不愿者，听其另谋生理。倘有怙恶不遵者，交该衙门查拿惩治，递解回籍。”②

焦循对魏长生多有关注，除了上述批评之外，魏长生去世后，焦循写有《哀魏三》诗云：

> 蜀中伶人魏三儿者，善效妇人妆，名满于京师。丁未、戊申间，余识其面于扬州市中，年已三十余。壬戌春，余入都，魏仍在，与诸伶伍，年五十三，犹效妇人，伶之少者多笑侮之，未一月顿没。魏少时，费用不下巨万。金钏盈数筐。至此，其同辈醵钱二十千，买柳棺瘗之。闻者为之太息。余闻魏性豪，有钱每以济贫士，士或赖之成名。或曰有选得蜀守者，无行李资，魏夜至，赠以千金，守感极，问所欲，魏曰：“愿在吾乡里作一好官。”此皆魏弱冠时事，相距盖三十许年也。信然亦有足多者。
>
> 花开人共看，花落人共惜。未有花开不花落，落花莫要成狼籍。可怜如蕣颜，瞬息霜生鬓。可怜火烈光，瞬息成灰烬。长安市

---

① 昭梿《啸亭杂录》，中华书局，1980年，页237—238。

② 《钦定大清会典事例》卷一千三十九《都察院》，光绪重修本，页31—32。

上少年多，自夸十五能娇歌。娇歌一曲令人醉，纵有金钱不轻至。金钱有尽时，休使囊无资。红颜有老时，休令颜色衰。君不见魏三儿，当年照耀长安道，此日风吹墓头草。①

该诗序中，提供了魏长生的很多信息，有助于考证其生平履历。诗文主要感叹人老色衰，对他晚年落寞的生活给予了无限的同情。魏长生在扬州的活动及影响，李斗《扬州画舫录》多有记载，其卷五云："自四川魏长生以秦腔入京师，色艺盖于宜庆、萃庆、集庆之上，于是京腔效之，京秦不分。迨长生还四川，高朗亭入京师，以安庆花部合京秦两腔，名其班曰三庆，而曩之宜庆、萃庆、集庆遂湮没不彰。"②同卷云："四川魏三儿，号长生，年四十来郡城投江鹤亭，演戏一出，赠以千金。尝泛舟湖上，一时闻风，妓舸尽出，画桨相击，溪水乱香。长生举止自若，意态苍凉。"③他在扬州也开一时之风气。谢溶生《扬州画舫录序》在提到扬州舞榭歌台诗酒风流的繁华景象时也说："到处笙箫，尽唱魏三之句。"④可以想见魏长生当时影响之广。

魏长生技艺高超，徒弟众多，影响广泛，与官员李调元也有交往。对其生平研究的可据材料颇多，主要有小铁笛道人《日下看花记》、昭梿《啸亭杂录》、吴长元《燕兰小谱·例言》、杨懋建《梦华琐簿》⑤。

关于郝天秀，《扬州画舫录》卷五《新城北录下》云："郝天秀，字晓岚，柔媚动人，得魏三儿之神，人以'坑死人'呼之，赵云崧有《坑死人

① 《里堂诗集》卷六，《焦循诗文集》，页 498。

② 《扬州画舫录》，页 69。

③ 《扬州画舫录》，页 70。

④ 《扬州画舫录》，页 3。

⑤ 《魏长生事迹系年》对魏长生一生行迹辨析甚详，资料可靠，逻辑严密，可以参看。http://bbs.gxsd.com.cn/forum.php?mod=viewthread&tid=438863&page=1&authorid=164618

歌》。"[①]又云："郡城自江鹤亭征本地乱弹，名春台，为外江班，不能自立门户，乃征聘四方名旦，如苏州杨八官、安庆郝天秀之类；而杨、郝复采长生之秦腔并京腔中之尤者，如《滚楼》、《抱孩子》、《卖饽饽》、《送枕头》之类，于是春台班合京秦二腔矣。"[②]《坑死人歌》为赵翼所作，他曾寓居扬州多年。其诗全称为《坑死人歌，为郝郎作》，其中云："……扬州曲部魁江南，郝郎更赛古何戡。出水杲莲初日映，临风绪柳淡烟含。广场一出光四射，歌喉未启人先憨。铜山倾颓玉山倒，春魂销尽酒行三。遂令天下父母心，不重生女重生男。……"[③]该诗描述了郝天秀演艺水平胜过唐代著名歌者何戡，登场即光彩照人的舞台形象。尤其末两句反用白居易《长恨歌》之句，突出其影响力之大。

以上为传世文献中郝天秀的大体情况。1988 年 8 月 17 日，学者张亭前往郝天秀故里安徽省怀宁县石牌镇郝家山调查，发现了《郝代宗谱》(民国三十六年〔1947〕印)，其中关于"郝天秀"部分云：

邦晟公，行二，字天秀，号厚培，生于乾隆二十九年甲申十月初九酉时。嘉庆十年捐授从九。卒于嘉庆十九年甲戌九月二十五卯时。道光十六年葬潜岳乡先鱼港柏枝林老屋基(按今雷埠乡豹丰村)广庆公坟东，显承屋西冢居中棺，衬恺公右，乾巽兼巳向，有碑，碑下有墓志，境载契。诰赠中宪大夫。妣黄氏。生乾隆三十九年甲午七月，卒于道光十四年十一月，葬与公同穴，封恭人。子二本知、湘(按本知即进士郝同篪之父)。……同篪，字仲赓，号有声，生于道光十二年壬辰五月二十一日申时，廪贡生，光禄寺署正，同治元年恩科举人，同治四年进士，钦点翰林院庶士……殁于光绪十六年庚寅十二月初十寅时……[④]

---

① 《扬州画舫录》，页 70。
② 《扬州画舫录》，页 69—70。
③ 《赵翼诗编年全集》，天津古籍出版社，1996 年，页 869。
④ 《石牌发现郝天秀史料》，《黄梅戏艺术》，1989 年第 1 期，页 97。

这一记载详细反映了郝天秀的生卒年月及其家庭状况。其孙郝同箎较为知名，《清代野记》卷上“优伶罄赀助赈”条记载：“同治乙丑，庶吉士怀宁郝同箎字仲赓，散馆改吏部主事。工骈体诗词，书法亦秀劲，一时有才子之目。不知其大父乃优伶也，名郝金官，道光间名噪京师，晚年厌倦风尘，举历年所积五万金捆载还乡，雇镖师数人护送之，行至山东，直大饥，人相食，官吏劝赈颇惶急。郝慨然以所有报大府，愿赈活饥民。大府义之，将奏奖以官。郝固辞曰：‘我优人也，即得官亦不齿于同列，若蒙破例，准子孙与齐民一体应试足矣，他无所望也。’大府允之。郝遂返京师终焉。至同治改元，孙同箎捷顺天乡举，至乙丑遂成进士，入翰林矣，人为赈荒之报也。”[①]此处“郝金官”当为“郝天秀”之讹，张亭已经辨明。此条材料有助于了解清代中期艺人家族生活。

樊八，资料无考，但在《扬州画舫录》里面，有乱弹演员樊大之介绍：“樊大睅其目而善飞眼，演《思凡》一出，始则昆腔，继则梆子、罗罗、弋阳、二簧，无腔不备，议者谓之‘戏妖’。”[②]关于樊大与樊八之关系，青木正儿原著、王古鲁译著之《中国近世戏曲史》疑其即《花部农谭》中之樊八。林鑫也认为樊大即樊八：“如《扬州画舫录》记载的‘樊大’(《花部农谭》为‘樊八’)，‘演《思凡》一出，始则昆腔，继则罗罗、弋阳、二簧，无腔不备，议者谓之戏妖。’”[③]从焦循《花部农谭》与李斗《扬州画舫录》的互文关系和二人前期的密切交往来看，《扬州画舫录》之樊大极有可能为《花部农谭》之樊八，“大”、“八”当属字形相近而讹。

---

① 梁溪坐观老人著，王淑敏点校《清代野记》，山西古籍出版社，1995年，页38—39。

② 《扬州画舫录》，页70。

③ 《扬昆探微录》，中国戏剧出版社，2004年，页288。

第五章　焦循的思想与戏剧学

第一节　焦循的戏剧定位及戏剧功能观

一　焦循的戏剧定位

对于自己研究的对象，首先要有实事求是的判断，这是进行研究的基本条件。戏剧观作为一个人对戏剧问题的根本看法，其首要的是戏剧定位问题。戏剧地位的判断结论，依赖于所比较的坐标。卖什么吆喝什么的商人习气对研究者来说并不恰当。比较于不同的坐标系统，戏剧地位可有三种定位：一是在社会巨系统中，戏剧作为一项社会事务的定位问题；二是戏剧在个人生活所占地位的问题；三是在同属文艺的文化系统内与其他艺术形式相比而产生的地位问题。这三个定位属于不同的参照系下的考量，各有其独立的价值，不能笼统言之。所以，对戏剧进行定位时，必须充分注意其差异性。第一，在整个的社会系统中，戏剧处于非常边缘的地位。正如马克思所指出："人们首先必须吃、喝、住、穿，然后才能从事政治、科学、艺术、宗教等等；所以，直接的物质的生活资料的生产，从而一个民族或一个时代的一定的经济发展阶段，便构成基础，人们的国家设施、法的观点、艺术以至宗教观念，就是从这个基础上发展起来的，因而，也必须由这个基础来解释，而不是像过去那样做得相反。”[①]所以物质生产实践是第一位的，与此关系最密切的是政治、军事等事业。即文化事业而言，占据主导地位的将永远是与意识形态最为接近的行业。在古代传统社会中，最主要的自然是经，文学上主要为载道的诗文，戏剧尽管享有“民间娱乐之王”的美誉，但事实上在封建社会中永远不能占据主流文化地位。在同属的上层建筑意识里面，戏剧的地位也不会很高，因为娱乐功能是其首要功能。所以在正史《艺文志》以及一般的书目提要里面，戏剧的内容极其有限，因为本质上它不以承担文以载道为使命。而且在与其他硬性社会问题抵触时，往往作为代价会被牺牲掉。例如出现财政紧张或是社会动乱时，音乐机构通常会成为裁减的对象。在社会巨系统中进行考量，这应该是对戏剧重新进行定位的逻辑起点。

而对于具体的个人而言，谈论后二者可能更有针对性。

（一）“造微之学”

在焦循看来，戏剧创作充满玄妙，有其独特的艺术价值，所以他将词曲称为“造微之学”。在《剧说》卷六中，焦循引其朋友评书家叶英的话，认为叙事文、画、评话、演剧虽然内容不同，但是“摹神绘色、造微入妙者，实出一辙”。又在《时文说》第一言道：“余尝谓学者所轻贱之技，而实为造微之学者有三：曰弈，曰词曲，曰时文。”[②]由于致力于经学研究，焦循没有精力完成自己的戏剧创作计划，无从展示其创作技巧和水平。但是，焦循关于时文的论述颇多，在他看来，戏剧正是八股文的自然流变，故可以由其论述看“微”在何处：“时文之法与古文异：古文不必如题，时文必如题也，其原盖出于唐人之应试诗赋。然应试诗赋虽必如题，不过实赋其事而止，无所为虚实偏全之辨也，即无所为连上犯下之病也，亦即无所谓钩勒纵送之法也。时文之题出于四书，分合裁割，千变万化。工于此技者，亦千变万化以应之，不失铢寸，非童而习之，未有

---

① 《马克思恩格斯选集》第三卷，人民出版社，1995 年，页 776。

② 《雕菰集》卷十，《焦循诗文集》，页 186。

能精者也。”[①]“是故其考核典礼似于说经，拘于说经者不知也。议论得失似于谈史，侈于谈史者不知也。骈俪摭拾似于六朝，专学六朝者不知也。关键起伏似于欧苏古文，模于欧苏古文者不知也。探赜索隐似于九流诸子，严气正论似于宋元人语录。而矢心庄老、役志程朱又复不知也。”[②]前者从题目入手，后者从表达方式入手，表明八股文通变无方的创作技巧。与弈棋、戏曲一样，它们有一个共同特点，那就是戴着脚镣跳舞。在限定的规则内翻新。这本是一种矛盾，唯其在矛盾之处开拓新天地，才见水平。其中的奥妙技巧，李渔有着切身体验，可见其《闲情偶寄》中的相关论述。戏剧就其自身的艺术价值而言，具有明显的区别于其他艺术形式的特征，具有独立存在的重要意义。

焦循之所以持有上述观点，与其治经观念密切相关，他反对执一废百和据守。在他看来，所有的知识都有用。他说：“孔子之学，在读书好古。而读书好古，必曰多闻、曰博学。惟不知博学多闻，守一先生之言，于是执一而废百，为小道，为异端，均不博学、不多闻之所致。故圣人重博重多。”[③]即认为在广博阅读的基础上，合以自己的体悟，才能有所创造。在《与孙渊如观察论考据著作书》中，焦循说：

> 经学者，以经文为主，以百家子史、天文术算、阴阳五行、六书七音等为之辅，汇而通之，析而辨之，求其训故，核其制度，明其道义，得圣贤立言之指，以正立身经世之法。以己之性灵，合诸古圣之性灵，并贯通于千百家。[④]

（二）“阴阳互补”论

就在人生中的地位而言，戏剧牵扯到每个人的职业、爱好、世界观诸多方面，这是一个变量最为丰富的系统。在一位戏剧职业者或是一

①② 《里堂家训》卷下，页532。

③ 《论语通释》，《丛书集成续编》影印木犀轩本，页15。

④ 《雕菰集》卷十三，《焦循诗文集》，页246。

位戏剧爱好者或是一位戏剧研究者心目中，戏剧的地位可能很高，是其一生的全部价值所在。同样，对戏剧的反感者而言，戏剧在他们心目中不会有任何地位。对于大多数人而言，戏剧在其人生的定位上属于有亦可、无亦可的地位，基本上是作为生活的一种调剂来看待，亦即视之为"一张一弛"之"弛"的方面。焦循就是在此种意义上来定位戏曲的。在其人生的平面上，焦循把戏剧放在"阴"的位置，给戏剧以从属的地位。针对传统的"学词妨经说"，他反驳道：

人禀阴阳之气以生者也，性情中必有柔委之气寓之，有时感发，每不可遏，有词曲一途分泄之，则使清劲之气长流存于诗古文。且经学须深思冥会，或至抑塞沉困，机不可转，诗词足以移其情，而转豁其枢机，则有益于经学不浅。文武之道，一张一弛。古人一室潜修，不废弦歌，其旨深微，非得阴阳之理，未云与知也。[1]

只是"专于是则不可耳"。多数戏剧研究者都在论证戏剧的重要地位，只有在第一系统与第三系统的第一方面结合时，戏剧的地位和价值才能实现。把经学研究放在首位，把戏曲放在从属地位，符合封建社会普通士子的实际情况。因为大概除了戏剧专业人员，没有人会把戏剧放在人生的首位，社会也不需要每个人都来写戏或演戏。这样，焦循就为戏剧与事业在人生的平面上作了一个合适的定位。显然，二者不是水火不容的对立关系，而是处于一种刚柔相济、和谐共生的状态中。这就比为了突出戏曲地位而单纯强调戏曲如何重要更有说服力，同时对诋毁戏曲者也是一个有力的回击。从焦循的具体行为来看，在病中闲暇不便研究经学时修订《剧说》，编写杂记《易余龠录》就是遵循这一原则进行的。

焦循之所以提出上述观点，主要原因在于他的学术经历。作为职

---

① 《雕菰集》卷十，页 185。

业学者，焦循一生主要从事经学研究，范围甚广。其用力最勤者，首推《易》学。焦循家族应该说是通经世家，其曾祖父兄弟四人名分别为泰水、必萃、豫来、师来，这是用《周易》"泰"、"萃"、"豫"、"师"四卦名来命名。其祖父镜(字监千)，国学生，娶妻王氏，为名士王方魏的孙女。王氏为《易》学世家，王方魏承祖父之学，一生好《易》，且以《易》授徒。所以焦循的祖、父受其影响，俱好《易》。焦循幼时，遵照父训，从《十翼》开始研经。后来焦循在《上王述庵侍郎书二》中曾说："家居甘泉之北乡，地僻无师学，惟先人之教。"所以说，焦循的《易》学，其实渊源于家学。焦循不仅自己绍承祖、父之学，一生研究经学，而且希望家学在身后仍能世代相传。所以多年后他给三个孙子取名为"授易"、"授书"、"授诗"，即可见其对孙辈传家学世业的殷切期望，而命名长孙为"授易"，也可见他把《易》学视为家学之根基。《易》学研究深深影响了焦循的世界观、人生观，那就是以阴阳互动的观点和阴阳互补的观念看待万事万物，《易》之精神已化为血液，融入他的骨髓。《易》之观点，首先是阴阳互根、刚柔相济观点。阴阳都是事物的固有属性，阴离不开阳，阳也离不开阴，二者在一定条件下互相转化。焦循以阴阳解释生活现象在《忆书》当中出现过："裔德红言，凡花五月前开者，皆可烘令冬开。五月五日后之花则不可烘，烘之即枯瘁。盖五月一阴生，阴生之物，发以阴气烘之，以阳助阳，不可以阳助阴也。……盖独阴不生，独阳不生，水火相交而后孳也。"[①]他用此观点分析戏剧的作用，所以有了经词互助说。

其次是孟子的人性理论以及自身的体验，同时戴震的学术影响也不容忽视。焦循自称最服膺戴震，"循尝善东原戴氏作《孟子字义考证》，于理、道、天命、性情之名，揭而明之如天日"[②]。所以当有人攻击戴震时，他勇于为戴震辩护，见于《雕菰集·申戴篇》。在戴震的哲学中，他尤其强调人性，反对"存天理，灭人欲"，强调人欲的合法性，"圣人

① 《忆书》，页26。

② 《论语通释自序》，《雕菰集》卷十六，《焦循诗文集》，页301。

之道，使天下无不达之情，求遂其欲而天下治"，对天理杀人提出了愤怒的控诉，"酷吏以法杀人，后儒以理杀人，浸浸乎舍法而论理死矣，更无可救矣"[①]。焦循的相关思想与他一脉相承。焦循同样从古代圣贤那里寻找合法依据，"民之性在饮食男女，制嫁娶，使民各有其偶也。教渔佃，使民自食其力也。圣人治天下不过男女饮食，为之制嫁娶，教渔佃矣"(《易图略》卷六)。既然"饮食男女，人之大欲存焉；死亡贫苦，人之大恶存焉"，所以"学究娇情，实违其本心，于是耳食者共以为圣贤，遂居之不疑，忍其欲，制其情，气血日戾，痰涌胸塞以死，不异置农夫于柔毛绨幕、粱肉兰橘也"[②]。依照葛兆光的观点，当时的考据学者"对于这种义理中严厉的道德标准和高调的理想主义，他们看到它由于过分压抑人的情欲，而与社会生活实际的背离，便试图用另一种约定俗成的道德共识和行诸仪节的规则来代替它，于是有'以礼代理'的思路"[③]。戴震和焦循只是其中的杰出代表而已，而戏剧则是宣泄性情的重要载体之一。

总之，独特的经学研究决定了焦循对于戏剧的独特认识。《易》学研究的家学渊源，戴震的学术影响，使焦循给戏剧一独特定位，"造微观念"从戏剧艺术本身着眼确定了其存在价值，戏剧研究的合法性从而得到确立。在此一点上，焦循与那些主张学词妨经的学者区别开来，也与极力推崇戏剧的创作者和理论家区别开来。

二　焦循的戏剧功能观

解决了戏剧的定位问题，再来探讨一下焦循对戏剧功能的认识。毫无疑问，娱乐功能是戏剧的首要功能，但是泛伦理化的传统文化决不允许戏剧仅仅作为一种娱乐方式而存在。强调娱乐功能者与强调教化功能者各执一端，焦循是二者的统一论者。

---

① 《戴震集》，上海古籍出版社，1980年，页188。
② 《易余龠录》，《焦循诗文集》，页819。
③ 《中国思想史》，复旦大学出版社，1998年，页443。

通观《剧说》,可以清楚地看到焦循关于戏剧功能的两种不同观点,即“解颐”和“教化”。从前述可以知道,焦循是把戏剧放在“阴”的位置,在“阳”(经学研究)难以进行时才从事的活动,《剧说》就是他在病重不能读经史的情况下进行修改删订的。这一点决定了焦循首先关注的是戏剧的娱乐功能,他谓之“解颐”。“其语诙谐之妙,令人解颐”,在《剧说》中也一再提到。“解颐”语出《汉书·匡衡传》,宋末周密《齐东野语》解释为“人喜过甚者,云兜不上下颏”,可谓得其本义。人对“解颐”的追求有着生理的基础,人本身是一个复杂的自我调节系统,当身心失衡时,神经系统有一种强烈的恢复平衡的指向。当过度劳累或紧张,造成机体失衡,笑的过程就是恢复平衡的过程,通过笑,促使人的心理机制由无序到有序,由不平衡到平衡。《剧说》记载有人通过观剧治病就是很好的说明。所以,焦循经学研究后的精疲力竭用戏剧来缓解实在是再合理不过的事情。

焦循的“解颐”首先是通过阅读文人笔记中的优语录实现的。文人笔记中记载了很多富有戏剧色彩的小故事,初看此类作品,读者无不为之会心一笑,紧张的神经得到了暂时的放松,达到了调节身心的作用。然而这些优语录的缺点在于消费具有一次性,包袱抖开以后,再看时就索然寡味。仅看此类作品不能满足人们的娱乐需要,况且戏剧的生命力在于作品的舞台演出而不是案头阅读,到剧场去观赏活泼热闹的喜剧自然成为古人放松的首选。既然为了获得轻松娱悦,戏剧的内容题材就不应该太严肃,像东方朔这类人物本身就蕴涵着令人发笑的可利用资源,没有必要一本正经,正是在此意义上,《饿方朔》的改编才获得了焦循的认可。

然而这种追求在焦循身上并不是主要的。在封建社会,视文学为政治教化工具的文学价值观取决于以儒家思想为根基的中国传统人文精神,也与追求修齐治平的知识分子的人格紧密关联。即使思想激进的文人也逃脱不出传统命题的窠臼,都会自觉地承担起自己的使命。在戏剧理论方面做出杰出贡献,充满反叛精神的徐渭、汤显祖等人也不能超出他们的时代局限。况且焦循又是一个终生研究儒家经典的正统知识分子，他所受的教育以及社会的舆论，绝对不可能使他仅仅把戏剧作为消遣娱乐的工具，他也从未忘记过儒者的责任和道义。他首先给戏剧赋予重大的社会意义。《剧说》引《癸辛杂志》云："尝闻梨园旧乐工云：凡大燕集，乐初作，必先奏引子。如大石调引子，则自始至终，凡丝竹歌舞，皆为大石调。直至别奏引子，方随以改为耳。又云：凡燕集初作，或用上字，或用工字，然必须众乐皆然，是谓'谐和'；或有一时煞尾参差不齐，则谓之'不和'，必有口舌不乐等事；前后验之，无不然者。以此推之，则乐之关乎治乱，为不诬矣。"[①]这与《乐记》的表述一脉相承，重视乐的社会作用。

正如前文所说，戏剧在感化人心方面有其他艺术形式不可比拟的优势，焦循对此深表认同。《剧说》反复申说戏剧的教化功能，对提倡忠孝节义不遗余力。《剧说》引《谭辂》云："《姜诗》传奇，相传是学究陈罴齐所作，虽粗浅，然填词亦亲切有味，且甚能感动人，似有裨于风化，不可以其肤浅而弃之。"[②]引《内省斋文集》云："先年乐府如《五福》、《百顺》、《四德》、《十义》、《跃鲤》、《卧冰》之类，皆取古人之善行谱为传奇，播诸声容，使儿童妇女见而乐之，皆有所向慕而思为善事。则是饮食歌舞，俱有益于风化，古人之用心如此，何其厚也！自元人王实甫、关汉卿作俑为《西厢》，其字句音节，足以动人，而后世淫词纷纷继作。然闻万历中年，家庭之间犹相戒演此。近日若《红梅》、《桃花》、《玉簪》、《绿袍》等记，不啻百种，皆杜撰诡名，绝无古事可考，且意俱相同，毫无可喜，徒创此以导邪，予不识其何心也。"[③]张伯起本《战国策》、《史记》作《灌园记》，冯犹龙不满剧作表现的主题，删改正之，"自余加改窜，而忠、孝、志、节，种种具备，庶几有关风化而奇可传矣"。焦循对此大加赞赏："冯氏此言，可为传奇之式，故录之。"[④]因此可见，即使是关于伶人的幽默，也往往选取

---

① 《剧说》，页 9。
② 《剧说》，页 98。
③ 《剧说》，页 99。
④ 《剧说》，页 115。

反映现实题材的内容，这些笔记记载中包含着重大的社会内容，且能够提供轻松娱乐，显然要比“烦恼自取”之类的噱头更有意义。

焦循是欣赏滑稽性喜剧的，然而悲剧形式更适合表达重大题材，承担教化任务，所以他更强调悲剧，注重悲情的作用。焦循尽管从没提过悲剧，但其讨论的相关主题之内涵已经类似，例如：题材重大，表现忠、孝、节、义；人物崇高，必定为忠臣、孝子、义夫、节妇，主人公经过磨难。显然，类似的悲情剧并不是西方严格意义上的悲剧，但是毫无疑问，主人公的悲欢离合却能够唤起观众的悲悯与同情，遂使其感情得到宣泄，思想得到净化。这又与统治者利用历史先贤作为榜样进行思想教育的观念相契合，所以历史人物必须用真名，不允许玷污贬损也就成了应有之意。焦循指出：“元曲止正旦、正末唱，馀不唱。其为正旦、正末者，必取义夫、贞妇、忠臣、孝子，他宵小市井，不得而干之。余谓：时文入口气，代其人论说，实同于曲剧。而如阳货、王驩等口气之题，宜断作，不宜代其口气。吾见近人作此种题文，竟不啻身为孤装、邦老，甚至助为讪谤、口角，以逼肖为能，是当以元曲之格度为法。”[①]正如蒋星煜所言，元杂剧之所以如此安排，是受演出体制的限制，并没有特定含义，焦循的误读充分显示了他这种历史剧人物塑造办法的思想根源。

仅有人物题材只是第一步，因为把人物作为概念的传声筒而进行生硬灌输是不行的，只有通过感情的潜移默化的感染来实现，这既符合艺术规律，又符合人们追求娱乐的心理，因为情感性是审美活动最基本的特征之一，没有情感就没有审美。在中国戏剧史上，为了追求教化而使戏剧丧失艺术魅力有过失败的教训，《五伦全备记》就是一个典型。焦循大概看到了单纯生硬说教的弊端，他特别强调感情的作用。在此需要指出的是，焦循关于情的概念是宽泛的，他对真挚的两性之情非常欣赏，《剧说》载邑人郑超宗《鸳鸯棒》题词云：“香令先生遗书，以《梦花酣》、《鸳鸯棒》二剧属予序。一为至情者，一为不及情者。嗟乎，人情百

① 《剧说》，页22。

端俱假，闺房之爱独真；至此爱复移，无复有性情者矣！”[①]然而两性之情常与淫秽联系在一起，而与宣扬贞洁相左，所以不是焦循关注的重点。前人论情，重点在于两性之间的爱情，这有充足的理由，因为爱情在人们的生活中确实处于远较其他感情重要的地位。但爱情毕竟不是人类生活的全部，抽象的情依附不同的载体会有不同的种类，强调爱情而忽视其他感情同样是不正确的。焦循关心的是对忠孝节义的宣扬。忠孝节义的封建性众所周知，但忽视其蕴涵的正面价值也不是实事求是的态度。

我们看到，蕴涵深刻感情的正面内容的戏剧作品既能培养观众健康的道德情操，又能让观众在观赏当中获得感情宣泄，获得审美快感。焦循强调戏剧既要负社会责任感、义务感，又要突出审美特性，把重大题材通过震撼人心的方式表达出来，依今天的观点来看，都可以完全借鉴。

另一种情况则往往为人们所忽视，即今天看来表达腐朽内容的戏剧，其对人们的教化效果到底如何，很难明确界定，但人们能从戏剧表演当中获得感情宣泄，得以精神享受是确定不疑的事实，类似内容的戏剧表演对观众感情上的冲击远远超出今天人们的想象。因为每个人的生活都是历史的、具体的，任何人都不能超出他们所处的时代，今天人们的观念与那时相比不啻万里，今天人们反感的可能是当时人们所向往的，不能以今天的感受来臆想当时观众心理的波动。马克思指出，审美是人的本质力量的对象化，即人们在欣赏艺术过程中，从形象身上强烈的看到自身的本质力量，即从形象身上确认自己的价值。在中国，人们的伦理心理结构有着相当强的稳固性，正统伦理被广大的民众所接受，甚至融入血液，呈现出一种泛伦理化的状态。根据接受美学大师尧斯的接受理论，“期待视野”会制约接受主体对接受对象的选择，同时也影响到接受者对接受对象的理解和评价。而期待视野的形成主要缘于民族文化积淀和个人文化结构。教育水平较低的现实和无处不在的正统观念，使伦理的内容极易被观众接受而引起共鸣，现代心理分析学派

① 《剧说》，页95。

认为审美愉快就是欲望在想象中的替代性满足。只要引起共鸣，戏剧满足人们心理的潜在需求，调节身心的目的就基本实现。以至于发展到这样的程度，封建道德经过对个体长时间的思想灌输，加上环境影响，戏剧的教化意义遂成为主体的自觉追求。所以对类似题材的戏剧在心理上产生强烈的认同，人们心理、生理上的放松调节是非常现实的，只要不是一直主张革命造反主义，在既定环境下，不应否定人们享受戏剧所带来的快感的权利。

这种统一的戏剧功能观具有进步的意义，但是我们必须看到焦循所言之情的内涵的负面性。鉴于此，他强调的是忠孝节义之情，这是其戏剧研究的核心，充分显示出其思想的正统性，因此可以说焦循的思想是保守的。

这种保守性同样体现在提倡"花部"的言论中。焦循所处的时代，正是昆曲开始走向式微而"花部"勃然兴起的时代。焦循敢于冲破流俗，为"花部"大声疾呼，作出了应有的贡献，这一点受到后人的高度评价。但是我们认为，不去具体分析焦循主张的具体内涵而拔高其主张的意义，对于实事求是的评价焦循同样是有妨害的。

从上面的分析可以看出，焦循基于普通人的戏剧定位是独特的、恰当的。就戏剧功能观而言在焦循的认识中，形式的进步性和内容的保守性统为一体，也就是说，他以积极的形式表达了较为保守的内容，与当时一些专业的戏剧工作者又有一定差距。

第二节　焦循的历史剧改编思想

对于历史剧创作，《剧说》中并没有明确论述，其倾向却表现的很明显。为了避免"论述得越有条理，离古人之意越远"的情况出现，现仅择其观点较显明者加以分析。

一　“谬悠”二分法

《剧说》卷三载：

> 余尝憾元人曲不及东方曼倩事，或有之，而不传也。明杨升庵有《割肉遗细君》一折，又茅孝若撰《辟戟谏董偃》事，皆本正史演之。唯笨庵孙原文《饿方朔》四出，以西王母为主宰，以司马迁、卜式、李陵、终军、李夫人等串入，悲歌慷慨之气，寓于俳谐戏幻之中，最为本色。[①]

东方朔，《史记》、《汉书》有传。他博学多识，聪明放诞，善于滑稽调笑，深受武帝信任却没能委以重任，在文学史上是一个被不断附会以至逐渐神化的形象。与正史记载相比，杂剧《饿方朔》有如下重大变化：人物上除了串入的西王母、司马迁、卜式、李陵、终军、李夫人外，还有司马相如、郭舍人、众仙女、张汤、公孙弘、金日磾等人，其中李夫人原为妓女，取郭夫人而代之。角色安排上以王母娘娘为正旦，以她为核心展开情节。剧情从东方朔与郭舍人辩论谁为天下第一开始，王母娘娘亲到人间探查真相，结果发现文人受贬，汉武帝是非不明。最后一折，东方朔因饥饿到人间觅食，受尽奚落。显然作者是以历史上的野史传说为基础，融入自己的想象加工而成，是借他人酒杯浇自己心中块垒。服从于人物塑造与情节发展的要求，该剧彻底突破了正史的限制。除了东方朔这一人物姓名与其滑稽的特点外，剧本与正史记载基本上看不出有任何内容上的联系。经过如此加工，产生了俳谐戏幻的艺术效果。而前两剧骨干情节基本依正史而来，人物也大体依旧，仅有少量加工。显然焦循不满意按照历史本来面目塑造的东方朔，而高度欣赏作了大幅度改造的东方朔形象。他对剧作中存在抄袭情况颇为不满，J4. 44

① 《剧说》，页 80。

“作剧忌蹈袭他人”条云：

> 剧之有所原本，名手所不禁也。王实甫之本董解元，尚矣。他如本《窦娥冤》而作《金锁》，本《翠鸾女》而作《桃符》，本《曲江池》而作《绣襦》，本《合汗衫》而作《破罗衫》，本《张生煮海》、《柳毅传书》而作《蜃中楼》，本《刘晨阮肇》而作《长生乐》。他如本元人而故变化出之者，则如《黄粱梦》之吕岩化为卢生，《丽春堂》之四丞相化为尉迟敬德。或有用其一节者，若庞居士之罗和，《长生殿》之唐明皇，虽不能青胜于蓝，然亦各有所见。惟《梦钗缘》一剧，直袭《西厢》、《西楼》而合之，已为伧父可笑。又有《玉剑缘》者，亦有《弹词》一出。夫洪昉思袭元人《货郎旦》之《九转货郎儿》，其末云“名唤春郎身姓李”，洪云“名唤龟年身姓李”，至《玉剑缘》又云“名唤珠娘身姓李”，生吞活剥，可称笑柄。近则有为《富贵神仙》者，竟至袭《玉剑缘》，与《梦钗缘》之袭《西厢》、《西楼》同。若此，又何必为之？聊举一二于此，为之戒。[①]

照此推理，历史剧应当以此为标准进行戏曲创作。然而焦循的观点并非仅仅如此。他在评论木兰时说：“此考辨精确，而所传木兰之烈，则未尝适人者；传奇虽多谬悠，然古忠、孝、节、烈之迹，则宜以信传之。”[②]在这里，焦循是按照“信”的原则来评价。而另一条记录又与此截然相反，“江东胜乐道人作《长命缕》传奇，演单符郎与邢春娘重逢故事，本宋王明清《摭青杂说》。但春娘已落倡家作妓，而传奇则有《怀贞》等出，此亦劝善维持风俗之一端，固不必其事之实耳”[③]，表现出对加工改编的认同。“以信传之”与“不必实其事”是否矛盾呢？答案是貌似矛

① 《剧说》，页109。
② 《剧说》，页141—142。
③ 《剧说》，页144。

盾而非矛盾，焦循自己已把原因附带阐明。两剧都牵扯到贞节问题，焦循在这一点上相当保守，说其腐朽也不为过。而木兰、贞娘都是作者心中的榜样人物，承担着宣扬教化的使命。为了树立典范，剧中角色必须保持道德的崇高和纯洁，把本不属事实的污水泼到承担教化任务的正面人物身上，损害了形象的纯洁性，“诬”了古人，不利于宣扬忠孝节义，因而保留木兰的贞节行为理所当然。而《长命缕》传奇把《作妓》换成《怀贞》，使剧中人物更加完美，有利于树立榜样以发挥教化作用，这又契合了焦氏的观点，所以又“不必实其事”。

正面历史人物在改编作品中一定要用真实姓名也是此类作品坚持的另一原则，焦循对此类戏剧作品不用人物原名深表遗憾和不满。如对“《钗钏记》以阎为皇甫，以刘为韩，以许御史为李若水，转令本事姓氏不彰，每为之憾”①。类似遗憾在《剧说》中焦循提到多次。同时，他又主张只要无损正面人物，对其进行艺术加工也是许可的。例如关于《昭君出塞》，焦循特别激赏陈玉阳对结尾的处理，“虽为文人狡猾，而别致可观”②，就在于作品留下了广阔的空间，让人产生无尽的遐想。他还对陈陈相因的创作模式提出了批评。正面人物可以作为榜样，反面人物可以用来警诫后人。《剧说》对反面人物的处理，没有提出特别限制。

综上论之，焦循事实上根据创作目的的不同，以及剧中人物的特点对历史剧创作进行了不同类型的划分。即对于娱乐性的剧作，滑稽性的角色，如《饿方朔》，作者尽可以完全摆脱正史的限制，驰骋自己的笔墨，甚至可以运用浪漫主义手法，让观众得到轻松的精神娱乐。而事关忠孝节义等重大题材的历史剧，同样可以进行艺术加工。但是由于这些剧作不仅仅以娱乐为目的，因而进行艺术加工必须接受一定的限制，对重大关节的处理尤其要谨慎，但总的遵循原则有二：一是正面人物优秀的品质要保留，缺点不要妄添而优点可以附会；二是正面人物要用真

---

① 《剧说》，页 90。

② 《剧说》，页 138。

实姓名以"彰其姓氏"。在坚持两条原则的前提下,也可以进行必要的艺术加工。而反面形象塑造在与史实是否符合问题上没有硬性限制。这就是焦循历史剧创作中的二分法。

这种历史剧的虚构特性焦循称之为"谬悠"。"谬悠"语出《庄子·天下篇》:"庄周闻其风而悦之,以谬悠之说,荒唐之言,无端崖之辞,时恣纵而不傥,不以觭见之也。"成玄英疏:"谬,虚也。悠,远也。"[①]从庄子原文及成氏的解释看,"谬悠"为虚空悠远之意。根据焦循的表述来看,其含义为历史剧创作不是对史实的直观翻版,而是需要艺术的加工变形,产生迷离悠远的意境,这样才能产生震撼人心的艺术力量,实现戏剧的娱乐功能和社会教化功能。而其加工的过程就是"谬悠",也就是二分法的具体操作过程。

二 理论意义

焦循关于历史剧创作的二分法在中外戏剧理论史上还是具有重要意义的。在中国的戏剧作品中,历史剧剧目繁多,人所共知。其实在西方,历史剧同样大量存在。尤其在文艺转型时期,复古往往成为幌子,实际上成为新文艺的号角,与中国的情况并无二致。所以如何处理历史真实与艺术真实的关系,是古今中外戏剧家、戏剧理论家都要面临的问题,也是几千年来一直争论不休的话题。

相对而言,在历史真实与艺术虚构的关系上,西方的理论更重视戏剧的艺术特性。亚里斯多德指出:"诗人的职责不在于描述已发生的事,而在于描述可能发生的事,即按照或然律或必然律可能发生的事。历史学家与诗人的差别不在于一用散文,一用'韵文';希罗多德的著作可以改写为'韵文',但仍是一种历史,有没有韵律都是一样;两者的差别在于一叙述已发生的事,一描述可能发生的事。因此,写诗这种活动比写历史更富于哲学意味,更被严肃地对待;因为诗所描述的事带有普

① 郭庆藩《庄子集释》,中华书局,1961 年,页 1098—1099。

遍性，历史则叙述个别的事。所谓‘有普遍性的事’，指某一种人，按照或然律或必然律，会说的话，会行的事，诗要首先追求这目的，然后才给人物起名字；至于‘个别的事’则是指亚尔西巴德所做的事或所遭遇的事。”①这就为文艺创作定下了基调。由于亚理斯多德的理论在西欧雄霸了两千多年，在此理论指导下，理论家关注的重点在于文艺如何反映现实生活，文学形象如何塑造，起点就处于形而上的水平。所以在历史剧问题上，同样强调文艺者的主观能动作用，戏剧的艺术真实优于历史事件的真实。他们认为艺术的逼真并不是逼肖现象的表面真实，而是要揭示现象内部所含的普遍性与必然性，艺术的前提不妨是假设或虚构的，在历史事实上是可能的，但是在这假定前提下，如果所写的都近情近理，令人看到就是逼真的幻觉，艺术家的使命也就完成了。如此大张旗鼓地为历史剧的虚构辩论，在中国古代文论史上是没有的。为了使艺术更加真实，虚构中的夸张变形也在所不惜。在论述戏剧家的虚构权利时，认为只要有利于性格刻画，作家无论怎样对待历史事实都可以，这与中国理论家动辄以事实来评价作品迥异。当然，他们当中也有人持反对态度，只是力量很是微弱，与中国的情况相反。但是，既然是历史剧，那么，历史在剧中如何体现也很重要，如果彻底地抛开历史不谈，也就取消了历史剧的存在价值，上述观点就有这种倾向。

在中国，历史作品的表述方式不同于西方。西方对历史规律的探讨，是以思辨性的逻辑方式表述出来的。中国的史学家对历史规律的把握则是体现在具体记录当中让人们去感知体会的，所谓“微言大义”是也。呈现在人们面前的是一大堆事实材料，缺乏条分缕析的理性说明。在学术分工不明确的封建社会，掌握大量历史事实的非戏剧专业研究人士极易进行简单的比附，造成对历史剧创作艺术探讨不足的局面，以致有研究者痛心“戏剧艺术论”批评的本位缺失，而其原因就在于

---

① （古希腊）亚理斯多德著，罗念生译《诗学》，上海人民出版社，2006 年，页 39。

采用了独特的代置式的批评范式，即以非艺术的边缘性批评替代了艺术本位主义的戏剧批评，而历史主义批评就是其中重要的一种。说中国戏剧批评中的艺术本位批评不足，确是事实，然而，说中国历史剧批评全部是代置式批评，也不尽符合实际。

胡应麟较早提出了戏剧的虚构特点，《剧说》引《庄岳委谈》云："凡传奇以戏文为称也，无往而非戏文也，故其事欲谬悠而无根也，其名欲颠倒而无实也，反是而求其当焉，非戏也。故曲欲熟而命以生也，妇宜夜而命以旦也，开场始事而命以末也，涂污不洁而命以净也。凡此，咸以颠倒其名也。中郎之耳顺而婿卓也，相国之绝交而娶崔也，《荆钗》之诡而夫也，《香囊》之幻而弟也。凡此，皆以谬悠其事也。近为传奇者，若良史焉，古意微矣。"[①]在承认传奇虚构的基础上，对以史求实直接提出了批判。其实承认戏剧"传奇无实，大半寓言"（李渔语）者比比皆是，并对历史真实与艺术真实的处理提出过多种方案。

王骥德就把历史事实划分了三类：一类是"于古人事多损益缘饰为之，然尚存梗概"；一类是"后稍就实，多本古史传杂说略施丹垩，不欲脱空杜撰"；一类是"迩始有捏造无影响之事，以欺妇人小儿者，然类皆优人及里巷小人所为"[②]。在王氏眼里，虚实结合的情况最值得推崇，"稍就实"的次之，而对彻底的虚构极力贬斥，"大雅之士亦不屑也"。他对虚实程度的三类划分还是有一定意义的，但脱离了戏剧的内容来谈这个问题，未免有些空洞。对指导历史剧创作来说还太模糊，无法付诸实践。在戏剧家李渔那里，他对戏剧题材进行了古今虚实的四类划分，但在具体操作时提出了"实则实到底，虚则虚到底"的主张。与他的其余理论相比较，李渔"实则实到底"的历史剧创作理论并没有任何高明之处。历史学家章学诚也持上述观点，认为演义作品，应当"实则概从其实，虚则明著虚言"，尤其不要像《三国演义》一样错杂。章学诚的观点

---

① 《剧说》，页 4。

② 《曲律》，《中国古典戏曲论著集成》本，中国戏剧出版社，1959 年，页 147。

其有针对性，即历史作品很容易误导人们的历史观念，尤其是对具体史实的认识。对接受正史特别困难，极易受到演义影响的古人来说，这种观点有特别意义。然而，全虚全实都有缺陷，不光是要求太绝对，关键何时全虚、何时全实无法明确，假使其前提成立，也无法具体操作。焦循的特点在于提出了虚实的划分原则，兼顾到历史真实与历史剧创作的特定要求。他的这种分类标准在戏剧理论史上是非常独到的，可操作性可以说是前无古人，达到了当时历史剧创作指导的最高峰，而且对现今的影视剧创作仍有参考价值。

三 求信倾向

历史剧成立的前提就是历史。一般而言，作家对历史事件的认识就是历史剧创作的逻辑起点。然而什么是历史，能否达到历史的真实，迄今为止在史学界仍有不同意见。但是历史事实往往不真实却是事实，对历史记录的不可靠性焦循有清醒的认识，《忆书》中记载了他的切身体验，得出的结论是评价自己好的未必那样好，评价自己坏的未必那样坏，相距甚近尚不可靠，何况久远的历史记载呢？

在中国戏剧批评史上，史、剧不分的情况比比皆是，也就是以所谓的代置式的历史主义批评取代了艺术批评。以理而言，作为一个有着相当艺术修养的人，对历史的认识有着深刻的切身体验，对历史剧的虚构特性有着明确的认识，总不至于再“重蹈覆辙”吧，而这种情况却恰恰同样发生在焦循身上，用历史主义方法批评历史剧也是焦循的一大突出特点。

首先焦循完全以历史剧为真实，挖掘历史剧与历史不合处含有的微言大义，为历史剧中对历史记载的变形辩解。最明显的就是他对潘仁美的辩解，另外还对戏剧补充人们对历史的认识高度评价。他引《香祖笔记》云：“吾宗鹤尹兄抃，工于词曲。作《筹边楼》传奇，一褒一贬，字挟风霜。至于维州一案，描摹情状，可泣鬼神。传奇小技，足以正史家论断之谬诬也。"[①]

服从上述总体原则，在焦循看来，本事求实、人物求实，更是顺理成章，因此这在其戏剧笔记中占了相当大的篇幅，成为求信的重要内容。在以博雅为高的风气里，他对追寻语言的来源也非常感兴趣。这三项内容在当时司空见惯，不足为奇。

对迷信内容的求信，可以看作焦循的一大特色。对属于迷信的子虚乌有之内容，也要证明其绝非不经之谈，这类考辨占焦循戏剧研究中相当大的分量。例如《剧说》引《玉壶清话》云："'樊知古，江南人，无乡里之爱。举于乡，不获第，因谋北归。以钓竿渔于采石江，凡数年。横长絚量江水之广、深。絚或中沈，阴有物波底助起，心知其国之亡，遂仗策谒太祖，送学士院本科及第。遣湖南督匠造黄、黑龙船于荆南，破竹为索，数千舰由荆南而下。舟既集，就采石矶试焉，密若胼胁，不差尺寸。'池阳聿云氏作《量江记》传奇，于《量江》一出，用龙王、鬼卒助之，本此，非他传奇假借鬼神之例也。史称李后主送知古家口于樊，传奇言后主执之，用为剧中波澜耳，然而诬后主矣。"[②]又有："闽中洛阳桥圮，发石，有刻文云：'石头若开，蔡公再来。'鄞人蔡锡者，永乐癸丑乡试中式，仁庙时以学行授兵科给事中，升泉州知府。锡至，欲修桥。桥跨海，工难施。锡无可为计，欲以文檄海神。一醉卒趋而前曰：'我能赍檄往。'复乞酒饮，大醉，自投于海，若有神擎捧之者，俄而以'醋'字出。锡意必八月二十一日酉时也，遂于是日举工。潮旬余不至，工遂成。载锡本传。此实事也，人不知，而以事附蔡端明，且以为传奇中戏妄之语，非也。"[③]

焦循重视事件求实，有多种原因，其中之一与宣扬榜样教化作用相联系，因为真人真事更加具有说服力。至于迷信事件，更好理解。此类

① 《剧说》，页93。
② 《剧说》，页56。
③ 《剧说》，页90。

事情往往眼见者少，闻之者众。而焦循本人的迷信观念相当浓重。《忆书》卷二记载，嘉庆丁卯(十二年，1807)七月，扬州城内一雇工窃走主人白银一封。主人便让雇工发誓，若偷白银，雷击之。若自己诬陷，以子为报。小偷便把针放在小孩肚脐，医生查不出原因。一日，雷从下起，击毙其人。而其人跪而不倒，手指方向为藏银之处，于是怀疑小偷对小孩做了手脚。后来医生用磁铁取出，小孩平安无恙。"针长寸许，置脐中不死，非有鬼神，奚能若是。是日杨石堂在城，亲见此异，次日归以语余。"[①]另一例子更有意思，焦循丁卯三月大病后，不能行走百余日，乘轿进城见一少年殴打其母，无人敢救，问明其关系，"顿忘病躯，奋前以手搁其颊，应手而踣，跃起，又踣之。众乃救媪去。……既往，余颓弱如故，不知先此力从何来，其鬼神恶不孝，余平日力不能如是也"[②]。其实这种现象可以从科学上进行合理解释，焦循却归之于鬼神相助。他过于迷信，以至于事关重大的科举考试也因梦而受影响，因信梦之暗示，"余仕进之心亦从此淡矣"。可见焦循迷信观念之浓重，正因此他对具有迷信神奇色彩的事物格外关注。

同时，乾嘉学风影响也不可忽视。探求本事，考证来源并不始于乾嘉时期，至迟在王世贞的笔记中就多有戏剧本事考辨，不过到了乾嘉时期，此风日盛，博物成为衡量人们知识的重要标准，以博物相高成为时尚。而博物的重要方面就是追本溯源，找出本原，成为乾嘉学者的职业习惯，许多考证性的戏剧研究就是明证。再者，历史作品的强大影响不可低估，这是传统的历史思维的特点使然。在中国古代文人心目中，历史具有崇高的地位，以作品有案可稽作为重要标准，四库馆臣"有资于考证"的评价标准深入人心，在此坐标系中，历史记载具有先验的权威价值，具有不容质疑性。即使是讲究篇章修辞，也无不以真实达意为旨归。

---

① 《忆书》，页13—14。

② 《忆书》，页14。

好在焦循仅止于明了历史真相，没有如《小栖霞说稗》的作者平步青那样，声讨戏剧小说作品的虚构加工，对失实之处大加挞伐。也就是说焦循只是体现出这种倾向，仅止于实事求是而已，至多对“诬”了古人和“转令姓氏不彰”的情况不满，这源于他对戏剧功能的认识，与机械的进行史剧比照和推崇客观知识明显不同。这充分反映了其文艺倾向对求实倾向的控制，求信与谬悠只是出现了一定程度的背离。可以这样理解，焦循的谬悠的观点是出于艺术的自觉追求，其求信倾向更出于一种非艺术理论专业的有着丰富知识人士的职业习惯，而后者掌握不好火候，往往对前者造成干扰，尤其是后者在不能充分把握前者艺术特性的时候，当然焦循不在此列。而这一点，对于理解当今历史剧批评的混乱局面颇有启发意义。

四　现实价值

历史剧就是以剧作家对历史的认识为前提来进行创作的。历史剧的核心是剧，是一种艺术创作，而文学创作绝对离不开想象，想象的虚拟性是不言而喻的，中国古代的很多文人、观众恰恰忽视了这个特点。对历史剧艺术属性的不了解，导致了历史剧批评的混乱情况，这种状况在今天依然如此。在此背景下，焦循的历史剧创作思想的价值便体现出来。

时下，每一部历史剧出现，照例要引起一片哗然（当然炒作的成分很大），一般是边演边炒。娱乐记者们的采访对象通常一方是学者，一方为戏剧编导人员，编导人员往往处于“不利”地位，而前者用历史事实苛求戏剧“失实”时往往理直气壮。突出实例莫过于中央电视台推出的大型电视记录片《清宫档案解密》，其目的之一就是用历史事实讲话，以清宫档案为依据，还原真实的历史，扭转“戏说剧”给人们认识上造成的混乱。与史学界的热切关注相反，与历史、艺术研究密切相关的中国古代文学研究学者对“戏说剧”却保持了沉默。詹福瑞在《中国古代文学研究的边缘化问题》一文中，将此作为古典文学研究边缘化的例证[1]。这里面有古典研究者默然置之的成分，但恐怕更大程度在于二者评价的立足点不同，历史学者往往以事实来对照衡量，像古代文人学者的代置式批评一样；而古代文学研究者则更多的从艺术角度着眼，所以对戏说虚构表现了相当程度的认可。尽管许多细节与自己原先的正史知识储备有出入，但态度与历史学者相比，显然要温和的多了。这就是不明白戏剧的谬悠特性所致。

同时，对历史剧谬悠的批评还部分来自普通民众，尤其是历史事件参与者的后人，他们或以侵犯名誉权，或以没有彰显先辈业绩为由，向编导们提出严厉批评甚至法律指控，对历史剧的虚构造成了直接压力。例如《国宝》上演，历史事件参与者的后代批评戏剧没有采用真实姓名，正是以“转令姓氏不彰为憾”。而编导人员则辩解，因为以前有过采用真名而被以侵犯名誉权起诉的情况[2]。不几天，经典革命剧《林海雪原》上演，因为高波的出身被改编成孤儿，“诬”了他的父母，以致整个村子都愤愤不平，而另一英雄杨子荣的家乡也密切注视事态发展[3]。与历史学界的泛批评不同，他们争论的问题很具体，也就是焦循总结的两点：正面人物应当用真名；正面人物须写得完美，尤其忌讳附会本身没有的缺点。但人物的性格是复合的而不是单一的，按照这一原则塑造出的人物必然是片面的，难以表达真实的人的复杂内涵，不利于真实人物的塑造，与艺术创作规律背道而驰。但是观众不以人物形象为艺术形象，把艺术形象等同于生活原型，历史事件参与人后代的这种心理积淀为一种文化基因，溶入人们的血液，不可能在短期内消除。同时，普通大众的审美惯性也会影响对正面人物的塑造。中国传统平面化的审美观，导致人们审美趣味的片面化。正面人物皆好，反面人物皆坏，还

---

① 《中国古代文学研究的边缘化问题》，《文学评论》，2001 年第 6 期。

② 江华，《齐鲁晚报》(B10 版)，2004 年 2 月 23 日；刘江华、吴欢，《潍坊广播电视报》(A5 版)，2004 年 2 月 25 日。

③ 盖云飞、郝东智《齐鲁晚报》(B8 版)，2004 年 3 月 25 日。

是人们审美的预置前提。按照这个标准塑造的人物才符合观众的心理期待。反之则极易招致批评。例如历史剧《孙中山》,相当程度上写出了当时革命形势的错综复杂以及孙中山的复杂心态,在表现人物的深度上可圈可点。但有人批评将孙中山塑造的过于怯懦,有失领袖风范,显然就是这种心理惯性所致。所以焦循提出的原则还将在相当长的时间内具有参考价值。

而在负面人物形象塑造方面,引起的争论要小很多。这不能证明历史事件参与者的后人没有为祖宗避讳、正名的心理,只是迫于外界强大的舆论压力无法说出而已,即使是说出来也无法获得舆论支援。相比于正面人物形象塑造而言,反面人物塑造的艺术空间要广阔的多。"文革"结束后,为了纠正"三突出"的创作弊端,文艺理论界开始讨论性格复杂性问题、人性问题。其实,在一百五十多年前,焦循就反面人物的塑造提出了明确的意见,他说:"然观此剧者,须于其极可恶处,看他原有悔心。名优演此,不难摹其薄情,全在摹其追悔。当面诟王相、昏夜谋杀子女,未尝不自恨失足。计无可出,一时之错,遂为终身之咎,真是古寺晨钟,发人深省。"[①]在这里,他把塑造反面人物的正面心理看作塑造人物形象的有效手段,无疑是很有见地的。其原因《抱朴子》解释得很清楚:"能言莫不褒尧,而尧政不必皆得也;举世莫不贬桀,而桀事不必尽失也。故一条之枯,不损繁林只蓊蔼;蒿麦冬生,无解毕发之肃杀。西施有所恶,而不能减其美者,美多也;嫫母有所善,而不能救其丑者,丑笃也。"[②]本着这一原则塑造反面历史剧人物形象,既更符合历史的本来面目,也更加有利于丰富人物的内涵,增强艺术的感染力。

对于不同历史题材,基于不同的目的可以进行不同的处理。《影视专家为荧屏把脉》一文提出了三种处理方案:电视记录片,戏说题材,严

---

① 《花部农谭》,页 180。

② 杨明照《抱朴子外篇校笺》,中华书局,1997 年,页 265—266。

肃历史剧[①]。前一种可以看作历史记录的形象显示，是文字记录符号的直观化，它尽管也内涵了制作者的主观选择，优秀的记录片甚至也蕴涵了制作者深厚的感情，但这毕竟不是记录片的本质所在，反映问题的客观性毕竟是其第一要务，真实性是它的灵魂。通过电视记录片，人们可以看见相对客观的历史，历史知识的普及性是其价值之所在，与科普更近而与艺术稍远，与历史近而与剧远。而可称得上历史剧创作的只有后两种。戏说剧主要为了娱乐，所以可以采用焦循所言的第一种方法，实行彻底的“谬悠”，不过题材上应当配套。第二种除了娱乐，还应该给人思考启迪，遵循焦循的建议，不失为明智之举。这就是焦循历史剧提供的思想资源。艺术生产决定艺术消费，艺术消费反过来影响艺术生产。关于正面人物塑造的原则与艺术规律相左，但在现阶段的中国又有其存在的合理性，如何在贯彻这种原则与引导观众合理的审美习惯中找到最佳结合点，还是一个需要在实践中加以解决的问题。

第三节　“一代有一代之所胜”问题研究

焦循在《易余籥录》中提出了“一代有一代之所胜”的观点，成为 20 世纪中国文学史上的重大命题。这一观念首先从王国维的戏曲研究开始受到影响，进而波及到后起的文学史写作，基本上左右了 20 世纪的中国古典文学研究。到 20 世纪末进行百年文学研究反思时，这一观念又不断成为被检讨的对象。本节意在对这一命题进行还原，澄清与之相关的两个问题：第一，“一代有一代之所胜”是一个诗学（中国式的而非亚理斯多德式的）命题，而不是一个文学或文艺学命题。与此相关联的第二个问题是：既然其基本上是一个诗学命题，那么，从中根本不能推导出焦循有意推崇元曲或是其他任何一种文体的结论。

---

① 郝东智、倪自放《影视专家为荧屏把脉》，《齐鲁晚报》，2004 年 3 月 18 日。

一 “一代有一代之所胜”的本义

为了避免对“一代有一代之所胜”断章取义的理解，全文引述《易余籥录》卷十五记述相关部分如下：

商之诗，仅存颂，周则备风、雅、颂，载诸三百篇者尚矣。而楚骚之体，则三百篇所无也，此屈、宋为周末大家。其韦元成父子以后之四言，则三百篇之余气游魂也。汉之赋，为周、秦所无，故司马相如、杨雄、班固、张衡为四百年作者，而东方朔、刘向、王逸之骚，仍未脱周、楚之窠臼矣。其魏、晋以后之赋，则汉赋之余气游魂也。楚骚发源于三百篇，汉赋发源于周末，五言诗发源于汉之十九首，及苏、李而建安，而后历晋、宋、齐、梁、周、隋，于此为盛。一变于晋之潘、陆，宋之颜、谢，易朴为雕，化奇作偶。然晋、宋以前，未知有声韵也。沈约卓然创始，指出四声，自时厥后，变蹈厉为和柔。宣城、水部，冠冕齐、梁，又开潘、陆、颜、谢所未有矣。齐、梁者，枢纽于古律之间者也。至唐遂专以律传。杜甫、刘长卿、孟浩然、王维、李白、崔颢、白居易、李商隐等之五律七律，六朝以前所未有也，若陈子昂、张九龄、韦应物之五言古诗，不出汉、魏人之所范围。故论唐人诗以七律五律为先，七古七绝次之，诗之境至是尽矣。晚唐渐有词，兴于五代，而盛于宋，为唐以前所无。故论宋宜取其词。前则秦、柳、苏、晁，后则周、吴、姜、蒋，足与魏之曹、刘，唐之李、杜相辉映焉。其诗人之有西昆、西江诸派，不过唐人之绪余，不足评其乖合矣。词之体，尽于南宋，而金、元乃变为曲，关汉卿、乔孟符、马东篱、张小山等为一代钜手。乃谈者不取其曲，仍论其诗，失之矣。有明二百七十年，镂心刻骨于八股，如胡思泉、归熙父、金正希、章大力数十家，洵可继楚骚、汉赋、唐诗、宋词、元曲，以立一门户。而李、何、王、李之流，乃沾沾于诗，自命复古，殊可不必者矣。夫一代有一代之所胜，舍其所胜，以就其所不胜，皆寄人篱下者耳。余尝欲自楚骚以下至明八股，撰为一集：汉则专取其赋；魏、晋、六朝至隋，则专录其五言诗；唐则专录其律诗；宋专录其词；元专录其曲；明专录其八股。一代还其一代之所胜，然而未暇也，偶与人论诗，而记于此。[①]

众所周知，我们今天的文学观念是中国固有的“文学”资源与西方文学观念经过很长时间的磨合而逐步建构起来的。古人的“文学”绝不等于我们今天的文学，即按照西方标准建立起来的，以审美为主要特征的以诗歌、戏曲、小说、散文为主要样式的文学。因此对于古人的“文学”研究必须从固有的事实出发，具有“了解之同情”，“盖古人著书立说，皆有所为而发。故其所处之环境，所受之背景，非完全明了，则其学说不易评论，而古代哲学家去今数千年，其时代之真相，极难推知。吾人今日可依据之材料，仅为当时所遗存最小之一部，欲藉此残余断片，以窥测其全部结构，必须备艺术家欣赏古代绘画雕刻之眼光及精神，然后古人立说之用意与对象，始可以真了解。所谓真了解者，必神游冥想，与立说之古人，处于同一境界，而对于其持论所以不得不如是之苦心孤诣，表一种之同情，始能批评其学说之是非得失，而无隔阂肤廓之论。否则数千年前之陈言旧说，与今日之情势迥殊，何一不可以可笑可怪目之乎？”[②]背离了这一原则，任何评价只能是隔靴搔痒，或是言不及义。因此评价焦循“一代有一代之所胜”的论断，首先要搞明白焦循到底在说什么，他为什么这样说，然后再论其是非功过。

通观上面的引文，我们可以看出焦循的本意在于发表对中国诗歌发展史的看法。在探讨过程中，他坚持了传统的诗学观念，把唐宋传奇和明清最为兴盛的小说，排除在探讨范围之外，而这些内容正是今天明清文学史所要讲述的主要内容。当然这些内容不入焦循的法眼，在当时的语境下无足为怪。即使作为中国文学正宗的散文，如受人推崇的先秦诸子散文、两汉历史散文、唐宋古文，也都统统被焦循排除在探讨

---

① 《易余龠录》，《焦循诗文集》，页 842—843。

② 陈寅恪《金明馆丛稿二编》，生活·读书·新知三联书店，2001 年，页 279。

话题之外。从他论述的重点、批判的对象看来，这一论断显然是围绕诗歌演变展开的，焦循本人主观上没有一点从总体上谈论文学演变的意思。[①]

上面是从具体内容而论，另外还有两条材料直接佐证笔者的观点：一是在上段引文末尾，焦循写道“偶与人论诗，而记于此”，这是这段文字产生的直接背景，表明焦循是专门针对诗歌问题发表的意见，而不是针对所有的文学现象。二是从《易余龠录》的编排体例上来看。《易余龠录》是焦循的杂记类笔记著作，共计二十卷。该书内容非常丰富，从典故考释到语言训诂，从音韵到俗语，从文人逸事到学术考辨，不一而足。焦循在编排本书时按照内容进行了严格的归类。其中论述诗歌的内容集中在第十五卷，此条位于该卷卷首。可见，在焦循心目中，“一代有一代之所胜”是一个纯粹的诗学命题。

服从于这一整体认识，焦循的论断有两个要点：一是每个时代都有自己独特的、水平最高的诗的样式，焦循的评价标准就是：前代所无，该代极盛。他在《时文说三》中指出：“时文之理法尽于明人，明人之于时文，犹唐之诗，宋之词，元之曲也。”[②]从这一认识出发，商颂（商）→诗经（周）→ 离骚（周末）→赋（汉）→五言诗（汉魏六朝至隋）→律诗（唐）→词（宋）→ 曲（元）→八股文（明），这样的发展，构成了一个完整的序列，正如蒋星煜所言：“论述诗之发展演变比较系统，而且前后均有呼应。”[③]二是从选本的角度来讲，如果选诗，应该选择特定历史阶段上最为突出的诗的样式，这是一个通过比较得出的概念。在汉代是汉赋与

---

① 关于焦循不论列六朝骈体文的问题，刘奕认为“焦循对骈体文存有偏见”，进而认为在焦循眼中，魏晋六朝没有代表文体（《焦循文学代胜说论析》，《四川大学学报》，2007 年第 6 期）。这种认识似并未抓住关键，焦循明确指出，魏晋六朝的代表作是五言诗。焦循是在论诗，不涉及骈文自在情理当中，同尊贬骈体文与否没有任何关系，况且就是焦循本人高度推崇的古文也没有提及呢。

② 《雕菰集》卷十，《焦循诗文集》，187 页。

③ 《从〈易余龠录〉探索焦循的戏曲理论》，《曲苑》，1984 年第 1 期。

楚辞之间的选择；在魏晋南北朝则是五言诗与楚辞之间的选择；在唐代则是律诗与古体诗之间的选择；在宋代则是词与诗之间的选择；在元代则是曲与诗之间的选择；在明代则是时文与诗之间的选择。在焦循看来，明代的八股文水平登峰造极："有明二百七十年，镂心刻骨于八股，如胡思泉、归熙父、金正希、章大力数十家，洵可继楚骚、汉赋、唐诗、宋词、元曲，以立一门户。"[1]焦循的观念是诗与时文二者选一的结果，并不是彻底的全部否定其他文学样式。

把焦循的论断统统归为诗学命题，这里面有历史的积淀，据钱钟书考证，最早涉及这一话题的是金代刘祁，他说："唐以前诗在诗，至宋则多在长短句，今之诗在俗间俚曲也，如所谓源土令之类。"[2]王骥德在《古杂剧序》中说："后《三百篇》而有楚之《骚》也，后《骚》而有汉之五言也，后五言而有唐之律也，后律而有宋之词也，后词而有元之曲也。代擅其至也，亦代相降也，至曲而降斯极矣。"[3]也与焦循本人的独特认识有关。从《诗经》(含《商颂》)到《离骚》，到汉魏晋五言诗，再到唐律诗，到宋词，再到元曲，焦循的这一认识具有普遍性，古人关于这方面的论述甚多，我们今天的文学通史大都按照这一顺序编排。当然，这一演变过程绝对不是如此单线条的演进而要复杂得多，这一问题牵涉甚广，此不赘述。

需要解释的是将赋归于这一命题的依据。焦循在他的作品中一直是诗赋二者并提。在《时文说一》中，他把诗赋与六艺和九流并提；在《与赵宽夫论文书》中自言涉猎所及，也学诗赋。焦循把赋归于诗下，有多方面的原因。第一，诗、赋都是中国早期重要的"文学"形式，二者并提在中国文学史上是一个重要传统。班固在《汉书·艺文志》中，将《诗赋略》列为《七略》之一，检索《四库全书》语料库就检索到 2991 条"诗

---

① 《易余龠录》卷十五，《焦循诗文集》，页 843。

② 《归潜志》卷十三，中华书局，1983 年，页 145。

③ 《古杂剧序》，《古本戏曲丛刊》第四集，上海商务印书馆，1958 年。

赋”并提例。第二，赋与诗有着明显的渊源关系。班固在《汉书》中指出：“赋者，古诗之流也。”认为赋是《诗经》流变的结果，这种观念在赋史上有着深远的影响。从文体特点上，二者同样讲究押韵，讲究节奏，而且赋本身就是诗之“赋”法夸张运用的结果。第三，这还源于焦循对文的独特分类。在《与王钦来论文书》中，他根据功用把文分为四类：第一类是科举应试之文，用于一身；第二类是应酬交际之文，用之当时；第三类是国家大诰类公文，是用之天下之文；第四类是百世之文，也就是经学研究之文。[①] 在这种散文视野下，赋这种文体就是“四不像”，加之上述原因，焦循只能把它归类到诗里面。

争议更大的在于焦循认为八股文是明代之胜，这一点，尤其为执今天文学观念的人所不解。焦循的论断有两层意思，一方面，焦循是轻视八股文的，认为作为“一身之文”，无足重轻。另一方面，焦循又给予八股文高度评价。他在《时文说一》中，评价八股文的写作技巧说：“于诸子中，有近乎庄、列、申、韩、邓析、公孙龙。然诸子之说根于己，时文之意根于题，实于六艺、九流、诗赋之外，别具一格也。余尝谓学者所轻贱之技，而实为造微之学者有三：曰弈，曰词曲，曰时文。”[②]

焦循把八股文与六艺、九流、诗赋并列，并认为它是造微之学，评价可谓不低。这里面有他的独特哲学依据，他在《时文三》中指出：“学诗者有诗之理法，学词者有词之理法，学书者有书之理法，学绩事者有绩事之理法。推之医卜、堪舆、陶冶、梓匠，莫不各有理与法。”[③]鉴于道各有“道”，必须广泛学习才能得其理，世间根本没有执一御万的捷径。所以，焦循不轻视任何东西，在此种意义上，他把八股文与六艺、九流、诗赋并列，可以理解。刘奕认为焦循“对八股文的大加赞扬，则颇有悖于焦循一向之旨”，“焦循因为生在清代，对这种功名文字有特殊的偏

---

① 《雕菰集》卷十四，《焦循诗文集》，页265—266。

② 《雕菰集》卷十，《焦循诗文集》，页186。

③ 《雕菰集》卷十，《焦循诗文集》，页187。

爱”[①]。其实，焦循推崇八股文正是基于刘奕所指出的“一贯忠恕”、“攻乎异端”之旨。

焦循认为明朝的八股文已经登峰造极，对章大力等人的八股文佩服有加，所以他用“镂心刻骨”一词形容，这里面有强烈的个人倾向性。在《里堂家训》中，焦循说：“少长读时文，每阅一本，至理题或如章大力、徐思旷等幽奥淡漠之作，人多厌之不欲观，偏乐于反复之，文之不惬于意者必细为紬绎，以求其所以然之故。往往始而厌恶，继而嗜悦。”[②]《时文说二》记载其与汪季蕃论时文：

> 季蕃问曰：“时文莫善于章、陈两家之文，往往深僻其意。然则何如而后能深僻其意也？”余曰：“深僻者，形也，非意也。两家之意，虽初学俗手亦能之。夫章、陈之文之深僻者，其形则然也。匪独章、陈，凡时文皆然。庸、奇、清、浊，浅、深、华、朴，均以形别之。古文以意，时文以形。舍意而论形，则无古文；舍形而讲意，则无时文，故二者不可以相通。然则时文易工乎？曰：惟以形，工之尤难。”[③]

就八股文论八股文而言，“惟一事各还一事之体”，明代八股文水平确实最高，而且史无前例，正好符合焦循“前代所无，该代极盛”的评判标准。

八股文显然不属于诗的范畴，但在焦循看来，却是诗歌从《诗经》合乎逻辑发展的自然结果，八股文与戏曲不但在时间上紧密相连，而且直接来源于曲剧。《易余龠录》卷十七在记录《云麓漫抄》中关于唐人温卷之事后，有一长篇评论：

---

① 《焦循文学代胜说论析》，《四川大学学报》，2007 年第 6 期，页 76。

② 《里堂家训》，页 528。

③ 《雕菰集》卷十，《焦循诗文集》，页 186—187。

此则唐人传奇小说，乃用以为科举之媒，此金、元曲剧之滥觞也。诗既变为词曲，遂以传奇小说；谱而演之，是为乐府杂剧。又一变而为八股，舍小说而用经书，屏幽怪而谈理道，变曲牌而为排比，此文亦可备众体，史才、诗笔、议论。其破题开讲，即引子也；提比、中比、后比，即曲之套数也；夹入领题、出题、段落，即宾白也。习之既久，忘其由来，莫不自诩为圣贤立言。不知敷衍描摹，亦仍优孟之衣冠。至摹写阳货、王驩、太宰、司败之口吻，叙述庾斯抽矢、东郭乞余，曾何异传奇之局段邪？而庄、老、释氏之指，文人藻缋之习，无不可入之。第借圣贤之口以出之耳。八股出于金、元之曲剧，曲剧本于唐人之小说传奇，而唐人之小说传奇，为士人求科第之温卷，缘迹而求，可知其本。①

此处焦循认为八股文文备众体，史才、诗笔、议论兼有。其直接来源就是以戏曲的形式来演绎道理，只是内核发生了变化，"舍小说而用经书，屏幽怪而谈理道"。而在形式上，把曲牌变为排比，并且八股文的各个环节都与曲剧有着明确的对应关系。钱钟书先生对此有过精深的阐发：

八股古称"代言"，盖揣摹古人口吻，设身处地，发为文章；以俳优之道，抉圣贤之心。董思白《论文九诀》之五曰"代"是也。宋人四书文自出议论，代古人语气似始于杨诚斋。及明太祖乃规定代古人语气之例。参观《学海堂文集》卷八周以清、侯康所作《四书文源流考》，然二人皆未推四书文之出骈文。窃谓欲揣摩孔孟情事，须从明清两代佳八股文求之，真能栩栩欲活。汉宋人四书注疏，清陶世征《活孔子》，皆不足道耳。其善于体会，妙于想象，故与杂剧传奇相通。徐青藤《南词叙录》论邵文明《香囊记》，即斥其以时文为南曲，

① 《易余籥录》，《焦循诗文集》，页866—867。

然尚指词藻而言。吴修龄《围炉诗话》卷二论八股文为俗体，代人说话，比之元人杂剧。袁随园《小仓山房尺牍》卷三《答戴敬咸进士论时文》一书，说八股通曲之意甚明。焦理堂《易余籥录》卷十七以八股与元曲比附，尤引据翔实。张诗舲《关陇舆中偶忆编》记王述庵语，谓生平举业得力《牡丹亭》，读之可命中，而张自言得力于《西厢记》。亦其证也。[①]

再以《香囊记》为例，徐渭批评道："以时文为南曲，元末、国初未有也，其弊起于《香囊记》。《香囊》乃宜兴老生员邵文明作，习《诗经》，专学杜诗，遂以二书语句匀入曲中，宾白亦是文语，又好用故事作对子，最为害事。"[②]正如钱钟书所言，徐渭批评"尚指词藻"；马琳萍的分析则更加全面而深刻："在文体功能上，邵璨借八股文之'识义'为写作目的，使《香囊记》在一定程度上背离叙事抒情的曲体功能转而为说理议论。在说理内容上，在八股文守经遵注意识的影响下，邵璨大量引经史及朱注入曲。在说理方式上，邵璨借八股文之代言入曲，在代戏曲中人物立言的同时又代圣贤典范立言。在说理方法上，邵璨用类书式用典辅助说理，这是受了八股文类书式编辑方式及修习方式的影响。在行文方式上，邵璨借八股文之排偶对传奇前腔体制进行改造，使其由纯粹的制曲方式转变为适于说理的行文方式。"[③]可见焦循的观念有充分的事实依据。所以在另一条材料中，焦循同样强调："余谓八股入口气，代其人论说，实原本于曲剧。"

焦循虽然自觉地把八股文界定为"文"，但在诗流变的链条上，又认为它是诗发展流变的自然结果。明代八股文成就极高，传统诗文方面

① 《谈艺录》，生活·读书·新知三联书店，2001 年，页 111。

② 《南词叙录》，《中国古典戏曲论著集成》本，中国戏剧出版社，1959 年，页 243。

③ 《〈香囊记〉与八股文关系之研究》之《内容提要》，河北师范大学硕士学位论文，2005 年。

又乏善可陈，焦循终于替一直寻找本朝代表作而苦恼的明人找到“闪光点”。刘奕认为焦循选入八股文，“不免破坏了他的文学史观的完整性”。从以上论述看出，此处并不涉及“文学史”而仅涉及诗史，与整个的文学史观关系不大，谈不上破坏的问题。综上言之，焦循所论实际是一个诗学命题。

二 “一代有一代之所胜”观念的现代转换

进入20世纪，这一诗学命题开始转换成文学史的命题，对古代文学史的编写产生了重大影响。首先是王国维，在《宋元戏曲史》自序中，他说：“凡一代有一代之文学：楚之骚，汉之赋，六代之骈语，唐之诗，宋之词，元之曲，皆所谓一代之文学，而后世莫能继焉者也。”[①]在此，王国维把“汉魏晋五言诗”已经转换为“六代之骈语”，把明之八股文略去不谈。

王国维把焦循论述的范围由诗歌扩大到了散文领域，略去八股文切合了当时反八股文的潮流。由于王国维此时兴趣集中于戏曲研究，他的观点在通体文学史撰写方面影响不大。根据周勋初考察，转换该命题并发生重大影响的是胡小石[②]。当然，这种转化之所以成功，源于焦循命题本身的性质。在传统观念里面，诗文构成了中国“文学”史的主干，而诗又是最为纯粹的文学形式，与我们现在的文学评价标准距离最近。

该命题既然是一个诗学命题，那么对它的评价就只能在此诗学框架内来考虑。除了关于八股文部分尚可讨论外，焦循描述的图谱是符合中国诗学发展实际的，从选择一个朝代的诗歌代表作品的角度着眼，焦循的选择是合理的。这与我们为了研究诗歌（狭义的）的流变而溯其

---

① 《宋元戏曲史》自序，上海古籍出版社，1998年。

② 详见《文学“一代有一代之所胜”说的重要历史意义》，《文学遗产》，2000年第1期。

源流，探其支脉，旨趣本不相同。对这一诗学命题的探讨如果跨出诗歌范围，就超出了焦循的本意。从我们今天的文学观念出发，无论是将其“奉为金科玉律”，极言其重要意义，还是斥其不足，与焦循基本上没有关系。就中国文学史的建构意义而言，焦循的论断充其量只是一粒种子，论证评判其影响的利弊，账同时还应该算在让这颗种子发芽的人身上。

下面再来看第二个问题，即关于焦循推崇元曲的问题。浦江清认为焦循、王国维二人都是在他人看不起词曲的时代而喜欢研究词曲，他们不过是想提高词曲的地位，并不想打击唐后的诗歌。在戏曲研究界持有前半截看法的人为数更多，翻开谈论焦循的书，无不对他推崇戏曲大加赞扬。上文已经表明，焦循的论断只是一个诗学命题，而且他的哲学基础是道各有“道”，这决定了他根本无意专门推崇元曲，与罗宗信等人以提高元曲地位为目的的讨论明显不同。只要把焦循论述元曲的言论放在论述的整体语境中来看，他这种意图谁都可以看得很清楚。因为与其说焦循旨在推崇元曲，还不如说他旨在推重八股文，因为八股文才是焦循论述的最后终结，而这种说法的偏颇性不言而喻。况且在《易余籥录》中，焦循论述戏曲的内容集中在第十七卷。如果焦循的论述中心在于元曲的话，他必将此段安排在第十七卷而不是论述诗歌的第十五卷。旨在推崇戏曲的假象是后人阐释的结果，其中介人物首推王国维，再者是任中敏。

王国维深受焦循影响，在论述《元剧之文章》时：“元杂剧之为一代之绝作，元人未之知也。明之文人始激赏之，至有以关汉卿比司马子长者（韩文靖邦奇）。三百年来，学者文人，大抵屏元剧不观。其见元剧者，无不加以倾倒。如焦里堂《易余籥录》之说，可谓具眼矣。焦氏谓一代有一代之所胜，欲自楚骚以下，撰为一集，汉则专取其赋，魏晋六朝至隋，则专录其五言诗，唐则专录其律诗，宋专录其词，元专录其曲。”[①]与

---

① 《宋元戏曲史》，上海古籍出版社，1998 年，页 98。

焦循的论述对照，该段引文中，“楚骚以下”省略了“至明八股”，“元专录其曲”后省略了“明专录其八股”，单看王国维的引用，自然以为焦循把重心落在了元杂剧头上。而进一步加剧这种倾向的是任中敏，他从《易余籥录》中辑出论曲部分，命名为《易余曲录》，收入《新曲苑》当中，把这一段的题目命名为“金元文学应取其曲”，删录上段为：“词之体尽于南宋，而金元乃变为曲。关汉卿、乔孟符、马东篱、张小山等，为一代巨手，乃谈者不论其曲。仍论其诗，失之矣。”[①]单从这段引文来看，把焦循的意思理解为专门推崇元曲就太正常不过了。翻看戏曲研究者对这段话的引用情况，几乎都采取了王、任二人的引用方式，这种引用方式反过来进一步强化了人们的观念。王、任二人都是为自己的研究寻找理论依据，这样处理的结果已与焦循论述的初衷大异其趣。用王、任二人的观念来评价焦循，必将与事实本身相去甚远。

另一方面，王国维又把焦循“曲”的概念重心进行了转移，由散曲转移到杂剧上面，由诗歌转移到戏剧艺术上面，并把这种观念贯彻到研究实践中。在《宋元戏曲史》中，王国维明确指出：“元曲分三种，杂剧之外，尚有小令、套数。”[②]而在《易余籥录》中，焦循所言元曲重在散曲而不在杂剧。在焦循眼中，曲与杂剧是有区别的，杂剧是曲与叙事文学传奇小说结合的结果。从前文焦循列举的关汉卿、乔孟符、马东篱、张小山四人的创作来看，张小山的杂剧在《录鬼簿》中没有著录，只介绍其“有乐府盛行于世”。他长于散曲小令，今存八百五十五首，套曲九篇，是元代现存散曲最多的一位作家。与《录鬼簿》的记录相一致，其杂剧没有一篇传世作品。而他们四人都有散曲传世，在历史上受到高度推崇。在《太和正音谱》里面，马东篱排第一、张小山列第二、乔孟符居第五、关汉卿处第十，都是前十名的作手。而在《〈阳春白雪〉序》中，关汉卿被认为“造语妖娆，适如少美临怀，使人不忍对殢”。乔孟符散曲则被

---

① 《易余曲录》，《焦循论曲三种》，广陵书社，2008 年，页 186。

② 《宋元戏曲史》，上海古籍出版社，1998 年，页 102。

李开先认为是元代的翘楚。马致远的散曲成就更是受到公认，焦循拈出他们四人是有充分历史依据的。从焦循的语词用法看，如果曲包含杂剧在内，他一般称为曲剧。王国维论述重心的这一转移，又给人以焦循推崇杂剧的印象。

王国维接受了“一代有一代之胜”的观念，并通过对其概念重心创造性的转移，构建起现代戏曲学研究的大厦。王国维的伟大成就，这里面既有焦循启发的因素，但更是王国维本人创造性劳动的结果。王国维的《宋元戏曲史》影响极为深远，焦循的被“发现”很大程度上也可以说正是王国维推重的结果，对焦循这一观念的普及传播功不可没。但是如果根据王国维对这一论断的理解和使用来评价焦循，对焦循来说显然是误读。

本节意在通过这一例证表明，我们眼中的古人的“文学”命题是经过后人逐步阐释而建构的结果，作为一个过程性的存在，在进行某些文学或是文论命题评价判断时，必须还原其原生语境，理清其产生衍变的具体过程。离开这一基础性工作，任何评论都可能是天马行空式的，将失之于臆断而于事无补。这一工作的核心在于避免以后人的理解、阐释为依据，而在对原初命题不甚了了的情况下遽下结论。

第六章　戏剧文化现象研究

第一节　王四到底冤不冤

《琵琶记》是南戏的重要代表作品，在中国戏曲史上具有重要地位，也是探讨中国戏剧教化观念的典型文本。在《剧说》中，焦循对《琵琶记》给予了高度关注，汇集了很多资料，包括《琵琶记》的作者争论以及高则诚创作《琵琶记》的奇闻逸事，如高则诚度曲时把桌子拍烂之类。然而焦循最为关注、资料汇编最为丰富的是关于《琵琶记》的影射与讽刺问题。这一问题实来自后来读者或观众的主观解读，与高明的主张根本不同，可以看出作者主观意图与观众（或是读者）的理解存在着明显距离。讽刺或影射是中国文艺史上至今犹存的现象，与《琵琶记》类似的索隐式解读也比较普遍，值得认真研究。近期以来，学者对《琵琶记》开场的文献真实性存在疑问，如《琵琶记》研究专家侯百朋认为《琵琶记》的开场非原文所有，乃后来人所加。如果此说成立，不仅高明的戏剧创作思想需要重新检讨，以下的讨论也将失去前提①。因此探讨

---

① 现在文献辨伪问题不少，表层后果是在著作权上产生张冠李戴，深层后果是颠倒了文献记载的发展序列。具体表现，一是以伪为真。例如旧题郭璞《葬书》本为伪书，产生于北宋，有的研究者信以为真，这就造成了风水史上晋到北宋的次序颠倒。详见笔者《关于文献、逻辑推理以及指导思想诸问题的商榷——评李定信〈四库全书堪舆类典籍研究〉》(《文艺研究》，2009 年第 10 期)二是以真为伪。例如东汉傅毅《舞赋》，在《文选》、《初学记》、《北堂书钞》的记载中，作者都没问题。(接下)

《琵琶记》的讽刺问题，首先应从对《琵琶记》开场文献真实性的探讨开始。

一　《琵琶记》“开场”证真①

（一）《琵琶记》是元代南戏最重要的代表作品，在中国戏曲发展史上占有重要地位，现在通行版本为陆贻典抄本（下文简称“陆抄本”）。陆抄本底本名为“元本琵琶记”，体制古朴，内容也与通行本颇有出入，清人陆贻典考证其确为“元本”，并据某重刊旧本抄校而成。目前大多数研究者以之为最接近于高明《琵琶记》原貌的版本，并做为相关研究的基础。其开头〔水调歌头〕云：

> 秋灯明翠幕，夜案览芸编。今来古往，其间故事几多般。少甚佳人才子，也有神仙幽怪，琐碎不堪观。正是：不关风化体，纵好也徒然。　　论传奇，乐人易，动人难，知音君子，这般另做眼儿看。休论插科打诨，也不寻宫数调，只看子孝与妻贤。骅骝方独步，万马敢争先？②

这首词一向为研究者所重视，他们不仅从中探索高明的戏剧观③，更多的是以之观照作品的思想意蕴。正如刘念兹所说：“历来的学者在评论这部作品的社会意义和思想内容的时候，大都在这场戏上做文章，不关风化体，纵好也徒然’这两句话，以及‘全忠全孝蔡伯喈’这句下场

（接上）有的研究者则相信《古文苑》的说法，认为《舞赋》为宋玉的作品。如果此说成立，对宋玉、傅毅以及汉赋、舞蹈史的研究将会产生重要影响。其实此说并不成立。详见笔者《〈舞赋〉为傅毅所作申证》（《文学遗产》，2010 年第 3 期）、《傅毅〈舞赋〉“增衍”说驳证》（《文艺研究》，2010 年第 9 期）。类似问题应该引起学界的充分重视。

① 按：本小节内容为与王伟合写，发表于《文艺研究》2011 年第 11 期。

② 高明著，钱南扬校注《元本琵琶记校注》，上海古籍出版社，1980 年，页 1。按：本小节以下的《琵琶记》引文皆引自该书。

③ 黄爱华《试论高明的戏剧观及其意义》，《戏曲研究》，2008 年第 1 期。

诗，往往作为评论《琵琶记》的主要依据。”[①]这一观点已经成为学术界的共识，如游国恩、袁行霈、章培恒等各自主编的中国文学史，廖奔、张庚等各自主编的戏曲史著作均持是说。1958年，在广东省潮州市揭阳县西寨村一明代墓葬中出土了嘉靖本《琵琶记》，因其版本早，保存早期面貌，流行地域确定而成为轰动学界的重要学术发现。不过，嘉靖本《琵琶记》并没有上述〔水调歌头〕以及下场诗的内容。刘念兹首先对通行本〔水调歌头〕以及下场诗的真伪提出了疑问，并进行了初步解释。2007年，《琵琶记》研究专家侯百朋在“纪念高则诚诞辰700周年暨《琵琶记》学术研讨会”上撰文《陆抄本〈琵琶记〉“开场”质疑》，后来公开发表在《戏曲研究》2008年第1期，从不同角度提出了五条证据，证明《琵琶记》之〔水调歌头〕为伪作（下文简称“侯说”）。如果“侯说”成立，那么基于〔水调歌头〕以及下场诗产生的所有结论，如南戏的结构、高明的创作思想及其戏剧观以及元代文人的戏曲创作倾向等等，都需要重新进行检讨。所以《琵琶记》之〔水调歌头〕及下场诗真伪这一重要的“小”问题就值得深入探讨。同时，这一研究还可以进一步丰富研究者对于文本阐释复杂性的认识。我们通过研究发现，“侯说”中的所有质疑理由均不能成立，而且有可靠的证据证明《琵琶记》之〔水调歌头〕确为高明原作。如果我们的研究结论正确，以此为基点反思“侯说”的论证过程，对于辨伪学方法的建设或许能够提供一些借鉴。

（二）“侯说”质疑《琵琶记》开场非高明本人所作，主要列举了五条证据，下面逐一进行分析。

第一，“侯说”认为高明为人谦虚，不可能写出“骅骝方独步，万马敢争先”这样张扬的话。他说：“就高则诚而言，他不会写出这样傲慢自大的文字。这，不应是高则诚的笔墨。”[②]其依据有二：一是高明《题康居国贤首祖师墨迹长古》云：“我昔学书曾临池，羲之之鬼招不来。夙生根

---

① 《南戏新证》，中华书局，1986年，页369。

② 《陆抄本〈琵琶记〉“开场”质疑》，《戏曲研究》，2008年第1期。

器诚忍痴，况乃名利劳驱驰。黄尘白发徒自疲，九会十义安能知。”二是高明应释来复所请写《天香室铭》，又写信与来复谓“《天香室铭》向尝具草求教，谅必加删润矣”。因而侯先生认为，“这样一位谦虚自重的人，会说出‘今来古往’多少戏曲作品‘琐碎不堪观’，而称自己所作为‘骅骝方独步，万马敢争先’，这，能出之于高则诚的笔下吗？”①这一诗一信中的确透露出谦冲之意。然而，这只是高明诗歌内容的一个方面，除了这种蕴含谦冲品格的诗歌，高明还写过多篇抒发豪情壮志的诗歌。例如《积雨书怀》云：“飘零王粲辞家久，牢落潘郎感发稀。”《次韵酬高应文》云：“七国游谈厌犀首，十年奔走叹狐毛。”《寄屠彦德并简倪元镇二首》(其二)云：“桓荣学业仍稽古，李广才名未得侯。”②汉末王粲虽一时俊彦，但却飘零荆楚，无所业；西晋潘岳才高遭忌，十载不得迁官，而立之年已呈衰老之相；战国苏秦早年如犀首一样游说诸侯，然不见采纳，金尽裘敝，落魄而归；东汉桓荣博学多识，年过花甲方授议郎；西汉李广勇武多谋，威震边陲，却终生不得封侯。这些古人皆怀抱利器，也都曾经怀才不遇，高明以之自况，咏叹身世。其《寄月彦明省郎作》云：“伯乐何时过冀北，扬雄谩自赋河东。”③扬雄曾作《河东赋》讽谏汉成帝。高明追慕前贤，渴望建功立业，恨无伯乐相知。《寄屠彦德并简倪元镇二首》(其一)云：“岁晚仲宣犹在旅，年来伯玉自知非。”④春秋卫大夫蘧瑗字伯玉，乃古之大贤，经常反省前时过错。高明借用此典，表达出其仕途上的苦闷与失望。或追比古人，或自命英雄，他对自己的才干颇为自负。至《游宝积寺》云：“几回欲挽银河水，好与苍生洗汗颜。”⑤既有李白“直挂云帆济沧海”之豪气，又有杜甫“大庇天下寒士俱欢颜”之关怀，是士大夫文人心理的真实写照。

同一人之诗作，面貌为何有如此不同呢？这便需要考察其具体创作

---

① 《陆抄本〈琵琶记〉“开场”质疑》，《戏曲研究》，2008年第1期。

② 侯百朋《〈琵琶记〉资料汇编》，书目文献出版社，1989年，页3—8。

③④ 《琵琶记资料汇编》，页8。

⑤ 《琵琶记资料汇编》，页2。

语境来进行解释。《题康居国贤首祖师墨迹长古》写作意图在于褒扬书法之佳、佛法之精，略书“自愧不如”之意亦属正常；继而又叹怀才不遇，转羡修身养性的林下生活，追慕“祖师”的人生境界，于是接下来又有“何时休息解䩙羁，东林莲社甘栖迟”等语，因而这几句诗绝非谦虚所致，乃是顺人情物理使然。至于写给释来复的书信，只不过是人际交往中的一些客套话，与“粗狂驽钝”、“鄙陋不才”之类相似，不能作为高明心态的真实表露。高明那些“不谦虚”的诗，或抒写自娱，或寄赠友人，无不是在更加真实程度上抒发自己的情感。他早年热衷功业，饱受打击后心灰意冷，这些诗歌所写的正是其内心的苦闷和压抑。另外，我们还要注意到文人的多种表达习惯。古代文人喜逞狡狯，在不同场合往往对同一件事有不同的言说方式。比如晚唐诗人杜牧，其《自撰墓铭志》称：“曹公曰：‘吾读兵书战策多矣，孙武深矣。’因注其书十三篇，乃曰：‘上穷天时，下极人事，无以加也，后当有知之者。’”[①]对自己的军事才能推许如是。而其《上周相公书》云：“某所注孙武十三篇，虽不能上穷天时，下极人事，然上至周、秦，下至长庆、宝历之兵，形势虚实，随句解析，离为三编，辄敢献上，以备阅览。少希鉴悉苦心，即为至幸，伏增惶惕之至。”[②]推销自己所注的兵书，既不能狂妄自大，又不能自我菲薄。《上李司徒相公论用兵书》云：“虽樽俎之谋，算画已定，而贱末之士，刍荛敢陈。伏希舍其狂愚，一赐听览。”[③]这是篇首，为避免李司徒反感，保证能够读下去，只能自称“刍荛”、“狂愚”了。《望故园赋》云：“既操心之大谬，欲当时之奏技。技固薄兮岂易售，矧将来之岁几。”[④]怀才不遇，欲渡无舟，此时自言“技薄”实乃充满怨尤，与孟浩然“不才名主弃”无二。同是自评军事才能，在不同语境下竟有诸多大相径庭的说法。如果不结合具体语境，单凭字面含义揣测有无，恐怕远非事实。

---

① 《樊川文集》，上海古籍出版社，1978年，页161。

② 《樊川文集》，页178。

③ 《樊川文集》，页164。

④ 《樊川文集》，页2。

南戏作为表演艺术，存在很强的市场属性。观众是南戏存在的基础，由于存在同行竞争，需要在开头自夸其是，创造广告效应，以招徕更多的观众。这既符合逻辑推理，亦有坚实证据。比如早期南戏《张协状元》开场〔满庭芳〕曰："暂息喧哗，略停笑语，试看别样门庭。教坊格范，绯绿可全声。酬酢词源诨砌，听谈论四座皆惊。浑不比，乍生后学，谩自逞虚名。"[①]此处不仅自夸有教坊的规模、绯绿社的声势，能够艺惊四座，而且贬低对手为"乍生后学"、"自逞虚名"。《琵琶记》这一高调的开场符合当时的演出惯例，也是对南戏开场传统的继承。

第二，〔水调歌头〕称"论传奇，乐人易，动人难"，"侯说"认为南戏"至元代，更多称戏文"，"而陆钞本的开场，由末角来念词，念，诉之于听觉，声音转瞬即逝，怎不用观众耳熟能详的'戏文'，而搬出老古董'传奇'呢？'传奇'一词在明代才盛行"[②]。"传奇"一词在宋代已指南戏，"永乐大典戏文三种"开场皆呼之"传奇"。元刊南戏剧本今已不存，然明成化本《白兔记》乃民间演出本，未经文人加工，体制、内容基本保持原貌，其开场戏中也自称"传奇"，可见元代亦当如此。何况此处"传奇"未必即指南戏，很可能指杂剧，元代也称杂剧为"传奇"。钟嗣成《录鬼簿》称关汉卿等为"前辈已死名公才人，有所编传奇行于世者"[③]；周德清《中原音韵》亦云："短章乐府，务头上不可多用全句，还是自立一家言语为上；全句语者，惟传奇中务头上用此法耳。"[④]杨维桢《沈氏今乐府序》也说："士之操觚于是者，文墨之游耳。其于声文缀于君臣、夫妇、仙释氏之典故，以警人视听，使痴儿女知有古今美恶成败之观。惩则出于

① 《永乐大典戏文三种校注》，页 2。

② 《陆抄本〈琵琶记〉"开场"质疑》，《戏曲研究》，2008 年第 1 期。

③ 《录鬼簿》，《中国古典戏曲论著集成》本，中国戏剧出版社，1959 年，页 104。

④ 《中原音韵》，《中国古典戏曲论著集成》本，中国戏剧出版社，1959 年，页 232。

关、庾氏传奇之变，或者以为治世之音，则辱国甚矣。”[①]且《琵琶记》〔水调歌头〕下片有“也不寻宫数调”语，而南戏发展初期本无宫调，“南九宫”是后来的事，那么该词所批判的对象就有可能是杂剧，那么“乐人易，动人难”之“传奇”也很可能是杂剧。“传奇”本可兼指南戏和杂剧，作为观众来讲也没必要将其分得清清楚楚，否则杂剧也不会出现“南北合套”的状况。所以，词中的“传奇”无论指南戏还是指杂剧，都符合当时人们的指称习惯和行文逻辑，高明此处用到“传奇”一词，没有任何不妥。

第三，“侯说”认为〔水调歌头〕、〔沁园春〕存在破律现象，认定与〔双调·鹧鸪天〕《题顾氏景筠堂》并非出自同一人手笔。“当照词律填写，讲求声音之平仄、叶韵”，但二词却不合格律；而“现发现的高则诚仅存的一首词〔双调·鹧鸪天〕《题顾氏景筠堂》，完全合律，没有一个平仄错位的”[②]。开场戏中的两首词的确有多处违反格律，但并不能证明侯先生观点成立，因为一是〔鹧鸪天〕不是高明“仅存”的词作，因为“侯说”忽视了《琵琶记》本文“第二出”以后宾白中大量的词的存在。二是这些词里边恰恰有多首不合格律者，举例如下：第十二出〔木兰花〕（实际是〔减字木兰花〕），上片“须知富贵非吾愿”中“知”字当用仄声而用平声，“贵”字和“没个音书寄此情”之“寄”字当用平声而用仄声；下片“不知松菊犹存否”之“知”字当用仄声而用平声，“争奈椿萱老去何”之“奈”字当用平声而用仄声。再如第二十七出〔临江仙〕，上片“玉作人间秋万顷，银葩点破琉璃”中“玉”、“万”、“点”三字皆当用平声而用仄声，“瑶台风露冷仙衣”之“瑶”字当用仄声而用平声；下片“未审明年明夜月”之“未”字、“动是隔年期”之“动”字当用平声而用仄声，而后句中“隔”字则是当用仄声而用平声。此外，第二出〔鹧鸪天〕、第九出〔临江仙〕、第二十一出〔南乡子〕、第二十四出〔蝶恋花〕等都曾不同程度地违反格律。可见，破律现象在高明著作中是大量存在的。相反，如“侯说”所谓的“完全符合格律”情况则很少见到。词发展到元代已经不能用于演唱，文人们也只是照谱填

---

① 吴毓华编《中国古代戏曲序跋集》，中国戏剧出版社，1990年，页21。

② 《陆抄本〈琵琶记〉“开场”质疑》，载《戏曲研究》，2008年第1期。

词，以之为诗歌的特殊形式。在这种情况下，格律已经失去原有的意义，尤其在戏曲当中词仅仅是作为念白出现就更没有必要严合格律了。于是我们发现第三出〔玉楼春〕“昼长人静重门闭”前插入“争奈”二字，“芳心不解乱萦牵”前插一“我”字；在第二十七出〔临江仙〕末尾“莫辞终夕看，动是隔年期”也多了“正是”两字。这些衬字的增加，更说明了词律的没落。开场戏中〔水调歌头〕上片“不关风化体，纵好也徒然”前面亦插入“正是”二字，与〔临江仙〕等如出一辙[①]。高明在专门的词调创作中或许还能保持“按谱填词”的习惯，但在戏曲宾白中则不需要再严守科律。这些词本来就是用于念诵的，格律不再拥有相应的价值。

第四，“侯说”认为：“从《琵琶记》中蔡伯喈的表现来看，他不是个忠臣，也谈不上是个孝子，虽然有苦衷，却是个不忠不孝的人，何来有‘题目’中的‘全忠全孝蔡伯喈’？用蔡伯喈一家的悲惨遭遇，来批判科举制度和仕宦道路，怎么‘风’，如何‘化’，又何从谈什么‘不关风化体’呢？那末，开场的‘全忠全孝蔡伯喈’和‘不关风化体，纵好也徒然’，落实在以后具体描写的哪一处呢？看不出是按照开场所述的来写的。”[②]此语诚然，历代研究者们也早已注意到了这点。《凌刻臞仙本琵琶记》白云散仙序云：“伯喈弃亲不顾、弃妻别娶，事斁彝伦，何关风化。赵氏孤身远行，入寺乞粮，玷身莫甚焉。牛氏背父从夫，九问十八答，不敬莫过焉，又何关于风化乎？此失之大者，小节未可概举。”[③]但这与开场戏中的内容仅仅是不一致，却又不构成矛盾。南戏本是发端于村坊的娱乐形式，在开场戏里宣传某种信条只不过是提高一点品位，增加一些光彩，未必真是为了教化，这在其他早期南戏中亦能找到类似的现象。比如《小孙屠》“开场”〔满庭芳〕云：“白发相催，青春不再，劝君莫羡精神。赏心乐事，乘兴莫因循。浮世落花流水，镇长是会少离频。须知道，转

① 按：此处律词判定依据清代万树《词律》（上海古籍出版社，1984 年）。

② 《陆抄本〈琵琶记〉“开场”质疑》，《戏曲研究》，2008 年第 1 期。

③ 《琵琶记资料汇编》，页 151。

头吉梦，谁是百年人？”[1]演戏的目的当然不是鼓动人们看破红尘，不过是找个名目。高明乃理学弟子，在开场中以“风化”为引子也属正常。而且元代理学极盛，民间在其影响下孝行不断，元人陶宗仪笔记《南村辍耕录》卷六“孝行”条、卷七“孝感”条、卷二十八“不孝陷地死”条、卷二十九“马孝子”条等颇有记载，统治者也出台法令：“诸为子行孝，辄以割肝、刲股、埋儿之属为孝者，并禁止之。”[2]这种社会文化背景下，以“风化”（主要是“孝道”）开场，更符合人们的心理结构和期待视野。何况“风化”主题在当时的文人创作中也十分流行，即便狂狷潇洒如杨维桢者，亦创作了《雉朝飞》、《独禄篇》、《乌夜啼》、《女贞木杨氏》等一系列关乎风化的诗歌。其他人如陈基、王逢、郑元祐、周霆震、钱惟善等都曾创作过褒扬忠孝节义的作品，高明本人也存有《王节妇诗》一首。因此，《琵琶记》开场词貌似鼓吹“风化”，但与正戏内容却没有必然联系，只是某些元素相关而已。

第五，“侯说”指出1958年广东揭阳出土的嘉靖写本《琵琶记》不见有“开场”内容，因而怀疑陆抄本“开场”为伪作。刘念兹也曾提出这一怀疑，他在《嘉靖写本〈琵琶记〉校录后记》中说：“其他各种版本中均有第一出副末开场的戏，写本中根本就没有发现有‘副末’这个角色，也没有‘水调歌头’和‘沁园春’这两阙至关重要的曲文。这有两种可能性，一是因为嘉靖写本是残本，这两阙词调又是首页的内容，脱落损毁的可能性很大；另外一种情况，可能原来剧本就不存在这一出戏。陆贻典在他写的《旧题校本琵琶记后》一文中说‘适钱子遵王出示《琵琶》一编，系嘉靖戊申刻之郡肆者，已又手一册示余，首脱一叶有奇，末脱二叶……’这段话说钱遵王交给他的那一本手书本是‘首脱一叶有奇’，那不正好是第一出的开场戏吗？现在出土的嘉靖写本同样也是‘首脱一叶有奇’，难道是一种巧合？过去的写本是不编页数的，是否‘首脱’，或根本

---

① 《永乐大典戏文三种校注》，中华书局，1979年，页257。

② 《元史·刑法志》，中华书局，1976年，页2682。

就没有这‘一叶有奇’，也就难说了。”[1]观诸陆抄本，上卷卷末画一童子，手执一牌，上书“忠孝两全之书”。《琵琶记》故事根本没有“忠孝两全”，这广告语当来自题目中的“全忠全孝蔡伯喈”和开场戏的两首词。从这个意义上讲，〔水调歌头〕和〔沁园春〕当是陆抄本原有内容，的确是“首脱”。因此，刘念兹并不能证明这个开场戏根本不存在于嘉靖抄本。“侯说”则提出了另一依据：“出土本仅有的一处标为第四出的，而其内容恰恰是陆本的第五出夫妻分别的内容，可见出土本本就没有第一出。”[2]高明创作《琵琶记》时，南戏体制已经完全成熟，第一出“开场”的形式也已经定型，高明不可能在创作剧本时无故省去这部分标志性内容。南戏本不分出，至明中后期才开始分出，嘉靖抄本仅标“第四出”正体现出这种过渡。分出并非高明本意，而是后人所分，不同人划分的标准可能不同。虽有下场诗，但下场诗并不总在每出末尾，如钱南扬划分陆抄本第五出下场诗即在篇中。而且陆抄本本不分出，亦无所谓“第五出”，因而“其内容恰恰是陆抄本的第五出夫妻分别的内容”也就不足为怪了。其实，作为出土文献，残损的可能性是非常大的。以我们曾经研究过的敦煌卷子 P3865 号《黄帝宅经》为例，除了首页，整本非常完整，而且现存首页句子不完整。根据字数推测，传世本所存恰好为敦煌卷子一页。所以，残损对于出土文献来说非常正常。

综上分析，“侯说”的五条证据均为间接推论性证据，论证中存在明显疏漏，故不足以否定高明对《琵琶记》开场的著作权。[3]

（三）对于文献研究而言，最看重的是直接证据，而对引文考察是进行文献断代的基本手段。我们在研究中发现，有两条证据足以证明《琵琶记》开场为原文所有。

第一，凌刻臞仙本前白云散仙序云：“本《记》云，不关风化体，纵好

---

① 《南戏新证》，页 369、368—369。

② 《陆抄本〈琵琶记〉“开场”质疑》，载《戏曲研究》，2008 年第 1 期。

③ 按：侯先生的证据尽管不能证明“伪作说”，但是他提出来的问题对于丰富研究者对于《琵琶记》的认识还是有多方面的启发意义。

也徒然。""弘治戊午菊花新时白云散仙书于双桂堂。"[①]凌刻臞仙本为明末凌蒙初刊刻,所据自称是臞仙(朱权号)旧本,题署"元高东嘉填词"。卷首附有王文贞插图二十幅,与巾箱本同;关目大抵与陆抄本相同,称"折"不称"出";释义常将所据"古本"与"时本"对照,多肯定前者而否定后者。该本与高明原作较为接近,是"古本"系统中的重要版本,白云散仙则不知何许人也。凌蒙初既称宗于臞仙旧本,自不会伪造未谈及版本的弘治时人序,白云散仙序言应当可信。该序中所言"不关风化体,纵好也徒然"正是《琵琶记》开场〔水调歌头〕中的内容,可见早在弘治年间,该开场戏就已经存在。明弘治戊午年为公元1498年,嘉靖时期为1522年至1566年,白云散仙序至少早于嘉靖本24年。

第二,《南词叙录》指出:"或以则诚'也不寻宫数调'之句为不知律,非也。"[②]《南词叙录》是迄今所见唯一的专门研究南戏的古代著作,其内容丰富,见解精辟,对后人的南戏研究具有重要的参考价值。书前自序云:"嘉靖己未夏六月望,天池道人志。"虽然有人对《南词叙录》的作者提出不同意见[③],但其成书于嘉靖年间则是毫无疑问的。该书中曾提到的"也不寻宫数调"也恰是《琵琶记》开场〔水调歌头〕的内容。《南词叙录》虽未明确说明《琵琶记》所用版本,但是从中能够看出〔水调歌头〕存在于常见版本《琵琶记》中是没有问题的。高明创作《琵琶记》时,南戏这种开场的体制早已形成。况且,除嘉靖抄本外,各古本皆有这一开场戏。因此,现存《琵琶记》的"副末开场"当为高明原作,"侯说"对《琵琶记》开场戏的"质疑"并不能成立。

如果我们的结论推论成立,那么反思这一问题的过程,对于辨伪学能够提供一些启示。显然《琵琶记》〔水调歌头〕及下场诗真伪问题的产生源于嘉靖本《琵琶记》的出土。20世纪以来,王国维提倡的二重证据

---

① 《〈琵琶记〉资料汇编》,页151—152。

② 《南词叙录》,中国古典戏曲论著集成本,中国戏剧出版社,1959年,页241。

③ 骆玉明、董如龙即怀疑《南词叙录》为陆采所作,参见其论文《〈南词叙录〉非徐渭作》,载《复旦学报(社会科学版)》,1987年第6期。

法影响甚大，学者注重出土文献与传世文献相结合，随着大量出土文献的发现和学者的深入研究，很多历史遗留的文化难题得到了解决，尤其对于辨伪学产生了直接影响，可以说出土文献已经成为传统辨伪学成果的试金石。但是毋庸讳言，过重地突出出土文献价值的倾向已经存在。其实，出土文献作为曾经被时间淘汰的东西，本身具有很大的局限性。在运用出土文献进行研究之前，首先应该对其加以研究。而研究的坐标就是传世文献，传世文献奠定的知识体系成为衡量出土文献价值的基本坐标。如果坐标尚不准确而去孤立研究出土文献，就很可能会出现一叶障目的现象。离开对传世文献的深入研究，出土文献研究就会失去基本的学术史坐标。很难设想，如果王国维没有对中国上古史的精深研究，能够写出《殷卜辞中所见先公先王考》一类的鸿文。侯先生如果能够对《琵琶记》相关资料有周全的梳理，关注到后人对于《琵琶记》“开场”的引用情况，当不会再产生不应有的疑问。

其实，即便上述这一关存在疏漏，但只要遵循正确的辨伪方法，还有可能防止问题的发生。首先在于警惕辨伪研究中的“疑人偷斧”现象。“疑人偷斧”这一典故语出《吕氏春秋》：“人有亡其𫓧者，意其邻之子。视其行步，窃𫓧也；颜色，窃𫓧也；言语，窃𫓧也；动作态度，无为而不窃𫓧也。扫其谷而得其𫓧。他日，复见其邻之子，动作态度，无似窃𫓧者。”[1]辨伪的过程与此极为类似。这一过程始于假设，进而完成对它的论证。由于已经进行假设，所以具有明显的心理暗示，很容易陷入循环论证的不良状态，甚至遮蔽了研究者对反证材料的关注。如果不是新材料的发现，相信原先论证《尉缭子》、《孙武兵法》不存在的学者肯定会毫不犹豫地坚信自己论证的准确。所以意识上要对“疑人偷斧”的心理保持足够的警惕，尽量保持立场中立的精神状态。其次，要确立证据与结论之间的直接关联性，对所用材料本身的复杂性要有充分的了解，从某种文本的叙述习惯到词语语义的多义性以及文体的历史性变

---

① 张双棣等译注《吕氏春秋》，中华书局，2007年，页105。

异等等方面，应该如恩格斯评价马克思的那样："他在自己对自己的结论在形式和内容上尚未满意之前，在自己尚未确信已经没有一本书他未曾读过，没有一个反对意见未被他考虑过，每一个问题他都完全解释清楚之前，决不以系统的形式发表自己的结论。"①

二 影射讽刺问题与索隐式研究重估

（一）"影射"现象种种

通过上文的考证，足以证明"侯说"不能成立。因此，《琵琶记》开场确实是高则诚宣扬教化的理论宣言。但是读者在阅读接受过程中会出现"形象大于思维"的现象。所谓"形象大于思维"，是指文学艺术的形象所包含的思想意义大于形象本身，这是文学艺术创作和欣赏的重要规律。高则诚的目的就是通过描写"子孝共妻贤"的内容，塑造一位全忠全孝的道德楷模，强调封建伦理的重要性，希望通过戏曲的力量，让观众受到教化，以发挥戏曲的道德感化作用。但是其描写在客观上走向了反面，那就是塑造了一个不忠不孝的人物形象，黄仕忠对此有过精辟的分析："从这样（伦理的）的角度切入，我们可以看到，《琵琶记》具有中国传统伦理社会的'百科全书'的特征。从中可见夫妇、父子、婆媳、邻里、君臣等一系列复杂而微妙的关系，窥见家庭伦常生活的真相，体察到'孝子贤妇'的内心痛苦，甚至正是从对孝子贤妇的歌颂之中寻绎到对于礼教伦常本身表示否定的证据。"②其实《琵琶记》内涵的这种批判性，古人早就觉察到了，他们关注的重点不是从宏观上来理解作品的创作意图，而是聚焦于《琵琶记》主人公蔡伯喈原型的索隐式考证上。这样，《琵琶记》一方面作为教化的典范，受到统治者的高度评价，据传朱元璋曾对其进行过高度评价，《闲中今古录》云："洪武中，征辟，辞以

① 《卡尔·马克思》，《马克思恩格斯全集》第16卷，人民出版社，1964年，页412—413。

② 《〈琵琶记〉与中国伦理社会》，《文学遗产》，1996年第3期，页96。

心疾，不就。使复命，上曰：'朕闻其名，欲用之，原来无福！'既卒，有以其《记》进，上览毕，曰：'《五经》、《四书》，如五谷，家家不可缺；高明《琵琶记》，如珍羞百味，富贵家岂可缺邪！'其见推许如此。"这对后代戏曲创作产生了重要影响。另一方面，文人们的索隐兴趣也从未消减，焦循对此给予了格外重视，J2.7"《琵琶记》创作讽刺说种种"条云：

《琵琶记》，说者各不同。《留青日札》云："高明，温州瑞安人，以《春秋》中元，至正四年乙酉第，授处州录事，改调浙东阃幕都事，转江西行台掾，又转福建行省都事。方国珍留幕下，不从。旅寓明州栎社，以词曲自娱。因感刘后村诗，作《琵琶记》。有王四者，以学闻。则诚与友善，劝之仕。登第后，弃妻周氏，赘太师不花家。则诚作此以讽，取琵琶上四字为王四云尔。元人呼牛为'不花'，故谓牛太师；而伯喈曾附董卓，乃以之托名焉。高祖微时，常奇此戏文；御极，召则诚，以疾辞。使者以记上，于是捕王四，置极刑。东嘉后卒于宁海。"《曲藻》云："高则诚《琵琶记》，其意欲以讥当时一士大夫，而托名蔡伯喈，不知其说。偶阅《说郛》所载唐人小说：'牛相国僧孺之子繁，与同人蔡生邂逅文字交，寻同举进士，才蔡生，欲以女弟适之。蔡已有妻赵矣，力辞不得。后牛氏与赵处，能卑顺自将。蔡仕至节度副使。'其姓事相同，一至于此，则诚何不直举其人，而顾诬蔑贤者至此耶？"毛德音评《琵琶记》，引《大圜索隐》云："高东嘉名则诚，元末人，与王四相友善。王四亦当时知名士，后以显达改操，遂弃其妻周氏而坦腹于时相不花氏家。东嘉欲挽救，不可得，乃作此书讽之。而托名蔡邕者，以王四少贱尝为人佣菜；赵五娘者，以姓传自'赵'至'周'而适五也；牛丞相者，以不花家居牛渚也；记以琵琶名，以有四'王'字也；所谓张太公者，东嘉自寓也。"又《真细录》云："明祖汇删元人词曲，偶见《琵琶记》而异之。后廉知其为王四而作，遂执王四付之法曹。”①

引文中的四则材料都在探求《琵琶记》的影射对象，焦循对此进行了仔细辨证：

> 二说与《留青日札》同。吾里徐坦庵则主牛僧孺事。余按：宋人诗云：“斜阳古柳赵家庄，负鼓盲翁正作场。死后是非谁管得，满村听说蔡中郎。”《辍耕录》所列杂剧之目，亦有《蔡伯喈》。意者，高则诚之作《琵琶》，当本于宋、元以来所相承，如《西厢》之本于《莺莺六么》耳。僧孺之女，固为适合；王四之讽，亦未足凭。②

焦循通过考察《琵琶记》早期的传承情况，认为高作与以前创作存在因袭关系，这一研究方法比较科学，可以从根本上颠覆“影射”说。对于影射王四之说，也有批评意见，要么不信，要么驳斥。如吕天成在《曲品》中把《琵琶记》列为神品，并评论到：“关风教特其粗耳，讽友人夫岂信然。”③李渔则对讽刺王四说进行了激烈的批判：

> 噫！此非君子之言，齐东野人之语也。凡作传世之文者，必先有可以传世之心，而后鬼神效灵，予以生花之笔，撰为倒峡之词，使人人赞美，百世流芳——传非文字之传，一念之正气使传也。《五经》、《四书》、《左》、《国》、《史》、《汉》诸书，与大地山河同其不朽，试问当年作者，有一不肖之人、轻薄之子厕于其间乎？但观《琵琶》得传至今，则高则诚之为人，必有善行可予，是以天寿其名，使不与身俱没，岂残忍刻薄之徒哉！即使当日与王四有隙，故以不孝加之；

---

① 《剧说》，页36—37。

② 《剧说》，页37。

③ 《曲品》，《中国古典戏曲论著集成》本，中国戏剧出版社，1959年，页210。

然则彼与蔡邕未必有隙，何以有隙之人止暗寓其姓，不明叱其名，而以未必有隙之人，反蒙李代桃僵之实乎？此显而易见之事，从无一人辩之，创为是说者，其不学无术可知矣。[①]

李渔的批判态度激烈，以“作传世之文者，必先有可以传世之心”的作家人格角度为论据，虽对事实性认定的研究来说证据力明显不足，但是对索隐式研究而言，其批判态度一目了然。在中国戏剧史上，不仅对《琵琶记》的研究存在索隐式解读的现象，对名著《牡丹亭》的研究同样存在这一问题[②]。《剧说》还收集了大量的同类事例，例如：

J2.10《荆钗记》本事

……《听雨笔记》云：“孙汝权乃宋朝名进士，有文集行世。玉莲则王十朋女也。十朋劾史浩八罪，乃汝权嗾之，理宗虽不听，而史氏子姓怨两人刺骨，遂作《荆钗记》，以玉莲为十朋妻，而汝权有夺配之事，其实不根之谤也。”《冬夜笺记》、《天禄识余》与此略同。

J2.26 吕蒙正事引

《尧山堂外纪》云：“吕蒙正朝罢归衙，偶片雪沾衣，欲斩执役人，夫人因举《拨灰诗》讽之，乃已。又随事讽谏，尝题鸱吻云：‘兽头原是一团泥，做尽辛勤人不知。如今台在青云里，忘却当年窑内时。’”

J3.18《燕子笺》刺倪鸿宝

相传阮圆海作《燕子笺》，是刺倪鸿宝。

---

① 《闲情偶寄》，《中国古典戏曲论著集成》本，中国戏剧出版社，1959 年，页 12。

② 至少有影射王锡爵说、影射陈继儒说、影射张居正说、影射郑洛说。详见程华平《论〈牡丹亭〉研究中的影射问题》，《烟台师范学院学报（哲社版）》，1994 年第 1 期。

J3.20“《百子图》刺王绍徽”条：

《茶余客话》云：“《东林点将录》，乃吏部尚书陕人王绍徽所辑，魏忠贤干儿也，当时称为‘王媳妇’，都人撰《百子图》传奇刺之。”

J3.22“康海与《中山狼》”条：

……何元朗云：“李空同为韩道贯草疏，极为切直。刘瑾切齿，必欲置之于死，赖康浒西营救而脱。后浒西得罪，空同议论严刻，马中锡作《中山狼》以诋之。”戒庵云：“《中山狼传》，马左都中锡撰，刺李空同悖德康对山脱刘瑾之害耳。刻者杂之唐、宋稗官诸传之列，读者岂了其意之所属哉！”朱竹垞云：“《中山狼》乃东田马中锡作，今载其集中。世传訾献吉者，数其负德涵也。考之，康、李未尝隙末。黄才伯有《读林见素救空同奏疏诗》云：‘怜才不是云庄老，愁杀中山猎后狼。’然则当日所訾，乃负见素耳。”王阮亭云：“《中山狼传》，见马中锡东田集。东田，河间故城人。正德间，空同、对山，皆其门生也。按《对山集》有《读中山狼传诗》云：‘平生爱物未筹量，那记当年救此狼！’则此传为刺空同无疑。”……

统观众多索隐考证和李渔的批判，《琵琶记》的讽刺问题确实是研究者普遍关注的现象。众多作品存在讽刺问题，为读者所普遍接受，《蜗亭杂订》对此类现象有过简单总结：“文人之意，往往托之填词。王九思《杜甫游春》指李西涯、杨石斋、贾南坞三相，康对山之《中山狼》则指李空同，李中麓之《宝剑记》则指分宜父子，王辰玉之《哭倒长安街》则指建言诸公。相传汤若士之《紫箫》，亦指当时秉国首揆，才成其半，即为人所议，因改为《紫钗》。”[1]其中一共指出了含有影射现象的五部作品。

---

[1] 《剧说》，页71。

其实在小说中，这一问题同样存在。鲁迅在《中国小说史略》中早就指出："寓讥弹于稗史者，晋唐已有，而明为盛，尤在人情小说中。""明小说之宣扬秽德者，人物每有所指，盖借文字以报夙仇。"[①]在讽刺小说中同样如此，以《儒林外史》为例。《儒林外史》一书中的许多重要人物都有原型，从清代以来就不断有人进行这一方面的研究，如金和《儒林外史跋》和平步青《霞外捃屑》就揭示出不少人物原型。何泽翰在前人研究的基础上，博稽文献，考出了《儒林外史》中30余人的原型，并利用文献印证《儒林外史》的描写，这样能够使研究《儒林外史》的人了解吴敬梓小说中人物创造的方法和提炼的过程。[②]

古代小说戏曲中讽刺现象特别突出，尤其是研究者大多把影射现象当做创作或是欣赏过程中的不正常现象来处理，因而导致一些问题似是而非、悬而未决。对于疑云重重的讽刺影射诸说，在大多数情况下，依据现有材料，查考清楚作者们的动机已经不可能，但是这一现象出现的原因却值得深思。

（二）"影射"现象原因及解决办法

尽管高明在《琵琶记》开场中明确表明自己的立场，但是阅读者并未遵循他的本意。而通过阅读者的索隐，可以看出《琵琶记》的客观批判意义。我们最关注的是大家为什么乐"索隐"而不疲。其实这一现象涉及到作者创作、读者阅读接受各个环节，只有进行系统的分析，才能找出问题之所在，并寻求合适的解决办法。对于影射讽刺现象，从创作角度而言，首先要分清讽刺的两种类型，一是客观存在型，二是主观想象型。

所谓客观存在型影射现象，就是作者在创作作品时存在明确的作品原型，有明确的讽刺或是诋毁意识。其特点是存在主观的故意，其作品是因人而作，并非因事而作。这一类作品在文学史上存在，在现代生

---

① 《鲁迅全集》第九卷，人民文学出版社，2005年，页228、189。

② 《儒林外史人物本事考略》，上海古籍出版社，1985年。

活中依然存在。不仅古代戏曲存在“影射现象”，在古代的其他文体和现代的作品里面，同样存在这样的现象。古代诗歌里面有，古代小说中则更多，主要用在政治斗争中栽赃陷害、讽刺挖苦对方。早的如关于影射欧阳询的《补江总白猿传》，后来更多[①]。在现代作家中，鲁迅就经常运用影射的办法表达自己的怨气。例如《补天》里面，他在女娲的两腿之间画了一个“古衣冠小丈夫”，他自己在《故事新编·序言》中坦然承认，他笔下的这个“古衣冠小丈夫”其实就是影射批评汪静之《蕙的风》的作者胡梦华，抨击这种扼杀新文艺的虚伪的道学家思想，为汪静之辩护。而用“红鼻”来影射顾颉刚更是众所周知。这一现象不仅仅作为文学个案出现，甚至出现于现实社会生活领域，甚至上升到名誉权保护的法律层面。正如胡三林所指出：“‘文学诽谤’近年来已经不是一个新鲜事物，而由此引起的官司也屡见不鲜。比较典型的‘文学诽谤’如湖北大学文学院教授涂怀章《人殃》诽谤案，张士敏《荣誉的十字架》诽谤案，作家唐敏《太姥山妖氛》诽谤案等等。”并且“但凡文学作品中涉及‘诽谤’案件，几乎都是作家败诉”[②]。在特殊时期，甚至可能危及到作者生命。

所谓主观影射现象，是指创作者本无影射之意，而是阅读欣赏者主动地对号入座，自觉地将自己等同于作品人物的现象。“对号入座”，比比皆是，成为影射现象产生的主要存在方式。例如《阿Q正传》发表后，很多人感觉到写的是自己，鲁迅遭到误解，所以他在《我是怎样做起小说来的?》中予以澄清。之所以出现客观存在型影射现象，主要是因为“为了不招惹麻烦，少搬弄是非，人们常常对生活于自身周围的人物采取‘口不臧否’或‘口无所臧否，心有所褒贬’的态度，而宁愿借品评历史人物和文学人物，以寄托怀抱或发泄愤懑，尤其乐于拿那些鲜活的小

---

① 详见刁龙《四百年影射文学管窥》，《香港笔荟》总第16期，2000年9月30日。

② 《文学创造过程中的艺术概括与“文学诽谤”》，《读与写杂志》，2010年第七卷第8期，页49。

说人物与现实人生镜照”[①]。这样可以在政治上保护自己，在批评嘲笑不良社会现象时更加容易施展手脚，而主观想象型影射现象原因更为复杂。

第一，从文学的社会功能上看，文学作品承担着社会批判功能。对于存在的不合理想象，通过艺术加工，以形象的方式表达出来。中国文学具有悠久的“美刺”传统，亦即强调文学的批判现实功能，“美刺风教”的文学观念早在汉人《毛诗序》中就有明确的解释：“上以风化下，下以风刺上。主文而谲谏。言之者无罪，闻之者足戒。”这就是“刺”，要求诗歌讥讽丑恶事物，将其作为反面教材，加以无情讽刺和鞭挞。郭沫若《屈原》类历史剧指桑骂槐、借古讽今就是典型例证。

第二，从中国作家的创作心理来看，发愤著书，不平则鸣，成为常见的创作动机，故其内容常常内含批判的锋芒。西汉中期，司马迁总结前人的著述经验，并根据自己创作《史记》的深切体会，而提出了著名的“发愤著书”说。他在《太史公自序》中说：“盖西伯拘而演《周易》；仲尼厄而作《春秋》；屈原放逐，乃赋《离骚》；左丘失明，厥有《国语》；孙子膑脚，《兵法》修列；不韦迁蜀，世传《吕览》；韩非囚秦，《说难》、《孤愤》。《诗》三百篇，大氐贤圣发愤之所为作也。”[②]“不平则鸣”说出自韩愈《送孟东野序》：“大凡物不得其平则鸣：草木之无声，风挠之鸣；水之无声，风荡之鸣；其跃也或激之，其趋也或梗之，其沸也或炙之；金石之无声，或击之鸣。人之于言也亦然：有不得已者而后言，其歌也有思，其哭也有怀。凡出乎口而为声者，其皆有弗平者乎！”[③]无论是“发愤著书”还是“不平则鸣”，都是由于受到外界的压力或是对生活不满，作家怨愤郁结，“不得通其道”，于是有所批判。“家国不幸诗家幸，赋到沧桑句便

---

① 李桂奎《中国古代小说人物研究方法的嬗变及其转型之路》，《深圳大学学报（人文社会科学版）》，2010年3期，页125。

② 司马迁《报任安书》，《汉书》第九册，中华书局，1964年，页2735。

③ 马其昶校注、马茂元整理《韩昌黎文集校注》，上海古籍出版社，1986年，页233。

工”，其中包含着太多的伤痛与无奈。在戏剧创作中，这种情况同样存在。例如关于元杂剧的兴盛原因，《剧说》引《真珠船》云：“元曲如《中原音韵》、《阳春白雪》、《太平乐府》、《天机余锦》等集，《范张鸡黍》、《王粲登楼》、《三气张飞》、《赵礼让肥》、《单刀会》、《敬德不服老》、《苏子瞻贬黄州》等传奇，率音调悠扬，气魄雄壮。后有作者，鲜与为京。盖当时，台省元臣、郡邑正官及雄要之职，中州人多不得为之，每沉抑下僚，志不得伸，如关汉卿乃太医院尹，马致远行省务官，宫大用钓台山长，郑德辉杭州路吏，张小山首领官，其他屈在簿书、老于布素者，尚多有之。于是以其有用之才，而一寓之乎声歌之末，以抒其拂郁感慨之怀，所谓‘不得其平而鸣焉’者也。”[①]元统治者的文化政策导致了儒生地位的低下，中断科举考试直接断送了文人的第二生命，在一定程度上致使文人大规模参与戏剧创作，相当程度上促成了杂剧的繁荣，这也是形成杂剧独特风格的根本原因。

第三，从艺术形象的特点来看，具有概括性。所谓艺术概括，指的是作家根据自己的体验和认识，以主体的审美价值追求能动的介入方式，对富有特征的事物给予独特艺术处理，从而在主体与客体相统一的基础上，创造出既有鲜明的独特个性又具有相当普遍意义、体现着一定审美价值取向的艺术形象之方法。作为文学创造的基本原则之一，艺术概括的实现途径有多种多样，但最为基本的不外乎两种：一是在广泛占有生活材料的基础上进行集中、概括；二是以一个生活原型为主，同时吸收融入其他生活素材。第一种实现途径就是鲁迅所说的“杂取种种人，合成一个”，正如其所言，“所写的事迹大抵有一点见过或听到过的缘由，但绝不全用这事实，只是采取一端，加以改造，或生发开去”，人物“是一个拼凑起来的角色”，“往往嘴在浙江，脸在北京，衣服在山西”。大多数的文学作品皆采用此种艺术概括方法，当然也引起不了太多非议，因而与所谓的“文学诽谤”无缘，是较为安全的创作方式。问题就出

---

① 《剧说》，15 页。

在第二种实现途径上。若以一个生活原型为主，当小说创造出来之后，这个生活原型必定有迹可寻，凡把小说中的人物对号入座，尤其是当小说中的人物是反面人物（或者不那么高大全）时，“文学诽谤”就有可能产生了[①]。

第四，从阅读者的心理来看，主要是做贼心虚，对于批判的想象或行为特别敏感，自动与作品人物进行类比并对号入座。具体到戏曲，还有特殊的因缘，那就是优谏传统，中国传统戏曲的讽谏嘲讽功能特别突出，从优伶的现实生活讽刺到戏剧作品的间接批判，在历史上源远流长。优人讽谏之事，《剧说》中多有收录，例如 J1.13“御前嘲笑不避贵戚”条：“《应庵随录》云：‘古之优人，于御前嘲笑，不但不避贵戚大臣，虽天子、后妃亦无所讳，如唐中宗时内宴唱《回波词》是也。’”[②]J1.65“中官刺汪直”条：“《明史纪事本末》云：‘汪直用事久，势倾中外，天下凛凛。有中官阿丑，善诙谐，恒于上前作院本，颇有谲谏风。一日，丑作醉者酗酒状，前遣人佯曰：“某官至！”酗骂如故。又曰：“驾至！”酗亦如故。曰：“汪太监来！”醉者惊迫帖然。旁一人曰：“驾至不惧，而惧汪太监，何也？”曰：“吾知有汪太监，不知有天子。”又一日，忽效直衣冠，持双斧，趋跄而行。或问故，答曰：“吾将兵惟仗此两钺耳。”问：“钺何名？”曰：“王越、陈越也。”上微哂。’”[③]这些对现实对象进行了大胆的讽刺，也影响到戏剧的影射问题。

运用影射的办法，进行文学创作，终非文学创作的正途。如何避免这种“影射现象”的发生？从作家层面看，首先，要树立良好的创作心态和道德意识，要心地正直，不要刻薄寡情。李渔说的很正确：“凡作传奇者，先要涤去此种肺肠，务存忠厚之心，勿为残毒之事。以之报恩则可，

---

① 胡三林《文学创造过程中的艺术概括与“文学诽谤”》，《读与写》，2010 年第 8 期，页 49。

② 《剧说》，6 页。

③ 《剧说》，29 页。

以之报怨则不可。以之劝善惩恶则可,以之欺善作恶则不可。”[①]也就是说,作家要培养高尚的人格,从狭隘的个人纷争中超脱出来,通过艺术加工,进入审美的境界,让作品不再是发泄个人恩怨的工具。要“秉持公心,指摘时弊”。作为当代作家,避免著作引起麻烦的主要基础在于写作时要秉持公心,无泄愤之杂念。这是避免类似问题的关键。在此基础上,要提高自己的写作水平和艺术创造水平,通过艺术加工使事实从生活真实上升到艺术真实,实现从生活真实向艺术真实的演变。“当创作需要以某个生活原型来塑造典型人物时,可做适当的艺术处理,如突出人物个性而淡化背景,或采用‘变形’的方式,‘真人而幻事’,而非明显而直白的使其呈现出‘自然状态’。”[②]三是使用技术性免责条款,诸如声明“本故事纯属虚构,如有雷同,纯属巧合”或是“本故事纯属虚构,切勿对号入座”等等。文艺创作本身不存在影射问题,则将大大减少影射思维的用武之地。

对于阅读者而言,治本之术是让每个阅读者树立正确的人格,修养成一个合法的社会公民。成为一个大写的人,一个堂堂正正的人。读者或观众之所以认定作品描写属于影射范畴,就在于读者身上有作品所描写的缺点,心里有鬼。“为人不做亏心事,不怕三更鬼叫门”。从现存的“对号入座”现象来看,对号入座者一般是与文学作品所批评的不合社会道德规范的行为相契合,而对正面的描绘与自己契合则不去追究,体现出明显的选择性。

作为读者,要以正常的心态看待文学作品。在无功利的状态下,进入文学阅读的审美世界。而国人的阅读习惯往往与此相左,“中国人看小说,不能用赏鉴的态度去欣赏它,却自己钻入书中,硬去充一个其中

① 《闲情偶寄》,页12。

② 胡三林《文学创造过程中的艺术概括与“文学诽谤”》,《读与写》,2010年第8期,页49。

的脚色。……满心是利害的打算，别的什么也看不见了。”[①]因为明白这一点，所以李渔为了避免被人误解，他在刊发剧本时就首先声明：“加生、旦以美名，原非市恩于有托；抹净、丑以花面，亦属调笑于无心；凡以点缀词场，使不岑寂而已。但虑：七情以内，无境不生；六合之中，何所不有。幻设一事，即有一事之偶同；乔命一名，即有一名之巧合。”即便如此，观众还有可能误解他在进行讽刺：“焉知不以无基之楼阁，认为有样之葫芦？”[②]所以李渔运用发誓和诅咒的办法来解决问题。现在作家不用发誓了，如果真的存在影射现象，发誓也不管用。如果文艺作品讽刺或是诋毁的现象在读者本身并不存在，索隐或是对号入座将失去用武之地。当民主、沟通、和谐成为社会的常态时，基于不太光明的写作目的和阅读习惯而产生的“影射现象”将慢慢减少，终将退出历史舞台。

（三）索隐研究的价值及其尺度

对于戏曲研究中研究者高度关注讽刺现象的原因，程华平曾经进行过总结：“戏曲文学与研究发展到明、清之际，已有数百年的历史。但是，传统的文章之学的文学观念仍一直被许多人承袭着，以征实尚史为本，以载道教化致用来指导戏曲创作与批评研究，评价作品的优劣得失，‘史贵于文’的观念一直被剧作家、批评家奉为圭臬，作家创作与批评研究所追求的便是史的价值。作文、作诗、作词如此，作戏曲也是如此，戏曲、小说也将‘史笔’、‘史论’、‘曲史’之类的评价作为对自己戏曲、小说的最高赞誉。‘在中国文人文学传统中，高度评价的是“实”，即确切的实事记录，文学中的幻想因素则因被认为是‘虚’而被贬低或排斥。’在明中叶，发源于民间的南戏在经过高则诚等文人改造为传奇的同时，也对它‘有意蹈虚，不必与事实合’的创作倾向进行了彻底的改造，在传奇创作的上空，同样弥漫着浓厚的征实尚史的风气，以历史事实来创作戏剧、将戏剧写成历史，成为许多作家自觉的审美追求；在戏

① 《中国小说史略》之《中国小说的历史变迁》，《鲁迅全集》第 9 卷，人民文学出版社，2005 年，页 348。

② 《闲情偶寄》，页 13。

曲批评研究中，以戏剧来证实历史、以历史来检验戏剧，也成了众多批评研究者的审美标准。”[①]此为原因之一。

原因之二源自对“《春秋》笔法”的敬畏。传统经学者认为孔子作《春秋》，颇含微义，暗寓褒贬。范宁《春秋谷梁传序》云：“一字之褒，宠逾华衮之赠。片言之贬，辱过市朝之挞。”[②]孔子作《春秋》，乱臣贼子未必真的恐惧，但是“荣于华衮，乃《春秋》一字之褒；严于斧钺，乃《春秋》一字之贬”[③]这一观点在历史上却影响深远。统观上述影射的索隐式研究，研究者的关注点有明确的选择性，就是事关个人品格的缺点、污点，而非历史人物全面完整的事实本身，与追求反映客观事实的史学式研究有重大差别。根据传统观点，一个人因为做坏事进入史书，将留下千载骂名，成为生命中不能承受之重。这一点李渔说得非常明白：

> 武人之刀，文士之笔，皆杀人之具也。刀能杀人，人善知之；笔能杀人，人则未尽知也。然笔能杀人，犹有或知之者；至笔之杀人，较刀之杀人，其快、其凶，更加百倍，则未有能知之而明言以戒世者。予请深言其故。何以知之？知之于刑人之际。杀之与剐，同是一死，而轻，重别焉者，以杀止一刀，为时不久，头落而事毕矣；剐必数十百刀，为时必经数刻，死而不死，痛而复痛，求为头落事毕而不可得者，只在久与暂之分耳。然则笔之杀人，其为痛也，岂止数刻而已哉！窃怪传奇一书，昔人以代木铎。因愚夫愚妇识字知书者少，劝使为善，诫使勿恶，其道无由，故设此种文词，借优人说法，与大众齐听，谓善者如此收场，不善者如此结果，使人知所趋避，是药人寿世之方，救苦弭灾之具也。后世刻薄之流，以此意倒行逆施，借此文报仇泄怨，心之所喜者，处以生、旦之位；意之所怒者，变

---

① 《论〈牡丹亭〉研究中的影射问题》，《烟台师范学院学报（哲社版）》，1994年第1期，页67。

② 《春秋谷梁传注疏》，北京大学出版社，1999年，页7。

③ 马辛民、艾俊川译注《幼学琼林》第四卷，接力出版社，1992年，页295。

以净、丑之形，且举千百年未闻之丑行，幻设而加于一人之身，使梨园习而传之，几为定案，虽有孝子慈孙，不能改也。噫！岂千古文章，止为杀人而设；一生诵读，徒备行凶造孽之需乎？苍颉造字而鬼夜哭，造物之心，未必非逆料至此也。①

索隐式考证的最终目的在于让主角免于道德审判，而正直的人格，崇高的道德则是古人追求自身修养的目标。平步青《观剧诗》云："伶人演剧扮用古事，然多颠到贤奸，盖皆不识字者所为。如《唐传》之张士贵，《杨家将》之潘美，《平西传》之庞籍，率与史传不合。《冬夜笺记》：'每阅传奇，辄叹前贤父母妻妾为其溷乱，如《荆钗记》、王曾、吕蒙正。'《持雅堂诗集》(卷一)有《观剧》五古一篇，中云：'《庄》、《列》爱荒唐，寓言著十九。传奇祖其意，颠到贤与否。蔡邕孝廉人，《琵琶》遭击掊；借以讽王四，于义犹有取。俗人不知书，逞臆造乌有。桓桓张士贵，功出仁贵右，无端目为奸，毅魄遂含垢；杨业虽健将，潘美亦其偶，不制王侁兵，天马变家狗。劝惩义何在？妖言惑黔首！'可为正人吐气。"②事关历史人物的身后名誉，有必要彻底澄清。在当今的法治社会，更是牵扯到公民名誉权的法律问题。

索隐式考证的研究方法一直受到批判，这其中关涉到此类考证的价值和尺度问题。"在今天看来，《牡丹亭》研究中影射现象实际上是有违于戏曲批评研究的准则的。无论是取之于现实生活的时事剧，还是取材于过去社会的历史剧，如果过分地强调'朝政得失，文人聚散，皆确考时地，全无假借'，机械地将剧中的人物或事件同实际人物或事件加以比照，那么，这种批评必然导致对剧作家创作时手脚的束缚，导致作家艺术想象力的匮乏，因而也从根本上背离了戏曲创作虚构性的本质

---

① 《闲情偶寄》，页11—12。

② 《小栖霞说稗》，《中国古典戏曲论著集成》本，中国戏剧出版社，1959年，页185。

特征，堕入了一种庸俗的社会学的批评模式之中，从而也使其批评研究堕入恶趣。”[1]此法因在中国文学的最大难解之谜《红楼梦》解读过程中出现偏差，尤其饱受诟病。

其实，针对文艺领域中客观存在的影射现象，索隐式考证应该是解决这一问题的有效办法。问题不在索隐式方法本身，而在于这一方法的运用。因为从文学作品阐释的传统观点而言，复原创作的背景以“知人论世”，是获得作品本意的主要途径。如果执着于本意的获得，索隐式考证是必不可少的途径。如果索隐式考证能够成功，对于澄清作者的创作意图具有重要意义。创作意图既明，则作品主题的解读将迎刃而解。不仅如此，其艺术加工手段也能得到精细的分析，对于总结艺术规律，分析作品艺术得失提供了基本的前提。

关键是如何来进行索隐式考证。现在学术界对此法诟病的最大原因是以相似性作为判断的主要依据，观念先行，不讲证据，生拉硬扯，漏洞百出。相似性并不能作为论证的关键证据，而应该以客观的直接证据作为研究的依据。如果能够坐实，相关研究将会有重大突破。例如J4.46“卓珂月论作剧才情”条云：“卓珂月作孟子塞《残唐再创》杂剧小引，云：‘……今冬遘凫公、子塞于西湖，则凫公复示我《玉符》南剧，子塞复示我《残唐再创》北剧，要皆感愤时事而立言者。凫公之作，直陈崔、魏事，而子塞则假借黄巢、田令孜一案，刺讥当世。……’”[2]这样就可以按照戏剧创作当时的情况对《残唐再创》进行解读。

对由于材料限制而不能坐实之处，应该存疑，正如鲁迅所说：“而其是非，则殊难揣测。”[3]不能为了某些目的遽下结论。在此情况下，开展对作品的艺术品评或是鉴赏研究是实际可行的办法。与其众说纷纭，猜谜玄想，不如悬置不论。否则就成了姚燮在批评《琵琶记》索隐研究

① 程华平《论〈牡丹亭〉研究中的影射问题》，《烟台师范学院学报（哲社版）》，1994年第1期，页67—68。

② 《剧说》，页110。

③ 《鲁迅全集》第9卷，人民文学出版社，2005年，页189。

时所说："传奇家托名寄志，其为子虚乌有者，十之七八。千载而下，谁不知有蔡中郎者？诸家纷纷之辨，直痴人说梦耳。"①

回到本文的题目，王四到底冤不冤？如果确实存在《琵琶记》讽刺他的问题，而且高明又进行了高超的艺术加工，那么讽刺就合乎情理，没有什么好讲。但即便这样，绝大多数观众关注的还是精彩纷呈的《琵琶记》，基本与王四无关。

第二节　公宴选剧何以最难

戏剧作为一门综合艺术，从剧本写作、演员排练到舞台演出，要经过若干环节，其中剧目选择就是非常重要的一步。然而选择何种剧目，主要决定于演戏目的和表演场合，同时受到其他因素的制约。这些因素导致选戏本身也是一个比较复杂的过程。简而言之，选戏并不简单，《剧说》关注到了这一问题，J6.27"公宴选剧最难"条云：

> 公宴时，选剧最难。相传有秦姓者选《琵琶记》数出，座有蔡姓者意不怿；秦急选《风僧》一出演之，蔡意始平。岁乙卯，余在山东学幕，试完，县令送戏，幕中有林姓者选《孙膑诈风》一出，孙姓选《林冲夜奔》一出，皆出无意，若互相诮者。主人阮公之叔阮北渚鸿解之曰："今日演《桃花扇》可也。"怀宁粉墨登场，演《哄丁》、《闹榭》二出，北渚拍掌称乐，一座尽欢。②

《琵琶记》是南戏的经典作品，在戏剧史上有着很高的地位。作者

---

① 《今乐考证》著录五《金元院本》，《中国古典戏曲论著集成》本，中国戏剧出版社，1959年，页190。

② 《剧说》，页160。

的目的在于宣扬风化,“子孝共妻贤”。内容主要是假借汉朝蔡伯喈为主角,与妻子赵五娘燕尔新婚,夫妻伉俪情深。恰逢大比之年,朝廷开科取士,伯喈感到父母年事已高,想在家中服侍父母而不欲应试。其父蔡公以效忠朝廷为重,绝不答应,加之邻居张大公的劝说,伯喈无奈只好告别父母、妻子,赴京应试。考试顺利,高中状元。恰巧当朝牛丞相有一女待字闺中,奉旨要招新科状元为女婿。蔡伯喈隐瞒自己已婚事实,拿父母年迈在家无人照顾,需回家尽孝为由欲辞婚并且辞官,但牛丞相和皇帝坚决不从,只好滞留京城。蔡伯喈赴京后,陈留遭遇连年旱灾,赵五娘任劳任怨,尽心服侍公婆,自己糟糠自咽,却遭到婆婆的误解和痛责。后来婆婆发现真相,痛悔不堪而亡,不久蔡公也死于饥荒。蔡伯喈赘入牛府后,终日思念父母,闷闷不乐。曾经给老家写信,不料信被人骗走,以致音讯阻隔。他有一天在书房弹琴舒闷,实情为牛氏所知。牛氏亦贤惠,告知其父。牛丞相也比较开明,派人去陈留老家迎接蔡伯喈父母和妻子来京。伯喈父母去世后,五娘祝发卖葬,罗裙包土,自筑坟墓。又亲手绘成公婆真容,身背琵琶,一路乞讨往京寻夫。到京城后,恰巧弥陀寺举行法会,她到寺中募化乞食,并将公婆真容供奉于佛像前。蔡伯喈也来寺中烧香,祈祷父母一路平安。见到父母真容,便拿回府中挂在书房内仔细端详。赵五娘寻到牛府,被牛氏请至府内弹唱,并把自己的身世告知牛氏,牛氏想让五娘与伯喈团聚。为防伯喈不认,让五娘在公婆的真容上题诗暗喻。伯喈回府后见画上所题之诗,纳闷之际,牛氏携五娘入内,夫妻得以团聚。赵五娘把家中实情一一告知,蔡伯喈悲痛至极,即刻上表辞官,返家守孝。牛丞相同意后,伯喈遂携赵氏、牛氏同归故里,庐墓守孝。后来皇帝下诏,旌表蔡氏一门。

该剧立意虽佳,但是深刻反映了封建社会忠孝不能两全的矛盾,客观上塑造了主人公蔡伯喈不忠不孝的形象,对蔡伯喈有明显的批判作用,历代文人对于蔡伯喈原型的索隐能够充分证明这是普遍的社会共识。因此上引材料中演出《琵琶记》时,蔡姓者看到这种情况,感到不高兴,因为感觉到就像在批评自己的祖先不忠不孝一样。主办者马上弥补选戏时的失误,上演《风僧》。由于《风僧》对卖国奸臣大加挞伐,秦姓人点此剧以明心迹，所以蔡姓观众“意始平”。

材料中前一事件可能得自传闻，后一事件则为焦循本人亲身经历。乾隆六十年(1795)，阮元担任山东学政，招焦循同往。在清代，地方要员一般都有庞大的咨询机构和众多的随从人员。在阮元幕府中，除了学人、智囊还有亲属，其叔叔阮鸿即在其中。这一次游幕过程，阮元记载得非常清楚，在《晋授奉直大夫布政司理问加二级北渚阮君墓表》中云：“俄元奉山左学政之命，公(即阮鸿)之年与元相若，应童了试时即相善，且知公品学优长，以故延请衡文公偕行至署。按试青、莱等府，静坐高楼，闭门阅卷，不草率，寓今日初心之意。历城时幕友未多，元惟公是赖。夏试毕，始与里堂焦君、秋平黄君登岱赋诗，入曲阜圣庙观礼，有《山左笔记》一卷。”[①]这次演出时间当即乾隆六十年(1795)夏试完毕之时，演出过程充满戏剧性。林姓者选《孙膑诈风》一出，该剧演的是孙膑和庞涓一起向鬼谷先生王栩学习。庞涓辞师下山之后出任魏相。墨子因孙膑才能突出而向魏王推荐，遭到庞涓妒嫉，诬陷孙膑私通齐国，魏王为庞涓所蒙蔽，刖去孙膑两膝盖骨。庞涓又设计诱骗孙膑撰写兵书，拟于写成之后杀人灭口，栽赃陷害。小僮将之暗告孙膑，孙膑于是假装疯癫，使庞涓不防，得到齐国帮助，逃出魏国，投奔齐国[②]。在这一剧中，孙膑尽管后来大功告成，报仇雪恨，但在剧中受尽磨难。碰巧下一节有孙姓观众选《林冲夜奔》。《林冲夜奔》简称《夜奔》，为《宝剑记》第三十七出，演的是火烧草料场后，林冲幸运逃过一劫，连夜投奔柴进，后闻朝廷派遣徐宁带兵追捕，于是在柴进的推介下，连夜投奔梁山。该剧着重描写林冲一路上纷杂而矛盾的心境，抒发自己受人陷害壮志难酬的抑郁之情。林冲被逼上梁山，孙膑装疯卖傻，都受人陷害，都处于人生的低谷。两位选戏者选戏时尽管无心，但是演出后大家还是敏感地

---

① 《北湖续志》卷六，广陵书社，2003年，页61。

② 见《马陵道·孙诈》。元代佚名杂剧《庞涓夜走马陵道》，简名《马陵道》，四折，有脉望馆钞本、《元曲选》本。《孙诈》为《马陵道》中的第三折。秦腔有《孙庞斗智》，豫剧有《骂庞涓》，同州梆子有《碧天院》。

觉察到存在问题,二人似若借戏曲互相讥诮。在此情况下,阮鸿选了《桃花扇》里面的《哄丁》、《闹榭》。这次选戏非常成功,一座尽欢。在当时,多数入幕者身份并不高,受幕主管制,但是对于演戏内容还是提出异议,可见这个问题比较严重,涉事双方难以忍受。由于受演出场合限制及自身身份的限制,上述选剧矛盾解决得非常平和,效果良好。但如果戏班没有充分了解情况就贸然演出,可能受到暴力袭击,问题就比较严重。J2.4“《西厢记》之崔氏”条引周亮工《书影》云:

辉县褚邱,去百泉四十里,有白马将军祠,土人多崔姓,而近又有郑村。有演崔郑传奇者,土人以石击之。①

“崔郑传奇”即《莺莺传》,通名为《西厢记》,主要情节为:前朝崔相国死后,老夫人郑氏携女儿崔莺莺送丈夫灵柩回河北博陵安葬。因故受阻,只好暂住普救寺。崔莺莺年方十九岁,聪颖漂亮,诗词书画无所不能。父亲在世时,就已许配给郑恒,郑恒是老夫人之侄,郑尚书之子。张生赴京赶考路过此地,因想拜访在蒲关的结义兄弟杜确,就住了下来。听状元店里的小二哥说普救寺景色优美,过者无不观览,就到普救寺游玩,无意中撞见在殿外玩耍的莺莺和红娘,二人一见钟情。为能和莺莺多见面,张生便借宿寺中,住进西厢房。一天,老夫人做道场祭奠亡夫,不允许道场内外有男子出入,张生硬着头皮溜进去。斋供道场都做好了,老夫人和小姐进香。张生从和尚那里知道莺莺每夜都到花园内烧香,趁着夜深人静、僧众都入睡之际,张生到后花园内偷看小姐烧香。张生连夜苦读,崔莺莺深受感动,对张生产生了爱慕之情。叛将孙飞虎听说崔莺莺有“倾国倾城之容,西子太真之颜”,便率领五千人马包围了普救寺,要强娶莺莺做“压寨夫人”。危急之中老夫人许诺张生只要他能设法“杀退贼军,就将小姐许配给他”。张生八拜之交杜确统领

---

① 《剧说》,页32。

十万大军正镇守蒲关。张生先用缓兵之计稳住孙飞虎，惠明和尚下山送信向杜确搬救兵。三天后，杜确救兵来到，击退孙飞虎。老夫人在酬谢席上反悔，以莺莺已许配郑恒为由，让张生与崔莺莺结为兄妹，这使张生和莺莺都很痛苦。在丫鬟红娘的帮助下，二人得以私下结合。张生弹琴向莺莺倾诉相思之苦，莺莺也向张生表达爱慕之情。由于多日不见莺莺，张生害了相思病，莺莺则让红娘暗中传信，约张生月下相会。张生听到琴声，急欲与小姐相见，便翻墙而入，反而遭到莺莺斥责，发誓不再相见，致使张生病情更加严重。莺莺借探病为名私自到张生房中幽会。老夫人，从神情体态方面怀疑莺莺与张生有越轨行为。于是叫来红娘逼问，红娘如实交代，但她伶牙俐齿，把责任推到老夫人身上。老夫人无奈，另设条件，要求张生考取功名方可娶莺莺为妻。十里长亭送别，莺莺再三叮嘱张生休要"停妻再娶妻"，休要"一春鱼雁无消息"。张生行至草桥店，梦中与莺莺相会，醒来不胜怅惘。张生顺利考中状元，写信向莺莺报喜。这时郑恒来到普救寺，谎称张生已被卫尚书招为女婿。老夫人便再次将小姐许配郑恒，并择吉日完婚。成亲之日，张生以河中府尹的身份归来，征西大元帅杜确也来祝贺。真相大白，郑恒羞愧难言，含恨自尽，张生与莺莺终成眷属。

《莺莺传》的艺术成就，历来受到高度评价，现代所编戏剧史对其评价同样很高。但因为其中存在违礼失德的描写，该剧在历史上曾多次受到诋毁和诅咒。道光十六年(1836)四月《容山教事录》云："且演戏以乐神也，神聪明正直，岂视邪色听淫声也者，非直不视不听而已，必致反干神怒。……而乃必《跳墙》、《庙会》、《卖胭脂》，备诸秽态乎。……凡有点淫盗诸戏者，仰班头即请更换，尔士民亦宜慎择之。"①另有："唐元微之所著《会真记》，元王实甫演为《西厢》曲本，俱称填词绝唱。但口孽深重，罪干阴谴，昔有人游冥府，见阿鼻狱中拘系二人甚苦楚，问为谁，

---

① 《元明清三代禁毁小说戏曲史料》，页 137。

鬼卒曰:'此即阳世所作《还魂记》、《西厢记》者,永不超生也。'宜哉。"[1]"西厢一书,蜜饯砒霜。当时作者编至'碧云天,黄花地,西风紧,北雁南飞'之句,看他卖弄手段。忽然仆地,到底卖弄不成。嚼舌而死。现世报。后人但知喝采而读,那管作者嚼舌而死。"[2]"《西厢》等书,人以为文才绝世,风流蕴藉,未甚淫亵,无大害也。那知他文笔太妙,竟害了天下多少文人。盖其书处处以痴情幻景,勾引淫媒,非比乡里山歌,满纸淫词秽语,自非中人以下者,鲜不憎而弃之。惟《西厢》等记,以极灵极巧之文心,写至微至渺之春思,只须淡淡写来,曲曲引进,目数行下,便觉恋恋,游思相扰,情兴顿浓,如饮醇醪,不觉自醉,心神动荡,机械渐生,习惯自然,情不自禁,醇谨者暗中斫丧,放荡者另觅邪缘,其味愈甘,其毒愈盛,则《西厢》等记,乃所以引诱聪俊之人,是淫书之尤者也,安可不毁。"[3]焦循对《西厢记》评价很高,但客观上仍将其看做淫词的始作俑者。J4.29"自元人《西厢》而淫词继作"条云:"自元人王实甫、关汉卿作俑为《西厢》,其字句音节,足以动人,而后世淫词纷纷继作。……毫无可喜,徒创此以导邪,予不识其何心也。"[4]

现在的研究者多认为上述禁毁言论是对《莺莺传》的污蔑之词。其实《莺莺传》受到诋毁,不在于它宣扬"有情人终成眷属"的爱情思想,而在于其中对崔莺莺违礼败俗的描写,尤其是对莺莺自荐枕席的描写。这一描写在剧本中非常细致,红娘把崔莺莺推入张生房屋之后:

〔元和令〕绣鞋儿刚半折。柳腰儿恰一搦。羞答答不肯把头抬,只将鸳枕捱。云鬟仿佛坠金钗,偏宜鬏髻见歪。

〔上马娇〕我将你纽扣儿松,我将你罗带儿解;兰麝散幽斋。不良会把人禁害,咳,怎不回过脸儿来?(张生抱莺莺,莺莺不语科。)

---

① 《元明清三代禁毁小说戏曲史料》,页374。
② 《元明清三代禁毁小说戏曲史料》,页404。
③ 《元明清三代禁毁小说戏曲史料》,页404—405。
④ 《剧说》,页99。

〔胜葫芦〕软玉温香抱满怀。呀，刘阮到天台，春至人间花弄色。柳腰款摆，花心轻拆，露滴牡丹开。

〔后〕蘸着些儿麻上来。鱼水得和谐。嫩蕊娇香蝶恣采。你半推半就，我又惊又爱。檀口揾香腮。

〔柳叶儿〕我把你做心肝般看待，点污了小姐清白。我忘餐废寝舒心害，若不真心耐，至心捱，怎能勾这相思苦尽甘来？

〔青歌儿〕成就了今宵欢爱，魂飞在九霄云外？投至得见你个多情小奶奶，你看憔悴形骸，瘦似麻秸！今夜和谐，犹自疑猜。露滴香埃，风晴闲阶，月射书斋，云锁阳台。我审视明白，难道是昨夜梦中来？

……

〔寄生草〕多丰韵，忒稔色。乍时相见教人害，霎时不见教人怪，些时得见教人爱。今宵同会碧纱厨，何时重解香罗带？

……

〔赚煞尾〕春意透酥胸，春色横眉黛，贱却那人间玉帛。杏脸桃腮，乘月色，娇滴滴越显红白。下香阶，懒步苍苔，非关弓鞋凤头窄。叹鲰生不才，谢多娇错爱。你破工夫今夜早些来。

这段描写正是历代正统文人耿耿于怀的地方。在当时的文化背景下，男女授受不亲，遑论如是大胆之行为。对于这一点，金圣叹看得特别清楚，所以极力为其辩护："有人谓《西厢》此篇最鄙秽者，此三家村中冬烘先生之言也。夫论此事，则亦自盘古至于今日，谁人家中无此事者乎？若论此文，则自从盘古至于今日，谁人手下有此文者乎？谁人家中无此事，而何鄙秽之与有？谁人手下有此文，而敢谓其有一句一字之鄙秽哉？曰：一句一字都不鄙秽。"①但是这并不能改变社会的普遍共识。演出该剧时，崔姓人氏就会感觉好似自家的闺女出现了此等丑事，当然

① 林乾编《金圣叹评点才子全集》，光明日报出版社，1997年，页192。

对揭示自己族人的隐私不满，于是投掷土石表示抗议。对于郑氏族人而言，也感觉受到侮辱。郑恒是该剧的一个次要角色，本来莺莺就是许配给他，但莺莺后来见到张生产生爱情，郑恒感到自己被抛弃了。后来便用谎言骗得老妇人信任，但就在成就好事之时，张生回来，谎言被揭穿，遂羞愧自尽。郑恒这么一个窝囊的下场自然让郑氏族人感到耻辱，也投掷石块表示抗议。这是某一姓氏观众对抗演员演出的情形。

还有一种情况，就是演剧可能造成族际冲突，J6.20"演《水浒记》"条引《香祖笔记》云：

> 兖州阳谷县西北有冢，俗呼"西门冢"。有大族潘、吴二氏，自称是西门嫡室吴氏、妾潘氏之族。一日，社会登台演剧，吴之族使演《水浒记》，潘族谓辱其姑，聚众大哄，互控于县令。令大笑，各扑一二人，荷校通衢，朱批曰："无耻犯人！"然二氏终不悟也。[①]

上述演剧与《水浒传》和《金瓶梅》有关。《金瓶梅》是中国文学史上第一部由文人独立创作的长篇小说名著。鲁迅在《中国小说史略》中写道："作者之于世情，盖诚极洞达……同时说部，无以上之。"[②]它借《水浒传》中武松杀嫂一段故事为引子，通过对兼有官僚、恶霸、富商三种身份的封建时代市侩势力的代表人物西门庆及其家庭罪恶生活的描述，体现当时民间生活的面貌。描绘了一个上至朝廷内擅权专政的太师，下至地方官僚恶霸乃至市井间的地痞、流氓、宦官、帮闲所构成的鬼蜮世界。潘金莲、李瓶儿、庞春梅是西门庆的小妾，吴月娘是其正妻，妻妾之间、妾妾之间争风吃醋，无所不用其极。西门庆本是个虚构人物，西门冢应该是子虚乌有的后人附会。但是一旦成为族人的信仰，就会转换成一种现实的物质力量。《水浒记》当是以《水浒传》为本事的戏剧作

---

① 《剧说》，页156。

② 《鲁迅全集》第九卷，人民文学出版社，2005年，页187。

品。该剧肯定演到了潘金莲勾引武松不成，合伙害死武大郎，武松狮子楼醉杀西门庆和潘金莲的情节。潘金莲勾引武松，自为传统观念所不容，在狮子楼被武松结果性命，结局实在悲惨。现实生活中既然自称为西门嫡室吴氏、妾潘氏之族，二族当自然不睦，因为妻妾相争、争风吃醋、勾心斗角是她们生活的重要内容。既然如此，吴姓选择演出《水浒记》很难说是否存有影射意图。诸多因素加在一起，造成冲突，“聚众大哄”，并告官。县官处理各打五十大板并游街示众。因为就子虚乌有的名分问题产生打斗，实在没有道理可讲。所以县官称斗殴者为“无耻犯人”。值得注意的是“二氏终不悟”，即使动了官司，这个问题并未解决。

其实演戏引起不快、打斗甚至族际冲突，非常普遍。为了避免出现问题，出现了一些固定的禁忌，这些材料主要见于《中国戏曲志》和各种地方志当中，张勇风[1]曾进行过专题研究。为便于分析，现将其收集的现象罗列如下：

甘肃：姓赵的大户人家忌演《八义图》。[2]

江西：曹姓忌演《击鼓骂曹》、《捉放曹》等曹操戏；马姓忌演《夜战马超》；陈姓忌演《陈姑赶船》；严姓忌演《打严嵩》；张姓忌演《活捉三郎》、《薛刚闹花灯》（中张天佑兄弟挨打）；刘姓忌演《目连》（中有“刘氏上叉”等情节）；龙姓忌演《斩金角老龙》等戏。[3]

山东：王庄、王村等地忌演《锯大缸》；黄楼、黄口忌演《三烈配》；潘集、潘庄忌演《骂殿》等宋朝杨家将剧目；高庄和回族住地忌演《高老庄》；定陶县东关曹姓居多地忌演《曹瑞莲踏雪》；定陶县西关田姓居多地区忌演《田三春捣灶》；孔府禁演《打严嵩》（因严嵩的孙女嫁给六十四代衍圣公孔尚贤）；闵氏忌演《芦花记》；山东兖州

---

① 《中国戏曲家族禁忌探略——从均州城禁演〈铡美案〉谈起》，《文化遗产》，2010 年第 4 期。以下 10 条材料均转引自该文。

② 《中国戏曲志》（甘肃卷），中国 ISBN 中心，1995 年，页 598。

③ 《中国戏曲志》（江西卷），中国 ISBN 中心，1998 年，页 694。

阳谷县西北潘氏忌演《水浒传》；山东信阳县商店镇黄巾寨村忌演“三国戏”，因刘、关、张曾镇压过黄巾军。①

陕西安康：安康城忌唱《破洪州》；紫阳城不唱《雷打张继保》；汉阴县蒲溪街不唱《审头刺汤》，汤姓望族忌讳；后坝不唱《拾玉镯》，戏中风流事出孙家庄，有辱孙姓大户；岚皋城里不唱《胡二八闹酒馆》。②

安徽：桐城禁演《乌金记》（又名《桐城奇案》），因乾隆五十三年（1788）在桐城县北乡发生一起因陪嫁乌金而引发的谋财害命案。该剧即取材于此。剧中多涉及当地官方人物姓名，且剧中痛斥桐城县官昏庸无道，错判此案。故此剧为历任桐城知县所忌讳，不准在桐城县境内演出。③

江苏：丹徒县大路乡忌演《双合印》，因该剧即写大路乡刘金龙依仗父势、横行乡里、作恶多端、终被满门抄斩之事，演出该剧有辱先祖；陈武乡倂池村忌演《双下山》，传说剧中小尼姑及小和尚出自村北小鼻子山两侧的仙桃庵与碧桃庵（两庵旧迹尚存），倂池人认为该剧“有辱先人”；茂西乡前、后潘村忌演《杨家将》，相传潘仁美出生此地，潘氏后裔也以“有辱门楣”禁演此剧；环城乡刘亭村忌演《狸猫换太子》，据说该村为刘妃的娘家，所以忌演。④

河北：邯郸曲周县忌演《玉堂春》，据说曲周是王金龙的老家，他与苏三的爱情故事，人们觉着有损门庭，讳莫如深；东万庄忌演《刘公案》，因该戏所唱为当地李家祖上之事；西景萌忌演《三上轿》，传说西景萌人张炳仁依仗父势，私设公堂，横行乡里，作恶多

---

① 《中国戏曲志》（山东卷），中国 ISBN 中心，1994 年，页 620。

② 鱼讯主编《陕西省戏剧志》（安康地区卷），三秦出版社，1994 年，页 261、280。

③ 《中国戏曲志》（安徽卷），中国 ISBN 中心，1993 年，页 578。

④ 《中国戏曲志》（江苏卷），中国 ISBN 中心，1992 年，页 848。

端，终被满门抄灭，该剧据此而编，西景萌人认为此剧有损本村名声，故禁。①

泉州地区：王姓村人忌演《吴汗杀妻》（因剧中诛王莽）、《忠孝全》（剧中鞭笞祸国殃民的太监王振）、《活捉王魁》（王魁被鬼魂捉拿到阴间）；蔡姓村人忌演《古城会》（剧中蔡阳被关公所斩）；李姓村人忌演《抢卢俊义》（李固私通贾氏被杀）；杨姓村人忌演《织锦回文》（剧中大骂奸臣杨崇文）。②

结合焦循所录和上述材料，可以发现演戏要禁忌的内容：一是本姓氏人物在剧中做出违背当时社会主流价值观念的事情，使族人感到羞耻。如演《西厢记》时当事人以土石投掷演员。邯郸曲周县忌演《玉堂春》与此完全一致。即使是小事，也要注意。J6.16“张南垣观剧”条：“张南垣精于垒石，而善滑稽。吴梅村起用，士绅饯之，演《烂柯山》传奇。至张石匠，伶人以南垣在座，改为李木匠。”③此为职业避讳。二是本族姓氏主人公在历史上为反面角色，在戏剧中处于被批判的角色。如上述茂西乡前、后潘村忌演《杨家将》，因为在涉及杨家将一类故事中，潘仁美被塑造成一个通敌叛国、陷害忠良的大奸臣，相传潘仁美出生此地，所以潘氏后裔也以“有辱门楣”禁演此剧；王姓村人忌演《吴汗杀妻》（因剧中诛王莽）、《忠孝全》（剧中鞭笞祸国殃民的太监王振）。这些剧中，要么展示姓氏相关角色的人生败绩、污点，或是最终被斩杀。关帝庙演戏不演《走麦城》，因为这是关羽的人生重大失败。这是最为常见的禁忌原因。三是戏剧角色的生成以本地姓氏为原型，又兼有上述问题，更在禁忌之列。如西景萌忌演《三上轿》之例、桐城禁演《乌金记》（又名《桐城奇案》）之例。四是本族主人公在历史上为正面形象，但在戏剧中受苦受难，经历悲惨。如甘肃姓赵的大户人家忌演《八义图》。

---

① 《中国戏曲志》（河北卷），中国 ISBN 中心，1993 年，页 575—576。

② 庄长江《泉州戏班》，福建人民出版社，2006 年，页 117。

③ 《剧说》，页 155。

在《八义图》剧中，赵氏家族被奸臣屠岸贾陷害，满门抄斩。为了挽救赵氏遗孤，八人为此献出生命。赵氏族人显然不欲重温悲惨的历史，于是禁演。再如闵氏忌演《芦花记》之例。五是在历史上与本族姓氏存在过节的节目。如，山东兖州阳谷县西北潘氏忌演《水浒传》；山东信阳县商店镇黄巾寨村忌演"三国戏"，因刘、关、张曾镇压过黄巾军。当然，存在特殊关系的，出于避讳原因也不能演出。比如因严嵩的孙女嫁给六十四代衍圣公孔尚贤，所以孔府禁演《打严嵩》，此条宣传材料还放在孔府的门口。

即使是普通观众，也如此认为。大家对历史上秦桧恨之入骨，有时延及秦姓族人，张勇风引用过一个例子非常有趣：

> 朱仙镇上演《烧秦桧》条载：朱仙镇有座岳王庙，每逢正月十四、十五、十六，六月初六，百姓们都要火烧秦桧，祭奠岳飞。原是用砖头砌成人形，再用画工画成秦桧，上下通气，用桑柴烧烤，烟火四溢，众人狂呼。有的人拿面饼在烟火上烤食，说是可以消灾。此俗慢慢演变，到后来每年正月十六都要上演《烧秦桧》，观众也都把事前扎好的草人秦桧带到会场，台上演到火烧秦桧时，台下将草人点燃，全场呼声如雷，同仇敌忾。开封有一老汉赶着一头毛驴到朱仙镇赶会，深受感染，回家的路上，还一直在想着那岳飞的忠义、秦桧的奸诈，一会儿咬牙切齿，一会儿仰天长叹。正走着，前边一人站在路旁，作个请他停下的手势。原来这人也是家住开封，路上生了病，想出钱雇驴回去，老汉欣然答应。两人边走边聊，很是融洽。当那人无意中道出了自己姓秦时，老汉勃然大怒，把他拉下毛驴，钱也甩给了他，赶着驴就走。那人茫然不知所措，在后边喊道："喂！你这是干什么？""我这驴就是不让姓秦的骑！"老汉愤愤地回答。①

---

① 《中国戏曲志》(河南卷)，文化艺术出版社，1992年，页576。

对于这种现象，张勇风进行过分析，指出："更何况'同姓一家'，又加民众之演绎附会，多有将戏曲作品中的人物、地点和现实对号入座者，于是中国戏曲家族禁忌便成为一种普遍存在的民俗现象。"其实这一问题之所以产生，有两个密不可分的逻辑环节，首先是将现实当中的姓氏当做与自己有着切身利益的对象，也就是张勇风所说"同姓一家"的观念。其次是将戏剧中的角色人物等同于现实中的人物。而这两者在中国都有深厚的文化基础。

中国是一个宗法社会。学术界一般将"宗族"界定为"以血缘关系为纽带，以同一父系的男性后代及其配偶为主要成份组成的，同姓氏的社会集团"[①]。从原始社会后期开始，开始从原始氏族向宗族过渡。"父系家族公社是一种基层的社会亲族集团。它一般由三、四代或更多世代的同一个男性祖先的后裔组成，其中包括他们的妻子儿女，人数可由二三十人到上百人。它实行生产资料集体共有，在相当长的历史时期内体现着原始公社的民主平等原则。一个家族公社由于人口的增加，到一定限度就可能分裂为几个部分，各部分自成一个家族公社。这样由分裂而产生的若干家族公社，有共同的男性祖先，血缘亲族关系十分密切而明确，互相之间在社会、经济以及思想意识诸方面仍保持着一定程度的、某种形式的统一性。它们结合在一起，共同形成了一种大于家族公社，小于氏族公社，介于两者之间的社会亲族集团——父系宗族公社。"[②]此后宗族在漫长的封建社会中一直存在，发挥着重要的作用。家族势力是中国封建社会赖以维系生存与统治的重要支柱。宗族意识、宗族观念一直是统治上至天子下及百姓的神圣不可动摇的无形力量。正如马克思·韦伯所说：

---

① 刘小京《现代宗族械斗问题研究——以苍南县江南地区为个案》，《农村经济与社会》，1993年第5期，页44。

② 程德祺《原始社会初探》，中央民族学院出版社，1988年，页154。

> 从社会角度说，对于宗族成员，包括在异乡，特别是城里生活的人的存在来说，宗族就是一切。正因为如此，“城市”对于它的多数居民来说，从来不是“故乡”，而是典型的“异乡”……城市没有现在要讲的有组织的自治……或以毫不夸张地说，中国行政管理史上充满了朝廷力图在城区以外发挥行政功能的努力。除了在税收方面达成了妥协，这种努力只获得了短期的成功，由于皇家行政独特的粗线条管理，不可能获得永久的成功。真正的官员为数甚少，这种粗放管理是由财政决定(反过来又决定着财政状况)。正式的皇家行政，事实上只限于市区和市辖区的行政。在这些地方，皇家行政不会碰到外面那样强大的宗族血亲联合体……一出城墙，皇家行政的威力就一落千丈，无所作为了。……“城市”是没有自治的品官所在地，——“乡村”则是没有品官的自治区！[①]

宗族作用的发挥，一方面依赖于族田，这是宗族运作的物质基础；另一方面依靠宗祠和家谱。明初方孝孺说：“尊祖之次莫过于重谱，由百世之下而知百世之上，居闾巷之间，而尽同宇之内，察统系之异同，辨传承之久近，叙戚疏，定尊卑，收涣散，敦亲睦，非有谱焉以列之不可也。”[②]祠堂作为宗族的物化象征和中心机构，对于族人来说，宗庙和祠堂供奉着先祖的灵位，必然有着无上的神圣和威严，关系着宗族的兴旺衰败，是宗族精神的体现。基于血缘观念和祖先崇拜而建立的宗庙、祠堂维系了宗族团结和增强了宗族的凝聚力，而其目的无非在于强调血缘关系的密切性，祖宗成为同一宗族的精神来源和最高旗帜。

祖先强化的直接对象就是姓氏。姓是标志家族系统的称号。郑樵《通志·氏族略》曰：“三代之前，姓氏分而为二，男子称氏，妇人称姓。氏所以别贵贱，贵者有氏，贱者有名无氏。……姓所以别婚姻，故有同

---

① 《儒教与道教》，王容芬译，商务印书馆，1995年，页144—145。

② 《逊志斋集》卷一，徐光大校点，宁波出版社，2000年，页38。

姓、异姓、庶姓之别。氏同姓不同者，婚姻可通。姓同氏不同者，婚姻不可通。三代之后，姓氏合而为一，皆所以别婚姻，而以地望明贵贱。”[①]姓代表血缘关系，同姓不能通婚，用以别婚姻；氏则是从姓中繁衍出来的分支，用以区别贵贱。姓氏后来合二为一，在中国通常是维系血缘的纽带。在宗族社会下，姓氏随父姓，这也是获得姓氏的最主要方式，所以，具有同一姓的成员也就通常被认为是同一祖先的后代，无限上推，总能找到共同的祖先。这是同姓认同的理论基础。事实上同姓未必一家，可能有不同的血统来源。“姓氏固然是血缘的标志，但是这并不意味着最初一个姓氏只能被一个氏族所用，别的氏族就不能用。同时，已用了一个姓氏的氏族在漫长的历史进程中也不见得自始至终只能用这个姓，而不会改用其他的姓，或者，它的支族不会为了独立门户而另立新姓。前一种情况可称为异族同姓，后一种情况则可称为同族异姓，这两种情况就决定了姓氏的历史并非是一以贯之的，而可能出现分叉或中断。”[②]赐姓、改姓也是产生同族异姓现象的重要原因。唐朝赏赐功臣的一项措施就是赐予李姓。历史上，为了避免政治迫害而改姓的也不在少数。更有趣的是西汉人车千秋，本姓田，因为坐车上朝，人呼车千秋，其子孙便以车为姓。但是这并不妨碍同姓成员主观认定属于同一祖先的心理想象。由于中国长期处于农业社会，其特点是以家庭为单位从事独立的经济活动，孤立分散、闭关自守、技术停滞、工具落后，生产目的是为了家庭成员的自我消费，自给自足的小规模农业自然经济。宗族社会与此有着极大的适应性。经济基础由于演变缓慢，决定着祖先信仰源远流长和根深蒂固。

如果将戏剧角色与社会现实分开，也不会发生上述问题，而现实是观众普遍将戏剧角色等同于现实生活人物，戏剧里面的姓氏就是现实的姓氏，现实的姓氏就是自己的姓氏。这种观念，源自中国特殊的书写

---

① 《通志二十略》，中华书局，1995 年，页 1—2。

② 刘宗迪《姓氏名号面面观》，齐鲁书社，2000 年，页 75。

认知模式。首先从《周易》“仰观俯察”开始，就强调记叙与现实的一致性。我看到了什么，就写什么。反过来说，我写的什么，就是我看到了什么，记叙与对象是一体的。这一观念因中国的史传征实传统而得到了进一步强化。即如《唐传奇》，鲁迅云“开始有意为小说”，但其开篇往往按照史传开头，言某某何地人也，给人以真实感。再如《桃花扇》，孔尚任明确提出：“朝政得失，文人聚散，皆确考时地，全无假借。至于儿女钟情，宾客解嘲，虽稍有点染，亦非乌有子虚之比。”[①]与西方柏拉图的以三张床作比喻的文艺创作观念明显不同，客观上造成了艺术与现实不分的情况。焦循在《剧说》中记载“吾郡江大中丞兰，每于公宴，见有演扮关侯者，则拱立致敬”[②]，直接把演员当做所演角色本人。由于缺乏理论的自觉，即使在欣赏中也经常发生与角色混淆的情况。

所以，冒犯了祖先，就等于冒犯了整个宗族全体成员的最高利益，很容易引起族际纠纷，其最高形式就是宗族械斗。宗族械斗是指宗族组织内部或宗族组织之间聚众持械斗殴，是宗族矛盾的极端表现形式。历史上有很多宗族械斗极端惨烈，道光、咸丰年间，福建汀漳龙道员张集馨在《道咸宦海见闻录》中对宗族械斗的严重程度作了详细的描述：

> 漳州毗连粤省潮州。本省泉州，风气大略相仿，其俗专以械斗为强，而龙溪、漳浦、云霄三属为尤甚。大姓则立红旗，小姓则植白旗，掳人勒赎，纠众残杀，习以为常。此风起于明永乐年间，相寻干戈，至今愈烈。其先由于控诉到官，不能伸理，遂自相报。彼杀其父，此杀其兄，并迁怒杀其同社，以致结成不解之仇。订日互斗，大姓则合族相帮，小姓则合帮相助，本村壮丁不足，则于外间招募，总以必死为能。凡出斗者，妻孥喜笑相送，不望生还。或父子二人，父受大姓雇募，子受小姓雇募，及至临场，父子各忠所事，若不相

① 《桃花扇》，王季思等点校，人民文学出版社，1959年，页11。
② 《剧说》，页160。

识。每受雇者死一人，则雇者给洋银三十元，祠堂设立忠勇牌位，妻孥具有养赡。……若斗费不交，官即带差役千余人，前往洗庄，房屋树木，一概毁伐。[1]

相比而言，吴氏、潘氏的斗争没有达到这种规模，但客观上存在冲突升级的可能。既然如此，为了保证演出的顺利进行，点戏就必须照顾到各种因素："每次演出翻箱前，领班必须要向主家问清楚姓氏和名讳，以便在主家点戏时与戏中人物相对照，以防所点戏的故事中有'归位'（死亡）、斩首、遭祸等人物的姓氏和主家相同。如是相同的，就犯了忌，是不能上演的，需要主家重新点戏。主家不点好戏，戏是不能开演的。"[2]而对于出现意外，如前述阮元幕府演戏出现众口难调的情况，处理结果就是取"最大公约数"。如果矛盾不是太紧张，还可以换戏以弥补。

从上可以看出，点戏不是一个纯粹的艺术问题，还是一个现实的社会问题。艺术永远不会脱离生活，如果脱离生活而追求纯粹的艺术概念推演，很多艺术问题将永远得不到答案。要想解决问题，只能回到生活本身。

第三节 真刀、大棒及其他

禁毁戏剧研究是戏剧学研究中的一项重要内容。禁毁戏剧的实质并不是要取消戏剧本身，而是要将其纳入社会管理的范围，尽量减少演戏带来的社会问题[3]。现在的研究者往往把这些管理措施统统归为对

---

① 《道咸宦海见闻录》，中华书局，1981年，页61—62。

② 李跃忠《中国影戏与民俗》，大象出版社，2010年，页182。

③ 详见范春义《关于古代禁毁戏剧研究的几个问题——评丁淑梅〈中国古代禁毁戏剧史论〉》，《文艺研究》，2012年第7期。

戏剧的摧残，从学理上很难自圆其说。深入分析焦循关于砌末的记载，可以充分说明这一点。砌末是戏曲舞台上大小用具和简单布景的统称，像旗帜、文房四宝、灶台、马鞭、船桨、大刀、长矛以及一桌二椅等。砌末不独立表现场景，其任务是帮助演员完成动作，在完成表演过程中起着不可或缺的作用。焦循比较关注这一问题，在《剧说》中提到了三次，赵匡胤扮演者使用大棒，表演禁用真刀，属于砌末的使用情形；杂剧与南戏使用的砌末，属于砌末的综合概述，分别能够揭示砌末背后的某些意义，值得关注。

一　禁用真刀

首先来看关于戏剧表演禁止使用真刀的问题。共有两条材料，第一条是王思任作《米太仆万钟传》云："出优童娱客，戏兀术，刀械悉真具，一错不可知，而公喜以此惊坐客。"该条材料揭示了米万钟家庭演剧使用真刀的情况，目的是让观众产生震惊的心理效果。舞台上表演人员使用真刀，如果表演顺利，那么惊险刺激当胜过使用道具刀械。但是，一旦表演出现失误，轻则伤人，重则丧命。所以，对于这种做法，王思任并不赞同，故说"一错不可知"。为了避免出现问题，演剧史上多次出现禁毁真刀实枪的声音，焦循的同乡前辈就是典型一例。J6.25"禁以真刀演戏"条云：

吾乡江蔗畦恂作令清泉时，尝请禁真刀演戏，云："一、演戏擅用真刀之悍习，宜严禁也。查演戏虽非古礼，然民间迎神、报赛、宴客、娱宾，亦所不禁。第名之曰'戏'，衣冠笑语不必皆真，即遇有斗武敌忾之剧，刀、枪、剑、戟，均不过竹木为质，裹以纸箔，存其形似。乃近日梨园子弟竞尚新奇，多有搬演真刀，诩为绝技，偶或失手，即致伤生。卑职前见邸报内：'四川省蒋天奇扮演萧氏忤逆父母、破肚抽肠一出，李荣贵扮鬼卒，持刀向戳，致刀尖误伤胸膛殒命。'此演戏用真刀伤命之明证也。伏查私藏军器，本有应禁之条，虽刀枪不在禁限，但白刃利锋，视为儿戏，无论手足疏虞，戕人性命，死者枉遭惨毙，生者复罹重刑，民命所关，固当慎重。且搬演刀枪，类皆敌武之戏，若持此可以杀人之具，明助其凶猛之形，市井浮嚣，炫异惊奇，适足以长其悍恶不驯之气，揆之兴感之义，亦有未合。况人心叵测，保无有怀挟私仇，藉此戕害，以妄希矜减者。是更不可不防其渐也。卑职见在出示晓谕，将各戏班内真刀等件，尽行追出销毁，令其改用竹木，以免意外之虞，不致误戕人命。如有仍行擅用者，即严拿重处。"①

江恂，"字禹九，号蔗畦，官芜湖道。工诗画，收藏金石书画，甲于江南"②。江苏仪征县拔贡，乾隆二十一年(1756)任清泉设县以来的第一位县令③，其事迹见于县志卷六《名宦传》。二十九年(1764)擢乾州厅同知，最后官至长沙知府，政声卓著，且有诗名。在湖南任补长宁知县期间，深受巡抚陈宏谋器重。在清代戏剧禁毁史上，陈宏谋是一个非常值得关注的人物。他在不同地区任官，发布过多条禁毁戏剧演出的命令。例如：

夜戏赌博，久奉例禁，乾隆十年，司道议详本都院批定通行各属，将境内会集演戏日期，通查报官，至期□传乡保会首集头到官，明切晓谕，出具不敢容留夜戏聚赌甘结，官仍发给禁止夜戏赌博小告示，分贴于集场，至期官役设法查拿有夜戏者……乾隆十三年刊发《兴禁条规告示》，又已申明诰诫各属，至今多不以此为事，后任之官，并不知有此一案，如大荔县六月二十八日，堰城村夜戏场中诱拐幼女之事，又七月□一日，龙池村因夜戏抢殴，致伤人命之事……地方官全不以禁夜戏□□□□□，不知夜戏之奉禁。……

① 《剧说》，页159。

② 《扬州画舫录》，页146。

③ （清）王开运等修，张修府等纂《清泉县志》，台湾成文出版有限公司，1975年，页130。

当此百谷登场，岁晚务闲，各处城乡，均有市会，不早禁止，滋事不少。仰按察司官吏转饬同州府，将大荔县堰城村、龙池村二处夜戏之乡保会首集头班头拘到，各重责三十板，具报，以彰禁令。……嗣后凡有夜戏，不论有无生事，次日务将会首集首班首责处，不得宽纵。①

可见在规范戏剧演出方面，陈宏谋是恪尽职守，一丝不苟。江恂的禁令不知与其影响是否相关，不过上述禁令不见于《清泉县志》。江恂的禁令包含四重意思：一是演戏具有合理性，既然是戏，就没有必要当真，道具存其形似即可；二是用四川邸报李荣贵误伤蒋天奇的事实说明使用真刀的危害，具有现实针对性；三是私藏兵器犯禁，舞台表演能够产生效仿作用，不利于社会稳定；四是在戏班内部，伶人之间若有矛盾，可能公报私仇，带来不良后果。客观来说，江恂的禁令理由充分，具有很强的现实意义。在表演中追求刺激，是古来表演的一种习惯，也是观众的一种心理期待。从现存汉画像石的画面中可以看出，在汉代的杂技表演中，就有非常惊险的场面。例如走绳索表演，在绳索下方，摆上直刺的利刃。如果演员失手，且利刃不做手脚，必定是非死即伤。在戏剧演出中，也多有惊险表演。J1.29“窟儡子与翻金斗”条云：

(《笔麈》)又云：“汉有鱼龙百戏。齐、梁以来，谓之‘散乐’。乐有舞盘伎、舞轮伎、长跷伎、跳剑伎、吞剑伎、掷倒伎，今教坊百戏，大率有之，惟掷倒不知何法，疑即‘翻金斗’。‘翻金斗’字义，起于赵简子之杀中山王，以头委地，而翻身跳过，谓之‘金斗’。”按：今之演剧者，以头委地，用手代足，凭虚而行，或纵或跳，旋起旋侧，其捷如猿，其疾如鸟，令见者目炫心惊，盖即古人掷倒伎也。②

① 《元明清三代禁毁小说戏曲史料》，页112—113。

② 《剧说》，页10。

"令见者目炫心惊"就是此类表演的主要目的。

在现在的舞台表演中，惊险的飞刀表演一般还是保留项目。通常设定的表演环境是飞刀手站立在数米之外，向固定或是转动的上缚真人的圆盘投掷飞刀。为了增加惊险程度，飞刀投掷者甚至需要蒙上眼睛。表演时观众自然屏心静气，紧张万分。随着刀无虚发，顺利完成，观众放下心来，报以热烈掌声。对于类似表演，其实就像魔术一样，利用的是观众的视觉错觉以及道具的精心设计。古代的戏曲表演背后是否有类似机关，很难下结论。如果有，上述官员的担心算是多此一举；如果没有类似的保护式表演，那么禁演类似凶险项目则自在情理当中。在今天的艺术实践中，有的剧种在表演时仍以真刀为特色，如商洛派二簧的武打，就讲究真枪真刀。

使用道具，并不妨碍戏剧的演出效果。就中国戏曲的特点来说，虚拟性是表演的重要特点。刀的作用发挥不是依赖刀刃的锋利，而是依赖演员对于刀术技巧的把握。充分肯定表演艺术是演出的主体，充分肯定观众的欣赏过程同时也是参与创造的过程，因此他们不是追求模仿生活的自然形态，而是敢于运用舞台假定性进行适度的艺术夸张。大刀能够发挥良好的艺术效果，是由于根据演出的实际需要，经过了不同程度、不同方式的艺术加工，通过变形、装饰，使之具有更明显的假定性，即使是激烈拼杀的场合，也能艺术性地表达出来。崔华功在论述"把子功"的真实化时指出："戏曲的武打动作是虚拟的，但必须虚处见实，使人看后有逼真感。戏曲舞台上开打的一招一式，上打下扎、左刺右挡虽是程式动作，若要打出拼命相杀的战斗气氛，就必须拿出真功夫，恰似真刀真枪，砍得猛、刺得准；闪得急、抓得稳；干净利落、动人心魄。如《三岔口》任堂惠与刘利华在暗中搏斗，任突然发现刘的头影，猛劈一刀，险些削去刘的鼻尖，效果极好。这一刀要求演员既要准确无误又要配合默契，表现出毫不留情又惊险无比，刀离鼻尖只差三分。这样才打得真实、带劲，使观众看得过瘾。再如，演《武松打店》中的夺匕首，武松与孙二娘交手，两人你死我活，间不容发。'噔'地一声，匕首插在孙二娘头边的台板上，寒光闪闪，一刹那观众为之一震，孙二娘胆战心惊。……这是靠演员娴熟的技艺、逼真的表情和密切的配合，既真且准又狠，人物的性格和黑夜格斗的情景得到了凸现，达到了真实感与艺术美的统一。"[①]因为戏曲是在再现艺术的基础上来发挥表现性的，戏曲武打一定要服从剧情的需要、角色的性格，应该服务于感情抒发和人物塑造，不能喧宾夺主。而且通过系统的严格的训练，围绕表现剧情、塑造人物，演员将这集于一身，结合得浑然一体，充满艺术的美感。著名艺人盖叫天对此有过精辟阐述：

京戏中的开打，也是一种舞蹈，因此也要注意身段，打得火爆、打得紧张，如果因而忽略了身段就不会给人美感。因为开打是表示人物在格斗，所以要打得狠、稳、准，不这样而是像是闹着玩儿的，那还像打仗？不真，这就首先不美。但究竟这是戏，光真不行，还得要有艺术，这个艺术主要就表现在身段上。如果只讲究耍刀枪把子，耍的再溜，枪花转得像个风车似的，而身上不好看，那只是技术，不是艺术。因为这样，枪花虽然"活"了，戏中的人物却"死"了。京戏的武打与武术有很密切的关系，所以要有武术的底子，开打才能像那么回事。拿单刀来说，就有各种不同的刀法：拐、理、弯、砍、剁、托、劈、削、拉、刺、分……每一种刀法都有不同的用处、不同的方法。结合这些刀法又有许多身法、步法：闪、掸、腾、挪、纵、跳、翻、飞、绕、撤、拉、踏……这些刀法、身法、步法配合起来，形成不同的姿势，加上音乐，化成舞蹈，方才成为艺术。如果不分清这些刀法、身法、步法，拿了单刀上台胡砍乱劈，怎会好看。戏，看的是演员的表演，不是看你打把式，所以戏曲中有句俗语叫"单刀看手，双刀看肘"，这就是说打把子要处处注意身段的美，把子打得熟练，这是比较容易做到的（自然也须勤学苦练），但身段要美却需

① 《浅谈戏曲"把子功"》，《戏曲艺术》，1991 年第 1 期，页 83—84。

要下更大的功夫。[①]

在戏剧表演中，刀是铁做的还是木头做的，是削铁如泥、迎风断发还是钝如木头，与表演效果没有关系，正如栾冠桦所言："戏曲从来不怕假，因此舞台从不避假，更不藏假。若将卧鱼、云手、踢腿、搓步、旋子、抢背、背躬等动作，到生活中去一一对号，无疑是徒劳。舞台美术同样也不乏其假。像我们熟悉的戏衣，不分朝代、地域、季节；水旗，把水的液态变为固态；风旗，把风的听觉变成视觉；烛台，不点燃；水桶，小得近乎玩具；布城，既无足够的高度，更无应有的厚度；髯口，是用金属丝缠上各式毛发而成，戴上它真正接触脸的只是'人中'部分，其余胡须都长在空气中；刀枪把子，正如奥布拉兹卓夫所说，它们'不是真正的刀剑'，也不是刀剑的'仿制品'，'而只是表示那是刀剑而已'。"[②]否则就是武术表演而非戏剧表演。

江恂未必真正懂戏，但是他提出的逻辑基点坚实可靠。对于真刀演戏带来的社会问题，也应该引起注意。即使是今天的演出已经注意到安全问题，但还是不能避免产生问题。尤其是提到的"公报私仇"问题，江恂未必是以小人之心度君子之腹的心态。因为同一班社之间，由于利益问题，常常会产生各种矛盾，所以各个班社的规定都强调团结，不能互相拆台，这恰恰证明矛盾纠纷经常存在，如此则江恂的担心就不是杞人忧天。无论从艺术实践还是从现实社会问题考量，江恂的观念和做法都有现实的基础，其合理性毋庸置疑。但是在今天的学术研究中，江恂的观点被诸多学者认为是对戏剧的一种禁毁行为，属于对戏曲的摧残压制之举，殊无道理可讲。

当然，真刀表演可能更适合外行来看。因为他们不懂中国戏曲的表演精华，在他们眼中，刀术之真就成了艺术之真，对有异域文化背景

---

① 盖叫天口述，何慢、龚义江整理《粉墨春秋》，中国戏剧出版社，1980 年，页 171—172。

② 《戏曲舞台美术概论》，文化艺术出版社，1994 年，页 157。

的观众更是如此[1]。即便是本国观众，随着对传统戏曲欣赏能力的降低，呼吁真刀表演的可能会越来越多，那就只能在真假之间有所平衡了。

二 大棒及其他

关于砌末的使用，焦循提供了两则共三条资料，第一则是人物身份与砌末的配合问题：

> 剧中演赵太祖，每持棒，或侍臣持棒从之。按《铁围山丛谈》云："太上以政和六七年间，始讲汉武帝期门故事。初出，侍左右官者，必携从二物以备不虞，其一玉拳，一则铁棒也。铁棒者，艺祖仄微时以至受命后所持铁杆也。棒纯铁耳，生平持握既久，而爪痕宛然。"[2]

宋太祖赵匡胤的主要武器就是大棒，在其他小说或是史书中均有记载，所以在舞台上的赵匡胤就以大棒为砌末。这说明砌末的设计与使用应该遵循一定的原则，大多以正史或是传说的记载为基础。这一做法符合观众的观赏习惯和心理期待。既然大家都知道赵匡胤以大棒起家，就没有必要再在此问题上节外生枝。如果戏剧中赵匡胤手持关羽之青龙偃月刀或关羽持赵匡胤之铁棒粉墨登场，除了滑稽搞笑之外，不会有任何积极效果。

焦循在《剧说》中还对元杂剧和南戏演出所用砌末进行了初步总结：

---

① 2009 年 11 月 18 日晚，中国北方昆曲剧院在日本东京学习院大学表演昆曲《竹取物语》，配有日文翻译字幕，第三节为演员武戏的集中展示，与主题若有游离。但在场观众对此反应最为热烈。

② 《剧说》，108 页。

《杀狗劝夫》"只从取砌末上",谓所埋之死狗也;《货郎旦》"外旦取砌末付净科",谓金银财宝也;《梧桐雨》"正末引宫娥挑灯拿砌末上",谓七夕乞巧筵所设物也;《陈抟高卧》"外扮使臣引卒子捧砌末上",谓诏书、纁币也。《冤家债主》"和尚交砌末科",谓银也;《误入桃源》"正末扮刘晨、外扮阮肇各带砌末上",谓行李包裹或采药器具也;又"净扮刘德引沙三、王留等将砌末上",谓春社中羊酒纸钱之属也。①

这是最早关注到砌末问题的文献,提出了戏曲研究中的砌末话题。当然,这仅是一个初步的经验型感知记录,不具备全面性。学者陈志勇穷尽性地收集了砌末在《全元曲》中的出现和使用情况,一共列举了28例,总结出如下类型:"宋元时的舞台'砌末'可指示:(一)剧中人所持拿的小道具,如画像、魔合罗之类;亦可是剧中关目发展之需的'物什',如食物、银钱之类。(二)'砌末'在宋元还可指行头衣饰,如《荆楚臣重对玉梳记》、《包待制智赚灰阑记》所列。(三)'砌末'还可指小的布景,如《月明和尚度柳翠》中以月为砌末。(四)还可指示场景的陈设,如南戏《宦门子弟错立身》、杂剧《唐明皇秋夜梧桐雨》。"②该研究结果较焦循所论显然有明显突破,富有科学性,但是焦循首先关注这一话题,应该值得重视。由此亦见焦循兴趣之广,对戏剧关注范围之大。

第四节　情之多维体验:马伶、商小娥、俞江女

一

演员学艺是保证艺术传承的重要条件,各种教授技巧当中,"口传

---

① 《剧说》,页20。

② 《宋元戏曲"砌末"考论》,《艺术百家》,2006年第2期,页48。

心授”成为主要的教学方式，通常认为是指师徒间口头传授，内心领会[①]。它不仅是戏剧传承的主要手段，也是一切传统技艺通用的传承手段。例如书法即为一类，明解缙《春雨杂述·评书》:“学书之法，非口传心授，不得其精。”也在强调该方法的重要价值。

在古代，演员文化知识程度普遍不高，理解作品比较困难，需要指导老师仔细讲解，演员细心体会，忘其为我，就是进入角色所处的情境。按照今天的艺术教育理论，就是要让演员设身处地体验所扮演角色的思想感情。前代的戏曲理论家对此颇为关注，留下的论述颇有启发意义。汤显祖在《宜黄县戏神清源师庙记》中明言，演员要演好剧中角色，首先要“博解其词而通领其意”。李渔的阐释更加详尽：

唱曲宜有曲情。曲情者，曲中之情节也。解明情节，知其意之所在，则唱出口时，俨然此种神情。问者是问，答者是答，悲者黯然魂消而不致反有喜色，欢者怡然自得而不见稍有瘁容，且其声音齿颊之间，各种俱有分别，此所谓曲情是也。吾观今世学曲者，始则诵读，继则歌咏，歌咏既成而事毕矣。至于“讲解”二字，非特废而不行，亦且从无此例。有终日唱此曲，终年唱此曲，甚至一生唱此曲而不知此曲所言何事、所指何人，口唱而心不唱，口中有曲而面上、身上无曲，此所谓无情之曲，与蒙童背书，同一勉强而非自然者也。虽腔板极正，喉、舌、齿、牙极清，终是第二、第三等词曲，非登峰造极之技也。欲唱好曲者，必先求名师讲明曲义。师或不解，不妨转询文人，得其义而后唱，唱时以精神贯串其中，务求酷肖。若是，则同一唱也，同一曲也，其转腔、换字之间，别有一种声口，举目回头之际，另是一副神情。较之时优，自然迥别。变死音为活曲，

---

① 按：口传心授也有复杂的内容以及多种具体的实现形式，可以参见徐城北《“口传心授”五题》，《艺术百家》，1992 年第 3 期；张育华《论戏曲“口传心授”之传习内涵》，《戏曲研究》，2008 年第 3 期。

化歌者为文人，只在"能解"二字。解之时义大矣哉。[①]

从李渔的论述可以看出，在当时的戏曲教学中，鹦鹉学舌者大有人在。演员类似于一个木偶，没有任何的主动性，成为师傅或是班主按照自己意图拧动的螺丝钉。要想在艺术上取得重大成就，除了技术层面的训练，思想意识方面的体验和提高同样重要。即便是教曲师傅，也可能无法真切地理解所教内容，这是学有偏胜所致。他们不理解曲情，而理解曲情的未必会唱，至少达不到高超的程度，正如现在的专业教练难以辅导各种文化课一样。相较于单纯的唱腔训练，曲情的介入，可使演唱获得了灵气，"变死音为活曲，化歌者为文人"。为了突破曲情难解之弊，寻找"文化课"教师确实是明智之举。

此后徐大椿更加强调得曲情的重要："唱曲之法，不但声之宜讲，而得曲之情为尤重。盖声者众曲之所尽同，而情者一曲之所独异，不但生旦丑净，口气各殊，凡忠义奸邪，风流鄙俗，悲欢思慕，事各不同，使词虽工妙，而唱者不得其情，则邪正不分，悲喜无别，即声音绝妙，而与曲词相背，不但不能动人，反令听者索然无味矣。"[②]

上述诸家阐释来自于各自的戏曲实践或是经验，具有重要的指导作用。在实践中，确实存在类似的指导事例。例如吴越石在指导家班时，"先以名士训其义，继以词士合其调，复以通士标其式"[③]。阮大铖家班也是如此，张岱对此盛赞到："阮圆海家优讲关目，讲情理，讲筋节，与他班孟浪不同。"[④]他们都把对剧本文意的理解放在学习的重要位置。通过专业老师或是聘请文人的讲解，文化水平不高的演员大致能够了解所唱的内容，虚拟的感情体验基本能够满足演出的需要。但是演员与角色之间如果反差太大，设身处地也就大大隔了一层。社会地

① 《闲情偶寄·解明曲意》，《中国古典戏曲论著集成》本，页 98。

② 《乐府传声》，《中国古典戏曲论著集成》本，页 173—174。

③ 汪效倚辑注《潘之恒曲话》卷之三，中国戏剧出版社，1988 年，页 73。

④ 张岱《陶庵梦忆》卷八"阮圆海戏"，上海古籍出版社，1982 年，页 73。

位悬殊，生活不同，经历各异，体验起来的难度必然加大。体验体验，只有去经验，才能获得体会。而且体会越深，对文本理解也就越深，表演起来更加容易水到渠成。为了完成好这一点，应该体验真实生活，获得实际感受。古人的理论论述鲜见此方面内容，但是在《剧说》引录的一些资料中明显体现出这一内涵，正如孔子所云："我欲托之空言，不如见诸行事之深切著名也。"J6.11"马锦扮严嵩"条云：

侯朝宗《马伶传》云："马伶者，金陵梨园部也。金陵为明之留都，梨园以技鸣者无论数十辈，而其最者二：曰兴化部，曰华林部。一日，新安贾合两部为大会，遍征金陵之贵客、文人，与夫妖姬、静女，莫不毕集。列兴化于东肆，华林于西肆，两肆皆奏《鸣凤》——所谓'椒山先生'者。迨半奏，引商刻羽，抗坠疾徐，并称善也。当两相国论河套，西肆之为严嵩相国者曰李伶，东肆则马伶，坐客乃西顾而叹，或大呼命酒，或移坐更近之，首不复东。未几，更进，则东肆不复能终曲。询其故，盖马伶耻出李伶下，已易衣遁矣。马伶者，金陵之善歌者也，既去，而兴化部又不肯辄以易之，乃竟辍其技不奏，而华林部独著。去后且三年，而马伶归，遍告其故侣，请于新安贾曰：'今日幸为开宴，招前日宾客，愿与华林部更奏《鸣凤》，奉一日欢。'既奏，已而论河套，马伶复为严嵩相国以出，李伶忽失声，匍匐前，称弟子，兴化部遂凌出华林部远甚。其夜，华林部过马伶，曰：'子天下之善技也，然无以易李伶。李伶之为严相国，至矣，子又安从授之而掩其上哉？'马伶曰：'固然，天下无以易李伶，李伶即又不肯授我。我闻今相国某者，严相国俦也。我走京师，求为其门卒，三年日侍相国于朝房，察其举止，聆其语言，久乃得之，此吾之所为师也。'华林部相与罗拜而去。马伶名锦，字云将，其先西域人，当时犹称'马回回'云。"①

① 《剧说》，页 152。

这一段内容非常丰富，可以挖掘出多方面的信息。从演出剧目可见《鸣凤记》的演出情况，从同唱同一剧目的对台表演可见当时场上演出习俗以及演出市场竞争的激烈程度，从马锦的身份可以得到研究少数民族演员演剧的重要资料。然其主要目的，在于描述马锦的学艺过程，指明其最终取胜的根本因素。因为三年为相国的门卒仆人，“察其举止，聆其语言”，熟悉了类似严嵩的当代相国的言行举止，音容笑貌，所以能够真正掌握人物的心理，表演起来也就达到“不隔”的程度。“此正与苏轼的‘欲得其人之天，法当与众中阴察之’（《传神记》）的见解相合”①。客观地说，这是马锦的无奈之举，因为李伶不肯以其技授人，要想超越李伶，只能自己去获取直接体验。可见，起初在马锦看来，跟着老师学还是能够达到老师的水平的，这一点《剧说》也有摘录。J6.3“演《西厢记》”条云：

> 江斗奴演《西厢记》于勾栏，有江西人观之三日，登场呼斗奴曰：“汝虚得名耳！”指其曲谬误，并科段不合者数处。斗奴恚，留之。乃约明旦当来；而斗奴不测，以告其母齐亚秀。明旦，俟其来，延坐，告之曰：“小女艺劣，劳长者赐教。恨老妾瞽，不及望见光仪。虽然，尚有耳在，愿高唱以破衰愁。”客乃抱琵琶而歌。方吐一声，亚秀即曰：“乞食汉非齐宁王教师耶，何以绐我？”顾斗奴曰：“宜汝不及也。”客亦大笑。命斗奴拜之。留连旬日，尽其艺而去。②

江斗奴遇到了高手教师，经过一段时间的学习训练，就能够尽其艺，而后者正是传统学艺得以成立和延续的基础。因为拜师学艺，一方面是艺术本身的传承，另一方面是艺人教师的谋生手段。因此主观的

---

① 谭帆、陆炜《中国古典戏剧理论史》，中国社会科学出版社，1993年，页276。

② 《剧说》，页148。

虚拟体验是把握演出角色心理的主要手段,实际体验作为下策只起极其次要的辅助作用。即使师傅明白这个道理,在现实中操作起来也会遇到很大的困难。作为演员,没有演出就没有收入。一个演员外出体验生活,所演剧目停歇,会直接影响到整个班社的运作。因为一个演员大多掌握多个剧目,一人脱队,会给整个演出造成重要影响。就马锦所在的兴化部而言,只能"竟辍其技不奏",让华林部一枝独秀三年,背后的演出损失自然不小。正因为牵扯到一些问题,古人即使意识到如马伶一般学艺是一个有效的方法,也难在现实中施行。所以当时学者往往把此类事情当做轶事记载而罕有理论阐发。

二

有了真切深厚的感情体验,演员自然容易入戏。但是入戏又不能太深,如果使自己与角色"合而为一",就会产生很多问题。所以,演员与角色应该保持适当的距离,真正做到进得去,出得来,不然就可能造成悲剧。J6.1"商小玲演《还魂记·寻梦》而气绝"条云:

> 涧房《蛾术堂闲笔》云:"杭有女伶商小玲者,以色艺称,于《还魂记》尤擅场。尝有所属意,而势不得通,遂郁郁成疾。每作杜丽娘《寻梦》、《闹殇》诸剧,真若身其事者,缠绵凄婉,泪痕盈目。一日演《寻梦》,唱至'待打并香魂一片,阴雨梅天,守得个梅根相见,盈盈界面',随声倚地。春香上视之,已气绝矣。临川寓言,乃有小玲实其事耶?"①

在演出《牡丹亭》的过程中,商小玲扮演杜丽娘,因为入戏太深,杜丽娘青春的苦闷成为自己的切身体验,又无法排遣,所以遂郁郁成疾,当唱到"待打并香魂一片,阴雨梅天,守得个梅根相见,盈盈界面"时,竟

---

① 《剧说》,页 147。

然哀绝身亡。虽然留下一段轶事,但对演员来说实在是承受太重。记载该条材料的作者和焦循都是从“戏谶”的角度着眼的,但在客观上反映出演员的心理问题。不光演员存在上述心理问题,读者也存在入戏的情况。J2.22“《牡丹亭》传闻种种”引用了三条材料:

《黎潇云语》云:“内江一女子,自矜才色,不轻许人,读《还魂》而悦之,径造西湖访焉,愿奉箕帚。汤若士以年老辞,女不信。一日,若士湖上宴客,女往观之,见若士皤然一翁,伛偻扶杖而行,女叹曰:‘吾生平慕才,将托终身;今老丑若此,命也!’因投于水。”张某《俞娘传》云:“娄江俞娘,丽人也,行二,幼婉慧。体弱常不胜衣,迎风辄顿。十三,疽苦左胁,弥连数月;小差,而神愈不支,媚婉之容,不可逼视。年十七,夭。当俞娘之在床褥也,好观文史,父怜而授,且读且疏,多父所未解。一日,授《还魂记》,凝睇良久,情色黯然,曰:‘书以达意。古来作者,多不尽意而出,如生不可死,死不可生,皆非情之至。斯真达意之作矣!’饱研丹砂,密圈旁注,往往自写所见,出人意表。如《感梦》一出,注曰:‘吾每喜睡,睡必有梦,梦则耳目未经涉者皆能及之。杜女故先我着鞭耳。’俞娘有妹落风尘中,一时称‘仙子’。”《静志居诗话》云:“娄江女子俞二娘,酷嗜《牡丹亭》曲,断肠而死,故义仍作诗哀之,云:‘画烛摇金阁,真珠泣绣窗。如何伤此曲,偏只在娄江?’”此三说,盖一事而传闻异词也。①

这三则材料,属于小说家言,某些叙述明显存在矛盾。《黎潇云语》所云内江女既然径造西湖访问,汤显祖已经用年老拒绝,显然是当面发生之行为,“女不信”就没有了依据,也就不用在汤显祖宴客时观之。《俞娘传》所云俞父以《还魂记》授女,极不靠谱。《牡丹亭》写的是杜丽娘为情所困,为情而死,死而复生。此作不仅不适合病人阅读,适足以

① 《剧说》,页46。

启其春思，这在封建社会中是避之唯恐不及之事情。所以，不能当做真实史料来看，“《牡丹亭》传闻种种”之命名就极为恰当。但是对于此类材料的使用，不能局限于事实层面的求真，而应超越具体的记载，从其书写的目的和背后的文化观念着眼来解读。第一条材料是内江女因为阅读《牡丹亭》，见其文采飞扬，推想汤显祖乃风流潇洒气度不凡之美男子，于是在感情上以身相托。终因看到汤显祖“又老又丑”，彻底绝望，投水而死。这一现象在文学史上并不奇怪。作家的艺术创造与作家的相貌之间并无直接因果关系。伟大的作家既有才华横溢相貌堂堂的美男，也有婉约飘逸的丽人美女。当然更多的是相貌一般的大众，也不乏长相较差的作者。但是，读者倾向于将作者想象成其笔下的俊美人物。所以，当理想与现实出现严重偏差时，失望心理可想而知。对于一般人而言，仅仅是失落而已。如果投入到以身相许的程度，在特定环境下，发生内江女的事情并非不可能。第二条讲的是娄江俞娘评点《牡丹亭》为至情之作，这只能看到她对《牡丹亭》有很高的悟性，尚不能看出其入戏程度。但是联系《静志居诗话》所云“酷嗜《牡丹亭》曲，断肠而死”及汤显祖赠哀诗来看，其入戏应该是没有问题的。在焦循看来，三事属于“一事而传闻异词”，但是该女子之死当没有问题，致死原因是她与作品人物发生共鸣，精神上出现问题也是可以确定的。

当感情受到激发，要么压抑，要么爆发。如果说商小玲、俞江女是情感内转，自我压抑平衡心理的话，那么还有一种外向型的情感发泄，将怒火转移到戏曲演员身上。J6.13“扮演秦桧演员挨打”云：

相传周忠介蓼洲先生初释褐，选杭州司理，杭人在都者置酒相贺，演岳武穆事。至奸相东窗设计，先生不胜愤怒，将优人捶打而退，举座惊骇，疑有开罪。明日托友人问故，先生曰：“昨偶不平打秦桧耳。”《极斋杂录》云：“吴中一富翁宴客，演《精忠记》。客某见秦桧出，不胜愤恨，起而捶打，中其要害而毙。众鸣之官，官怜其义，得从末减。”《莼乡赘笔》云：“枫泾镇为江、浙连界，商贾丛积。每上巳，赛神最盛。筑高台，邀梨园数部，歌舞达旦。曰：‘神非是不乐也。'一日，演秦桧杀岳武穆父子，曲尽其态。忽一人从众中跃登台，挟利刃直前，刺桧流血满地。执缚见官，讯擅杀平人之故，其人仰对曰：'民与梨园从无半面，一时愤激，愿与桧俱死，实不暇计真与假也。'"顾彩《髯樵传》云："明季吴县洞庭山乡有樵子者，貌髯而伟，姓名不著，绝有力，目不知书，然好听人谈古今事。常激于义，出言辨是非，儒者无以难。尝荷薪至演剧所观《精忠传》，所谓秦桧者出，髯怒，飞跃上台，摔秦桧殴，流血几毙。众惊救，髯曰：'若为丞相，奸似此，不殴杀何待！'众曰：'此戏也，非真桧。'髯曰：'吾亦知戏，故殴；若真桧，膏吾斧矣！'"①

前三事例直接将演员等同于秦桧，后者虽将演员与角色分开，但还是怒不可遏。这属于正常的生理反应，却不是最佳的欣赏方式。从这些事例推论，"秦桧"演员的危险遭遇当不在少数。现在国人艺术观念已经今非昔比，但是上述欣赏习惯仍然存在，艺术与现实在特殊场合还可能存在一定程度的同一性。演员陈强的经历可以说明这一点。"戏里人物的命运，更延伸到演员的现实生活。演黄世仁的陈强因这个角色而闻名，但演出时他每每被台下观众扔的石子、水果砸伤，最惊险的一次是到冀中河间为部队演出。战士们刚开过忆苦大会就来看戏，演到最后一幕，突然一个新参军的战士'咔嚓'一声把子弹推上了枪膛，瞄准台上的陈强。千钧一发之际，班长一把将枪夺过去，战士仍理直气壮地说：'我要打死他！'自此，各军区首长规定，部队在看《白毛女》演出时，枪里的子弹一律要退膛，检查后才能入场看戏。"即便是毛泽东，也存在这一问题："有人还记得当时的一个小插曲，当毛泽东走到扮演黄世仁的陈强面前，大概仍片刻沉浸在剧情之中，竟不肯同他握手直接走向下一位演员。"②

① 《剧说》，页 154。

② 黄薇《谁制造了〈白毛女〉红色经典》，《文史参考》，2012 年第 13 期，页 56。

其实无论创作还是演出,情感的介入是必不可少的,无此则无效果,但介入又需有度,否则过犹不及。类似事件已经深刻触及到了演出心理学、观众心理学中的重要问题,需要相关学科给出科学的解释,以避免生活中类似上述事例中的悲剧再次发生。

小结

焦循研究戏剧，有着多种原因。当时安定的社会环境，扬州地区发达的经济状况，提供了基本的生活条件。他从小生于书香世家，文化氛围浓厚，则为其戏剧学研究奠定了良好的外围知识基础。周围朋友交往频繁，多有戏曲或是戏曲研究方面的挚友，互相切磋。家乡戏剧演习氛围浓厚，从昆曲到“花部”一应俱全，可以说是无日无之，则为戏曲研究提供了充足的感性材料。当时扬州书业发达，藏书丰富，借阅方便，而焦循又嗜书如命，倾力以购，加之可以利用乾隆钦赐的杭州文澜阁藏书，则为其戏曲研究提供了充分的资料。文人多有做笔记的传统，加之焦循以一种审美的眼光，轻松的态度，进行生活化的考证，最终促成了其戏剧学的研究。

焦循有关戏曲研究方面的著作一共有四种：《剧说》、《花部农谭》、《易余曲录》、《曲考》。《剧说》主要是戏曲资料的收集和考证汇编，一共引书241余种，是其时最为丰富的戏剧学笔记，为后来学者的研究提供了很大便利。其中所引书籍绝大多数尚存，个别文献已经佚失，有的文献还比较重要，因此《剧说》的辑佚价值也应重视，但是不能高估。焦循的引书目录，提供了寻检其他戏剧学材料的索引，有重要的指导作用。关于《剧说》的著作权，笔者赞同刘致中的观点，即焦循自己所述成书过程并不属实。但是刘先生提出的“焦循迫于压力而说谎”的理由并不成立，因为传统观念视戏曲为小道，对研究者产生压力基本上是一个伪命题，当时官方政策、民间舆论、研究者的戏曲创作或研究实践均不能支持上述结论，尽管压力在某种程度上是客观存在的。笔者从资料来源方面入手，除了寻找来自焦循朋友的信息，又尽量落实其可能寓目的文献，尤其依据其本人笔记《易余龠录》所载材料见于《剧说》的情况，《剧说》谈论话题与《易余龠录》记载的互文性，《剧说》与《曲考》的比对，证明《剧说》确实是其焦循独立撰著。同时结合历史上相同情况的记载，得出焦循的表述乃是一种表达惯例的假说。如果该假说成立，将会大大解决文学史、文化史上的类似问题。戏剧学研究是焦循的业余之作，与专业的经学研究相比，体现出明显的特点。这就决定了焦循的研究尽管提供了丰富的资料，但具体到某一专题，材料还远远不够。就其引用的材料的特点而言，体现出明显的丰富性与有限性的统一，这应当成为评价其资料价值的重要标准。其业余化的研究也导致了一些问题的存在，对这些问题的警觉有助于研究者充分合理地运用《剧说》中的材料。

《花部农谭》是焦循关于乾嘉时期扬州"花部"演戏的记录和评论，自从建国以来受时代思潮影响，该书及焦循受到高度评价。笔者对研究者褒扬《花部农谭》进行了客观分析，指明焦循本意与研究者主观理解的差异，正本清源，使结论更加客观和符合实际。关于成书，与《剧说》一样，同样存在焦循自述并不属实的情况，依据焦循所写可靠资料《撰孟子正义日课记》澄清事实，并对书序中涉及的地方戏艺人进行了考述。

受生活体验和《周易》阴阳观的影响，焦循在人生平面上给词曲以"阴"的辅助定位，与治经主业"阳"共同构成一个其完整的学术生活。由于娱乐业专业人员仅占全部社会成员的极小部分，其定位符合绝大多数人的实际情况，因而具有很大的科学性和准确性。而其接受的戴震的人性论思想和自己"道各有道"的哲学观念，加之亲身体验，为以此为基点的戏剧学评论和研究找到了合理的价值依据。焦循一生从事经学研究，正统思想在其身上根深蒂固，传统的主流的忠孝节义思想成为他对戏曲内容价值判断的核心尺度。通过完美的艺术形式将上述思想传达出来，寓教于乐，成为焦循戏剧功能观的核心内容，也是传统知识分子的普遍观念。以此为基础来重新反思《花部农谭》的思想价值、理论价值，可以获得更为准确的认识。

在焦循的戏剧学研究中，其历史剧改编思想具有个人特色。剧作家进行历史剧创作时,《剧说》暗示在非严肃题材处理方面,剧作家的主动权不受限制,可以运用各种艺术手法。在严肃题材处理方面,作者应注意两点:在塑造正面人物时,正史没有记载的缺点,不可以添加到人物身上,而优点可以附会;正面人物应当用真名。二分法具有较强的可操作性,在中国乃至世界戏剧批评史上都有重要意义。焦循总结提出的关于文学流变的"一代有一代之所胜"命题,对 20 世纪文学史影响甚巨。其本意是从选本的角度谈论一个诗学问题,其关于八股文部分的论述有深厚的事实基础,王国维和任半塘对此命题进行主观改造,转而成为戏剧学的命题,于戏剧学研究厥功甚伟,然于焦循本意多有游离。对此个案的分析,可以加深对学术研究本身复杂性的认识。

在焦循笔记材料提供的戏剧学事实当中,托名、讽刺问题是历代文人普遍关注的问题,焦循汇集了大量的相关资料。之所以会出现这种现象,有着复杂的原因,核心在于中国文学中缺乏超脱的艺术创作观念,导致艺术与现实不分。焦循对演戏涉及家族禁忌的关注,也揭示了戏曲演出民俗有其复杂的文化背景。由于中国社会结构的稳定性和中国文化的延续性,托名与讽刺等问题在现实中仍然存在,将其解决好则有很强的现实意义。通过文本细读,结合背景材料,笔者发现关于戏剧表演中禁用真刀的规定具有很强的现实合理性,作为禁毁戏剧的一类内容,其正面价值远远大于负面价值。在此基础上反思禁毁戏剧研究中的立场问题,使禁毁戏剧研究走出僵化的阶级斗争立场,客观衡量此类禁毁内容的价值,可以为禁毁戏剧研究提供一个新的立场。焦循关于演员学艺的记载,是当作逸事逸闻来处理的,但是却揭示了演员成才的两个基本条件,一是要深入生活,进行现实体验,这是一个重要条件;二是要深入扮演角色的内心,体会所扮演人物的思想感情。这两条途径符合艺术成长规律,在今天仍有现实意义。

参考文献

一　著作

1. 焦循《花部农谭》，徐乃昌刻《怀豳杂俎》本，1921 年版。

2. 焦循《花部农谭》，《中国古典戏曲论著集成》本，中国戏剧出版社，1959 年版。

3. 焦循《剧说》，《中国古典戏曲论著集成》本，中国戏剧出版社，1959 年版。

4. 韦明铧《焦循论曲三种》，广陵书社，2008 年版。

5. 明光《扬州戏剧文化史论》，社会科学文献出版社，2008 年版。

6. 陈居渊《焦循易学与儒学思想研究》，齐鲁书社，2000 年版。

7. 李斗《扬州画舫录》，广陵书社，2010 年版。

8. 李斗《永报堂集》，《清代诗文集》影印北图藏乾隆自然盦藏本。

9. 纪健生校点《凌廷堪全集》，黄山书社，2009 年版。

10. 黄文旸《扫垢山房诗钞》，《续修四库全书》影印南图藏嘉庆七年孔宪增刻本。

11. 黄承吉《梦陔堂集》，《清人诗文集》影印本。

12. 陈居渊《焦循 阮元评传》，南京大学出版社，2006 年版。

13. 刘瑾辉《焦循评传》，广陵书社，2005 年版。

14. 刘建臻《焦循著述新证》，社会科学文献出版社，2005 年版。

15. 刘建臻点校《焦循诗文集》，广陵书社，2009 年版。

16. 何泽恒《焦循研究》，台北大安出版社，1990 年版。

17. 赖贵三《焦循年谱新编》，台北里仁书局，1994 年版。

18. 赖贵三《台海两岸焦循文献考察与学术研究》，文津出版社，

2008年版。

19. 王章涛《阮元年谱》，黄山书社，2003年版。

20. 郭康松《清代考据学研究》，崇文书局，2001年版。

21. 王国维《宋元戏曲史》，上海古籍出版社，1998年版。

22. 周妙中《清代戏曲史》，中州古籍出版社，1987年版。

23. 普列汉诺夫《没有地址的信·艺术与生活》，人民文学出版社，1962年版。

24. 王利器《元明清三代禁毁小说戏曲史料》，上海古籍出版社，1981年版。

25. 郑思礼《中国性文化：一个千年不解之结》，中国对外翻译出版公司，1994年版。

26. 张杰《清代科举家族》，社会科学文献出版社，2003年版。

27. 王亚南《中国官僚政治研究》，中国社会科学出版社，1981年版。

28. 蔡毅《中国古典戏曲序跋汇编》，齐鲁书社，1989年版。

29. 谭帆《优伶史》，上海文艺出版社，1995年版。

30. 焦循《忆书》，《丛书集成初编》本，中华书局。

31. 唐圭璋《词话丛编》(第二册)，中华书局，1986年。

32. 杨向奎《清儒学案新编》，齐鲁书社，1994年版。

33. 戴震《戴震集》，上海古籍出版社，1980年版。

34. 葛兆光《中国思想史》，复旦大学出版社，2001年版。

35. 郭庆藩《庄子集释》，中华书局，1961年版。

36. 王骥德《曲律》，中国戏剧出版社，1959年版。

37. 鲁迅《鲁迅全集》，人民文学出版社，2005年版。

38. 齐如山《齐如山回忆录》，中国戏剧出版社，1998年版。

39.《中国古典戏曲论著集成》，中国戏剧出版社，1959年版。

40. 傅谨《中国戏剧艺术论》，山西教育出版社，2003年版。

41. 何宁集释《淮南子集释》，中华书局，1998年版。

42. 刘彦君《栏杆拍遍——古代剧作家心路》，文化艺术出版社，

1995 年版。

43. 李昌集《中国古代曲学史》,华东师范大学出版社,1997 年版。

44. 赵尔巽等《清史稿》,中华书局,1977 年版。

45. 张舜徽《清代扬州学记》,上海人民出版社,1962 年版。

46. 焦循《北湖小志》,广陵书社,2003 年版。

47. 夏友兰等编《扬州竹枝词续集》,广陵书社,1993 年版。

48. 阿克当阿《嘉庆重修扬州府志》,《中国地方志集成·江苏府县志辑》42,江苏古籍出版社,1991 年版。

49. 阮元等《十三经注疏》,北京大学出版社,2000 年版。

50. 钟叔河编订《周作人散文全集》,广西师范大学出版社,2009 年版。

51. 梁启超《饮冰室合集》,中华书局,1989 年版。

52.《钦定大清会典事例》,光绪重修本。

53. 梁溪坐观老人著,王淑敏点校《清代野记》,山西古籍出版社,1996 年版。

54. 林鑫《扬昆探微录》,中国戏剧出版社,2004 年版。

55.《马克思恩格斯选集》,人民出版社,1995 年版。

56. 焦循《论语通释》,《丛书集成续编》影印木犀轩本。

57. 亚里斯多德《诗学》,上海人民出版社,2005 年版。

58. 杨明照《抱朴子外篇校笺》,中华书局,1997 年版。

59. 陈寅恪《金明馆丛稿二编》,上海古籍出版社,1980 年版。

60. 王骥德《古杂剧序》,《古本戏曲丛刊》第四集,上海商务印书馆,1958 年版。

61. 钱钟书《谈艺录》,生活·读书·新知三联书店,2001 年版。

62. 钱南扬校注《元本琵琶记校注》,上海古籍出版社,1980 年版。

63. 刘念兹《南戏新证》,中华书局,1986 年版。

64. 侯百朋《琵琶记资料汇编》,书目文献出版社,1989 年版。

65. 杜牧撰,陈允吉校点《樊川文集》,上海古籍出版社,1978 年版。

66. 陶宗仪《南村辍耕录》,中华书局,1959 年版。

67. 宋濂等《元史》，中华书局，1976 年版。

68. 张双棣、张万彬、殷国光、陈涛译注《吕氏春秋》，中华书局，2007 年版。

69.《马克思恩格斯全集》，人民出版社，1964 年版。

70. 何泽翰《儒林外史人物本事考略》，上海古籍出版社，1985 年版。

71. 班固《汉书》，中华书局，1964 年版。

72. 马其昶校注、马茂元整理《韩昌黎文集校注》，上海古籍出版社，1986 年版。

73. 李学勤主编《春秋谷梁传注疏》，北京大学出版社，1999 年版。

74. 马辛民、艾俊川译注《幼学琼林》，接力出版社，1992 年版。

75. 阮先辑《北湖续志》，广陵书社，2003 年版。

76.《金圣叹评点才子全集》，光明日报出版社，1997 年版。

77.《中国戏曲志》(甘肃卷)，中国 ISBN 中心，1995 年版。

78. 庄长江《泉州戏班》，福建人民出版社，2006 年版。

79. 程德祺《原始社会初探》，中央民族学院出版社，1988 年版。

80. 马克斯·韦伯撰，王容芬译《儒教与道教》，商务印书馆，1995 年

81. 方孝孺撰，徐光大校点《逊志斋集》，宁波出版社，2000 年版。

82. 郑樵《通志二十略》，中华书局，1995 年版。

83. 刘宗迪《姓氏名号面面观》，齐鲁书社，2000 年版。

84. 孔尚任撰，王季思等点校《桃花扇》，人民文学出版社，1959 年版。

85. 张集馨《道咸宦海见闻录》，中华书局，1981 年。

86. 李跃忠《中国影戏与民俗》，大象出版社，2010 年版。

87.(清)王开运等修，张修府等纂《清泉县志》，台湾成文出版有限公司，1975 年版。

88. 张岱《陶庵梦忆》，上海古籍出版社，1982 年版。

89. 谭帆、陆炜《中国古典戏剧理论史》，中国社会科学出版社，1993

年版。

90. 盖叫天口述，何慢、龚义江整理《粉墨春秋》，中国戏剧出版社，1980 年版。

91. 栾冠桦《戏曲舞台美术概论》，文化艺术出版社，1994 年版。

92. 阮元《揅经室集》，中华书局，1993 年版。

93. 凌廷堪《凌廷堪全集》，黄山书社，2009 年版。

94. 胡应麟《少室山房笔丛》，中华书局，1958 年版。

二 论文

1. 杨飞《乾嘉时期扬州剧坛研究》，华东师范大学博士学位论文，2006 年。

2. 刘学亮《焦循〈剧说〉研究》，兰州大学硕士论文，2011 年。

3. 曹金生《焦循及其戏剧思想初探》，兰州大学硕士论文，2008 年。

4. 裴雪莱《焦循戏曲理论研究》，广西民族大学硕士论文，2012 年。

5. 林世仁《焦循的戏曲论著及其戏曲观研究》，中国文化大学硕士论文，1990 年。

6. 李思汉《焦循剧论研究》，"国立中央大学"硕士论文，2009 年。

7. 马琳萍《〈香囊记〉与八股文关系之研究》，河北师范大学硕士学位论文，2005 年。

8. 杜海军《〈曲考〉不是〈剧说〉》，《殷都学刊》，2001 年第 4 期。

9. 王慧萱《焦循〈剧说〉的目录学意义》，《图书馆杂志》，1998 年第 3 期。

10. 王伟康《论〈剧说〉》，《扬州大学学报(人文社会科学版)》，1997 年第 6 期。

11. 刘孔伏《〈曲考〉非〈剧说〉辨析》，《云南民族学院学报》，1989 年第 2 期。

12. 王伟康《焦循与〈花部农谭〉》，《扬州师院学报(社会科学版)》，1994 年第 4 期。

13. 毛品璋《也谈焦循及其〈花部农谭〉》，《艺术百家》，1988 年第

2 期。

14. 洪欣《第一部研究地方戏曲的专著〈花部农谭〉》,《戏剧文学》,1987 年第 9 期。

15. 齐森华《独树·独好·独识——读焦循的〈花部农谭〉》,《河南师大学报(社会科学版)》,1981 年第 6 期。

16. 许祥麟《评焦循的〈花部农谭〉》,《天津师院学报》,1980 年第 6 期。

17. 蒋星煜《从〈易余龠录〉探索焦循的戏曲理论》,《曲苑》,1984 第 1 期。

18. 柏繁《谈〈花部农谭〉》,《戏剧研究》,1959 年版。

19. 陈赓平《〈南词叙录〉和〈花部农谭〉》,《光明日报》,1962 年版。

20. 刘致中《焦循的戏曲理论》,《文学遗产》,1980 年第 3 期。

21. 刘致中《〈曲考〉即〈剧说〉考》,《文学遗产》,1981 年第 4 期。

22. 李平《焦循论历史剧》,《上海戏剧》,1981 第 5 期。

23. 詹福瑞《中国古代文学研究的边缘化问题》,《文学评论》,2001 年第 6 期。

24. 徐振贵《建立健全我国话语的戏曲理论体系》,《光明日报》,2005 年 6 月 24 日。

25. 王瑜瑜《〈曲考〉考述》,《中华戏曲》,2011 年第 2 期。

26. 相晓燕《清代戏曲目录学家黄文旸生平事迹考》,《文化艺术研究》,2011 年第 4 期。

27. 张亭《石牌发现郝天秀史料》,《黄梅戏艺术》,1989 年第 1 期。

28. 刘奕《焦循文学代胜说论析》,《四川大学学报》,2007 年第 6 期。

29. 周勋初《文学"一代有一代之所胜"说的重要历史意义》,《文学遗产》,2000 年第 1 期。

30. 黄爱华《试论高明的戏剧观及其意义》,《戏曲研究》,2008 年第 1 期。

31. 骆玉明、董如龙《〈南词叙录〉非徐渭作》,《复旦学报(社会科学版)》,1987 年第 6 期。

32.刁龙《四百年影射文学管窥》,《香港笔荟》总第 16 期,2000 年 9 月 30 日。

33.胡三林《文学创造过程中的艺术概括与“文学诽谤”》,《读与写》,2010 年第 8 期。

34.李桂奎《中国古代小说人物研究方法的嬗变及其转型之路》,《深圳大学学报(人文社会科学版)》,2010 年 3 期。

35.崔华功《浅谈戏曲“把子功”》,《戏曲艺术》,1991 年第 1 期。

36.陈志勇《宋元戏曲“砌末”考论》,《艺术百家》2006 年第 2 期。

37.黄薇《谁制造了〈白毛女〉红色经典》,《文史参考》,2012 年第 13 期。

38.刘小京《现代宗族械斗问题研究—以苍南县江南地区为个案》,《农村经济与社会》,1993 年第 5 期。

39.程华平《论〈牡丹亭〉研究中的影射问题》,《烟台师范学院学报(哲社版)》,1994 年第 1 期。

40.张勇风《中国戏曲家族禁忌探略——从均州城禁演〈铡美案〉谈起》,《文化遗产》,2010 年第 4 期。

41.解玉峰《百年中国戏剧学刍议》,《文艺理论研究》,2006 年第 3 期。

42.侯百朋《陆抄本〈琵琶记〉“开场”质疑》,《戏曲研究》,2008 年第 1 期。

附录　焦循散见戏剧学资料辑佚

说明：除了《剧说》、《花部农谭》、《易余曲录》、《曲考》外，焦循还有一些戏剧资料记载散见于其他文献当中，这些资料对研究焦循戏曲学贡献以及中国戏曲史，具有重要意义。韦明铧先生《焦循论曲三种》之《前言》集中收录了部分内容。笔者即以此为基础进行整理，并加以补充。[1]

童时读《易》，即阅此本，阅之不下十数过，愈读愈不知经义之所在，亦不知所说之何谓。譬之村人观剧，不知何以红面与黑面厮杀，旁一村人指而说之，侈陈《三国志演义》核之，于剧非关张也；旁又一人曰，此戏也，但看其情节，不必知其为何如人。然则看剧终日，不啻坐云雾中。此等说《易》之书，真村人之说剧耳。（《易广记》卷二）

太平诗酒见名流，碧水湾头百个舟。十二卷成须寄我，挑灯聊作故乡游。（《扬州画舫录》题词《将之济南留别李艾塘即题其〈扬州画舫录〉》）

蜀中伶人魏三儿者，善效妇人妆，名满于京师。丁未、戊申间，余识其面于扬州市中，年已三十余。壬戌春，余入都，魏仍在，与诸伶伍，年

---

① 按：焦循《剧说》只选与戏剧明确相关者，论音律的内容在焦循看来并非直接的戏剧学内容，《易余曲录》则一并收录。若按后者的标准，《雕菰集》卷八《四声阴阳辨》、《二十八调辨》亦应补入，姑存目备考。

五十三，犹效妇人，伶之少者多笑侮之，未一月顿没。魏少时，费用不下巨万，金钏盈数箧。至此，其同辈醵钱二十千，买柳棺瘗之。闻者为之太息。余闻魏性豪，有钱每以济贫士，士或赖之成名。或曰有选得蜀守者，无行李资，魏夜至，赠以千金，守感极，问所欲，魏曰："愿在吾乡里作一好官。"此皆魏弱冠时事，相距盖三十许年也。信然亦有足多者。

花开人共看，花落人共惜。未有花开不花落，落花莫要成狼籍。可怜如蕣颜，瞬息霜生鬓。可怜火烈光，瞬息成灰烬。长安市上少年多，自夸十五能娇歌。娇歌一曲令人醉，纵有金钱不轻至。金钱有尽时，休使囊无资。红颜有老时，休令颜色衰。君不见，魏三儿，当年照耀长安道，此日风吹墓头草。"(《里堂诗集》卷六《哀魏三》)

不惯温柔久断痴，红牙敲处亦相思。筵前多是悲歌客，只唱秋风易水辞。(《雕菰集》卷五《听曲》)

桑柘阴浓闹鼓笳，是非身后属谁家。人人都道团圆好，看到团圆日已斜。

太平身世许清闲，况是疏佣鬓已斑。为笑罗洪先不达，状元中后始归山。(《雕菰集》卷五《观村剧二首》)

嘉庆十一年(1806)五月二十六日，甘泉县"陈公演剧，招余"。(《雕菰集》卷二十《上河水灾记》)

《燕乐考原》(凌次仲，名廷堪，歙人，居海州。)

琵琶四弦，一弦七调。二十有八，燕乐可究。宫商角羽，惟征弗就。唐有五弦，废先七角。古律何在，上凡五六。九宫之讹，沈氏不觉。虚理难据，实谱易蹈。学博凌君，克明其奥。

《琴旨》(王吉途，名坦，南通州人。)《黄钟通韵》(都四德文乾氏，长白人。)

黄钟小素，三因四开。以三应五，独下一徽。定为宫声，音得所归。

吉途之说，是造于微。阳律管合，阴律琴谐。以六互一，七均不违。有正无变，顺逆是维。文乾之说，夫其庶几。(《雕菰集》卷六《读书三十二赞》)

凝神说靖康南渡事，声泪交下，座客无人色。(《雕菰楼集》卷二十一《叶霜林传》)

五六月间，剪纸为旗，插满田中，击鼓鸣铙，舁社神行阡陌间，谓之“青苗会”。(《北湖小志》卷一《叙农第四》)

康熙间，湖中多隐君子，诗酒盘桓，一时之盛也。于是徐、毕、范、施四姓，共立社曰“畲芳”，隐四姓之偏旁也。社中植花树，起楼阁亭榭，每聚会，皆在其中，四方诗人或闻风而至焉……四姓既中落，社乃圮。余幼时所见，已藜莠杂生，无复片瓦，而其形势尚可见。已而为演剧场，已而垦为稻田。(《北湖小志》卷二《畲芳社记第二》)

徐石麒字又陵，自号坦庵，其先为浙之鄞人，明初迁扬州……尤精度曲，入白仁甫、关汉卿之室，郭士璟谓其“感愤之怀，寄之诗赋；滑稽之致，寄之南北剧”。吾友凌廷堪工词曲，能造于微，最称石麒，谓其合于元人本色。其散曲有《忝香集》三卷，杂剧有《大转轮》、《拈花笑》、《买花钱》、《九奇逢》、《珊瑚鞭》、《辟寒钗》、《胭脂虎》、《范蠡浮西施》诸种。又有《彩鸾集》，设为男女赠答，而络以诗余，传奇之变格也……袁于令慕其所为曲，访之湖中，演所为《珊瑚鞭》以质之。(《北湖小志》卷三《徐坦庵传》)

谢九成字铉玉，初名鼎，后改今名，号鹤墅，燕山子也。幼时出就外傅，与农贾之子杂处，而九成独铮铮铁中。适湖中诸名流聚而来观村剧，歇足师馆，见九成，问所业，曰：“解对句矣。”(《北湖小志》卷四《王郭谢陈李常传》)

主人演戏，谢火神，看戏至午。（《里堂日记》，抄本）

李艾塘作《岁星记》传奇，余为之序云：岁乙丑，访李君艾塘于防风馆，见其近作《岁星记》传奇，本《列仙传》“东方朔为岁星之精也”。夫曼倩在孝武时，文章不让相如，谏诤同于长孺。二句本方正学先生。班生专为立传，而明辩当时所传奇言怪事之非，则“岁星”之说，为孟坚所不信。然而惟岳降神，生甫及申。一代非常之人，未有不钟毓于星辰河岳之灵者，曼倩之为岁星，何独不然？艾塘此作，可与升庵、孝若、笨庵诸曲比肩伯仲，夫又何疑？艾塘此记成，旋付歌儿。较曲者以不合律，请改。艾塘曰：“令歌者来，吾口授之。”且唱且演，关白唱段，一一指示，各尽其妙。嗟乎！论曲者每短《琵琶记》不谐于律，惜未经高氏亲授之耳。汤若士云：“不妨天下人拗折嗓子。”此诨语也，岂真拗折嗓子耶？（《剧说》卷三“余尝憾元人曲不及东方曼倩事”条）

吴县石远梅名钧，善吟诗，曾刻诗集，亦倜傥人也，以贩珠为业。每至扬州，未三十里，迓者如州县之接督抚，争致于家，极珍馐美馔以享之，优伶歌舞以娱之，名人诗酒以系之。远梅携一琴师，一画工，萧然寂处，日以吟诗写字为事，而盐贾日侯其门。（《忆书》卷二，《丛书集成初编》本）

升秀班伶人在一村演戏，夜歇庙中，大盗略村外一富户，村人莫敢救。诸伶闻知，涌出与盗斗，盗溃逸去。已而有招诸伶演戏者，诸伶往。其地在水中，达必以舟，殊僻，则向之群盗薮也。合班数十人俱遇害，唯一旦名智官者赴水逃出。此乾隆三十四年事。明年，智官在湖中亲语人，余时八岁，侧闻之。今相隔四十许年，偶观剧，村叟述此事，与余向所闻合。（《忆书》卷三）

三月廿七日癸未，阴，有风。阅《六帖》。饭后至高家桥，看村人赛神。

廿八日甲申，阴。阅《六帖》。到高家桥看赛神演戏。

廿九日乙酉，阴。阅《六帖》。饭后晴，到高家桥。

四月初一日丙戌，晴。阅《六帖》。饭后到高家桥看演戏，日落泛舟而回。今日无风，湖面如鉴，渔舟如市。

初二日丁亥，早起小雨。上集看演戏。

初四日己丑，阴，饭后晴。上集看演戏。

初八日癸巳，晴。饭后上集看演戏。

十五日庚子，早起雨，饭后晴。阅《太平御览》。汪汇川约于关帝庙小饮，听何生弹琵琶，范生吹笛。乘月色而归。

廿九日甲寅，晴。写《孟子正义》廿三。自廿六日至今，饭后俱上集看戏。（《撰孟子正义日课记》，《华国月刊》，1924 年第 11 期）

后记

出于对学术研究的兴趣，在中学工作六年之后，我于 2002 年秋考入曲阜师范大学，有幸投入徐振贵先生门下学习，开始了新的追梦之旅。徐老师工作勤奋，治学严谨，对学生要求严格，当时情景回想起来宛在眼前。一月一次的读书汇报，半年之内必须通读《元曲选》、《六十种曲》、《中国古典戏曲论著集成》的要求，加之徐老师对论文字斟句酌的修改和谆谆教诲，都使我以后的研究受益匪浅。

关注焦循，始于十年以前。因其所著《孟子正义》家喻户晓，而其《剧说》、《花部农谭》就收录在《中国古典戏曲论著集成》当中，经学大道与戏曲小道统一于一身，就我原先的知识背景而言，似乎不可思议，兴趣缘是而发，硕士论文由此而定。硕士毕业后，由于一些机缘，没能继续戏剧学的研究，转而考入南京大学攻读古典文献学博士学位。但是焦循论文的选题一直萦绕在心，读博期间，利用南京大学丰富的收藏，获得了大量的台湾学者关于焦循研究的资料；加之古典文献学的专业训练，都对我日后该课题的研究有重要促进。2008 年 6 月毕业后，到山西师范大学戏曲文物研究所从事文献学和戏剧学教研工作，也就有了重续前缘、董理旧业的机会。于是在硕士论文基础上根据新的资料，重新组织整理，补充深化，成为现在这个样子。

从 2002 年重新学习深造开始，全家就踏上了崭新的征程。在双方父母的全力支持下，十多年来，一家人转战南北，相濡以沫，共同奋斗。谨将此书献给我的家人，也用以纪念自己重新奋斗的第一个十年。

该书的出版，得到了山西师范大学戏曲文物研究所和科技处领导的大力支持；敬晓庆博士提出了很好的意见，台湾地区孙致文博士提供了台湾地区的相关研究文献，编辑林日波博士为此书的出版付出了辛勤的劳动，在此一并深表感谢。

范春义

2012 年 10 月于临汾